見てごらん道化師《ハーレクイン》を！

LOOK AT THE HARLEQUINS!

VLADIMIR NABOKOV

ウラジーミル・ナボコフ

メドロック皆尾麻弥 訳

作品社

目次

見てごらん道化師《ハーレクイン》を！

ヴェーラへ

I　同じ語り手によるその他の作品

ロシア語作品

『タマーラ』（一九二五）
『クイーンを取るポーン』（一九二七）
『満つる月』（一九二九）
『カメラ・ルシダ（日光の中の虐殺）』（一九三一）
『赤いシルクハット』（一九三四）
『勇気を賜った者』（一九五〇）

英語作品

『真実の下を見てごらん』（一九三九）
『エスメラルダとそのパランドラス』（一九四一）
『オリガ・レプニン教授』（一九四六）
『メイダからの亡命』（一九四七）
『海辺の王国』（一九六二）
『アーディス』（一九七〇）

第一部

I

三、四人ほど続いた私の妻たち〈1〉のうち、一人目の妻とはいくぶん奇妙な状況の下で出会うことになった。その状況が進展していく様子はいいかげんな陰謀に似ていて、細部はめちゃくちゃだし、主謀者はその本当の目的について何も知らないばかりか、成功するわずかな見込みも遠ざけてしまうような凡手を執拗に繰り返すのだった。それでもこの主謀者は、そうした悪手そのものから、知らず知らずのうちに蜘蛛の巣のような罠を編み上げたのだが、今度はこちらもお返しに大ポカを連発したため、私はその巣に絡め取られ、その陰謀が唯一の目的として描いていた運命を実現させてしまうはめになった。

ケンブリッジでの最後の年（一九二二年）〈2〉、イースター学期中のいつだったか、ゴーゴリの英語版『検察官』での衣装に関する細かい点について、「ロシア人として」、たまたま相談を受けることがあった。この戯曲を、優れた素人役者であるアイヴォー・ブラック〈3〉率いるツチボタル劇団が、舞台にかけようとしていたのだ。私たち二人はトリニティーでの指導教官が同じで、彼は老先生のもったいぶった物腰のつまらない真似をしてみせて、私をうんざりさせた——ピット・クラブ〈4〉での昼食中、ほとんどの時間をそのものまねでつぶしてしまうしまつだった。そして芝居のちょっとした話となると、そちらは輪をかけて愉快とは言い難いものだった。アイヴォー・ブラックは、ゴーゴリの市長に化粧着を着せるというのだ。というのも、彼いわく、「これって結局このじいさんの悪夢なんだろう、それに、『レヴィゾール』っていうロシア語の題名は実際のところ、フランス語の『夢』、つまり『レーヴ』〈5〉から来ているんじゃない？」と。とんでもないアイデアだな、と私は答えた。

　リハーサルがあったのかどうか知らないが、いずれにしてもそれは私抜きで行われた。というか、今思えば、彼の企画がそもそも脚光の目を見たかどうかもわからない。

　それから間もなくして、アイヴォー・ブラックと再会した。それはパーティーかなにかの席で、そこで彼は、私と他の五人に対して、コートダジュールにある、彼が言うには年寄りのおばから譲り受けたばかりの別荘で、この夏を過ごさないかと誘った。そのとき彼はひどく酔っ払っていたらしく、それから一週間ほどのち、彼が出発する前の晩に、私が件《くだん》の気前のよい招待について確認したとき、驚いた様子であった。結局その招待に応じたのは私一人だった。僕らは二人とも人望のない孤児《みなしご》なんだから、ぜひとも団結しなくちゃ、と私は言った。

　病気のせいでそれからもうひと月イギリスに引きとめられたので、ようやくアイヴォー・ブラックに丁寧な葉書を送り、来週くらいに、カンヌかニースに到着するかもしれないと知らせることができたのは、七月の初めのことだった。もっとも可能性のある日として、たしか土曜日の午後と書いておいたはずだ。

　駅から電話をかけるという試みは無駄に終わった。ずっと話し中だし、おまけに私は電話なんていう、みせかけの空間削除装置を相手にするような我慢強さを持ち合わせない人間ときていた。とにかく私の午後は台無しになってしまった。午後というのは私のお気に入りの時間帯なのに。その長旅の序盤では、すごく調子がいいんだと自分に言い聞かせ、信じ込ませていた。ところが今やひどい気分だった。その日は季節外れのどんよりした天気で、じめじめしていた。椰子の木なんて幻覚で見るほうがまだましだ。どういうわけかタクシーは悪夢の中でのようにつかまらなかった。やっとのことで私はちんまりとして嫌なにおいのする青いブリキ製のバスに乗り込んだ。くねくね道を進むその珍妙な機械は、幾度となく「合図に応じて停車」したり、幾度となく角を曲がったりしながら、二十分かけて私の目的地に着いた。私がその魔法にかかったような夏を通して、道沿いの石の一つ一つ、エニシダや薮の一つ一つを記憶に留めることになるなだらかな近道に沿って、海岸から自分の足で歩いて行ったとしても、ほぼ同じだけの時間しかかからなかっただろう。しかしその陰鬱なドライヴの間は、魔法とはまったく縁がないように思われた！　ここに来ることに決めたのはまず第一に、辛うじて狂気にまでは至っていない神経病を「輝かしい海洋《ブリリアント・ブライン》」〈6〉（ベネットのことば？　それともバーベリオン？〈7〉）が癒してくれるのではないかと期待したからだった。しかし今この瞬間、頭の左側はボウリンググレーンのごとく痛みがひっきりなしに行き交っていた。一方右側では、目の前の座席の背もたれから、間抜けな顔をした赤ん坊が母親の肩越しに、私のことをじっと見つめていた。私は全身真っ黒な恰好をした疣《いぼ》だらけの女の隣りに座っていて、緑色の海と灰色の岩壁の間で起こる揺れのせいで吐き気と闘っていた。ようやく私たちがカルナヴォー〈8〉の村（まだらになったプラタナスの幹、絵に描かれたような小屋、郵便局、教会）へたどり着くころには、私の全感覚はひとつの黄金色のイメージへと収斂していた。つまり、アイヴォーのために持ってきた、旅行鞄の中のウイスキーのイメージだ。私はそれを、彼が目にする前にちょっと味見してみる気でいたのである。運転手は私の質問を無視したが、私より先に降りようとしていた、とてつもなく大きな足をした小柄で亀のような司祭が、私の方を見もせずに、通りを横断する並木道を示してくれた。アイリス荘へは、と彼は言った、歩いて三分ほどですよ。

急に日が射して出来上がった光の三角形に向かって続くその路地を、二つの鞄を持って進む準備をしていると、宿主とおぼしき人間が反対側の歩道に現れた。私は一瞬、荷物として持ってきた服が適切なものだったかどうか不安になったのを、いまだに覚えている――あれから半世紀も経っているというのに！　彼はニッカーズと穴飾り付きの靴を履いていたのだが、不釣り合いなことに靴下なしで、二センチほどのぞいているすねは痛々しいピンク色になっていた。彼は郵便局へ向かうところで、または向かうふりをしているところで、そこで私に電報を打って、カンニス〈9〉で仕事が入ってしまったので、それが終わって僕らのお遊びに差しさわりのなくなる八月まで、こちらに来るのを延期するよう提案するつもりだったらしい。それに、セバスチャン〈10〉――誰のことだか知らないが――が葡萄の季節かラヴェンダー祭りの頃に来てくれるといいんだけれどと彼は言った。そんなことをぶつぶつとつぶやきながら、軽い方の荷物を持ってくれた――洗面用具一式、医薬品、ほぼ完成に近いソネット詞華集（最終的にはパリで出版されている亡命ロシア人の文芸誌に送られることになっている）が入った方のやつだ。次に彼は、パイプを詰めようとして私が下におろしていた旅行鞄の方もつかみ取った。このように些細なことの数々が惜しみなく記憶の中に銘記されているのはなぜかというと、私が思うに、おそらくそれらは未来に起こる大事件の光をたまたま浴びていたからなのだろう。しばらく黙り込んだあと、アイヴォーは眉をひそめながらこう付け加えた。

お客として君を大歓迎するが、ケンブリッジにいる間に伝えておくべきだったあることについて注意しておかなくてはならない、一週間もすれば、ある憂鬱な事実のせいで、君を恐ろしく退屈させてしまうかもしれない、と。アイヴォーの話によると、彼の元家庭教師《ガヴァネス》で、冷たいところはあるが聡明なミス・グラントが好んでこう繰り返したという。アイヴォーの妹は「こどもは黙っていなくてはなりません」という規則を決して破ることはないし、他の誰かがそのように言いつけられていたとしてもあの子にはそれが聞こえさえしない、と。アイヴォーはさらに続けた。憂鬱な事実というのは僕の妹が——いや、たぶん、あの子がどうなのかという話は、僕らと鞄がある程度落ち着いてからにした方がよさそうだ。

2

「君はどんなこども時代を過ごしたんだい、マクナブ」(アイヴォーは私のことをそう呼びたがった。彼が言うには、険はあるがハンサムな若い俳優に私はよく似ているのだそうで、その俳優が人生の、というか少なくとも名声の末期に、そんな名前を使っていたらしい)。

　それはもう残虐で、堪え難いものだった。あのような非人道的な幼少期は、自然法、全自然界共通の法によって禁じられるべきだ。九つか十のときに、もしも私の病的な恐怖がもっと抽象的でありふれた心配事(無限とか、永遠とか、アイデンティティーとか、そういった問題)に入れ代わっていなかったら、私は韻文というものを見いだすまでにすっかり正気を失っていたことだろう。それは、暗い部屋とか、片翼の苦悶の天使とか、長い廊下とか、映し出されたものが床いっぱいに取り散らかる水たまりとなって溢れ出す悪夢の鏡とか、そういった類の問題ではなかった――そうした恐怖だらけの寝室というものではなく、単純だがはるかにおぞましいことに、なにか別の存在状態と、知らない間に容赦なくつながっているという恐怖〈11〉だった。それも正確には、単純に「以前の」とか「未来の」とかいう存在の形態ではなく、人間の宿命という観点から言って、完全に境界線の外にある存在状態とのつながりだ。私がそうした悲愴なつながりというものについてより多くを知るようになるのは、数十年も先のことであった。そういうわけだから、「先回りするのはやめようじゃないか」、ある死刑囚が、死の暗闇を早々と予告するような古くて汚らしい目隠しを拒絶するときに言ったように。

思春期の悦びがそんな苦しみを一時的にやわらげてくれた。私は自らの手探りによる通過儀礼という陰気な段階を踏まずにすませることができた。甘き初恋の娘、果樹園のこどもに祝福あれ！あの冒険に満ちたゲームにも、それから、信じられないといった様子で真珠のようなしずくをしたたらせた、あの子の広げられた五本指にも。家庭教師の一人は私の大おじの私設劇場で生娘役の女優を味見させてくれた。一度、淫らな二人の若妻にレースのひらひらしたシュミーズを着せられ、ローレライのようなかつらをかぶせられたままで二人の間に寝かせられたこともあり、それはちょうど下世話な物語《ノベラ》に出てくる「恥ずかしがりやの小さな従弟」といったところで、隣りの部屋ではイノシシ狩りから帰ってきた夫たちがごーごー鼾《いびき》をかいていたりする。旧ロシアのあちらこちらの地方の白々とした夏空の下、十代前半の私が時々滞在したことのあるいくつもの親戚の邸宅は、二世紀ほど昔ならばちょうど私室とか閨房とかいったものと同じで、数多くの従順な女中や上流の浮気女を私に与えてくれた。要するに、私の幼年期が、児童心理学者を一躍有名にするほどの学術論文に題材を提供しうるものだったとしたら、反対に私の十代は、老小説家の本のあちらこちらに、まるで朽ちていくプラムや茶色くなった洋ナシのようにちりばめられた、数多くのエロチックな文章を実らせることができそうだったし、実際に実らせたのだ。いかにも、この回想録の価値の大部分はどこにあるかというと、それが私のロシア語と、とりわけ英語による虚構作品に出てくる多くのイメージの根源であり原点、さらには興味深い産道の解題付き類別目録《カタログ・レゾネ》になっているという点である。

私はめったに両親と顔を合わせることがなかった。二人はあまりにも速いペースで離婚し、再婚し、再離婚したので、もしも私の財産管理人がもう少しぼんやりしていたら、最終的に私は、飢えた目の下が悲しげにたるんだ、スウェーデンだかスコットランド系の見知らぬ夫婦のもとへ競売で売り飛ばされていただろう。実際は、風変わりな大おばである、旧姓をトルストイといったブレドゥ男爵夫人〈12〉が、申し分ない近親代わりとなってくれた。七つか八つにしてすでに慢性的な狂人としての秘密を抱えていた私は、大おば（彼女自身かなり常軌を逸していた）の目にさえひどく無愛想で大儀そうに映っていた。実際、当然のことながら、私はいつも非常にとんでもないやりかたで夢想に耽っていた。

「そんな暗い顔をするのはやめなさい！」と彼女はよく叫んだ。「見てごらん道化師を《ルック・アット・ザ・ハーレクイン》！」

「道化師《ハーレクイン》って？　どこに？」

「あら、あっちこっちに。あんたのまわりじゅうよ。木も道化師《ハーレクイン》、ことばだって道化師《ハーレクイン》。状況だって、算数だってそう。二つのものを合わせてごらんなさい、たとえば冗談とイメージね、そうしたら三重の道化師《ハーレクイン》のできあがり。そら、楽しむのよ！　世界をでっちあげるのよ！　現実をでっちあげるのよ！」

そして私はそのとおりにした。やれやれ、本当にそのとおりにしたんだ。こどもの頃の白日夢に敬意を表して私がでっちあげた大おばが、今まさに、記憶の玄関から大理石の段々を降りてゆるりとやってくる、体を横に、横向きにして、哀れなご婦人が、足を引きずって一段ごとに段のきわを黒い杖の先端についたゴムでさぐりながら。

（彼女が件の文句を叫ぶとき、それは息継ぎのない強弱弱格《ダクチル》の文としてこぼれ出た。すばやい、すりすりとすれるようなメロディーで、まるで「ルカティ《見てらん》」と言っているみたいで、「リカティー」という音とも似ているようだった、そこへ甘やかに、愛想よく、「ハーレクイン」が導かれる、それは陽気に元気よく登場して、「ハー」の音には、霊感を受けて何かを説得しようとしているような、豊かで爆発的な強勢が置かれ、「シークイン」みたいな音節とともに水滴がしたたり落ちるようにしめくくられた。）

私が十八のときボリシェヴィキの革命が勃発した《ストラック》——これは強烈で破格な動詞だと認めるが、ここでは単に語りのリズムを保つために使っているにすぎない。こども時代特有の混乱が繰り返し起こったため、私はその後に続く冬と春の大方を、ツァールスコエ〈13〉にある帝国療養所で過ごした。一九一八年の七月には、ポーランド人地主で私の遠い親戚にあたる、ムスチスラフ・チャルネツキー（一八八〇—一九一九？）の城で療養中の私がいる。ある秋の夕べ、ムスチスラフのかわいそうな若い情婦が、ヤン三世（ソビエスキ）の時代に初代チャルネツキーが〈14〉最後の野生牛《オーロクス》〈15〉を刺し殺した深い森の中をくねくねとたどる、お伽話に出てくるような小道〈16〉を教えてくれた。私はナップサックを背負って——白状してしまおうか——若き胸に震える自責の念と不安を抱えながら、その小道をたどった。私の親類を、ロシアの暗黒の歴史上、もっとも黒々とした時間の中に置き去りにしてしまったのは、正しいことだったのだろうか？　見知らぬ土地で一人ぼっちで生きていくすべを私は知っているのだろうか？　理想的な高等学校で学んだ、といっても自ら足を運んで出席したことなどいっぺんもないのだが、その全教科について、特別委員会（尊くも堕落せる数学者である、ムスチスラフの父親が主宰者を務めていた）による試問を受けた後に授かった修了証書は、地獄のような入学試験を受けることなくケンブリッジに受け入れてもらえるのに、十分なものだったろうか？　私はひと晩中、月明かりに照らされた迷宮を重い足取りで進み、絶滅した動物がたてるかさかさという音を想像した。ちょうど私の古代地図に朱書きが施されるかのように、夜明けの光がようやくあたりを照らしはじめた。国境を越えたかと思ったそのとき、小道のそばでビルベリーの実を摘んでいる最中の、モンゴル人の顔をした無帽の赤軍兵士が私に挑んできた。「さてどちらの方へ」、と彼は切り株から帽子を拾い上げて言った、「向かうつもりかな《カチーシシャ》、おチビさん《ヤーブロチコ》よ？〈17〉身分証を見せるんだ《ポカージヴァイ・カ・ドクメンチキ》」

　私はポケットの中を探り、必要としていたものを引っ張りだすと、突進してきたその男を撃ち殺した。それから兵士は、ちょうど閲兵場で日射病にやられたように、顔面からばたんと、彼の王たる私の足元に倒れた〈18〉。びっしりと立ち並ぶ木々の幹はどれ一つとして彼の方を見ていなかったので、私はダグマラの素敵な小ぶりのリヴォルバーを握りしめたまま、逃げ出した。半時間後、この森のもう一方の側、つまりいくらか旧弊な共和国にかかっている部分にようやくたどり着いて初めて、ふくらはぎの震えが止まった。

　ドイツやオランダの名前も思い出せない街でしばらくふらふらと遊び暮らした後、私はイングランドへ渡った。ロンドンの小さなホテル「レンブラント」、それが次の住所となった。私がセーム革の小さなポーチにしまっていた二、三粒のダイアモンド〈19〉は、雹の粒よりもはやく溶けてなくなってしまった。明日から一文無しという灰色がかった夜、作者つまりその当時自主亡命を選んだこの若者は（私は今、古い日記から転記している〈20〉）、スターロフ伯爵〈21〉という人物が思いがけなくも後援者となることを知った。その人物は謹厳で古風なフリーメイソン会員で、国際間交際の盛んだった時代に重要な大使館の数々に光彩を与え、一九一三年以来ロンドンに居を構えていた。彼は母語を学者のような正確さで話したが、そうかと言って、豊かな声で話される庶民的な表現を鼻であしらったりもしなかった。そしてどのようなユーモアのセンスも持ち合わせなかった。彼の下男はマルタ島生まれの若者だった（私はお茶というものが大嫌いだったが、ブランデーを要求する勇気もなかった）。ニキフォール・ニコディモヴィチ、というのがこの人物の早口言葉みたいな洗礼名・父称〈22〉で、噂によると長年のあいだ、私の美しく一風変わった母親の崇拝者であったらしいが、私はこの母親のことを主に、作者不詳の回想記に書かれている月並みな文句を通してしか知らなかった。恋情《グランド・パッション》というのは恰好の仮面となりうるものだが、一方で、私の母の思い出に対する紳士的かつ献身的な愛情があったからこそ、私にイングランドでの学費を支払ってくれもしたし、一九二七年に彼が亡くなった後にささやかな金を残してくれたりもした、と説明がつくのではないか（ボリシェヴィキの政変《クー》によって、私の一族と同様、彼は破産に追いやられたのだった）。しかしながら、青白く厳めしい大きな顔に収まっている、普段は死んだような目が、突然生き生きとしたまなざしに変わるとき、正直言ってうろたえたものだった。ああいう顔をロシアの作家たちは昔、「丁寧に剃られた《トゥシチャーチェリノ・ヴィブリトエ》」と描写したもので、その理由はおそらく、長老風のあご髭を生やした幽霊などというものは、読者に期待されている想像力の中で葬られなくてはならなかったからだろう（そんな読者はとうの昔に死に絶えている）。私はああした何かを問うような目の閃きの意味を、昔々彼が手を取って四輪馬車《カレーシュ》に乗り込むのを助け、きちんと席に着いてパラソルを開くのを待った後に、自分もどっしりとそのよくはずむ乗り物に同乗した、あの実に優美な女性の面影を探そうとしている徴だと解釈するよう努めたが、同時に、私のこの大公が、いわゆる高級外交官の世界に流行していた倒錯趣味を免れていたかどうか、疑わずにはいられなかった。N・Nは分厚い小説の中の人物のように安楽椅子に腰掛けていて、一方のずんぐりした手は肘置きについたグリフォン像の上に置かれ、印章付き指輪をはめたもう一方の手は、そばにあったトルコ製テーブルの上に置かれた、銀色の嗅ぎ煙草入れらしきものを弄んでいたが、その中身は実のところ、ガラス玉のような咳止めドロップ、というかドロップのこどもたちで、色はライラック色、緑色、それにたしか、珊瑚色のもあった。ひとつ付け加えておかなくてはならないのは、後になって入手した情報によると、彼が私と、それからもう一人の若者とに父親という以上の興味を抱いていたかもしれないという推測は、忌まわしいほどに間違っていたということで、ちなみにこの若者というのは、サンクト・ペテルブルグの悪名高い高級娼婦で、四輪馬車よりもブルーム型自動車のほうを好んだ女性の息子であったが、このへんでこういう口に入れてもよいガラス玉の話はおしまいにしよう。

3

さて、カルナヴォーヘ、そして、古風な喜劇の登場人物が喋る滑稽な台詞をつぶやきながら、いかにも重そうな荷物を運んでいるアイヴォー・ブラックへ、話を戻そう。

太陽はその支配力をすっかり取り戻していた。私たちは、石塀とイトスギ並木とで道路から隔てられた庭へ足を踏み入れた。銅製のカエル王が鎮座する緑色をした小池を、この別荘の象徴であるアイリスの花が取り巻いていた。葉が巻き毛のように見える一本のトキワガシの根元から、砂利道が二本のオレンジの木の間に向けて延びていた。芝生の一方の端では、一本のユーカリの木がその条線模様になった影を、寝椅子のカンヴァス地に投げかけていた。これはべつに、完璧な記憶能力を鼻にかけてひけらかしているわけではなく、蓋に百合の花《フルール・ド・リス》の描かれた古い飴菓子の箱に入っていた古い写真をもとに、丁寧に再現しようという試みなのである。

玄関に続く階段を、アイヴォー・ブラック曰く「二トンの石を引きずって」三段登ったのだが、無駄足になった。彼は、スペアの鍵を持って出るのを忘れてしまって、土曜の午後で対応できる使用人もいないし、さっき説明したように、妹とは普通の方法で意思の疎通を図ることができない、ただあの子は家のどこかにいるはずで、きっと寝室で泣いているにちがいない、客が、とりわけ週末にやってきて、火曜までずっと居座るような客が来るときはいつもそうだから、と言った。そこで私たちは、ウチワサボテンの茂みを迂回しながら建物の周りをぐるりとまわらなくてはならず、その途中で私はレインコートの袖を棘にひっかけてしまった。そのとき突然、人ならぬ恐ろしげな声が聞こえたので、アイヴォーの方をちらりと見ると、この畜生めはにたりと笑うだけだった。

ひと気のない裏の止まり木では、レモン色の胸をした、白い頬に縞模様の入った大きな藍色のコンゴウインコが間歇的に鳴き声を上げていた。アイヴォーがマタ・ハリ〈23〉と名付けた理由の一つはその鳥の鳴き方にあったが、主たる理由はむしろ、その政治的経歴にあった。彼のおばである故ウィンバーグ夫人は、一九一四、五年のあたり、もうすでに頭が少々あやしくなっていた頃に、なんでも顔に傷のある、単眼鏡をかけたいかがわしい異邦人が捨てていったというその哀れな年寄り鳥の面倒を見てやることにした。この鳥は「もしもし《アロー》」、「オットー」、「父ちゃん《パーパ》」と喋ることができたのだが、このささやかな語彙がなんとなく暗示しているのは、故郷から遠くはなれた暑い国で不安げにしている小さな家族だ。ときどき、あまりにも遅い時間までものを書く仕事をしていて、思考のスパイがメッセージを中継するのをやめてしまうようなとき、揺れ動く間違った言葉が、なんだか、オウムのゆるやかで見事な手につかまれた、乾燥した餌用ビスケットのように感じられることがある。

アイリス〈24〉を夕食の前に目にしたという覚えはない（もしかすると、水の出がためらいがちなシャワー室《サル・ドー》からがらんとした何もない私の部屋へ駆け戻る途中で、階段上のステンドグラス窓を背景に、こちらに背を向けて立っている彼女を垣間見ていたかもしれない）。アイヴォーが気を利かせて教えてくれたのは、彼女は聾唖者で、しかもひどくはにかみ屋ときているので、二十一の今になっても男性に対しては読唇術をうまく使えずにいるということだった。それは妙だなと思った。聾唖者というのは普通、絶対安全な殻の中に閉じ込められていて、その殻というのは飛散防止ガラスのように透明で丈夫なので、その内側では恥ずかしく思う必要もないし、自分をいつわる必要もない、というようにいつも考えていたからである。兄妹の手話に使われていたアルファベットは、二人がこどものときに考案したもので、何度か改訂を重ねていた。現行版は、ばかばかしいほど精妙な身振りによって成り立っていて、それは、ものを象徴化するというよりもそのまま単純に模倣した、何の芸もない無言劇《パントマイム》の浅浮彫りを見ているようだった。私がそこに、自己流にでっちあげた同じくらいグロテスクな身振り手ぶりを使って割り込んだところ、アイヴォーに、ふざけた真似はよしてくれ《ドント・プレイ・ザ・フール》、妹は短気だから、と手厳しく言われた。それらすべては（場面の端の方で皿をがちゃーんといわせながら並べている歳のいったカンニス出身の無愛想な女中も含めて）別の世、別のもうひとつの本を構成する出来事だった。まだそのときは私が意識的に創案していなかった、どことなく近親相姦的なゲームに満ちた世界だ。

　二人とも小柄ではあるけれど端整な体つきをした若者で、近しい親族であることは誰の目にも明らかだったが、アイヴォーが砂色の髪をしてそばかすの散った、至極平凡な顔つきをしていたのに対して、アイリスの方は、ボブにした黒髪と澄んだ蜂蜜のような瞳の、小麦色に日焼けした美女だった。初めて会ったとき彼女が着ていたドレスを私は覚えていないが、覚えているのは、彼女がそのむき出しの細い腕で、椰子の木立やクラゲの群れなす島の輪郭を宙に描くごとに、私の全感覚がびりびりと痺れたということで、そのあいだ兄は彼女の描く図形を、間の抜けた脇台詞のように翻訳してくれた。夕食後に綻びが出た。アイヴォーが私のためにウイスキーを取りにいっているあいだ、私とアイリスは慈愛に満ちた薄暮の中、テラスに立っていた。私がパイプに火をつけていると、アイリスが手すりを尻でぐいと突くようにしてから、人魚のように手をくねらせながら——波を表しているらしい——墨で描いたような丘と丘の分け目の向こうに、海辺の灯りがまたたいているのを指し示してくれた。ちょうどそのとき、背後の居間で電話が鳴り、アイリスがとっさに振り向いた——がしかし、慌てて駆け出そうとする動きを、見事なほど落ち着きはらって、ショールをはためかせながらくるりと回転するというさりげない踊りに変えてしまった。そうしているあいだにアイヴォーがすでに、寄せ木張りの床を電話の方へすべり寄って、ニーナ・ルセール〈25〉だか誰だかの用件を聞いていた。私たち、つまりアイリスと私は、もっと後に親密な関係になってから、この発覚の場面をよく思い出したもので、その場面には、お伽話のように奇跡的な回復を祝して私たちに飲み物を持ってくるアイヴォー、兄にかまわずその手を私の関節のあたりにふわりと置くアイリスがいた。私はというと、極端なほどの怒りにまかせて、手すりを握りしめたまま棒立ちになっていて、今のヨーロッパ風な手の抱擁が、彼女の謝罪を表しているのだということに、間抜けにも、すぐには気がつかなかったのである。

4

私の病気が引き起こすおなじみの症状のひとつで、もっとも深刻なものというわけではないけれども、発症したとなると取り除くのがなんとも厄介なものがあって、それはロンドンのムーディーという専門家が初めて「数値的光輪」症候群と名付けたものに属している。私の症例に関するムーディーの解説は、最近になって再版されて彼の全集に入っている。それは滑稽な間違いに満ちていた。「光輪」なんて言葉も意味不明だ。「ロシアの貴族であるN氏」はどのような「退化の兆候」も見せたことはない。彼がその愚鈍な名士を受診したのは「三十二」歳のときではなくて二十二歳のときだ。最悪なのは、ムーディーが私とV・S氏という人物をいっしょくたに扱っていることで、この人物は私の「光輪」に関する簡略な解説の補遺としての立場をわきまえずに出しゃばっているため、この研究論文全編を通して、私とこの人物の感覚とが混ざり合ってしまっているのだ。確かに、この症状を描写するのは容易ではないが、ムーディー教授やこの鼻持ちならない口達者な同病者よりは、私の方がうまくやれるのではないかと思う。

いちばんひどいときには、次のようなことが起こった。眠りについて一時間ほどの後（たいていは真夜中をとうにすぎた頃、ちょっぴりの蜂蜜酒《オールド・ミード》かシャルトルーズのちょっとした助けを借りて）、一時的に発狂した状態で目覚める（「狂気に目覚め入る」と言った方がよさそうだ）。脳みそにきりきりと差し込むひどい痛みは、私の視界の延長線上に落ちる、ぼんやりとした明かりのかすかな一点によって引き起こされた。というのは、使用人による善意と努力の結果をさらに完璧なものにするために、どんなに慎重にブラインドやらなにやらを使って真っ暗にするか半盲にしてみようと悪戦苦闘しても、そこにはどうしてもなんらかの忌まわしい隙間と、人工的な街灯や自然な月の光の、微塵とか微光が残ってしまうのであって、まさにそれが、説明不可能な危険がやってくる前兆となり、そこで私は窒息させるような夢の海面から、喘ぎとともになんとか頭をもち上げたのだ。その薄ぼんやりとした光の線に沿って、もっと明るいたくさんの点々が、おそろしい、意味ありげな間隔をお互いの間に保ちながら移動していった。そうした点々は、もしかしたら私の激しい鼓動を反映していたのかもしれないし、あるいは、濡れたまつ毛の瞬きと視覚的につながっていたのかもしれないが、そのあたりの原理は重要な問題ではない。その恐ろしい部分が何かというと、これが発症するのは間抜けなことに予測不可能であると同時に、もともと発症することが運命づけられていたということ、それはまた、解決しなくてはならない予言的問題が存在していることの表明になっていて、その問題を解決しないことには私は死滅してしまう、いや実際、そのことを前もって考慮してやっていれば、あるいはあのきわめて重要な瞬間に、あれほど寝ぼけていずにもう少し頭がしゃんとしていれば、解決されていたかもしれないのだ、というようなことを、救いようのないパニック状態に陥りながらも自分で認識していたという点である。その問題というのは、計算的性質を持った類のものだ。どういうことかというと、瞬く点と点のあいだのつながりの部分を計測する必要があったのだが、私の場合は計測というよりも推測しなくてはならなかった。というのは、麻痺状態に陥っていたために、安全な数字がどれだったかを思い出すことはおろか、数字を正確に数えることもできなかったからだ。間違いを犯すとそれはただちに懲罰を意味した——巨人に打ち首にされるとか、それよりもっとひどいこと。反対に、推測が正解ならば、イバラの棘だらけの謎に分け入って進まなくてはならなかった窪地の、すぐ向こう側にある魅惑的な領分へ脱出することができて、その領分は抽象的な牧歌性のために、よくあるこぢんまりした風景画に似ていた、つまり、恐がりのこどもたちのために書かれた古い本の中で、章の頭に現れる不気味で獰猛な形をした大文字——たとえばゴシック体のBだ——のすぐ脇を飾っている、小川《brook》とか森《bosquet》とかを表現した版画の挿絵のことだ。だけれども、あの麻痺状態とパニックの中では、そのこと、つまり、小川《brook》も、枝《boughs》も、美《beauty》も、向こう側《Beyond》も、すべて「存在《Being》」の頭文字で始まっているということ、そのことこそが単純な解答であるということなど、どうやって知ることができただろう？

もちろん、すぐに正気に戻って、カーテンをきちんと引きなおすとたちまち眠りにつくことができるような夜もあった。しかしそれ以外の、良い状態とはほど遠く例の「貴族」特有の光輪を経験するような、もっと深刻なときには、この視覚に起こる発作を抑えるのに何時間もかかったし、日の光さえそれを打ち負かすことはできなかった。新しい場所で過ごす初めての夜は、例外なくぞっとするものになり、それに続いて陰鬱な一日がやってきた。私は神経の痛みに責めさいなまれ、苛立ち、吹出物だらけで、ひげも剃っていなかった。そんなわけで、私も招かれていた、というよりむしろ招かれていると教えられた海辺のパーティーへ、ブラック兄妹に同伴することを拒んだのである。実際、アイリス荘での最初の数日間は私の日記の中ではひどくねじ曲げられ、曖昧としていたので、アイリスとアイヴォーがその週半ばまで留守ではなかったかどうか、はっきりしない。ただ覚えているのは、二人が親切にもカンニスの医者に予約をとってくれたということだ。このことは、あのロンドンの金ぴか先生が、地方の医師とさして変わらぬ無能だということを確認するよい機会となった。

　面会することになったのはユンカー教授[26]という二人一組の人物で、夫と妻とで構成されていた。彼らがペアになって開業してからもう三十年になり、日曜日にはいつも、人目につかない、つまりはあまりきれいとはいえない浜辺の片隅で、お互いを分析し合うのが習慣だった。この二人は月曜になるととりわけキレのいい診断をする、と患者たちは感じていたが、一方の私はというと、ユンカー医師やほかの医師たちが住んでいるらしいうらぶれた地区へたどり着くまでに、あちこちのパブでしこたま飲んだせいで、キレがいいなどとは程遠かった。正面玄関は市場の花や果物に囲まれて、まずまずの眺めではあったが、しかし、裏の方がどうなっているかはまだわからない。私を迎えたのは妻の方だった。ずんぐりしたおばさんで、ズボン姿という、一九二二年当時としては痛快なほど大胆な格好だった。このテーマはすぐに、便所（そこで私は、検査用には十分の大きさだが用足しには小さすぎるという、不条理なガラス瓶を満たさなくてはならなかった）の開き窓の外、そよ風が狭い通りの上で繰り広げる出し物によって引き継がれていて、そこでは夫人のものらしい長い三着のズロースが洗濯ひもにぶらさがったまま、三歩の大股か三歩の跳躍でそのちょうどよい狭さの通りを渡ってみせていた。私はそのことと、アイリス荘の階段の上にあるのとそっくりな薄紫色の婦人を配したステンドグラス窓が診察室にあることについてひとこと言った。ユンカー夫人は私に、男と女のどちらが好きかと尋ねたので、私は誰にも聞かれていないことを確かめるようにぐるりを見回し、どんな子を勧めてもらえるんでしょう、と冗談を言った。彼女は笑わなかった。診察は成功とは言えなかった。彼女は顎の神経痛という診断を下す前に、素面《しらふ》のときに歯医者へ行くよう勧めた。すぐお向かいですから、と。彼女が電話をして予約を取り付けてくれたのは確かだが、実際そこへ行ったのが同じ日の午後だったか翌日だったかは覚えていない。歯科医の名はモルナー《Molnar》〈27〉といって、そのnは虫歯の穴につまった麦粒を思わせた。私は彼を、四十年ばかり後になって『海辺の王国』〈28〉の中に登場させた。

私が歯科助手だと思った女の子（ただし、歯科助手というにはあまりに洒落っ気のある服を着ていた）が玄関ホールで、足組みをして電話に答えていたが、煙草を手にしたままドアを指し示すだけで、電話を中断してまで何かをしてやろうという様子はなかった。陳腐で静かな部屋だった。一番いい席はすでに占められていた。散らかった本棚の上に飾ってあるでかでかとした月並みな油絵には、山間の奔流に架かる一本の倒木が描かれていた。もっと早い診察時間のうちに本棚からさまよい出た数冊の雑誌が卵形のテーブルの上に置かれ、そのテーブルには空の花瓶や腕時計ほどの大きさのフランス式パズル《カステット》といった、ささやかながらも個性的な品々が並べられていた。ちなみにこのパズルはちっちゃな渦巻き状の迷路になっていて、その内側に入っている五つの銀色の豆粒を、手首をこまかく動かしてうまいこと螺旋の中心に誘い込むというものだった。順番待ちのこども用だ。

そんなこどもは一人もいなかった。片隅の肘掛け椅子には膝にカーネーションの小さな花束を載せた太った男が座っていた。茶色のソファーには二人の年配の女性が腰掛けていた——二人のあいだの上品な間隔から察するに、見知らぬ者同士だ。この二人から遠く離れた場所に置かれたクッションョン付きのスツールには、教養のありそうな、ひょっとすると小説家かもしれない若者が小さなメモ帳を手にして座っていて、いくつもの項目についてせっせと鉛筆を走らせていた——記入の合間に目に入る様々なものの描写かもしれない——たとえば天井、壁紙、油絵、それから窓辺に佇んでいる男の毛深いうなじだ。その男は背中に回した手を組み合わせていて、はためく下着、その向こう側にあるユンカー家の便所の薄紫色をした開き窓、そのまた向こうにある家々の屋根と小さな丘、そのまた向こう側にある遠くの山脈をぼんやりと眺めていて、あの絵に描かれた急流に橋を架けている一本のしなびた松の木が、そこにまだ残っているかもしれないと、私はぼんやり想像した。

やがて、部屋の奥にある扉が笑い声とともに勢いよく開き、歯医者が入ってきた、赤ら顔に蝶ネクタイ、めでたい灰色をしたぶかぶかのスーツに、なかなか陽気な黒い腕章といったいでたちだ。握手とおめでとうの言葉がそれに続いた。私は彼に、診察の予約を思い出させようとしたが、品のある老婦人——私がユンカー夫人と思ったその人だった——が、私の言葉をさえぎって、あれは私の間違いでしたと言った。その傍らでは、先ほど会ったばかりのこの家の娘ミランダが、おじさんの持っていたカーネーションの長くて白々とした茎を、いつのまにか、見事な襞つきのクロスが掛けられたテーブルの上にある、細身の花瓶に挿していた。盛大な拍手の合間に、小間使いがクリームの飾り文字で「50」と書かれた、夕日のようなピンク色をした立派なケーキをそのテーブルの上に置いた。「これはなんとも気が利いているね！」と独身男は叫んだ。軽い食事がはじまり、座った人たちも立った人たちも、みなグラスを手にしていた。アイリスが私に、温かみのあるささやき声で、あれはお酒でなくて香料入りのりんごジュースよ、と教えてくれたので、私はミランダの婚約者が差し出す盆から手を引っ込めた。その婚約者は、ちょっとした隙に嫁入り道具の詳細を調べているところを私が目にした、あの青年だ。「あなたがいるなんて、思ってもなかったわ」とアイリスは言って、馬脚を現した。それというのも、これは私が招かれていた「海辺のお楽しみパーティー」であるはずがなかったのだから（「あの人たちは岩の上に素敵な場所を持っているのよ」とアイリスは言っていた）。いや、ここに連ねられている医師や歯医者に関する混乱した印象の多くは、酔いの回った午睡中に経験する夢の部類に属するのではないかと思う。このことは文書からも確かめられる。小型日記帳を開いて、いちばん古いメモ書きにざっと目を通してみると、そこでは実際の出来事や、いくぶんうその混じった出来事の記述のあいだに、電話番号やら人の名前やらが肘で押し分けるようにして割り込んでいる有様なのだが、そこで気づいたのは、夢とかその他の「現実」の歪曲は、左に傾いた独特の筆跡で記録されているということだ——少なくとも、初期の頃、つまり現実とそうでないものの歴然とした区別を無視するようになる前の時期に書かれた事項に関しては、そうなっていた。ケンブリッジ期以前の事柄の多くが、その字体で表されている（ただしあの兵士が王の逃亡途上で倒れたのは本当だ）。

5

私は昔からくそまじめなフクロウなどと呼ばれてきたが、確かにいたずらが大嫌いだし、絶えまないふざけたからかいや品のない駄洒落には、ほとほとうんざりしていた（アイヴォー曰く、「ユーモアのセンスのないやつしか『ほとほとうんざり』とは言わないよ」。「まあ、ほとほとうんざりしたやつの方が、よれよれにうんざりしたやつよりかはましか」とさらにアイヴォー）。とはいえアイヴォーは気のいいやつで、彼が毎週半ばに留守にするのを私が歓迎したのは、別に彼の冗談攻撃からしばし避難できるからというわけでもなかった。アイヴォーはベティーおばさんの前の愛人《オンム・ダフェール》で、これまた一風変わった人物が経営する旅行会社に勤めていて、もしいい仕事をすれば、ボーナスとしてイカロスのフェートン型オープンカー[29]が約束されていた。

私の体調と筆跡はあっという間に正常に戻り、南仏を楽しむようになった。アイリスと私は何時間も庭でぶらぶら過ごし（彼女は黒の水着、私はフランネルのズボンにブレザーという格好）、最初のうち、海水浴というお決まりの誘惑に負ける前までは、生肌のような浜辺《プラージュ》よりも緑の庭で過ごすことを好んだ。私は彼女のために、プーシキンやレールモントフの短い詩のいくつかを、より感動的に聞こえるように意訳をしたり手を加えたりしながら訳してあげ、私の故郷からの脱出物語を、劇的な場面を交えながら話してあげもした。また昔日の壮大な流離譚の数々についても言及したのだが、彼女はデスデモーナのようにそれらを聞いていた[30]。

「ロシア語を勉強したいな」とアイリスは、その告白にぴったりの礼儀正しい憧れを込めながら言った。「わたしのおばさんはいちおうキエフ生まれということになっていて、七十五の歳になってもまだロシア語とルーマニア語のことばをいくらか覚えていたの、でも、わたしはっていうと語学はすごく苦手。『ユーカリ』ってあなたのことばではなんていうの？」

「エフカリプト」

「あら、なんだか、短編小説に出てくる男の名前にしたらよさそう。F・クリプトンとか。ウェルズのおはなしに、スヌークス氏ってのが出てくるんだけど〈31〉、もとのことばはなんと、〈セヴン・オークス〉なのよ。わたしウェルズ大好き。あなたは？」

彼は現代におけるもっとも偉大な空想家であり魔術師だけれど、社会派を気取った作品はいただけない、と答えた。

彼女も同感だった。それから同じウェルズの『情熱的な友人たち』の中でスティーヴンが部屋を出たときになんと言ったか〈32〉覚えているかしら、最後に彼の愛人と会うことを許された、あの無色の部屋。

「知ってるよ。その部屋の家具にはカヴァーが掛かっていてね、彼はこう言うんだ、『蠅よけのためですよ』」

「その通り！　素晴らしいと思わない？　涙をこらえようとして、なにか適当なことを口走るの。昔の巨匠が肖像画のモデルの手の上に描くようなイエバエを思い出させるわ。その人物は亡くなってしまいました、ということの印」

裏に隠された象徴よりもその文字通りの意味の方が、常に魅力的だと思うと私は言った。彼女は考え深げに頷いたけれど、納得した様子ではなかった。

それじゃあお気に入りの現代詩人はだれかしら。ハウスマン〈33〉は？

彼のことは何度も遠くから見かけたことがあるし、一度だけ、近くではっきりと見たよ。トリニティー・カレッジの図書館でだった。彼は開いた本を持ったまま立っていたけれど、何かを思い出そうとしているみたいに天井をぽかんと見つめていた——もしかすると、別の作家がその一行をどう翻訳したかを考えていたのかもしれない。

わたしならきっと「ひどく興奮」したでしょうにと彼女は言った。彼女はこの言葉を発音するときに、その小さくて真剣そうな顔を前方へ突き出すようにし、それを、つまり彼女の顔を、急速にぶるぶると震わせ、それに倣うようになめらかな前髪も震えた。

「興奮すべきなのは、ほかでもない今だよ！　なんと言っても、ぼくがここにいて、今は一九二二年の夏で、ここは君の兄貴の家で――」

「ちがうわよ」と彼女は話をかわすように言った（そして彼女の話しぶりが急変したせいで、時間の織物が突然重なるような感じ〈34〉を覚えた、つまりこのことは以前にも起こったか、あるいは今後再び起こるであろうという感覚だ）、「これはわたしの家で、ベティーおばさんはお金と一緒にわたしにこの家を残してくれたの、でもアイヴォーったら、間抜けなのか自惚れが強いのか知らないけれど、あの人のとんでもない借金をわたしには返済させてくれないの」

私は非難めいたそぶりを隠すでもなくはっきりと示した。実際、二十代前半の当時でさえ、今世紀の半ばまでには、私は名の知れた自由な作家になって、自由で世界じゅうから尊敬されるようになったロシアの、ネヴァ川沿いにある英国河岸通りか、私の素敵な田舎領地のうちのどこかに住んでいて、そこで散文とか詩を、先祖から受け継いだ無限の柔軟性を持った言語で書いている、と信じていて、その先祖の中にはトルストイの大おばの一人と、プーシキンの愉快な二人の親友も含まれている。未来の名声を感知することは懐古という古いワインと同じように頭をくらくらさせた。それは逆立ちした思い出で、言ってみれば、湖のほとりに立つ一本の巨大な楢の木が、このうえなく澄みきった水面にまるで絵のように映し出され、その枝々は光り輝く根っこのように見えている、そういったものだ。私はこの未来の名声を、私のつま先で、指先で、髪の毛で、感じた、ちょうど雷雨や、落雷直前に聞こえる、ごろごろという暗い歌声の消え入りそうな美しさ、リア王の雷電についての台詞〈35〉とか、そういったものが与えるおののきを感じるときのように。五十年前の当時、私を魅惑しつつ苦しめたこの名声の幻影を、今また浮かび上がらせてみたとき、涙で眼鏡が曇るのはなぜだろう？　そのイメージは純真で、本物だったが、実際に待ち受けていた未来との違いが、私の心をまるで別離の痛みのように打ち砕いたのだ。

　どのような野望も、どのような名誉も、私の妄想的未来を汚すことはなかった。ロシア学士院の会長がゆったりとした音楽に合わせて、花冠をのせたクッションを手に私の方へ進み出た——しかし私が白くなりかかった頭を振ったので、彼はぶつぶつ言いながら後退しなければならなかった。当然の成り行きとして——もっとも私の成り行きだが（そこには自己愛や、自己満足や、驚きなどはない）——ロシアの文学スタイルの運命を変えてしまうことになるような新しい小説の校正刷りを校正している自分が見えた——創造的感性《インスピレーション》がもっとも甘美なる至福を味わうのはページの余白である——あまりに大幅な書き直しなので全体を組み直さなくてはならないようだ。私が穏やかに年をとり、実際の本がようやくその姿を現したときには、我が追従者たる数人の親しい友人を、マレヴォ〈36〉（そこで私は初めて「道化師《ハーレクイン》を見た」のだ）にあるお気に入りの荘園の四阿《あずまや》に招いただろう。そこには噴水の並んだ小径があり、ヴォルガ草原地帯の処女地のきらきらとした一角が垣間見られた。そんなふうであるべきだったのだ。

　私はケンブリッジの冷たいベッドの中で、ロシア文学の新時代の全貌を一望した。私は、敵意はあるが礼儀正しい批評家という新鮮な存在を待ちわびたが、どうせ彼らはサンクト・ペテルブルグの文芸誌の中で、政治とか、貧弱な頭から生まれた多数派のアイデアとか、都市中心部の人口過剰などの重大な問題とかいったものに、私が病的なほど無関心であると文句をつけるのだろう。それと同じくらいに可笑しかったのは、当然の結果として悪人や間抜けの大群が、微笑む私の大理石像を虐待し、嫉妬にもだえ、己の凡庸さに逆上し、ばたばたと足を踏みならしながら大挙してレミングの運命へと突き進むが、やがてみんなステージの反対側から大急ぎで引き返してくる。つまりは、私の本の本質を見逃しただけではなく、彼らの豚ならぬ齧歯類的なガダラの運命[37]も果たすことができない、というような光景を思い浮かべることだった。

　アイリスと出会った後に作り始めた詩は、彼女が実際に持つ独特の資質を表現するという意図を持っていた——自分の言った洒落に私が気づくのを待つ間、眉を吊り上げて額にしわをよせる様子、私に見せたい一節を探そうと、眉根を寄せながらタウフニッツ叢書[38]を覗き込んでいるときに、それとはまったく別のやわらかな幾筋かのしわが額に現れる様子。しかしながら、私の道具の方はまだあまりになまくらで未熟で、あの神聖な詳細を表現することができず、彼女の目は、彼女の髪は、その点を除けばきれいに整った私の詩節の中で、救いようもなく一般化されてしまうのだった。

　そうした描写的で、率直に言ってしまえば陳腐な作品は、どれひとつとしてアイリスに見せられるようなしろものではなかったし（それを韻も踏まず原文に忠実になんの芸もなく英語にしてしまった場合にはとりわけ）、そのうえ奇妙な恥じらいのせいで——もうすぐ思春期を迎えようという肉欲旺盛な時期に、女の子に言い寄っていたときには経験したことのなかった感情だ——アイリスに彼女の魅力の一覧を献じることはためらわれた。それでも、七月二十日の夜、私はいささか迂遠かつ抽象的な短い詩を書いて、それを朝食のときに彼女に見せてやることにしたのだが、そのために作らなくてはならなかった逐語訳には、ロシア語の原詩を書くのにかかった以上の時間を費やした。その詩の題名は、パリの亡命者向け新聞に載った当時も（私の再三にわたる督促状と、返却を希望する一通の手紙の後、一九二二年十月八日に掲載）、その先五十年にわたって再版されることになる様々な名詩選や選集の中でも同じ、「ヴリュブリョーンナスチ（Vlyublyonnost'）」という、黄金の実を思わせる一単語の中にきわめて簡潔に納まっているのだが、英語にするとなると三語も必要になる。

ムィ・ザブィヴァーエム・シュト・ヴリュブリョーンナスチ
ニ・プロースタ・パヴァロート・リツァー
ア・パド・クパーヴァミ・ベズドーンナスチ
ナチナーヤ・パーニカ・プラフツァー

パクーダ・スニーッツァ　スニーシ　ヴリュブリョーンナスチ
ノ・プロブジヂェーニエム・ニ・ムーチ
イ・ルーチシェ・ニダガヴァリョーンナスチ
チェム・エータ・シチェーリ・イ・エータット・ルーチ

ナポミナーユ・シュト・ヴリュブリョーンナスチ
ニ・ヤーフィ　シュト・メーチヌィ・ニ・チェ
シュト・モージェット・ブィチ　パトゥストロンナスチ

プリアトヴァリーラシ・フ・チェムナチェ

「素敵」とアイリスは言った。「魔法の呪文みたい。どういう意味なの？」

「裏にほら、書いておいたよ。こんなふうさ。ぼくたちは忘れてしまう――というかむしろ、忘れがちである、だな――恋しているということ（ヴリュブリョーンナスチ）は、恋人の顔の角度がどうこうという問題ではなく、それは睡蓮の下にある底なし沼、つまり泳者が夜に経験するパニック（ここの英訳は偶然にも弱強四歩格《アイアンビック》になった――第一連最終行、ナチナーヤ・パーニカ・プラフッァー《a swimmer's panic in the night》、というところだ）のようなものだ、ということを。次の連はこうだ。夢見がうまくいっているうちに――「形勢が不利にならないうちに」というくらいの意味だね――私たちの夢の中に、どうか現れ続けておくれ、ヴリュブリョーンナスチよ、でも私たちを起こしたり、話し過ぎたりして、苦しめないでおくれ。寡黙であることの方が、あのすきまから差し込む光や、月光よりもましだから。それでその次がこの哲学的恋愛詩の最終連だよ」

「この……何？」

「哲学的恋愛詩。ナポミナーユ、つまり、ぼくはあなたに思い出させる、ヴリュブリョーンナスチはすっかり覚醒した現実ではないし、目印は同じではないし（つまり、たとえば月の光の縞がついた天井、パラサートゥイ・アット・ルヌィ・パタロークは、日中の天井とはまた別の現実である、というようなことだ）、たぶん、あの世というものが暗闇の中で、ほんのわずかにその扉を開いているのだ、ということを。以上《ヴォワラ》」

「あなたの彼女って」とアイリス、「あなたと一緒にいるとものすごくご機嫌な時間を過ごしているんでしょうねえ。あ、我が家の稼ぎ頭だ。ボンジュール、アイヴス。悪いけどトーストはみんななくなっちゃった。もうずっと前に出かけたとばっかり思ってたものだから」

彼女は少しのあいだ、ティーポットの頬っぺたに掌を当てた。そしてその姿が『アーディス』〈39〉の中に注ぎ込まれ、すべてがそこに注ぎ込まれたのだ。死んでしまったかわいそうな僕の恋人。

6

いろいろな国のビーチで、ベンチで、屋根の上で、岩の上で、デッキで、岩棚で、芝生で、板の上で、バルコニーで、五十回もの夏あるいは一万時間もの日光浴をして過ごしたとなれば、もしこれらの古いメモがなかったとしたら、私の修練期間のことを感覚的なところまで詳細に思い出すことは不可能であっただろうし、こうしたメモ書きは、衒学的な回想録の作者にとって、自分の病歴やら結婚歴やら文筆家としての生活やらについて記述する際の、大きな慰めとなるものなのだ。太陽が照りつける浜辺《プラージュ》で、アイリスは跪《ひざまず》いて甘い言葉をささやきながら、ごわごわしたタオルの上にうつぶせになった私の背中にシェイカー社製のコールドクリームを大量に塗りつけていた。腕に目を押しつけると、瞼の裏側に、紫色をした光化学的水泡の作る様々な形が泳いでいた。「日光の泡粒という散文を通して、彼女の手触りという詩が生まれた……」と小型日記帳には記してあるが、この若さゆえの気取った表現を、今の私ならもっとうまく表すことができる。肌を這うむず痒さを通して、というか実際、そのむず痒さによってちょっとおかしいくらいの心地よさを味わっていたのだが、私の肩甲骨の上から背骨に沿って這う彼女の手の感触は、意図的に愛撫を真似ているわけではないのだけれど、意図的な愛撫にあまりにも似すぎていたから、最後のおまけとして彼女の指がひらひらと尾骨のところまで下りてゆき、やがて消えていく直前の瞬間、私はその素早い指先への密かな反応を抑えることができなかった。

「はい」とアイリスは、私のケンブリッジ時代の恋人の一人で、情が深く経験豊富な処女であったヴァイオレット・マクディーが、もっと特別な手慰みをほどこしてくれた後に言ったのとまったく同じ調子で言った。

彼女には、つまりアイリスには、今までに恋人が数人いた。私が目を開け、彼女に向き直り、彼女を見て、こちらへ転がるように向かってくるひとつひとつの波の内側の、青緑色をした部分で踊っているダイアモンドを見て、それから死んだ波のあぶくが生きたあぶくのやってくるのを待っている、波に洗われてなめらかになった水際に散らばる黒くて濡れた丸石を見たとき——それから、ああ、来た来た、峰をなす波が一列になって、まるで横並びになったサーカスの白いポニーたちのように、再び速歩でやってくるとき、そうした景色を背にした彼女を認識したその瞬間、いかに多くの追従《ついしょう》や恋人たちが、アイリスを形作り完成させるのに手を貸したかということを、私は理解した。あの申し分ない顔色、不安の影一つない、高い頬骨の極立つ横顔、その下にある優雅なくぼみ、それからなめらかな肌をしてかわいい浮気娘に特有の巻き毛《アクロシュ・クール》を持った、わがアイリス。

「ところで」とアイリスは、跪いた格好から、両脚を体の下にくるみこんで半分かがむような姿勢に変えながら言った。「ところで、あの詩についてわたしが言った陰気くさい感想のこと、まだあなたに謝っていなかったわね。『ヴァリー・ブロンディーズ《ヴリュブリョーンナスチ》』を百回くらい読み返してみたの、内容は英語、響きはロシア語、両方でね。ものすごく素敵な詩だわ。ねえ、許してくれる？」

私は唇をすぼめて、すぐそばの日焼けして虹色にきらめく膝にくちづけたが、彼女はまるでこどもの熱を測っているみたいに私の額に手を当て、それ以上進めようとするのを押しとどめた。

「見られてるわ」と彼女は言った、「たくさんの目がいろんな所を見ているようで、実はわたしたちのことしか見ていないのよ。まず、感じのいいイギリス人の学校の先生が二人、右手の、えーっと、二十歩ほど向こうにいるでしょう。あの人たち、あなたが、肩をむき出しにしているルパート・ブルックのあの写真に驚くほど似ている《ア・ウリ・サン》〈40〉ってわたしに言ったのよ。ちょっとしたフランス語も知っているのね。もしまたわたしに、というかわたしの脚に、キスしようとしたら、もうどこかへ行ってもらうから。わたし、今までの人生の中でもう十分っていうくらい傷ついてきたんだから」

そこでひと息の間。脚についた細かい石英砂が虹色に輝いていた。女の子が俗っぽい恋愛小説みたいな口調で話し始めたら、ちょっと辛抱するしかない。

あの詩を亡命者向け新聞に送ったの？　いや、まだだ。ソネット詞華集の方を先に送らなくてはならなかったからね。僕の左にいるあの二人は（声をひそめて）、ちょっとした手がかりから判断するに、僕と同じ国からの離脱者だ。「そうね」とアイリスは同意した、「あなたがプーシキンの、彼女の足を愛でる波だかなんだかいうあの詩〈41〉を暗唱し始めたとたん、ぱっと立ち上がって気をつけの姿勢をしたもの。その他の印って？」

「男の方は水平線を眺めながら、あご髭をなんともゆっくりと上から下へと撫でているだろう、それに女の方は厚紙のマウスピース付きの煙草を吸っている」

それから十歳くらいの女の子もいて、むき出しの腕で大きな黄色いビーチボールを揺すっていた。

その娘《こ》が身につけているものといったら、フリルのついた紐みたいなものと、ひどく短いプリーツスカートだけで、そこからほっそりとした腿があらわになっていた。後の時代にマニアたちが「ニンフェット〈42〉」と呼ぶようになる類の娘だ。私の視線を捉えると、その娘は、あのお日様色をした球体越しに、甘くみだらな笑みを、鳶色のふさふさした前髪の下から送ってよこした。

「十一とか十二のときには」とアイリスは言った。「わたしもあの親のいないフランス娘くらいかわいかったのよ。全身黒ずくめで、広げたカンニス新聞の上に座って編み物をしてる人、あれがあの子のおばあちゃんよ。私、嫌なにおいのする男の人たちに体をさわらせたりもした。わたしとアイヴォーは昔、いやらしいゲームをしていたの——あら、ぜんぜん変なものじゃないのよ、それにね、兄は今ではご婦人よりか紳士の方がお好みなんだって——少なくとも本人はそう言ってる」

　彼女は少しだけ自分の両親について話してくれたが、彼女の両親は不可思議な偶然によって同じ日に死んだのだ。母親の方は午前七時にニューヨークで、父親の方は正午にロンドンで。つい二年前のことだ。二人は戦後間もなく別れていた。母はアメリカ人で、ひどい人よ。自分の母親をそんなふうに言うもんじゃないけれど、あの人は本当にひどかった。父は死んだ当時、サミュエルズ・セメント会社〈43〉の副社長だったの。なかなかの名家の生まれで、「いいコネ」を持っていたわ。私は、アイヴォーが「上流社会」に対して具体的にどのような恨みを抱いていたのか、あるいは抱いていなかったのかを尋ねた。兄さんは「キツネ狩り連中」と「ヨット遊びのやつら」が大嫌いなの、というのがアイリスの曖昧な答えだった。それを聞いて私は、そういうのは教養のない人間しか使わない、いやらしい常套句《クリシェ》だと言った。私の仲間、私の世界、私の少年時代の豊饒なロシアにおいては、私たちはどのような「階級」の概念からも超越しており、たとえば「日本人の男爵」とか「ニューイングランドの貴族」なんていうものについて読んでも、ただ笑ってしまうか欠伸をするかのどちらかだった。だが奇妙なことにアイヴォーは、まだらで剝げた木馬を思わせるような昔からのお気に入りの話題である、英国の「上流階級」について、とりわけ彼らの発音についてののしり始めるときに限っては、いつものお道化をやめて、普通の真面目な人間へと変貌するのである。それに対して私は、イギリスの上流階級の英語はもっとも優れたパリ風フランス語よりも、もっと言うとペテルブルグ風ロシア語よりも優れた話し言葉だ、と抗議をした。それは小気味よく抑揚をつけたいななきに似ていて、アイヴォーとアイリスが、罪のない外国人の使う大袈裟なあるいは時代遅れの英語をしつこくからかったりしないときには、かなりうまいこと、おそらくは無意識に日常の中で模倣していた発音だった。それはそうと、あそこで、胸毛が真っ白でブロンズ色に日焼けした老人がよたよたした汚い犬の後から、浅瀬に打ち寄せる波に足を取られながら浜辺へ戻ろうとしているけれど、あれはどこの国の人だったっけ――顔は知っているような気がするが。

あれは、と彼女は言った、カナーよ、すごいピアニストで蝶の採集家、彼の顔と名前が載っていない広告柱なんてひとつもないくらい。彼のコンサートのチケットを少なくとも二枚は買うつもり、それからあそこ、すぐあのあたり、今あの犬がぶるぶるっとしているところで、P一家（古い名門の名前）が六月にひなたぼっこをしていたの、そのときはほとんど人がいなかったのだけど、アイヴォーは知らんぷりされたわ。兄さんはトリニティー・カレッジで若いL・Pとは顔見知りだったのに。あの人たちはあっちの方に越してきたの。もっと高級な場所。ミラーナ・パレス〈44〉のちょうど足元のあたり。あのオレンジ色の点が見える？　あれがあの人たちの海の家。私は何も言わなかったが、若い方のPのことなら知っていたし、嫌っていた。

同じ日。ミラーナの男性化粧室で彼とばったり会った。あふれんばかりの歓迎を受ける。妹に会いませんか、明日はえーっと？　土曜日です。明日の午後ヴィクトリアのふもとまで散歩でもしようかと思っています。あなたが滞在されているところの右手にあるあの入江みたいな場所です。私は友人と一緒なのだが。もちろん君もアイヴォー・ブラックは知っているだろう。若い方のPは実際きちんと姿を現し、愛らしく、手足のすらりと長い妹を連れてきた。アイヴォーはというと、恐ろしいほど無作法だった。ほら立ってアイリス、ラパッロヴィチとチチェリーニとお茶をする約束だったのを忘れたのかい。とかなんとか。ばかばかしい両家の確執。リディア・Pはけたたましく笑った。

体が茹でたロブスターみたいになったところで、あの奇跡の日焼け止めクリームの効果が確認できたので、すぐに私は古くさい水泳パンツ《キャルソン・ドゥ・バン》を脱ぎ捨て、もっと短いのに穿きかえることにした（当時、もう少し厳格な楽園においてはまだ禁じられていたものだ）。この遅まきの穿きかえの結果、奇妙な日焼けの層が出来上がった。私はアイリスの部屋に忍び込んで、全身が映る鏡で自分の姿をじっと見つめていたのを思い出す――それが家の中にある唯一の鏡だった――それは彼女が美容院に行くと決めた朝のことで、私はそこに電話をかけ、彼女が実際に行っていて、愛人の腕に抱かれているのではないことを確かめた。プロヴァンスっ子の少年が階段の手すりを磨いている他は誰もいなかったので、もっとも馴染みの、もっともきわどい快楽にふけることができた。よその家の中を素っ裸で練り歩くことだ。

その全身像はまずもって上出来とは言えず、異国の野獣を描いた中世の絵画とか鏡というものに似つかわしくなくもない、軽薄さを含んでいた。顔は茶色で、胴と腕はキャラメル色、えんじ色の赤道帯がキャラメル色の下を縁取り、そして次に白い部分がくる。そこはほぼ三角形になっていて、南に向かってとんがっている部分はさらに濃いえんじ色で両側とも縁取られていて、そして（一日中短パンを穿いていたせいで）両脚は顔と同じくらいに茶色だった。その頂点として、腹部の白い部分が、身の毛のよだつような打ち出し細工《ルプセ》のように立ち現れていて、その醜悪さにはこれまでまったく気づかなかった。それは言ってみれば男の携帯動物園、左右対称にくっついたいろんな動物の体みたいなもので、まずは象の鼻、双子のウニ、それに赤ちゃんゴリラが観衆に背を向けて私の下腹にへばりついているといった具合だ。

　警報のような発作が私の神経を駆け巡った。不治の病という悪魔、「皮を剥がれた意識」が私の道化師《ハーレクイン》たちを脇へ追いやろうとしていた。気を散らすための応急措置として、ラヴェンダーが香る私の恋人の寝室に置いてある、道化棒のような小物類を使ってみた。すみれ色のテディベア、私が買ってあげた不可思議なフランス小説（『スワン家の方へ』〈45〉）、赤子のモーセが入っていたみたいな籠の中にきれいに積まれた洗いたての洗濯物、「レディー・クレシダとあなたの可愛いネル、ケンブリッジ、一九一九」と斜めにサインの入った、洒落た額に収まっている娘二人のカラー写真。私はクレシダの方を、金髪のかつらをつけてピンク色の化粧をしたアイリスだと思っていたが、よく見るとそれはアイヴォーが、シェークスピアの出来のよくないこの喜劇〈46〉にひょこひょこ出入りする、そのひどく苛立たしい娘に扮しているのだった。しかしやはり、記憶の女神《ムネーモシュネー》〈47〉の色付き映写機が映し出す昔の映像も、しまいにはおもしろくなくなってしまう。

　最前ほど熱心ではないにしろ、再びはだか歩きを始めたとき、今度は音楽室であの少年が、ベックスタインの鍵盤から不協和音を奏でながら埃を払い落としていた。少年は「オーラ？《何時》」と聞こえる質問をしたので、私は手首をくるくると回して見せ、そこに腕時計と腕輪の青白い亡霊しかないことを確認させた。少年は私の仕草を完全に誤解して、悪そうな頭をふりながらそっぽを向いてしまった。間違いと失敗だらけの朝だ。

悩めるときの朝食にはこれが一番という、グラスに一杯か二杯のワインをめがけて、私は食糧部屋へ向かった。途中の廊下で瀬戸物の破片を踏んでしまったので（そういえば前の晩にがちゃんという音を私たちは聞いていた）、片足を踊らせながら呪いの言葉を吐き、青白い足裏の真ん中についたはずの切り傷を想像して、それを点検しようとした。

私が思い浮かべていた一リットルの赤ワイン《ルージュ》は確かにそこに見つかったが、コルク抜きの方はどの引き出しを開けても見つからなかった。バンバンという音の合間に、インコがなにがしか粗雑でわびしげに叫んでいるのが聞こえた。郵便配達人が来て、そして行ってしまっていた。『新オーロラ《ノーヴァヤ・ザリャー》』誌の編集者は、こんなふうな手紙をよこしていた（こういう編集者のやつらというのはひどい臆病者だ）、わたくしの「謙虚な亡命者による亡命者のための新事業《ナチナーニエ》」は、残念ですがこれこれのことができませんでしたことをお詫びいたします、——「これこれ」のところはもみくちゃにしてゴミ箱の中へ投げ入れてやった。ワインもおあずけ、怒りにわななき、腋の下にアイヴォーの『タイムズ』紙を抱えながら、裏階段をどしんどしんと言わせて、息の詰まるような自分の部屋へ駆け上がった。脳味噌の中では動乱が始まっていた。

枕を涙で濡らしながら、明日の結婚の申し出を、わがアイリスには我慢ならないかもしれないある告白から切り出そうと決心したのは、まさにそのときだった。

7

庭の門から、豹柄になった影の中を東の村へ向けて二百歩ほど続くアスファルト敷きの並木道を眺めると、前方に緑色のベンチ、屋根の上に旗のある立方体の形をしたピンク色の小さな郵便局が、透明で凍り付いたような輝きをまとって、通りの両側をずらりと列をなして行進していく二対のプラタナス並木の最後尾の二本の間に見えた。

並木道の右手（南側）には、野茨の茂みがかぶさった側溝があり、その向こうには、斑目模様の幹と幹の間に、ラヴェンダーあるいはムラサキウマゴヤシの藪が垣間見られ、そしてさらにその遠くのほうに、墓地の低く白い壁が、そうした壁の例に漏れず、私たちの径と並行に走っているのが見えた。左手（北側）はというと、同じような間隔をおいたプラタナスの木と木の隙間の向こうに、上り坂になっている広々とした土地やブドウ畑、その彼方の農場、そのまた向こうの松林、そして遠く山並の稜線が見えた。この左手の終わりから二本目の木の幹には、誰かがわけのわからない貼り紙をしていて、その一部が、また別の誰かによってはがされたようだった。

私たち、アイリスと私は、毎朝この並木道を通って村の広場へ行き、そして──そこから素敵な近道を使って──カンニスへ、そして海へ、行ったものだ。小柄ながらも丈夫で、ハードルを飛び越えたりホッケーをしたり岩登りをしたり、そのうえ、私が彼女に捧げた最初の率直な詩の言葉を借りると、白々として狂ったような時刻《ダ・ベズームナヴァ・ブレードナヴァ・チャーサ》になるまでシミーダンスを踊り続けることができる、そんな元気な娘らしく、アイリスは時々歩いて帰りたがった。彼女はたいていあの透き通るような、体に巻きつけるタイプの「インド風」ドレスを、小さな水着の上に着けていたから、彼女のすぐ後についで行きながら、今は二人きりであることに気づき、だから誰にも邪魔されないだろう、これは何をしても許される夢なんだ、と感じたとき、獣のような欲情に駆られ、歩くのが困難になるほどだった。幸いにも欲情は押し止められたが、それは、二人きりであるとはいえ、いつ邪魔が入ってもおかしくないという状況のせいではなく、彼女に求愛する前にとても深刻な事実を告白しようという倫理的な決意からであった。

その急斜面から見ると、遠く眼下に広がる海面は厳めしげにしわを寄せており、距離と高さのせいで、繰り返しやってくる泡立つ波の線は、なんだかお道化たようなスローモーションで浜辺へ到達するように見えたが、その波のたくましい足取りはいかにも自信たっぷりであることを私たちは知っていたし、私たちもそのことに自信があった。そしてあの抑制された、堂々としたたたずまい……。

突然、私たちを取り巻く自然なごたまぜの渦中から、この世のものとは思えない恍惚の咆哮が聞こえてきた。

「あら」とアイリスが言った、「カナーのサーカスからのご機嫌な脱走者じゃなければいいんだけれど」(あのピアニストとは無関係だ――というか、そう思われた)。

私たちは歩き続けた、今度は並んで。その小径は、輪を描く本通りと六か所で交差していたのだが、そのうち最初の交差点を越えたところで道幅が広くなった。その日もいつも通り、私でもわかる数少ない植物の英名について、アイリスと話し合った――花の咲いているハンニチバナ《ロックローズ》にグリセルダ、リュウゼツラン《アガウェー》(アイリスは「センチュリー」と呼んだ)、エニシダ《ブルーム》にトウダイグサ《スパージ》、ギンバイカ《マートル》にツツジ《アビュータス》。小さな斑点模様の蝶たちが、素早く飛び交う日光の斑紋のように葉群が時折作るトンネルの下に去来していたし、一度など、途方もなく大きな黄緑色をして裏側にぽっと薔薇色の輝きのあるやつ〈48〉が、あざみの頭の上にほんのひととき止まった。私は蝶について何も知らないし、夜に飛ぶもう少し毛羽立った感じのやつなどはとても好きになれないし、あんなものに触られたらぞっとしてしまうだろう。一番きれいなやつでさえ、たとえばふわふわ漂う蜘蛛の巣とか、リヴィエラの浴室にうようよしているあの害虫、銀ジラミとかと同じように、不快で身の毛がよだつ。

今話題にしているこの日は、より重要な出来事のために思い出に残る日なのだが、それ以外のあらゆる種類の小事が、ひっつき虫がひっつくように、あるいは海中寄生物が魚を覆いつくすように、時を同じくして起こった。私たちはその日、一本の虫捕り網が花に覆われた岩々の間に動いているのに気づき、そのすぐ後に、カナー爺さんが、紐付きのパナマ帽を揺らし、緋色の額を取り巻く白髪を振り乱しながら現れ、全身から恍惚の輝きを発散していた。どうやらさきほど私たちが耳にしたらしい、あの叫びの余韻だ。

アイリスがすぐにあの見事な緑色のやつについて彼に教えてやったが、たちまちカナーはそれを一種《アイネ》の「パンドラ〈49〉」（少なくとも私のメモにはそうある）、つまりよくある南部産のファルター（蝶）〈50〉だと言って片づけてしまった。「しかし《アーバー》」、と彼は人差し指を突き立てながら雷のような声で言った。「もし本当に珍しいものを見たいなら、低地オーストリア《ニーダーエスタライヒ》より西側ではいまだかつて発見されなかったものを見たいなら、まさに今採ったばかりの蝶を見せてあげよう」

彼は虫捕り網を岩に立て掛けると（それはすぐに倒れてしまったので、アイリスがうやうやしく拾いあげた）、おびただしい感謝の言葉（プシュケー〈51〉に？　魔王《ベルゼルブ》に？　アイリスに？）を伴奏のように響かせながら、肩掛け鞄の仕切りポケットの中から小さな印紙付封筒を取り出し、そこから翅の折りたたまれた蝶を、そっと丁寧に、自分の掌の上に振り出した。

　ひと目見るとアイリスは、これはただの小っちゃな、すごく若いモンシロチョウ《キャベッジ・ホワイト》だと言った（たとえばイエバエなどは、実際に大きく成長する、というのが彼女の持論であった）。

「さて、よく見てごらん」、とカナーはアイリスの妙な発言を無視して言い、ギュッと閉じたピンセットの先をその三角形の虫に向けた。「今見えているのは下の部分――左のフォルダーフリューゲル（「前翅」）の下の白い部分、それから左のヒンターフリューゲル（「後翅」）の下の黄色い部分。ここでは翅を広げて見せることはしないが、これから話すことをあんたがたは信じてくれるだろうな。上のほう、今は見えていない部分だがな、ここのところに、これと一番近い類縁種、つまりモンシロチョウ《スモール・ホワイト》とミナミモンシロチョウ《マンズ・ホワイト》とが、同じものを持っている――というのは、前翅についた特徴的な小さな斑点、つまり、雄には黒いピリオドのマーク、雌には黒いドッペルプンクト（「コロン」）だ。この仲間には、これらの句読点は翅の裏にも同じようについているんだが、まさにこの、今あんたがたがこの平らな掌の上に見ておいでの、折りたたまれて標本になっているこの種だけが、翅の裏側は空白になっておるんだよ――自然の気まぐれな誤植ってところだ！　それゆえ《エルゴ》、エルガネ種なのである」

　寝そべった蝶の肢の一本がヒクヒクっと動いた。

「あら、生きてる！」とアイリスが叫んだ。

「いや、もう飛んでいくことはできんよ――ひとひねりするだけで十分だったからね」とカナーはなだめるような声で答え、標本になった蝶をその透き通った地獄の中に滑り戻した。そしてまもなく、両腕と虫捕り網を勝ち誇ったように振りながら別れの挨拶をして、再び岩を登ろうとするのだった。

「あのひとでなし！」とアイリスは嘆いた。彼女は、今までカナーが拷問にかけてきた数知れない小さな生きものたちのことを思ったが、数日後、アイヴォーが私たちをこの男のコンサートへ連れて行ってくれたとき（グリュンベルクの組曲『城』の最高に詩的な演奏だった）、アイリスは、兄の次のような軽蔑を含んだ発言に慰められた。「あんなふうに蝶がどうのこうの言っているのは、ただの売名行為だよ」。残念だが、同じ頭のいかれた人間として、私の方が事の真相をもっとよく分かっていた。

浜辺《プラージュ》の私たち専用の場所に着いてから、太陽を吸収しようと思ったら、ただシャツとパンツとスニーカーを脱ぎ捨てればよかった。アイリスはラップドレスを振るい落とすようにして脱ぎ、手足をむき出しにして私の隣りに敷いたタオルの上に横になった。私は準備したスピーチを頭の中で練習していた。ピアニストの犬は、今日はカナーの四人目の妻である、凛々しい感じの老婦人と一緒だ。ニンフェットは頭の悪そうな二人の少年に熱い砂に埋められているところ。ロシアの婦人は亡命者新聞を読み、夫の方は水平線を凝視していた。二人の英国女性はまぶしく輝く海につかって弾んでおり、大柄で少し赤みがかった白皮症《アルビノ》のフランス人一家は、ゴム製のイルカをふくらませようとしていた。

「そろそろ水につかろうかな」とアイリスが言った。

彼女がビーチバッグ（ヴィクトリアの管理人が彼女のために取っておいてやったものだ）から黄

色い水泳帽を取り出すと、私たちはタオルやその他の持ち物を、わりに静かでもう使われなくなった船着き場のような雰囲気の場所に移動させた。アイリスはそこで水遊びのあとに体を乾かすのが好きだったのだ。

青年期のそれまでに二度ほど、全身痙攣の発作――稲妻のごとく襲いくる狂気の肉体版といったところだ――に襲われた私は、パニックに陥り、底なし沼の暗黒へと引き込まれそうになったことがある。十五の少年である私が夕闇の中、幅は狭いが深い川を、運動神経のいい従兄弟と一緒に泳いでいる姿が目に浮かぶ。彼が私を置いてすいすい先を泳ぎはじめていたそのとき、懸命な努力の結果、得も言われぬ恍惚感が生まれ、それが奇跡的な泳ぎのスピードや、夢の棚に飾られている夢の賞品を約束してくれるはずだった――ところが、それが悪魔的な頂点に達したと思われた瞬間、その感覚はまず片脚に、次にもう一方の脚、そして肋骨ときて最後に両腕を襲う、耐え難い痙攣に入れ替わってしまった。そのどくどくと脈打つ差し込みは、体の部位をひとつずつ順に襲っていくという、奇妙でぞっとするような性質を持っていて、それによって私の四肢は次から次へと苦悶のくねりへと変貌し、体は巨大なミミズに変身しそうだった。そういうことを、のちになって何度も、博識で皮肉っぽい医者たちに説明しようと試みた。さて、まったくの偶然によって、見ず知らずの三人目の泳者がすぐ後に現れ、睡蓮の茎がもつれあう淵から脱出するのを助けてくれた。

二度目はその一年後で、西コーカサス沿岸でのことだった。私は一ダースほどの年上の仲間たちと一緒に、知事の息子の誕生日パーティーで飲んでいたのだが、真夜中頃、洒落た若い英国人のアラン・アンドーヴァートン（一九三九年頃に、私の最初のイギリスの出版業者となる！）が、月明かりの下で泳ごうと言い出した。あまり沖へ出なければ、それはなかなか楽しそうに思われた。水は暖かく、月は慈愛に満ちた光を砂利浜に広げられた糊のきいたシャツの上に投げかけていた。私が初めて着るイヴニングスーツ用のシャツだった。陽気な声が聞こえていた。アランが服を来たまま、まだらになった波のまにまにシャンパンの瓶と戯れていたのを覚えている。ところがやがて、ひと塊の雲がすべてを呑み込んで、大波が私を高く持ち上げ、巻き込まれた私は、たちまちあらゆる感覚を乱して、自分がヤルタに向かっているのか、それともトゥアプセに向かっているのかも分からなくなってしまった。救い難い恐怖が直ちに、馴染みのあるあの痛みを解き放ったのだが、もし次にやってきた大波が私を押し上げ、私のズボンのすぐ傍に降ろしてくれなかったら、きっとその場で溺れ死んでいたはずだ。

こうした不快で、無色に近い（命に関わる危機は色を持たないものだ）回想の影は、アイリスとはなかった。私がたいていは足が着くくらいの浅瀬にとどまっていることに、彼女は慣れていたが、「水に浸か《ディップス》」ったり「ばちゃばちゃ《スプラッシュズ》」（これもアイリスの言葉）したりするときにも常に消えることはなかった。私がたいていは足が着くくらいの浅瀬にとどまっていることに、彼女は慣れていたが、自分は「クロール」（ああいう抜き手の泳法が一九二〇年代にそう呼ばれていたらの話だが）でかなり沖の方まで泳いで行くのだった。しかしその朝、私はもう少しでなんとも愚かなことをしでかしそうになった。

私は波打ち際に沿ってあっちへこっちへ、ゆったりと浮かんでいて、時折つま先を下へ沈めては、触れると気持ち悪いが、総じて友好的な海草が生い茂るべとついた水底にまだ足が着くかどうか確かめていたのだが、突然、海の景色が変化していることに気づいた。中景のあたりに、L・Pらしき若い男が操縦する一艘の茶色いモーターボートが現れ、泡立つ半円をくるりと描いてアイリスの横に停まっていたのだ。彼女はきらきら光る船縁につかまっていて、彼は彼女に話しかけ、彼女をボートの中へ引っ張り込むような動作をしたが、彼女はひょいっと逃れて、笑いながらスピードを上げてすいすい行ってしまった。

それは、せいぜい数分の出来事だったに違いないが、あの鷹のような横顔の白いケーブル編みのセーターを着たならず者が、あと数秒でも長くそこにとどまっていたら、あるいは、激しい水しぶきの中、彼女があの新しい恋人に誘拐されていたら、私はそこで命を落としていたことだろう。というのも、その場面が進行しているあいだ、自衛本能の一種というよりは何か男としての本能のようなものが、無意識のうちに私を彼らに向かって数メートルほど泳がせ、さて呼吸を整えようと垂直の姿勢を取ろうとしたとき、足の下に広がっているのは水だけだと気づいたのだ。私は向きを変えて陸の方へ泳ぎはじめた――そしてそのときにはすでに、あの不吉な前照、奇妙で、いまだ名状することが不可能な全身痙攣のオーラが、私の体を徐々に覆いはじめていて、重力と死の協定を取り結んでいた。突然、ありがたいことに膝が砂にぶつかり、穏やかな引き波の中、四つん這いで浜辺へ戻った。

8

「一つ告白しなくちゃいけないことがあるんだ、アイリス、僕の精神状態のことで」

「ちょっと待って。このうっとうしいものを下ろさなくちゃ、できるだけ下の方まで、お行儀悪く見えない程度にね」

私たちは寝そべっていた、私は仰向け、アイリスはうつ伏せ、あの船着き場の上で。彼女はもう水泳帽は脱ぎ捨てていて、次に背中全体に日光を浴びようと、濡れた水着のストラップを肩をひねりながら外そうと苦労しているところだった。続いての苦労は、そのすぐそばの黒貂《くろてん》の毛を思わせる腋の下あたりで起こっていて、それは、彼女の小さな胸の白い部分が肋骨と連接しているところを隠そうという無駄な努力だった。もがきながらなんとか体裁を整えると、彼女は胸元に黒い水着の胴部を当てながら、半分体を起こし、もう一方の手はというと、女の子が何かを探して鞄の中をまさぐるときにやる、あの素敵で素早いお猿さん風の、ひっかくような手探りをしていた——このときに探していたのは、安物の煙草《サランボ》〈52〉の薄紫色をした箱と、高価なライターだ。それが見つかるとすぐにまた、広げたタオルの上に胸を押し付けた。彼女の赤く日に灼けた耳たぶが、はらりと垂れている黒い「メデューサ」の間から見えていた。この特有のボブスタイルのことを、二十代前半の若者たちがそんなふうに呼んでいたのだ。彼女の茶色い背中のくり型には、左の肩甲骨の下に当て布サイズの痣《あざ》と長い脊柱に沿ったくぼみがあって、それは動物の進化に起こったすべての過ちを贖《あがな》うに値するものであり、それが痛ましくも私の気を散らして、結婚の申し込みをある特殊で非常に重要な告白で始めようという決心に、集中できなくなるほどだった。数滴の水がアクアマリンとなって彼女の茶色い太腿の裏側と、力強い茶色のふくらはぎの上できらきら光っていたし、濡れた砂利が数粒、薔薇色がかった茶色の足首にくっついていた。私のアメリカ小説（『海辺の王国』、『アーディス』）の中で、女の子の背中が持つ堪え難い魔力について頻繁に語っているとしたら、それは、アイリスを愛してしまったせいだ。彼女の引き締まって小さくおさまったお尻は、そのこどもっぽい愛らしさという花がもっとも甘く、もっとも悩ましく、満開になった部分で、クリスマスツリーの下に包んで置かれた予期せぬ贈り物といったところだった。

このちょっとしたばたばたの後、待ち受ける太陽の中に再び身を落ち着かせると、アイリスはふっくらとした下唇を突き出して煙を吐き出し、やがてこう言った。「あなたの精神状態はきわめて良好、だとわたしは思うけど。あなたってときどき変てこで、陰気になるし、しょっちゅうおバカになるけれど、それって、天才が持つ性質の一部でしょう」

「君はその『天才』ってやつはどんなものだと思ってるんだい？」

「そうね、ほかの人に見えないものが見える人のこと。というか、物と物のあいだの見えないつながりが見える人かな」

「ということは、僕が話そうとしていることは、天才とはまったく関係のない、つまらない病気の状態のことだよ。まず具体的な例と本物の舞台装置で始めよう。ちょっとのあいだ目をつぶってみて。それじゃあ、郵便局から君の別荘へ続くあの並木道を思い描いてごらん。プラタナスの木立が、遠近法によって一点に収束しているところ、それから、おしまいの二本の木の間に庭の門が見える？」

「ちがう」とアイリスが言った、「右側の最後尾の木は街路灯に取り換えられているの――村の広場からはそんなにはっきりとは確認できないけど――でも本当は、蔦のからまる街灯なの」

「そんなことはどうだっていい。大事なのは、僕らは今、こちら側の村の方からあちら側の庭門の方に向かって目を向けている、と想像することなんだ。この問題ではね、僕らの言っているこちらとかあちらというものに、よく注意しなくちゃならないんだ。目下のところ、『あちら』というのは、半開きになった門の内側に日光が作っている緑色の四角形のことだよ。僕らは今、並木道に沿って歩き始めるところだ。右側の列の二本目の幹に、自治体からのお知らせの跡が見える――」

「あれはね、アイヴォーの貼り紙だったのよ。状況が変わったのでベティーおばさんの被保護者たちは毎週の訪問を取りやめるべし、という宣言をしたの」

「最高だね。僕らはとにかく庭門に向かって歩き続ける。両側のプラタナス並木の間に、とびとびに景色が目に入ってくる。右手に――頼むから目をつぶってくれよ、その方がよく見えるから――右手にブドウ畑、左手に教会の墓地――見えるだろう、その長くて低い、とても低い壁が――」

「なんだか薄気味悪く聞こえるわね。ひとつ加えていいかな。ブラックベリーの茂みの中に、アイヴォーとわたしは、古ぼけてゆがんだ墓石を見つけたの、そこには『眠れ《ドー》、メドー！』という碑文と、あとは死んだ年の１８８９というのが刻まれているだけ。拾われた犬でしょうね。左側の、最後の木のちょうど前方」

「さて僕らは今庭門に着く。庭に入りかけて――でもそこで突然止まるんだ、アルバムに貼ろうと思っていたあの新しく出た素敵な切手を買うのを忘れたから。そこで郵便局へ戻ることにする」

「目を開けていい？　眠っちゃいそうなんだもん」

「とんでもない。ここがまさに、目をしっかりと閉じて集中しなくてはいけないところなんだから。想像してほしいんだ、君が、かかとを軸にくるっと回転して、『右』だったのが即座に『左』に変わるところを、それから『こちら』と言っていたものが『あちら』として見えてくるのを、すると街路灯は今君の左手にあるし、死んでしまったメドーは右手に、そしてプラタナス並木は郵便局に向かって収束している。できる？」

「できました」とアイリス。「回れ右、遂行。今、内側に小さなピンクのおうちがある、お日様の光に満ちた穴と対峙しています。歩き始めていいかしら？」

「君にはできるだろうけど、僕にはできないんだ！　ここがこの実験の要のところなんだ。物理的な実生活の中では、僕だってほかの人と同じように、簡単にくるっと素早く向きを変えることができる。でも目を閉じて、体も動かさない状態で、頭の中でそれをやってみようとしても、この方向の逆転ができないんだよ。脳の中の、旋回を司る部屋みたいなものが、どうも機能しないんだ。もちろん、頭の中で広がっている全景の写真をいったん追いやっておいて、反対の景色をゆっくり選ぶことによって、出発点に歩き戻っていく、というようなインチキをすることもできるよ。でもそういうインチキをしなければ、残酷な邪魔が入る、それは、もしふんばろうとすれば頭がおかしくなってしまうようなやつだよ、そのために、一つの方向を正反対の方向に転換しようとするその捻りを想像することができなくなってしまうんだ。自分がくるっと向きを変えることを思い描き、『左』として見ていたものを『右』として、あるいはその逆として見るよう自分に言い聞かせる、そういうプロセスの中で、僕は押しつぶされてしまって、背中に全世界を背負っているような気になるんだ」

アイリスは眠ってしまったのではないかと私は思ったが、私を破壊してしまうあのことについて彼女はなにひとつ聞いていなかったし理解していないのだ、という考えを抱きそうになったところで、彼女は身じろぎし、肩のストラップを直し、体を起こして座った。

「まず初めに次のことを取り決めておきましょう」と彼女は言った。「こんな実験はもうおしまいにすること。二つ目に、今わたしたちがしようとしていたことは、あるバカげた哲学的なぞなぞを解くことでしょ――つまり、わたしたちが存在していないときに、誰も見ていないときに、純空間において、『右』とか『左』は何を意味するのか、そもそも、空間とは何か。わたし、小さい頃、空間というのは無の内側のことだと思っていたの、どんな無でもいいのよ、黒板の上にチョークで書いた、たぶんあまり形の良くない、それでもきちんとした、きれいなゼロ。でも、あなたの頭がおかしくなったりしてほしくないし、わたしの頭もおかしくしてほしくないの、だってほら、そういう混乱は人に伝染しやすいんだもの、だから、並木道をくるくる回転させるような話はもうすっかりおしまいにしましょう。キスでこの協定を締結したいところだけど、それは延期しなくちゃ。アイヴォーが、もう一、二分もすればここに来て、新車に乗せてビュンと飛ばしてくれるんだって、でもあなたは来たくないかもね、ということで、お庭で夕食前に一、二分ほど会うっていうのはどうかしら。アイヴォーがお風呂に入っているあいだに」

私は、ボブ（L・P）が私の夢の中で、彼女に何と言っていたのか尋ねた。

「あれは夢じゃないってば」と彼女は言った。「あの人はただ、わたしたち三人全員に来てほしいと思っていたダンスのことで、妹が電話をしてきたかどうか知りたかっただけ。もし電話があったとしても、誰もうちにいなかったけど」

私たちはおやつと飲み物のためにヴィクトリアのバーへ行き、間もなくアイヴォーも合流した。彼は、ナンセンスだ、僕は舞台の上でならとても格好よくダンシングやらフェンシングもできるけれど、私事になるとまるで熊みたいになってしまって、もし初心《うぶ》な妹が浜辺に巣食う洒落た《ラスタ》成り上がり者《クエール》たちのいやらしい手で触られようものなら、ぞっとしてしまう、というようなことを言った。

「ところで」とアイヴォーは付け加えた、「僕はPの、金貸し業者に対する妄想がどうも気に入らん。あいつはケンブリッジで一番の金貸しを、破滅同然の目にあわせたくらいなんだが、あいつが金貸しに関して繰り返す悪口といったらありきたりの決まり文句だけさ」

「兄さんはヘンなの」とアイリスは、芝居がかって私の方を向いて言った。「兄さんは、わたしたちの先祖のことを、まるでやましい財宝のように隠したがるの、でも誰かが誰かのことをシャイロック〈53〉と呼んだりしようもんなら、公衆の面前でかっとなって爆発するんだから」

アイヴォーはおしゃべりを続けていた。「モーリス爺さん（彼の雇用者だ）が今晩、僕らの夕食に来るよ。冷肉の詰め合わせに、料理用ラム酒を使ったマセドワーヌ。イギリス食糧品店で、缶詰のアスパラガスも買っておくよ、缶の方が、このへんで採れるやつよりずっと質がいいんだから。新車は厳密にはロイスじゃないけど、よくロールするよ。残念だな、ヴィヴィアンは気分が悪くて来られないのか。今朝、マッジ・ティサリッジに会ったんだけど、フランス人のボーイはみんな彼女の名字を『シ・セ・リッシュ《もしそれがリッチなら》』と発音するんだってさ。今日は誰も笑ってくれないんだなあ」

9

いつもの午睡をするにはあまりに興奮しすぎていたので、その午後の大半は愛についての詩を作って過ごした（そしてこれが私の一九二二年の携帯日記帳に記録された最後の項目だ――カルナヴォーに来てちょうどひと月が経過した頃）。その頃私にはどうやら二種類の女神《ミューズ》がいたようだ。主役は、ヒステリックだが正真正銘の詩の女神で、つかみ難いイメージの断片の数々で私を苦しめ、せっかく与えてもらった魔法や狂気をうまく使いこなせない私の無能さに苛立って、両手をもみしぼった。もう一人は彼女の見習いで、パレットを持つ助手、代役の娘といったところで、ちょっとした理屈屋だったから、師匠がやり残した穴を、説明調の、あるいは韻律合わせの埋め言葉でふさいでいくのだが、構想した当初の、とらえどころがなく荒削りではあるが完璧な形から私が遠ざかれば遠ざかるほど、その数は増えていくのだった。ロシア語のリズムを持った裏切りの音楽が、見せかけの救済にやってきたが、それは芸術家の地獄を満たす黒い沈黙を、ギリシア詩人や有史前の鳥〈54〉の真似をして破るあの魔物のごとくであった。そして最後のごまかしは清書原稿の形でやってきて、そこではきれいな字体と上質な紙と墨とが、生気のないへぼ詩を束の間、立派に見せていた。やれやれ、なんということだろう、私はほぼ五年にわたって奮闘し続け、騙され続けた挙句の果てにようやっと、あの色鮮やかで、豊かな言葉を宿した、従順で哀れなかわいい助手をくびにしてやったのだ！

　私は着替えをして下へ降りた。テラスへ続くフランス窓が開いていた。そしてモーリス爺さん、アイリスにアイヴォーが、見事な夕焼けの中、特等席でマティーニを味わっていた。アイヴォーはちょうど、珍妙なイントネーションと大仰な身振り手振りを交えながら誰かのものまね〈55〉をしているところだった。見事な夕焼けは、人生を変貌させてしまうような日暮れの背景幕としてとどまっただけでなく、それから何年も後になって私がイギリスの出版社に持ちかけた、ある提案の背景としても、どうやら消えずに残っていたようだ。その提案というのは、曙光と夕焼けを可能な限り本物に近い色合いで再現した大型の写真集で、科学的価値も備えているようなものだ、つまり、博識な天空学者を雇って、世界各国から集めてきた空の標本について論じさせ、印象的でいまだかつて話題になることのなかった、夕暮れと日の出の色彩構成の違いについて、分析させることもできるのだから。この写真集は結果として実際に出版されて、価格は高めだが写真の部分はまあまあといったところだった。ところが文章を提供したのがある薄幸の女性で、彼女の幼稚な文章と借り物の詩が、この本を不細工にしてしまっていた（アラン・アンド・オーヴァートン社、ロンドン、一九四九年）。

束の間、アイヴォーの耳障りな演技に適当に耳を傾けながら、私はそこにたたずんで壮大な日没を眺めていた。それは古典的な薄オレンジの色でひと塗りしてあり、そこを青みがかった黒い鮫が斜めに泳いでいた。その組み合わせを輝かしいものにしていたのが、明るい燃えさしのような一連の小さな雲たちで、それはぼろを着て、頭巾をかぶったような格好をして、チェスの歩《ポーン》というか、擬宝珠《ぎぼし》のような形になった真っ赤な太陽の上方で、群れをなして飛び交っていた。「見てごらん悪魔の宴に向かう魔女たちを！」と私は叫びかけたが、そのときアイリスが立ち上がるのが見え、こう言うのが聞こえた。「もういいかげんにしたら、アイヴズ。モーリスはあの人に会ったこともないんだから、そんな真似したって無駄よ」

「そんなことないさ」と兄。「モーリスはじきにこの人に会うだろう、そしたら、見覚えがある《リコグナイズ》（この表現は芸術家のうなりのように聞こえた）ってわかるという仕掛けさ、それがねらいだよ！」

アイリスは庭の階段をつたってテラスを離れ、アイヴォーは例のおかしな寸劇を続けるのをやめていたが、そのものまねは、たった今意識の上で瞬時に行われた再生によって、私の声と仕草を実にうまく模したものだと気づいた。まるで自分自身の一部が破り取られて水中に放り投げられたような、あるいは私自身から私という存在が引き離されたような、あるいは前に向かって飛行しながら同時に後ろへくるりと向きを変えていくような、奇妙な感覚にとらわれた。その最後の動きが優勢になり、目下私はトキワガシの下、アイリスと一緒にいた。

コオロギが鳴き、夕闇がプールを満たし、街灯から漏れる光線が、駐車している二台の車の上できらめいていた。私は彼女の唇に、首に、ネックレスに、首に、そして唇に、口づけをした。彼女の反応は私の不機嫌を吹き飛ばしてくれた。それでも、彼女がお祭りみたいな明りの灯った別荘へ駆け戻ってしまう前に、あのばか者について私が思ったことを話してやった。

アイヴォーがじきじきに夜食をベッド脇のテーブルまで運んできてくれて、自分の芸が報われなかったことに対する失望をうまく隠しながら、私を怒らせてしまったことを愛嬌たっぷりに詫びてみせ、「パジャマはもうなくなっちゃったのかい?」と訊き、それに対して私は、怒るどころか、素敵にやってくれて嬉しいくらいだ、それから夏はいつも裸で寝るんでね、でも下へ降りるのは遠慮したほうがよさそうだ、頭痛っぽくて、君のあの見事なものまねにうまく似せることができないかもしれないから、と答えた。

私の眠りは発作に中断され続け、深夜を過ぎてようやく、もっと深い迷夢(なぜだか、果樹園の深い草の中にいる初めての想い人のイメージで飾られていた)に滑り込んでいったのだが、モーターのぱたぱたいう音によって乱暴に起こされた。シャツをするりとかぶって、窓の外へ身を乗り出すと、三階までほどよく育ったジャスミンの茂みから、スズメの群れがあわてて飛び出し、アイヴォーが庭の真ん中辺りで、エンジンの音をぶるぶると響かせている車にスーツケースと釣竿を積み込んでいるのを官能的な驚きをもって見ていた。その日は日曜だったので、アイヴォーは一日中そのへんにいるだろうと思っていたのに、どうだ、あんなふうに運転席に座ってドアをばたんと閉めてしまった。庭師が両腕をふってアイヴォーの車がうまいこと通れるように誘導していた。彼のかわいらしい男の子も一緒で、黄色と青の羽毛でできたはたきを手に持っていた。その次に、アイリスの愛しい英国風の声が兄に行ってらっしゃいと言うのが聞こえた。彼女のことを見ようと、少し身を乗り出した。彼女はひんやりとしたきれいな芝生の一画に、裸足のまま、ふくらはぎもむき出しで、袖のゆったりとした化粧着に身を包んで立っていて、楽しそうに別れのことばを繰り返していたが、それは彼の耳にはもう届いていないのだった。

私は踊り場を通って手洗いに駆け込んだ。少しして、このごぼごぼごくごくいっている引きこもり所を出てくると、階段のあちら側にいる彼女の姿が見えた。彼女は私の部屋へ入ろうとしていた。私の着ていたサーモンピンクのポロシャツはとても短くて、私の性急な欲望の突起を隠すことはできなかった。

「止まってしまった時計の呆然とした顔の表情って、嫌な眺めね」と彼女は言って、日焼けした細い腕を、普通の目覚まし時計の代わりに貸してもらった古いゆで卵用タイマーが追いやられている棚の上の方へ伸ばした。ゆったりとした袖が後ろの方へ下がったので、私は太陽の下での最初の日からずっと口づけたいと憧れてきた、あの暗く香《かぐわ》しいくぼみに、キスをした。

ドアの鍵はかからないようになっていると知っていたが、それでも試してみて、結局はかちゃかちゃというばかみたいな音らしきものが何度もするだけで、鍵などはかからなかった。階段の方から足音と具合の悪そうなこどもっぽい咳が聞こえてくるが、一体誰だろう？　ああ、きっと庭師の男の子のジャコーよ、毎朝うちのものを磨いて埃をはたいているのよ。入ってくるかも、と私は言ったが、すでに喋ることも難しくなっていた。あの蠟燭立てかなにかを、たとえば、磨こうとして。あら、かまわないわよ、と彼女はささやいた、あの子はただの真面目なおちびちゃん、かわいそうな捨て子なんだから、ワンちゃんとかオウムとかとおんなじ。あなたのお腹って、と彼女は言った、まだそのシャツと同じくらいピンク色だわ。それに忘れないで、ね、早いうちに出て行ってちょうだいね。

それははるか遠くに、まぶしく輝いていて、永遠に変化することなく、時間によって歪められることもない！　ベッドの上にはパンくずと、オレンジの皮なんてものまでちらばっていた。こどもっぽい咳は、今は静かに抑えられていたが、床が軋む音、圧し殺したような足音、それに、ドアに押し付けられたあの子の耳の中で鳴っているブーンという唸りまでが、はっきりと聞き取れた。私が十一か十二のときだっただろうか、あの火照ったような、ひどい夏の日々を過ごしていたモスクワの田舎屋敷へ、大おじの甥がやって来た。彼は情熱的な花嫁を連れて、結婚の宴から真っ直ぐにやって来たのだ。次の日、午睡の頃に、好奇心と妄想に駆られて狂乱状態に陥った私は、三階の客用部屋の窓のすぐ下にある秘密の地点へと忍び寄って行った。そこには庭師の梯子が、ジャスミンのジャングルの中から伸びていた。梯子は二階の閉ざされた雨戸の上までしか届いておらず、もっと上の装飾を施された出っ張り部分に足がかりを見つけることはできたが、結局半開きになった窓の桟をつかむのがやっとで、そこからいくつもの入り交じった音が漏れてきた。聞き取ることができたのは、ベッドのスプリングのぎしぎしいう音と、ベッドのそばに置いてある皿に載った、果物ナイフのリズミカルなちゃりんちゃりんという音で、首を思いきり伸ばせばベッドの支柱を見ることができた。しかし、私をもっとも魅了したのは、ベッドの、私からは見えないところから聞こえてくる、男のものらしいうめき声だった。超人的努力の結果、椅子の背にかけられたサーモンピンクのシャツを目にすることができた。この男、恍惚とした獣は、多くの人間同様いつの日か死する運命だったが、今この瞬間は彼女の名前を、いや増す緊迫感とともに繰り返していた。そして私が足を滑らせたとき、彼の叫びは絶頂に達し、ぱちぱちいう小枝と真っ白な花びらが舞い乱れる中に突然落下した私の音を呑み込んでしまった。

10

アイヴォーが魚釣りから帰ってくる直前に、私はヴィクトリアへ移り、そこへ彼女は毎日会いに来た。それだけでは満たされなかったのだが、秋になるとアイヴォーはロサンゼルスへ移住し、彼の異母兄弟が経営するマネシ映画社[56]に参加することになった（三十年後、アイヴォーがドーヴァー海峡で亡くなったずっと後に、その会社のために『クイーンを取るポーン』[57]という私の当時一番人気のあった、しかし最高傑作とはほど遠い小説の脚本を書いてやることになる）。そういうわけで私たちはあの愛すべき別荘へ、アイヴォーからの心のこもった結婚祝いである実に素敵な青いイカロスで、帰ることになった。

十月のあるとき、すでに堂々たる耄碌の最終段階にいた私の後援者が、例年のようにメントンへやってきたので、アイリスと私は事前に知らせることなく、突然彼のもとを訪ねた。彼の別荘は私たちのものとは比べものにならないほど立派だった。彼はよろけながら立ち上がると、蠟のように青白い両の掌のあいだにアイリスの手を取り、青くかすんだ目で彼女のことを少なくとも五秒ほど（社交的観点から言うと、ちょっとした永遠だ）、ある種の儀式的な静寂とともに見つめ、その後私を抱擁し、ロシア式のぞっとするやり方でゆっくりと三回、交互に両頬をキスをした。

「君の花嫁さんは」と彼が言ったとき、それは婚約者《フィアンセ》の意味だと理解した（彼の話す英語は、あの忘れがたいアイヴォー版の私の英語とそっくり同じだったと、アイリスは後に語った)。「未来の奥さんと同じくらい美しいね!」

私は急いでロシア語で、ひと月前にカンニスの市長《メール》がてきぱきと式をやって結婚させてくれたのだと彼に話した。ニキフォール・ニコディモヴィチはアイリスを再びさっきと同じようにじっと見つめたが、やがて彼女の手に口づけた。嬉しいことに、アイリスはその手を正しいやり方で持ち上げた(おそらくアイヴォーに指導を受けたのだろう、あいつはいつも妹に触れるあらゆる機会を狙っていたのだから)。

「噂を誤解していたよ」と彼は言った。「とはいえ、こんなに可愛らしいお嬢さんとお知り合いになれるのは嬉しいことだ。それで、いったいどこの、どの教会で、結婚の誓いをするのかね?」

「わたしたちの建てる神殿で、です、おじさま」とアイリスは答えたが、いささか礼儀を欠いているように聞こえた。

スターロフ伯爵はロシアの小説に出てくる老人がよくやるように「唇を嚙んだ」。彼のために家の手入れをしてやっている、ミス・ヴロージェ・ヴォローディンという初老の従姉がちょうどよいところへやって来て、アイリスに美味しいお茶を出そうと、隣接する小さな奥の間へ連れて行った(セローフ〈58〉が一八九六年に描いた、コーカサス風衣装に身を包んだ悪名高い美女、マダム・ド・ブラギゼのまばゆいばかりの肖像画が、その部屋を明るく照らしていた)。伯爵は私とビジネスの話がしたい、彼の「注射の時間までに」もう十分しかないが、と言った。

奥さんの旧姓は?

私はその問いに答えた。伯爵はその名前について思いをめぐらせ、そして首を振った。彼女の母親の名前は？

それにも答えた。同じ反応だ。結婚後の生計はどう立てるのかね？

彼女には家が一軒、オウムが一羽、自動車が一台、そして、正確な額は知らないけれどささやかな収入があると答えた。またしばらく考えたのち、彼は私に、白十字での安定した職に就く気はないかと尋ねた。これはスイスとは何の関係もない。世界中でロシア人キリスト教徒を支援する組織だ。この職に就くと旅行もできるし、おもしろいコネもできるし、重要なポストに昇進することもできる。

私があまりに強くそれを拒否したため、彼は手に持っていた銀色の薬箱を落としてしまい、罪のないグミドロップが、彼の肘先のテーブルの上にばらばらとこぼれた。彼はそのドロップたちを、腹立たしげに解散を命じるような身振りでカーペットの上に払い落とした。

それなら君はこれから何をするつもりなんだね？

私は、文学的な夢、まあ、悪夢とも言えますが、それを追求し続けますと言った。僕たちは一年のうちのほとんどをパリで過ごすつもりです。パリは亡命者文化と貧困の中心地になりつつあるのです。

いくらくらい稼げると思うんだね？

そうですね、N・Nもご存じの通り、通貨はインフレの渦中で意味を失ってきていますが、亡命以前から名を成していたボリス・モロゾフ〈59〉という著名な作家が、ある啓蒙的な「存在方法の例」を示してくれました、それはつい最近、カンニスで出会ったときのことで、彼はそこで地元の文学《リテラトゥールヌイ》サークルのためにバラトゥインスキー〈60〉についての講演をしていたんです。彼の場合、韻文四行でフライドポテト添えビーフステーキ一皿分の稼ぎになるし、『亡命者ニュース《ノーヴォスチ・エミグラーツィイ》』〈61〉に二、三本のエッセイで、安い家具付きの部屋《シャンブル・ガルニエ》一か月分の家賃が支払える。他にも、広い講堂での朗読会を年に少なくとも二回開いていて、その一回分の収入は、まあだいたい、百ドル相当だそうです。

　私の後援者はそのことについて考えをめぐらせると、自分が生きているあいだは毎月月はじめに五十ドルの小切手を送ってやろう、それに遺言状にいくらか遺贈するように書いておくと言った。彼はその額を提示した。そのあまりの少なさに私は啞然としてしまった。この経験が予告していたのは、もっと後になって、期待を高めるように鉛筆がこつこつと鳴る長い間のあと、出版社が私に提示することになるがっかりするような前払金の額だった。

　私たちはパリ十六区の、デプレオー通り二十三番地に二部屋のアパルトマンを借りた。部屋をつなぐ廊下は、建物の前面で、バスルームと小さな台所へと続いていた。独りで寝るというのが私の主義であり好みでもあったので、ダブルベッドはアイリスに譲り、私は居間のソファーで寝ることにした。管理人の娘がやってきて掃除と料理をしてくれた。彼女の料理のレパートリーは限られていたので、野菜スープと肉の煮込みの単調な繰り返しから逃れるために、私たちはしばしば小さな《レストランチク》ロシアレストランへ通った。私たちはその小さなアパルトマンで七冬を過ごすことになるのだった。

　昔気質のコスモポリタンでしかるべき各方面に影響力のあった、親愛なる後見人でもある恩人（一八五〇？—一九二七）の先見の明により、私は結婚した頃にはぬくぬくとした異国の臣民になることができて、あの屈辱的ナンセン・パスポート〈62〉（実際のところ、貧乏人証明書みたいなものだ）の世話にならずに済んだし、「証明書」を求めての卑しい執念を抱かずにも済んだのであった。ちなみにこの証明書への執着はボリシェヴィキの連中に相当邪悪な喜びを与えており、やつらはお役所仕事《レッドテープ》と共産主義支配《レッドルール》のあいだにある種の類似を見つけていたし、足を引きずって歩く国外追放者の苦しい市民生活とソヴィエト奴隷の政治的拘束状態の間に、ある種の親近性を見出してもいた。そういうわけで私は、妻を世界中どのリゾート地に連れていくのにも、ヴィザが下りるのを何週間も待つ必要がなかったし、帰りは帰りで、この場合はフランスという、私たちの臨時の居住地への帰国用ヴィザの発行を、貴重だが忌まわしい手持ちの証明書に見つかった不備のために拒否される、なんていう目にもあわずにすんだ。最近（一九七〇年）では、私のイギリスの旅券は同じくらい効力のあるアメリカのものと取り替えられていたが、いまだにあの一九二二年当時の、謎めいた微笑をたたえた目と波打つ髪をして、縞模様のネクタイを締めた、怪しげな若者であった私の写真を大事にとってある。私はマルタ島とアンダルシアへの春の旅を覚えているが、私たちは毎年、七月の初め頃にカルナヴォーへドライヴして、そこにひと月かふた月滞在した。オウムは一九二五年に死んで、使いの少年は一九二七年に姿を消してしまった。アイヴォーはパリへ私たちを二度訪ねてきたし、アイリスの方は彼にロンドンでも会っていたはずで、彼女はそこへ少なくとも年に一度は旅をして、「お友達」と過ごしていたようで、それが誰なのか私は知らなかったが、無害な人物のようではあった――少なくともある点においては。

　私はもう少し幸せになれたはずだ。もう少し幸せになる予定だったのだ。私の健康は相変わらずつぎはぎだらけで、つぎ目のほつれた部分の下に不吉な形が透けて見えていた。私の仕事に対する信念は決して揺らぐことがなかったが、アイリスの方は、この仕事に関わろうと懸命に努力したにもかかわらず、どうしても部外者にとどまってしまい、仕事がうまくいけばいくほど、彼女は除け者になってしまうのだった。彼女は気まぐれにロシア語のレッスンを受けていたが、決まって長期の中断を挟み、そのあげくにロシア語は退屈でなんて嫌なことばなんでしょう、と言い募る結果に陥るのだった。そのうち、ロシア語が、特にロシア語だけが、彼女のいるところで話されているときに（ロシア語のできない彼女にきちんと配慮し、パーティーが始まって一、二分のあいだ、初歩的なフランス語がいくらか交わされた後）、彼女が話をよく聞いているように見せかけたり、わかった風に見せたりする努力をやめてしまったことに私は気がついた。

それは、控えめに言っても苛立たしいことであり、正直に言えば、胸を引き裂かれるような思いだった。とはいえ、それ自体が私の頭をおかしくさせるようなことはなかった。それとは別のあることが私の正気を脅かした。

もっと若くて浮ついた恋愛をしている頃には一度も出会ったことのなかった、「嫉妬」という仮面をつけた巨人がこのときになって現れ、行く先々で私の前に腕組みをして立ちはだかった。甘やかで、素直で、優しいアイリスの持っている、セックスに関するちょっとした奇癖、たとえば、変化に富んだ性交、巧みな愛撫、いかなる交情の形をとろうとも、いともたやすく柔らかな肉体をその形に正確に合わせられること、それらは彼女の経験の豊富さを示しているようだ。目の前のことに疑いを抱く前に、彼女の過去に対する疑惑で頭がいっぱいになってしまう。もっとも辛い夜に彼女を尋問した際、彼女はそれまでの恋愛なんてまったく意味がないと取り合わなかったが、その寡黙さこそが、大仰に誇張された真実よりも、より一層私の想像力をかきたてることになろうとは、彼女は思いもしなかった。

彼女が十代のときにつきあっていた三人の恋人たち（プーシキンの話に出てくるあの狂った博打

うちの青年〈63〉のように力ずくで、そのうえ彼よりもうまくいかないながらも彼女からねじ取ったのがこの数字だ）には名前がないままで、つまりお化けのようなものだった。それに個性というものを欠いていて、要するに三人とも同一人物と言ってよかった。彼らは群舞ダンサー《コール・ド・バレエ》の一番身分の低い踊り手のように、彼女の一人芝居の後ろでステップ《パ》を踏んでいたが、それは踊りというよりも気の抜けた体操のようで、誰一人として一座のスターになりそうもないことは明らかだった。その一方、バレリーナである彼女は、輝きをうちに秘めたダイアモンドで、今にもすべての切り子面からあらゆる才能が輝き出そうとしていたが、彼女の周囲で繰り広げられる滑稽な踊りに圧されて、しばらくはまともなステップや身振りではなく、冷ややかな媚態とか戯れに受け流すような仕草をするしかなかった――その間にも彼女は、大理石でできた太腿かと見紛うような、キラキラしたタイツを穿いた演者が、上品めいた前奏曲が終わった後に舞台袖から凄まじい勢いで飛び出してくるのを待っていたのだ。私たちは、その役に私が選ばれたのだとばかり思っていたが、それは間違っていた。

　こんなふうに私の頭の中のスクリーンに、これらの様式化されたイメージを投影してみることによってのみ、お化けたちに向けられた、肉欲から起こる嫉妬の苦痛を和らげることができた。それでも、この嫉妬に進んで身を委ねようとしたこともしばしばあった。アイリス荘にある私の仕事場のフランス窓は、妻の寝室と同じように、赤いタイル敷きのバルコニーに通じていて、半開きにした窓の角度によっては、二つの違った眺めがひとつに溶け込んだかのように見えた。そうすると、部屋から部屋へと続く修道院を思わせるアーチ道を通して、斜めに、彼女のベッドの一部と彼女の体の一部――髪と、片方の肩だ――が映し出されるのだが、私が書きものをしている古めかしい講義台のところからは普通には見ることができなかった。窓ガラスには、ちょうど腕の長さくらいの大きさで、側壁に沿って旅するイトスギたちを配した庭の、緑色をした現実をもとらえられていた。そういうわけで寝そべった彼女が私の二番目に上等のチェス盤の上に磔にされた手紙を書く姿を、半分はベッドの中で、半分は青白く熱い空の中で見ることができたのだ。もし私が質問したとしたら、「ああ、昔の同級生によ」とか、「アイヴォーによ」とか、「オールドミスのクパーロフさんによ」と答えることは分かっていたし、なんらかの方法で、手紙はプラタナス並木のはずれにある郵便局に、封筒の宛名を私に見られることなく届くであろうこともまた分かっていた。それでも私は、枕の救命浮き輪に乗って、イトスギと庭壁の上方にふんわり心地よく浮かんだ彼女に、手紙を書かせておいた。私はというと、そのあいだずっと、暗黒に染まった深みのどこまで痛みが触手を伸ばしうるのかと、厳密に、かつやみくもに測定するのだった。

II

アイリスは、私の詩や随筆の一編を、ミス・クパーロフやらミセス・ラプコーフ（二人とも英語はほとんど喋れない）というロシア婦人のところへ持ち込み、それを間に合わせの人工ヴォラピュク語〈64〉に言い換えてもらう、というようなロシア語のレッスンを受けていた。そんな行き当たりばったりの勉強法は時間の無駄だと指摘してやったところ、アイリスは、私の書いたものすべてを読めるようになるための、別の錬金術的方法を探しはじめた。そのとき（一九二五年）までに私は最初の小説（『タマーラ』〈65〉）を書き始めていて、彼女はタイプしたばかりの第一章の原稿を自分に渡すようにせまった。それを彼女はとある代理店へ持って行ったのだが、そこは、ロシア人亡命者があれこれの警察内の鼠穴にいる様々な鼠たちに向けて書いた、申請書や嘆願書といった類の実用的テキストをフランス語に翻訳するという仕事を請け負っていた。翻訳者は「逐語訳版」を作ることを約束して、彼女はそれに対して金を支払ったのだが、その人物はタイプ原稿を二か月のあいだ手元に留めたうえ、ようやく引き渡す段になって、私の「論説」は、「普通の読者が見たこともないような慣用句や文体で書かれているため」ほとんど乗り越えがたいほどの難解さに満ちている、と通告した。こうして、みすぼらしく取り散らかった事務所に勤める誰とも知らない阿呆が、私の最初の批評家兼最初の翻訳者となったのだ。

　こういう怪しげな事業のことなど私はまったく知らず、ある日アイリスが茶色の巻き毛を前に垂らしながら、余白と呼べそうな場所もないほどに埋め尽くされた乱暴《ヴァイオレント》なヴァイオレット色の校正文字で、ぶつぶつと穴まであきそうになっているフールスキャップ紙〈66〉の上にかがみ込んでいるのを発見して、ようやく何が進行しているか分かった。私はその頃、どのような類の翻訳にも単純に反対したのだが、その理由のひとつは、初期の二、三作を自分で英訳しようとした結果、鬱々たる不快感と、猛烈な頭痛に襲われたためだ。アイリスは頬杖をついて、物憂げに訝しむように目をキョロキョロさせながら、少しおどおどした様子で私を見上げたが、いかに不条理で困難な状況下でも決して失われることのない彼女のユーモアのきらめきは健在だった。私は一行目に大ぽかを、その次の行にへまを見つけ、もうそれ以上読むのはやめて全部破いてしまったが、妨害された私の恋人の方は、ことさら反応を示さず、ただあいまいなため息をつくばかりだった。

　私の書いた作品から拒絶されたのを埋め合わせるべく、彼女は自分が作家になってしまおうと決意した。二〇年代半ばから始まって、彼女の短く、浪費され、魔法から見放された人生が終わるまで、私のアイリスはただ一編の探偵小説を書き続け、それは二、三、四版と続く改変を経ていき、狂気を思わせるような目まぐるしい削除作業が炸裂する過程で、プロットも登場人物も状況設定もすべて変貌を遂げていたが、ただ一つ、人物の名前だけは変わらなかった（そのどれひとつとして記憶していないが）。

彼女は文学的才能というものを少しも持ち合わせていなかっただけでなく、羽振りはよいが短命な「犯罪小説」の調達屋たちの中にあって、少数の才能ある作家たちを真似するような技巧すら持ち合わせていなかった。ちなみにアイリスは、そうした犯罪小説を模範囚のごとき見境のない熱意で読み漁っていた。それならば、いったいどのようにして私のアイリスは、変更すべき箇所、あるいは削除すべき箇所を判断できたのだろうか？　どのような特殊な本能が、突然訪れた彼女の死の前日に、ほぼ前日に、彼女の山のような草稿をすべて破棄してしまうことを命じたのだろうか？この風変わりな娘が、驚くべき鮮明さで思い描くことのできた唯一のものは、究極的かつ理想的なペーパーバックを飾る深紅の表紙で、その表紙の上では悪党の毛深い拳に握られたピストル型のライターが読者に向けられているのだが、当の読者は本の中の登場人物が全員死んでしまうところまで読んで初めて、それが実はライターではなく本物のピストルであることに気づくという仕掛けだった。

ここで、私たちが過ごした七冬という刺繍の中に、そのときは巧妙に隠し縫いされていた、いくつかの予言的事実を集めてみたい。

隣り合わせの席を取ることのできなかった、ある格調高いコンサートの休憩中に、アイリスが、くすんだ色の髪と薄い唇をしたもの悲しい雰囲気の女性ととても親しげに話しているのに気づいた。私は確かにその女性と、どこかで、わりと最近、顔を合わせたことがあったのだが、これといった特徴のない外見のため、ぼんやりとした私の記憶の糸をたどることは不可能だったし、アイリスにそのことを尋ねもしなかった。この女性はそのあと、私の妻の最後の教師になるのだった。

自分の初めての本が出版されると、作家というものは皆、その本を褒め称えてくれる人たちというのは自分の個人的友人かあるいは直接面識はないにせよ我が同朋であると思うものだし、逆にそれを罵る者は、妬み深い悪党か取るに足らない存在にほかならない、と思うものだ。おそらく私自身、パリ、ベルリン、プラハ、リガ、その他いろいろの都市で発行されたロシア語の雑誌に『タマーラ』の書評が出たとき、似たような思い違いをしていてもおかしくなかった。しかし、その頃にはすでに二作目の『クイーンを取るポーン』の執筆に没頭していたから、最初のものは私の頭の中で徐々に小さくなり、しまいには色の付いたほんの小さな塵みたいになってしまっていたのだ。『クイーンを取るポーン』が連載され始めていた『パトリア』〈67〉という月刊亡命者雑誌の編集者が、「イリーダ・オーシポヴナ」と私を文学の茶話会に招いてくれた。なぜそんなことに触れるかというと、そこが、人付き合いの悪い私がどうにか足繁く通う気になった、数少ないサロンの一つだったからだ。アイリスは遠慮なしにサンドイッチに手を伸ばしていた。私はパイプをふかしながら、食事をする人たちの様子を観察していた——二人の一流小説家、三人の二流小説家、一人の一流詩人、男女入り交じった五人の二流詩人、一人の一流批評家（デミアン・バシレフスキー）、九人の二流批評家、その中には独創無類の「プロスタコフ＝スコチーニン〈68〉」もいて、それは彼の好敵手であるフリストフォル・ボヤルスキーがつけたロシア語の滑稽な渾名だった（「まぬけ＝畜生」

というほどの意味だ)。

一流詩人ボリス・モロゾフは気だての優しい熊さんのような人物で、ベルリンでの朗読会がうまくいったかどうか尋ねられると、「ニチェヴォー」(「まあまあ」といった意味で、「まずまずよい」の気味もある)と答え、そのあとドイツ亡命者作家協会の新会長についてのおかしいけれど記憶に残らない話をして聞かせた。私の隣りに座っていた婦人が、ポーンとクイーンのあいだで交わされた、旦那を裏切る会話が最高だったと教えてくれて、それであの人たちは本当にあのかわいそうなチェスプレーヤーを窓から放り出してしまうのかしら?〈69〉と訊いた。私はそれに、そのとおりだが次の号ではまだそれは起こらず、またそれっきりというわけでもないのだと答えた。彼は自分の経験した対局の中で、そして未来の注釈者の数々の感嘆符の中で、生き続けるのだから。私の耳が聞き取ったのはそれだけでなく——私の聴覚は視覚と同等の鋭さを持っていた——一般的な会話の断片、たとえば説明口調の「あれは英国女ですよ」というのが五脚向こうの椅子で、ある人からある人に向かってひそひそとささやかれるのが聞こえた。

こうしたすべてのことは記録するにはあまりに取るに足らないこととして片付けてもよかったかもしれないが、ただし、そういった類の亡命者の集まりによくある一般的な背景として描写することはできるだろう、それを背景として、記憶に対して合図を送ってくる印のようなものが、仕事の話とたわいないお喋りのあいだにちらちらと見え隠れする——それはチュッチェフ〈70〉かブローク〈71〉の詩の一行で、ついでのように引用されただけでもあるし、同時にその一行はその場に常に存在していて、それはつまりその詩人に対する人々の献身的愛情と馴染み深さのせいでもあるし、または芸術の神秘的な極致としての現れであるとも言えて、その詩文はまた悲しみを誘う人生を、天界のどこかからやってくる突然の独唱《カデンツァ》で飾りたてるのだ、あるいはそれは栄光とか、甘美さとか、どこに置いてあるのかわからないクリスタル製の文鎮が壁に投げかける虹色の光の一角からやってくるのかもしれない。まさにそれが、私のアイリスに欠けていたものなのだ。

他愛ない話に戻ろう。私は、『タマーラ』の「翻訳」中に見つけたひどい間違いのひとつを話して聞かせ、仲間たちをおもしろがらせた。ヴィドネーラシ・ネースコリカ・バーロク（いく艘かの艀《はしけ》が見られた）という一文で、「その眺めはなかなかバロック的だった《ラ・ヴュ・エテ・アセ・バロック》」と訳されていた。しわくちゃの茶色いスーツを着た、ずんぐりした金髪の爺さんで、著名な批評家であるバシレフスキーは、体を揺すって腹の底から笑った――と思ったら次の瞬間、彼の表情は一変して、疑いと不快を示した。お茶のあと彼は私のところへ寄ってきて、さっきの誤訳の例はおまえがでっちあげたんだろうと、不機嫌な声で言い張った。私は、もし仮にそうだとしたら、あなたもまた私のでっちあげた存在といってもいいでしょう、そう答えたように記憶している。

帰途アイリスは、お茶をむかつくようなラズベリージャムで濁らせるのにはどうしてもついていけない、と文句を言った。そういう、自分から孤立を決めこんでいる君の態度に、そろそろ我慢ならなくなりそうだ、と私は言ったが、また周囲《ア・ラ・ロンド》に向かって「どうか、私におかまいなく。ロシア語の響きが好きなんです」と言いふらすのはやめてくれと彼女に懇願した。それは侮辱と言ってよく、作者に向かってあなたの本はとても読めたものではないが印刷は美しい、と言っているようなものだった。

「償いをするわよ」と彼女は陽気に答えた。「今までちゃんとした先生を見つけることができなくて、それにわたしはあなたこそが唯一のまともな先生だと、ずっと信じていたのよ――でも教えるのを嫌がったでしょう、忙しかったし、疲れていたし、そんなのあなたにとってはつまらない仕事だし、それに神経に障るからと言ってね。でもとうとう見つけたの、その人はあなたのとわたしの、両方の言葉を話せて、一人の中に二人のネイティヴスピーカーがいる感じで、そしてどんな難しい語でもぴったりの訳をあてはめることができる人なの。ナージャ・スターロフのことよ。実は、これは彼女が提案してくれたことなの」

ナジェージダ《ナージャ》・ゴルドーノヴナ・スターロフは、かつてヴラーンゲリ将軍〈72〉の軍団に所属し、今は白十字で事務の仕事をしているスターロフ中尉（洗礼名は重要でない）の妻だった。私は彼につい最近ロンドンで会っていて、そこで私たちはあの老伯爵の葬儀で一緒に棺をかついだのだが、彼は伯爵の私生児あるいは「甥としての養子」（意味不明だが）だと言われていた。それは黒い目をした、浅黒い肌の男で、私より三、四歳年上だった。物思いにふけるような、憂鬱系のハンサムな男だと私は感じた。ロシア内戦で負った頭の傷のせいでひどいチック症が残り、それによって彼の顔が突然、不規則な間隔で変化する様は、まるで一枚の紙袋が目に見えぬ手によってくしゃくしゃにされるのを見ているかのようだった。ナジェージダ・スターロフは、どことなくクエーカー風の雰囲気がある物静かで平凡な顔つきの女性で、例の間隔の時間を何かの理由で、おそらく医学的な意味合いで、記録していて、当の本人はというと、鏡に映ったのを偶然目にしない限り、自分の顔面に起こっている「花火」にまったく気づいていなかった。気味の悪いユーモアのセンスと、美しい手と、ヴェルヴェットのような声を持つ男だった。

そのとき気づいたのだが、アイリスがあのコンサートホールで話しかけていたのはそのナジェージダ・ゴルドーノヴナだったのだ。正確にはいつレッスンが始まり、どのくらい続いたかということは分からないが、長くてもひと月かふた月といったところだろう。レッスンはスターロフ夫人の家か、二人がよく通っていたロシアン・ティールームのいずれかで行われた。私は小さな電話番号リストを持っていて、たとえば私が正気を失う瀬戸際にいるときとか、お気に入りのブラウンプルーン煙草をひと缶、帰りに買ってきてほしいときとかにはいつでも、アイリスがどこにいるか確かめることができるのだと、彼女に釘を刺すこともできたのだ。一方で、私には彼女を電話で呼び出す勇気などないことを彼女は知らず、それはそこにいると言って出かけた場所に彼女がもしもいないと分かったら、とても立ち向かうことのできないような苦悶にしばし襲われるだろうと思って恐ろしかったからだ。

一九二九年のクリスマスの頃だったか、ロシア語のレッスンはだいぶん前から中止になっていることを、彼女は何気ない調子で教えてくれた。スターロフ夫人は英国へ行ってしまい、噂では旦那のもとにはもう帰ってこないらしい。中尉はどうやら、かなりの女たらしのようだった。

12

パリでの私たちの最後の冬が終わりに近づく頃、ある奇妙な段階で、私たちの関係の何かがよい方向へ変化した。新たなぬくもり、新たな親密さ、新たな優しさのようなものが、波となって高まり、二人のあいだの隔たりという妄想のすべてを押し流してしまった——つまらないけんか、沈黙、疑惑、自惚《アムール・プロプル》れの城への引きこもり、といったような妄想だ——それらが私たちの愛の邪魔をしてきて、私だけがそれに罪悪感を抱いていたのだ。これ以上愛想がよく陽気なつれ合いを私は思い描くことができなかっただろう。親愛語や恋人たちの使う呼び名（私の場合はロシア語に基づくもの）が、また私たちの日常的なやりとりの中に戻ってきた。私は韻文による中編小説『満つる月《パルナルーニエ》』〈73〉を執筆中、修道院のような仕事の規則を破ってブーローニュでアイリスと乗馬をしたり、ファッションショーをからかいに行ったり、いんちきなアヴァンギャルド芸術を観に行ったりする彼女に義理堅く同行した。私は「シリアスな」映画（政治的ひねりをきかせて悲痛な問題を描いた）への軽蔑を克服した。というのも、アイリスはアメリカのお道化映画とかドイツの恐怖映画に出てくるトリック映像よりも、そういう映画が好みだったからだ。アイリスも所属していたどうしようもない英国婦人クラブで、私のケンブリッジ時代についての講演までした。そういうお楽しみの頂点を飾るものとして、彼女に次の小説（『カメラ・ルシダ』〈74〉）のプロットまで話してやった。

一九三〇年三月か四月の初めのある午後のこと、彼女が私の部屋を覗き込んだので、入れてやると、444という番号のついた一枚のタイプライター原稿の写しを手渡された。それは、と彼女は言った、わたしの終わりなき物語に入れる試験的な挿話なの、もっとも、加筆した分より削除した方がずっと多いのだけれど、と。行き詰まったの、と彼女は言葉を継いだ。ダイアナ・ヴェインという重要ではないけどけっこう魅力的な娘が、パリ滞在中に、偶然、乗馬学校で、風変わりなフランス人で、コルシカ島、あるいはもしかするとアルジェリア出身の、情熱的で、粗野で、精神の均衡を欠いた男に出会う。彼はダイアナを、同じく英国娘で大昔に別れた、かつての恋人と見間違え、面白がりながらも抗議する彼女をよそにいつまでも誤解し続けるわけ。ここで、と作者は続けた。一種の幻覚というか、異常な空想が出てくるのだけど、それは鋭いユーモアのセンスを持った魅力的な尻軽娘ダイアナが、おおよそ二十回ほどの乗馬レッスンの間にジュールに見せてやったものなの。でも彼の求愛がますます現実味を帯びたものになってきたので、彼女は彼に会うのをやめてしまう。二人の間には何もなかったけれど、それでも彼は彼女を、かつて自分のものだった、あるいはそう思い込んでいた娘と混同するのをやめようとせず、それはなぜかというと、多分その娘自身もまた、さらに以前のロマンスか妄想の産物の残照でしかなかったかもしれないから。とても変てこな状況でしょう。

さて件《くだん》のページは、このフランス人が外国人特有の英語でダイアナに宛てて書いた、最後の不吉な手紙ということになっていた。私の役目は、それを本物の手紙であるかのように読んで、経験豊富な作家として、次の展開はどうなるべきか、あるいは展開の代わりに破滅になってしまうのか、助言することのようだった。

愛するきみ！

きみが本当にぼくとの関係をいっさい断ってしまいたいと望んでいるなどということは、ぼくにはとても想像することができかねます。神も知るように、ぼくはきみのことを、命より愛しています――二つの命、きみのとぼくのを合わせたものよりも。きみは病気になってしまったのではないですか？　それとも、別の誰かを見つけたのでしょうか？　別の恋人、そうですか？　きみの魅力の別の被害者？　いや、いや、このような考えはあまりに恐ろしすぎる、ぼくたち二人にとってあまりに屈辱的です。

ぼくの懇願は、ひかえめで正当なものです。あと一度でいいから会見させてください！　一度の会見です！　きみに会う準備ができています、それはどこだってかまいません――道の真ん中でも、カフェでも、ブーローニュの森でも——とにかくきみに会わなくてはなりません、話をしなくてはなりません、そしてぼくが死ぬ前にたくさんの神秘をきみに打ち明けなくてはなりません。ああ、これは脅しなどではありません！ 誓って言いますが、もしぼくたちの会見が前向きな結果をもたらすならば、もし、それ以外の言い方をすると、きみがぼくに希望を持たせてくれるなら、ただ希望を、持たせてくれるなら、ああそのときは、少しだけ待つことを承諾します。でもきみはぼくに遅滞することなく、返事を書かなくてはなりません、わたしの残酷で、馬鹿で、敬愛される娘よ！

あなたのジュールより

「一つだけ」と、あとでまたよく目を通すためにその紙を慎重にたたみ、ポケットにしまいこみながら私は言った。「一つだけ、この娘が知っておかなければならないことがあるよ。これは、ロマンチックなコルシカ男が書いた情痴ざた《クリム・パッショネル》の手紙なんかではない。これを書いたのは、陳腐このうえないロシア語の言い回しを翻訳するのに必要なだけの英語力をかろうじて持ったロシア人のゆすり屋だ。僕が分からないのは、どうやって君が、ロシア語の単語を三つか四つしか知らない君が——「ご機嫌いかがですか《カーク・ポジヴァーエチェ》」、と「さようなら《ダ・スヴィダーニャ》」だけだ——そんな君のような作者が、どうやってあんな微妙な表現を思いつくことができたんだろう、ロシア人しかやらないような英語の間違いを、真似することができたんだろう、ということなんだ。ものまね上手というのは、どうやら血筋みたいだけど、それにしても……」

アイリスは次のように答えた（四十年後に私が『アーディス』の女主人公に引き継がせた、あの風変わりな非論理的結論《ノン・セクウィター》でもって)、そうね、確かに、あなたの言う通りね、わたしはロシア語のごた混ぜのレッスンをあまりにたくさん受けすぎたんだわ、その突飛な印象は確かに訂正しなくてはいけないから、手紙全体をフランス語に直すことにするわ、それが簡単でしょう——ちなみに、そのまさにフランス語からロシア語はたくさんのクリシェを借用したと聞いたけれど。「でもそれは肝心なことではないの」と彼女は続けた。「あなたは分かってないみたいだけど、肝心なのは次に何が起こるかということ——つまり、論理的展開として。わたしのこのかわいそうな娘は、あの退屈男を、人でなしを、このあとどう扱うのか。彼女は気分が悪くて、困惑していて、怯えてもいるの。この状況が行き着くべきところはどこかしら、どたばた喜劇? それとも悲劇?」「ゴミ箱の中だよ」と私はささやいて、自分の仕事を中断し、彼女の小さな体を膝の上に引き寄せた——神様感謝します——あの運命の一九三〇年春に、よく私がそうしたように。「あの紙切れを返してよ」と彼女は穏やかに頼み、手を私の化粧着のポケットに突っ込もうとしたが、私は頭を振り、彼女をより一層ぴったりと抱き寄せた。

私の妻は、亡命者のサロンでよく顔を合わせていた、髪をぎとぎとに撫でつけた、雄弁で瑞々しい瞳をした惨めで汚らしい亡命カス詩人の一人から受け取った本物の手紙を転記したのではないか、そんな推測のせいで、私のうちに潜伏していた嫉妬が煽られて、ごうごうと燃えるかまどの火のようになってもおかしくなかった。しかしながら、もう一度よく読んでみた後で、これは結局彼女が自分でこしらえたものかもしれない、ところどころにフランス語の表現(「懇願《スュプリカシオン》」とか「直ちに《サン・タルデ》」とか)から借りてきた間違いを忍ばせて、一方その他の部分は、ロシア人教師たちとのレッスンの間に、悪趣味な教科書の中の二か国語あるいは三か国語の練習問題を通して、彼女がさらされていたヴォラピュク語の潜在意識的エコーだという可能性がある、そう考えることに決めた。かくして、邪悪な憶測のジャングルに迷い込む代わりに、私がしたことは、彼女の特徴的なタイピングの癖で、余白にむらのある行が並んだこの一枚の紙を、目の前にある色あせてひび割れたブリーフケースにしまっておくことだった、その他の形見と、その他の死と一緒に。

13

一九三〇年四月二十三日〈75〉の朝、風呂の湯に足を突っ込もうとした矢先、玄関ホールの電話のけたたましいベルの響きが耳に飛び込んできた。

アイヴォーだ！　重要な会議のためにニューヨークからパリに着いたところで、午後はずっと忙しいけれど、明日には発つから、こうしようよ――

ここで素っ裸のアイリスが割って入り、優雅に、急がず、まぶしいほどの笑顔で、喋りつづけている受話器をひったくった。一分後（欠点だらけの彼女の兄ではあるが、電話は慈悲深いほど簡潔だ）、彼女は相変わらず微笑みながら私を抱きしめて、そして私たちは彼女の寝室へ、最後の「愛死あい《フェーラムリール》」と彼女が特有の柔らかで変てこなフランス語で呼んでいたことをするために入っていった。

アイヴォーが午後七時に私たちを迎えにくることになっていた。私はすでに古いディナージャケットを着込んでいたし、アイリスは玄関ホールの鏡（このアパートの中で一番上等の、一番明るいやつだ）の前で横向きに立って、ゆったりと向きを変えながら、黒くすべすべしたボブヘアーの後ろ側が、頭の高さにかかげている手鏡の中にはっきり映るように頑張っていた。

「準備ができたなら」と彼女は言った。「ちょっとオリーヴを買ってきてくれない。兄さん、夕食のあとにここに寄るでしょう、あの人、ブランデーの後、オリーヴ食べるのが好きなのよ」

そういうわけで私は下に降りて、通りを渡って、ぶるぶる震えながら（それは底冷えのする、陰鬱な夜だった）、向かい側にある小さな総菜屋《デリカテッセン》の扉を押し開けると、後ろからやってきた男が、閉まりかけた扉を力強い手で押し止めた。男はトレンチコートにベレー帽をかぶり、浅黒い顔はヒクヒクと痙攣していた。スターロフ中尉だ。

「ああ！」と彼は言った。「まる一世紀ぶりですね！」

彼の雲のような息は、奇妙な薬品臭を放っていた。以前私はコカインを吸おうとしたことがあるが（結局吐き出しただけだった）、それとはまた別の薬のようだった。

彼が黒い手袋を片方脱いで、私の同郷人が出会いや別れの際には必ず行うのが正しいと信じている、儀礼的な握手をしかけたところ、自由になった扉が彼の肩甲骨にぶち当たった。

「お会いできて気持ちがよい《プレザント・ミーティング》です！」と彼は変てこな英語で続けた（英語をひけらかしているように見えたかもしれないが実際はそうではなく、あることを無意識に連想して英語を使っているのだった）。「スモーキング〈76〉を着ていらっしゃる。これから宴会ですか？」

私はオリーヴを買いながらロシア語で、ええ、妻と食事に行くんですと答えた。そのあと、女の店員が次の客の相手をしようと彼の方を向いたのを利用して、別れの握手を逃れた。

「あら残念」とアイリスは叫んだ――「黒いのがよかったのに、緑じゃなくて！」

店に戻るのは嫌だよ、またスターロフと顔を合わせたくないから、と私は彼女に言った。

「ああ、あのむかつくような人ね」と彼女は言った。「きっとうちにやって来るわよ、ちょびっと《ヴォー》ウォッカ《ダチカ》をよばれに、って。口なんかきかなければよかったのに」

彼女が窓を勢いよく開け、身を乗り出したそのとき、ちょうどアイヴォーがタクシーの中から現れた。彼女は彼におびただしい投げキッスを送り、今から下に降りるからと、身振りで示しながら叫んだ。

「どんなによかったかしら」と彼女は階段を駆け下りながら言った。「あなたがオペラクロークを着てたら。それでわたしたち二人をぎゅっとくるんでしまうの、あなたのお話にでてくるあのシャム双生児〈77〉みたいに。さあ急いで！」

彼女はアイヴォーの腕の中に飛び込み、次の瞬間にはタクシーの中に無事に収まっていた。

「パオン・ドール〈78〉まで」とアイヴォーは運転手に指示した。「君とは久しぶりだね」と彼は私に、はっきりとしたアメリカ風イントネーションで言った（私がそれを夕食の席でためらいがちに真似すると、彼は「傑作だな」と腹立たしげに言った）。

パオン・ドールは今はもうない。最高とは言えないが、清潔でよい店で、アメリカ人旅行客がひいきにしていて、彼らは店のことを「パンダー」とか「パンドラ」と呼び、いつでも「プッティ・ソウ・レイ」を注文し、私たちが食べたのも、それだったのだと思う。それよりもよく覚えているのが、私たちのテーブル横の金を散らした壁にかかった、ガラスケースだった。そこには四頭のモルフォチョウ〈79〉が陳列してあり、そのうち二頭は巨大で、どぎつい色合いは似ていたが形は異なっていて、その下に飾られたもう二頭は小さめで、左のやつはやわらかな青色に白の縞がついていたのに対して、右のは銀色の繻子《しゅす》のようにきらめいていた。給仕頭によると、ある囚人が南アメリカで捕獲したものらしかった。

「それで、僕のマタ・ハリちゃんはどうしてる？」とアイヴォーは私たちに向き直って尋ね、その間も、話題になっていた「虫」のほうへ体を揺すりながら近づいたときにテーブルの上に広げて置いた両手はそのままだった。

私たちは彼に、あのかわいそうなインコは病気にかかり、死なせてやらなくてはならなかったのだと説明した。それじゃあ僕の自動車は？　まだよく走るかい？　あいつは本当に——

「実はね」とアイリスが私の手首に触れながら続けた。「わたしたち明日カンニスに出発することに決めてるの。イーヴ、一緒に来られないのは残念、でも、また後で来てもよくってよ」

私は何も文句を言わなかったが、そんなことを決めた覚えはなかった。

アイヴォーは、もしアイリス荘を売却したくなったら、すぐにでもそれに飛びつく人物を知っている、と言った。アイリスも知っている人だ、役者のデイヴィッド・ゲラーだよ、と彼は言った。

「彼はね（と私に向かって）、君がうっかり入り込んでくる前の、この子の最初の恋人だったんだ。アイリスはまだどこかに、十年前に『トロイラスとクレシダ』をやったときの僕とあいつの写真を持っているんじゃないかな。あいつがトロイのヘレンで、僕がクレシダ」

「うそばっかり」とアイリスがささやいた。

アイヴォーはロサンゼルスにある彼の家のことを話した。彼は夕食のあとで、私に書いてもらいたい、ゴーゴリの『検察官』を元にした台本について話がしたいと申し出た（言ってみれば、私たちははじまりのところに戻ってきたのだ）。アイリスは私たちが食べていたその代物を、もう一皿注文していた。

「死んじまうよ」とアイヴォー。「それ、ものすごいカロリーだぜ。ミス・グラント（アイヴォーがすべての気味悪い警句の出所だとしている、元家庭教師）が言ってたことを忘れたのかい、『白い蛆虫が大食家を待っている』」

「だからわたし、死んだら火葬にしてほしいのよ」とアイリスは言った。

彼が二本目か三本目まで注文した白ワインは実に平々凡々たるものだったが、軟弱な私は礼儀としてそのワインを褒めた。私たちは彼の最後の映画――題名は忘れた――に乾杯した。それは明日からロンドンで上映されることになっていて、パリにもそのうち来るだろうと彼は期待していた。

アイヴォーはあまり元気そうでもなかったし、ことさら幸せそうにも見えなかった。頭はかなり禿げ上がっていて、そこここにそばかすも見えた。今まで見覚えがないほどに、彼のまぶたは重く垂れ下がり、まつ毛は粗く、色も薄れていた。私たちのそばには、三人の無害そうなアメリカ人が座っていて、元気いっぱいの赤ら顔で声も大きく、とりわけ感じがよいというわけではなかったが、しかしアイリスも私も、アイヴォーの「あのブロンクス野郎たちを黙らせてやる」という脅しが正当なものだとは思えず、それはアイヴォー本人もかなりよく響く声の調子で話をしていたからだ。私はどちらかというと夕食が終わるのを待ちわびていた――それから自宅でのコーヒーも――しかしアイリスときたら、ひと切れひと切れ、ひとしずくひとしずくを堪能しようという気らしかった。彼女はざっくりと開いた漆黒のワンピースドレスを着ていて、いつか私が贈った、細長いオニキスのイヤリングをつけていた。頬と腕からは夏の日焼けが消えて、陶器のような白い肌をしていて、その同じ肌を私の未来の本の中の娘たちに、おそらく度が過ぎるほど気前よく、分け与えてやることになるのだった。アイヴォーのきょろきょろ動く目は、話をしているあいだも、彼女のむき出しになった肩を値踏みするように何度も見つめていたが、私は質問で割り込むという単純な技を使って、彼の視線の軌道を攪乱させることになんとか成功した。

やっとのことでこの試練は終わりを迎えた。アイリスはすぐに戻ると言い、彼女の兄は僕らも「小便へおもむこうぜ」と提案した。私はそれを断った――必要なかったからではない――むしろ必要だった――そうではなく、経験から、隣りでやたらに喋りかけられたり、間近でじゃーじゃーという奔流を見せられると、必ずこちらの尿意が挫かれてしまうと分かっていたからだ。レストランのラウンジで煙草をのみながら、『カメラ・ルシダ』執筆中に定まってしまった習慣を、突然違った環境下に、違った机に、違った光源に、違った呼び声や匂いの外圧下に、移動させることの賢明さについて思案した――そして私のページとメモが、私のいる駅には停まらない特急列車の明るい窓のように、きらめきながら飛び去るのが見えた。アイリスに例の計画をやめさせるよう説得することに決めたとき、兄と妹が、ステージの別々の側から、お互いに微笑みあいながら現れた。彼女に残された命はもう十五分もなかった。

デプレオー通りの番地表示がかすれていたため、タクシーの運転手は私たちのアパートの玄関ポーチから二、三軒先まで行き過ぎてしまった。運転手はバックしましょうと言ったが、アイリスはすでにさっさと車を降りていた。私はタクシーの支払いをアイヴォーに任せ、転げるようにタクシーから外に出ると、彼女の後を追った。アイリスはまわりを見渡してから、家に向かって足早に歩き出したので、私は追いつくのに苦労した。彼女の肘をつかもうとしたその瞬間、背後でアイヴォーが、小銭が足らないと叫んでいるのが聞こえた。私がアイリスを放っておいてアイヴォーの方へ駆け戻り、手相見のように互いの掌を見合っている二人のところへたどり着いたちょうどそのとき、アイリスがまるで獰猛な猟犬を追い払おうとしているかのように何か大声で勇ましいことばを叫ぶのが聞こえた。私たちは、街灯の光に照らされて、レインコートを着た男の姿が向かい側の歩道から彼女に向かって大またで歩み寄り、発砲するのを見たが、それがあまりに至近距離でなされたために、男が彼女に大きなピストルを突き刺しているかのように見えた。そうしているあいだにも運転手は、アイヴォーと私をあとに従えてすぐ近くまで寄って行き、くずおれてくるんと丸まってしまった彼女の体の上によろめきかかっている殺人者を見た。それでも男は逃げようとしなかった。その代わりに跪き、ベレー帽を脱ぎ、両肩を激しく後方へのけぞらせると、このおぞましくも滑稽な姿勢のまま、ピストルを自分の剃り上げた頭に向けた。

　警察（アイヴォーと私は彼らを完璧な誤解に導くよう仕組んだ）による捜査の後、他の三面記事《フェ・ディヴェール》に混じってパリの新聞各紙に載ったこの話は、だいたい次のようにまとめられていた――訳してみよう。白系ロシア人、スターロフことウラジーミル・ブラギゼは、精神異常の発作により、金曜夜、静かな通りで発狂し、無差別発砲、偶然通りかかった英国人旅行者のミセス・「仮名」を一撃で殺害後、この女性の側で自らの頭を撃ち抜いた。実際のところ彼は即死したわけではなく、驚異的に頑丈な頭蓋の中に、意識のかけらを保持することができて、どうにかこうにか、その年の異常に暑かった五月まで、命をつないだ。倒錯的な、夢を見ているときのような強い好奇心からアイヴォーは、高名なラザレフ医師の極めて特別な病院に入院中の彼を見舞った。それはとても丸い、無情なほどに丸い建物で、セイヨウトチノキと、野バラと、その他の胸を刺すような匂いのする植物にびっしりと覆われた丘のてっぺんに建っていた。ブラギゼの頭に開いた穴から、彼の最近の記憶は一式飛び出して行ってしまったが、この患者はかなりはっきりと（苦痛に苛まれる者の話を聞き取ることに長けたロシア人看護士の話では）、六歳のときにイタリアの遊園地に連れて行ってもらったことを記憶していて、そこにはミニチュアの汽車があり、黙りこくったこどもたちが六人ずつ乗った三台の屋根なし客車を、緑色をしたバッテリー式の機関車が引っ張っていて、その煙突からは本物みたいな間隔をおいて偽物の煙が噴き出しており、絵の中のように、悪夢のごとくはびこるイバラの茂みをくぐり抜けながら、円を描く線路を進んでいき、目眩を起こさせるような茂みの花たちは、こども時代と地獄におけるすべての恐怖に同意を示すように、絶え間なく頷いていた。

オークニー諸島のどこからか、ナジェージダ・ゴルドーノヴナと聖職者らしき友人がパリに着いたのは、夫が埋葬されてしまった後だった。間違った義務感から、彼女は私に会って「一切合財」を話して聞かせようとしたがった。私は彼女との一切の接触を避けたが、彼女は合衆国へ発とうとしていたアイヴォーをロンドンで捕まえることになんとか成功した。私は彼に何も尋ねなかったし、この愛すべきひょうきん者のほうもその「一切合財」がどういうものであったのか、私に明かそうとしなかった。たいした話だったとは思いたくない——それに結局のところ私も十分に知っていたから。本来私は執念深い方ではないけれど、それでも空想の中で、あの小さな緑色の機関車が、ぐるぐる、ぐるぐると永遠に走り続けるイメージをいつまでも思い描くのだった。

第二部

I

愛する人が去ってしまうと、自己保存の不可解な一形式として、その人の持ち物をただちに洗いざらい処分してしまいたくなるものだ。そうしないと、彼女が毎日のように触れて使用することで、あるべき位置に置かれていたそのものたちは、それ自身のなんとも狂気じみた生命を宿し、ぶくぶくとふくれ始めるのだから。彼女のドレスは今やそれ自身を身につけ、彼女の本は自らページをめくる。世話をしてくれる彼女がいなくなったせいで間違った場所に置かれ、奇形になってしまったそれらの怪物たちが締めつけるように周囲を取り囲み、そこにいる我々は息がつけなくなってしまう。そしてもっとも勇敢な者でさえ、彼女が使っていた鏡からの凝視をまともに直視することはできない。

どのようにしてそれらを処分するか、というのはまた別の問題だ。猫の子みたいに水につけるわけにもいかない。実際、彼女のブラシや鞄どころか、猫の子一匹だって溺れ死にさせることなどできなかった。また、誰か赤の他人がそれらを回収して持ち去り、また別のものを手に入れようと戻ってくる、なんていうのも見るに耐えなかった。そこで私はただ単にアパートを手放すことにして、お手伝いの娘に、それら不要品すべてを好きに処分していいと告げた。不要品！　別れの瞬間、それらはとてもまともで、無害に見えた。不意を打たれたような表情をしていた、と言ってもいいくらいだった。

最初は、パリ中心地の三流ホテルに泊まってみた。一日中やみくもに仕事をすることで、恐怖と孤独とに対抗しようとしたのである。私は一編の小説を仕上げ、次の小説に取りかかり、四十編の詩を書き（そのすべてが、道化服みたいなまだら色の肌をひと皮むけば、同じような顔をしたこそ泥棒だった）、一ダースの短編、七編のエッセイ、三編の痛烈な書評、一編のパロディーを書いた。夜間に正気を保つためにしたのは、特別強力な薬を飲むこと、またはベッドをともにしてくれる誰かを金で買うことだった。

五月（一九三一年？　三二年？）のある危うい明け方のことを思い出す。鳥たちはみな（大半はスズメだ）ハイネが書いた五月の詩〈1〉の中でと同じように、悪魔的な一本調子で勢いよく歌っていた――だからこそそれが素晴らしき五月の朝だったに違いないと思うのだ。私は壁に顔を向けて横になっていて、混乱した不気味な調子で、「僕たちは」いつもより早めにアイリス荘へ車を走らせなくてはならないのでは、という問題について考えていた。しかしながら、ある障害のために、その旅を実現できずにいた。つまり、自動車も別荘も売却されてしまったからだ、そうアイリス自身が私に教えてくれたのはプロテスタントの墓地でのことだった。彼女の信仰と運命を司る者たちが火葬を禁止していたからだ。ベッドで壁側から窓の方へ向き直ると、アイリスがベッドの窓側に、その黒々とした頭を私の方に向けて横たわっていた〈2〉。私は布団を蹴飛ばした。彼女は裸で、黒のストッキングを穿いているだけだった（それは奇妙なことだったが、同時に並行世界にある何かを私に思い出させた、というのは私の精神は二頭のサーカス馬の上に跨って立っていたからだ）。横向きに寝そべっている女が心もち片脚を曲げると、お尻のラインが強調される。そんな極めて挑発的な姿を、私はエロチックな脚注としてどこかで言及しなくてはいけないと、一万回も自らに念を押した。「寒いわ《ジェ・フロワ》」とその娘は、私に肩を触られると言った。

あらゆる種類の裏切りとか不実とか背任とかを表すロシア語は、蛇のような、モアレ生地を思わせるような、イズメーナということばで、その根底には変化とか転換とか変容といった概念がある。こんな意味の派生の仕方について、アイリスのことが頭から離れなかったときにはまるで思いつかなかったのだが、今になって突然、自分は魔法にかけられていて、妖精が売女《ばいた》に変身したのだということを悟った——すぐさま私は、凄まじい抗議の声を上げた。すると一方の隣人は壁を叩き、もう一方は入り口の扉をがたがた言わせた。怯えた娘は自分のハンドバッグと私のレインコートを引っつかむと部屋から飛び出していき、それと入れ替わりに、なんとも滑稽な寝間着姿で裸足にオーバーシューズを履いた、あご髭を生やした人物が部屋に入ってきた。私の叫び、徐々に高まる怒りと悲嘆の叫びは、ヒステリックな発作で終息した。どうも、私を病院へ送り込もうとするような努力がなされたようだ。いずれにせよ、私は遅滞することなく《サン・タルデ》、別の住処を探さなくてはならなかった。この表現を聞くと必ず、彼女の愛人からの手紙を連想して、苦悶の発作に襲われる。

私の目の前に田園風景の小さな一片が、光の作る幻覚のように浮かび続けていた。私は北フランスの地図上に、人差し指を適当に彷徨わせた。指先が止まったのはプティヴェールだかプティ・ヴェール、つまり小さな虫または韻文という意味の、牧歌的な響きのする町だった。たしか、バスに乗って行き着いた停留所は、オルレアン〈3〉からそう遠くなかったと思う。その住居について覚えているのは、奇妙な具合に傾斜した床のことだけで、それは部屋の真下にあったカフェの天井の傾斜と一致していた。他に覚えているのは、町の東の方にあるパステルグリーン色の公園と古い城だ。そこで過ごした夏は、曇りガラスのような私の意識にこびりついた小さな色付きの汚れにすぎない。それでも私はいくつかの詩を書いた――そのうちの少なくとも一つ、教会の広場で芸を披露している軽業師の一座を歌ったものは、四十年のあいだに何度も再版された。

パリに戻ると、親切な友人で資産家であると同時に著名なジャーナリストであったステパン・イヴァーノヴィチ・ステパーノフ[4]（彼はボリシェヴィキの蜂起《クー》以前に自らの身と財産を運び出しおおせた、数少ない幸運なロシア人の一人だった）が、私のために二回めだか三回めだかの公開朗読会（ヴェーチェル、つまり「夕べ」というのがそういったパフォーマンスを表すのに捧げられたロシア語だ）を企画してくれていただけでなく、彼のだだっ広く古風な家の十ある部屋のうちの一室に滞在するよう誘ってくれさえした（コッホ通りだっただろうか？　それともロッシュ？[5]その家は某将軍の像の隣りに建っていて、というか、かつては建っていて、その将軍の名前は思い出せないが、私の古いメモの中のどこかに絶対に潜んでいるはずだ）。

当時そこに住んでいたのは老ステパーノフとステパーノフ夫人、それに既婚の娘ボルグ男爵夫人、彼女の十一歳になるこども（実業家である男爵は英国の事務所に派遣されていた）、そしてグリゴーリー・ライヒ（一八九九―一九四二？）という、物腰柔らかでメランコリックなひょろりとした若い詩人で、才能は皆無だったが、ルーニンというペンネームで毎週『亡命者ニュース』誌に哀歌《エレジー》を寄稿しており、ステパーノフの秘書も務めていた。

私は晩になると、頻繁に開かれる文学者と政治家のつどいに顔を出すために階下に降りて行かねばならなかった。その集まりは装飾のほどこされたサロンか、または食堂で開かれ、そこには巨大な楕円形のテーブルがあり、一九二〇年、溺れかけている同級生を救おうとして若くして命を落としたステパーノフの息子の等身大《アン・ピエ》の油絵の肖像画が飾ってあった。近視の、ぶっきらぼうだが陽気なアレクサンドル・ケレンスキー〈6〉が常連で、ぞんざいに眼鏡を引き上げて新参者をじいっと観察したり、古い友人に向かって、何年も前に革命の咆哮の中でほとんどの力を失ってしまった耳障りな声で、機知に富んだことばを挨拶代わりに投げかけたりした。著名な小説家で最近ノーベル賞も受賞したイヴァン・シポグラードフ〈7〉も大抵そこにいて、彼は光輝くような才能と魅力の持ち主で、そして――ウォッカのグラスをいくつか空にした後――親密な友たちをロシアの猥談で楽しませたが、その話の芸術性は、私たちのもっとも私的な器官について話をするときの、素朴な喜びと、愛のこもった敬意とにあった。目立たない客として、I・A・シポグラードフの昔からのライバルでだらしのないスーツに身を包んだ、か弱い小男、ヴァシーリー・ソコロフスキー〈8〉（I・Aは奇妙なことに「ジェレミー」と呼んでいた）がいて、彼は今世紀が始まって以来、あるウクライナ人の一族についての神秘主義的・社会的歴史について何巻にも及ぶ本を献身的に書き続けていて、この一族は十六世紀に質素な三人家族として始まったのだが、第六巻（一九二〇）まで来る頃には、民話と伝説が豊富なひとつの村を形成するまでに至っていた。モロゾフ爺さんの、煤けたようなもじゃもじゃ髪ときらきらして凍ったような瞳を持つ荒削りの賢そうな顔を見るのは嬉しいものだった。そしてある特別な理由から、ぽっちゃりむっつりのバシレフスキーをつぶさに観察した――彼が、猫系美人で、ふざけた詩を書き、下品に私にまとわりついていた彼の若い愛人と大げんかになりそうになっている、あるいは大げんかをしたところだったから、というのが理由ではなく、我々が共同で作っている書評誌の最新号で、彼のことを私がからかっている記事をすでに目にしているといいがなあ、という思いからだった。バシレフスキーの英語は、たとえばキーツとかを解釈するにはとても十分とは言えなかったが（彼はキーツのことを「産業主義時代初頭における前ワイルド的唯美主義者」と定義していた）、それでもそれを試みるのが大好きだった。最近では私の書くものに見られる「完全に不快とは言いきれない気取った表現」について論じる際、彼はキーツの有名な一行〈9〉を軽率に引用し、次のような訳をつけた。

フセグダー・ナス・ラードゥエット・クラシーヴァヤ・ヴェシチッツア

これを再度英語に訳し直すと、次のようになる。

「きれいでちゃちな宝石はいつも私たちを喜ばせる。」

しかしながら私たちの会話はとても短いものに終わり、私の書いた愉快な見せしめを彼が楽しんだかどうか、確認することはできなかった。彼は私に、ちょうどモロゾフ（一か国語しか話さない）に説明をしていた新しい本についてどう思ったか聞いた――つまり、モロワの「見事なバイロン伝」〈10〉のことで、私があれは見事なクズだと感想を述べたのに対して、この厳格な批評家は「君は読んでいやしないんだろう」とつぶやき、その穏やかな老詩人に教えを施すことを続けた。

パーティーがお開きになるずいぶん前に、こっそり抜け出すのが私の常だった。別れを告げる人びとの声が聞こえてくるのは大抵、私が不眠に滑り込んで行こうとするときだった。

一日のうち大半は、深々とした肘掛け椅子におさまって書きもの仕事をして過ごし、必要な文房具類は、便利な小間物類の愛好家である私の大家が使わせてくれていた、目の前の特殊な書きもの机の上に都合よく並んでいた。いったいどうしたわけか、妻との死別のあと私の体重は増え始め、今では私の愛情過多な椅子から、よいこらしょと二、三度よろめきながらでないと立ち上がることができない始末だった。一人だけ、私の部屋にやってくる小さなお客さんがいて、彼女のためにいつも扉を少し開けておくのだった。書きもの机の手前には親切にも湾曲したくぼみがあり、そこに作家の腹を収めることができたし、向こう側の縁には締め金と輪ゴムが取り付けてあり、紙や鉛筆を定位置に固定しておくことができた。私はそういった便利さに慣れすぎてしまったため、恩知らずなことに、そこにトイレ設備がついていないことを残念に思った——たとえば東洋人が使っていると噂される、中が空洞になった竹筒みたいなやつだ。

午後になると、毎日決まった時間に、扉が音もなく大きく開かれ、ステパーノフの孫が、濃いお茶の入ったグラスと禁欲的なほど質素なラスクの載った盆を持って入ってきた。彼女は目を伏せ、白い靴下に青いスニーカーを履いた足を慎重に運びながら前に進んだ。お茶が強く波打つと、きわどいところで立ち止まり、ぜんまい仕掛けの人形みたいなゆっくりとした歩調で、また前に進むのだった。髪は亜麻色、鼻にはそばかすが散っていた。執筆中だった『赤いシルクハット』〈11〉の中の、彼女がそのちょっと変わった歩き方で前へ進む場面で、私は彼女のためにつやつやした黒いベルト付きのギンガムチェックのワンピースを着せてやった。その中で彼女は、有罪宣告を受けた囚人の曖昧な慰めである、優美な少女エイミーとして登場する。

それは素敵な、素敵な幕間だった！　階下のサロンからは男爵夫人とその母親の連弾が聞こえてきて、おそらく過去十五年間、同じように何度もそうやって弾き続けてきたのだろう。私はラスクを補うべくチョコレートビスケットをひと箱持っていて、私の小さなかわいいお客さんを誘惑した。書きもの机は脇にやられ、かわりに彼女の折り曲げられた手足が私の目の前にあった。彼女はロシア語を流暢に話したが、そこにパリッ子風の間投詞や疑問形の音が差し挟まれ、その小鳥のさえずりのような声は、こどもに対するごく普通の質問に、彼女が片脚をぶらぶらさせてビスケットをかじりながらする返答に、なにかぞっとするような色を添えるのだった。そうしてお喋りをしていると、唐突に私の腕からもがき出て、まるで誰かからお呼びがかかったかのように、扉の方へ向かっていくのだったが、実際にはただ、ピアノの音が相変わらずつまずきながらも一家の幸福という行路に沿って鳴り続けているだけで、その幸福というものの中に私の居場所はなかったし、実際のところ、それは私にとって未知のものだった。

ステパーノフ家での滞在期間は数週間の予定だったが、結局二か月続いた。最初のうちは比較的順調で、少なくとも居心地よく、気分も一新していたのだが、だましの利く段階では効果覿面だった新しい睡眠薬が、ある種の夢想に対抗することを拒みはじめた。その夢想というのは、後に信じられないような続編によって示されるように、私が完全に屈服し、何がなんでも決着をつけてしまうべきものだった。しかし私はそうする代わりに、ドリーが英国へ連れ去られたのを契機に、私の死体同然のみじめな体のために新しい住処を見つけた。それはみすぼらしいが静かな安アパートのひと間部屋で、左岸の「サン・シュプリース通り〈12〉の角」にあったと私の携帯日記帳は陰鬱な顔をして言っているが、それは正確ではなかった。大昔の戸棚のようなものの中に原始的なシャワー浴室があったが、それ以外に何の設備もなかった。一日に二、三回出かけて、食事をしたり、コーヒーを飲んだり、総菜屋《デリカテッセン》で贅沢な買い物をしたりするのがささやかな気晴らし《ディストラクシオン》となった。隣りの街区に、古い西部劇を専門にかけている映画館と、ちっぽけな売春宿を見つけ、そこには下は十八、上は三十八になる四人の娼婦がいて、一番年下の娘が一番平凡な顔つきをしていた。

私はその後何年もパリにとどまることになった。ロシア人作家の生計という糸で、その陰鬱な都市に括り付けられていたのだ。当時も、振り返っている今も、私の同郷者たちをあれほどまでに魅了した魔法など、私には少しも感じられなかった。あの都市のもっとも暗く、もっとも黒々とした石についた、血痕のことを考えているわけではない。それは恐怖という点においては無類《オー・コンクール》のものだ。私が言いたいのはただ、灰色がかった昼と黒灰色の夜を持つパリは、私にとって人生におけるもっとも純正で忠実な喜びの、偶然の背景でしかなかったということだ。その喜びとは、こぬか雨に降りこめられた私の頭の中に現れる色付きのことばであり、質素な我が家で私の帰りを待っている、卓上ランプ下の真っ白いページであった。

2

一九二五年以降、私は四作の小説を書き、刊行していた。一九三四年はじめまでには、五作目となる小説、『クラースヌイ・ツィリンドル』(『赤いシルクハット』)という断頭台の話が完成しかかっていた。そのうち一冊として九万語を超えるようなものはなかったが、私のことばの選択と調合法に関して言えば、時間節約の方便などとはとても呼べなかった。

最初の草稿は学校で使うような青色の筆記帳《カイエ》五冊に鉛筆書きされて、書きなおしの飽和点まで達する頃には、にじみ汚れとミミズののたくり模様だらけの混沌と化していた。これに対応していたのがテキストの無秩序状態で、ほんの数ページだけ規則的な連続性を保ったのち、突然、話のもっと後の部分か前の部分に属するはずのまとまった一節が割り込んでくるといったありさまだった。これをすべて整頓し、ページ再編を行ったのち、次の段階である清書原稿《フェアコピー》へと進んだ。こちらは分厚くてがっしりとした練習帳か台帳みたいなものに、万年筆できれいに書かれるのだった。そこで新たな訂正の乱痴気騒ぎがはじまり、見た目だけの完璧さから来る喜びは、次第に消し去られてしまうのだった。三つめの段階は、もはや判読できない状態に達したときに始まった。凝り固まった指をのろのろと、スターロフ伯爵からの結婚祝いである私の古くて頼れるマシンカ（「マシーン」）のキーに突き刺すようにして、一時間に三百語ほどタイプすることができたが、前世紀の人気小説家ならばそのあいだにちょうど一千語は手書きで写すことができただろう。

『赤いシルクハット』の場合はしかし、過去三年のあいだに体じゅうに広がっていた、全身角張ってかぎ爪だらけの体内痛みニンゲンのような神経痛が、とうとう手足の先まで到達したため、タイピングという仕事が幸運にも不可能になっていた。フォアグラとかスコッチウイスキーとかいった好物を我慢したり、スーツを新調することを延期したりすれば、私のささやかな収入でもプロのタイピストを雇って、そうだな、三十日分の周到に用意した午後を使って私が訂正済み手稿を口述してやることは可能だ、と計算した。そんなわけで私は『亡命者ニュース』誌に、名前と電話番号付きのよく目立つ求人広告を出してもらった。

応募してきた三、四人のタイピストのうちから私が選んだのは、リュボーフィ・セラフィモーヴナ・サヴィチ〈13〉という女性で、お祖父さんは田舎司祭、有名なエスエル（社会革命党員）だった父親は、最近アレクサンドル一世の伝記（『神秘の君主』という退屈な二巻本で、現在は凡庸な翻訳がアメリカの学生でも入手可、ハーヴァード出版、一九七〇）を書き終えた直後にムードンで亡くなっていた。

リューバ・サヴィチは一九三四年二月一日に私のもとで働き始めた。彼女は必要とあらばいつでもやってきて、何時間でも喜んで居座ってくれた（とりわけ思い出深い折に彼女が更新した記録は、一時から八時というものだった）。もしもこの世にミス・ロシアなるものが存在して、資格年齢がぎりぎり三十歳まで引き上げられていたら、美しいリューバこそがその座を勝ち得ていただろう。彼女は背が高く、ほっそりとした足首に大きな胸、広い肩幅、丸みを帯びた薔薇色の顔で陽気な青い目をしていた。彼女はいつも赤褐色の髪がいまにもめちゃくちゃになるのではないかと心配しているようだった、というのも彼女は私に話しかけるときに、優美に肘を持ち上げながら絶え間なく横髪のウェーヴを撫でつける癖があったからだ。ズドラースチェ、もひとつズドラースチェ、リュボーフィ・セラフィモーヴナ――ああ、それになんて小気味よい結合だろう、「愛」を意味するリュボーフィと、改心したテロリストである父親の洗礼名セラフィム（熾天使のことだ）と！

タイピストとしてのL・Sは素晴らしかった。私が前へ後ろへうろうろしながら一文を読み上げ終わるやいなや、それはひと握りの穀粒みたいに彼女の耕された溝へおさまり、彼女は早くも片方の眉を吊り上げながら私を見ていて、次の私からのひと撒きを待ち受けているのだった。こうしたやりとりの最中に突然よい修正を思いついた場合、ことばの比較検討という痛々しい一時停止を持ち込むことで、私たちの共同作業が持つ素敵な交換のリズムを崩したくはなかった――自意識過剰な作家が、待機中のタイプライターに向かう賢い女性からなにかいい思いつきが出てこないかと期待していると気づいた場合、ことばの検討というのはとりわけ気力をそぐ、不毛なものとなる。そういうわけで私は手稿中のその一節にとりあえず印をつけておいて、あとで彼女の汚れひとつない作品を私の殴り書きで汚すというやり方をとったのだが、それでも彼女は当然ながら、暇なときに喜んでそのページをタイプしなおすのだった。

　私たちは大抵、四時頃に十分間休憩を入れたが、鼻息荒いペガサスを時間きっかりに御しえないときには四時半になることもあった。彼女は少しの間だけ退席して、廊下の向こう側にある質素な化粧室《トワレット》目指して実にこの世のものとは思えないやさしさで扉を次から次へと閉めてゆき、やがてまた同じように静かに、白粉をはたきなおした鼻と紅を引きなおした笑みとともに姿を現し、私の方は彼女のために安物のワイン《ヴァン・オルディネール》とピンク色をしたゴーフレットを準備していた。まさにこうした無邪気な休憩時間に、運命が主題にかかわるような動きを始めたのだった。

　いいことを教えてあげましょうか？（ゆっくりとひとすすり、唇をひとなめ）実は、一九二八年九月三日のプラニヨル広間で開かれたあなたの最初の公開朗読会以来、五回とも全部聞きに行って、掌が（掌を見せながら）痛くなるまで拍手をしていたのです、そしてこう心に決めたのです、次回こそは勇気を持って颯爽とした態度で、群衆を（そう、群衆だよ、皮肉げに微笑まなくてもいい）押し分けていき、なにがなんでもあなたの手を握って、私の全魂が注がれたひと言を口にするのだと、ただそのことばを見つけることはできませんでした——そういうわけだから、わたしはいつも、誰もいなくなったホールの真ん中で、呆けたように微笑みながら立ちつくしていたのです。あなたの本の書評を貼ったアルバムを持っているなんていったら、わたしのことを軽蔑なさいますか？――モロゾフの書いたものと、ヤーブロコフ[14]の素晴らしいエッセイ、それにボリス・ニェットとかボヤルスキーみたいないんちき作家の書いたゴミみたいなものまで。四年前、奥様の遺灰の入った壺が埋められた場所に、あの謎めいたアイリスの花束をそっと置いて行ったのはわたしだったということ、ご存じでしたか？　半ダースの国で亡命者系の出版社から出されたあなたの全部の詩を暗記しているということ、信じてもらえるかしら。それに、全部の小説の中にちりばめられた幾千もの細々としたものたちを記憶しているということ、たとえば、マガモのくわっくわっというなき声（『タマーラ』）で、それは「晩年になってロシアの黒パンの味を思わせる、というのも、こどもの頃にそれをマガモたちに分けてやったものだから」、それとか、チェスのセット（『クイーンを取るポーン』）はナイトが行方不明で、「一種の敵手、つまり、別の、誰も知らないゲームから借りてきた孤児《みなしご》が代わりに入っていた」。

　こういったようなことが数回のセッションにわたって展開し、とても狡猾に蒸留され、『赤いシルクハット』の完璧なタイプ原稿一冊が贅沢な封筒におさまって、『パトリア』（パリの主要なロシア語雑誌）の編集事務所へ手渡し（ここでもまた彼女の手だ）された二月の終わりまでには、私は自分が厄介な蜘蛛の巣にからめとられていると感じていた。

　美しいリューバに対しては欲望のうずきなど微塵も感じたことがなかっただけでなく、無関心が、はっきりとした嫌悪にまで変化していった。彼女の目配せに色気が混じるにつれて、私の反応は紳士らしからぬものになった。彼女の洗練ぶりには、痛烈な卑俗さがすましたように潜んでいて、それが彼女の全人格を甘ったるい腐敗で覆っていた。深まる苛立ちとともに、彼女のにおいとかいった様々な痛ましいものに気がつき始め、そのにおいというのはかなり上等の香水（「アドレーション」だと思う）が、ロシア娘のめったに入浴しない体本来の臭いを頼りなげに覆い隠しているといったもので、一時間かそこらは「アドレーション」がなんとかもっているのだが、そのあとは下に潜んでいた臭いが次第に頻繁に侵略を始め、帽子をかぶろうとして両腕を上げた時など……いや、とにかく、彼女は善意の女性だったから、今では幸せなおばあちゃんになっていることを願いたい。

私たちの最後の会合（同じ年の三月一日）のことを描写するのは卑劣な行為かもしれない。こう言っておくにとどめておこうか、キーツの「秋に寄す」（「霧と熟れた果実の季節よ《Season of mists and mellow fruitfulness》」）から私が編み出した、ロシア語で押韻する翻訳をタイプしている最中に、彼女は泣き崩れ、少なくとも八時頃まで告白と涙とで私を苛んだ。彼女がようやく出て行ったあと、どうかもう来てくれるなという手の込んだ手紙を書くことで、さらにもう一時間無駄にした。ちなみに、私のタイプライターの中に彼女が未完成のページを残して行ったのはそのときが初めてだった。私はそれを抜き取り、そして数週間後に私の書類に紛れ込んでいるのを再発見し、意図的にそれを保管しておいたのだが、そのわけは、この仕事を引き継いで完成させたのがアンネットだったからで、アンネットは結末の数行に二、三の誤植と削除を意味する×マークを一つ残していた——そしてこの二人のタイプ原稿を並べてみると、その何かが、私にこの二本の組み合わさった斜線を引かせたくなるのだった。

3

この手記の中で、私の妻たちと私の本たちは、まるで紙の透かし模様とか蔵書票《エクス・リブリス》のデザインかなにかのモノグラムのように組み合わせられている。そして、この間接的な——間接的、というのはつまり、単調な経歴ではなくロマンチックで文学的なことがらの幻影を主題としているからだ——自伝の執筆に際して、私の神経症の進展については超人的に可能な限り軽く語ろうと首尾一貫して努めている。それでも、ディメンシア〈15〉は私の物語の登場人物の一人として出てきてしまうのだ。

一九二二年の前半とそのぞっとするような苦悶以降、三〇年代の中頃までは、私の健康上にさしたる変化はなかった。私は実際的でまっとうな生活と奮闘を続けていて、それは相変わらず突然の妄想と、断片的空間の急激な攪拌——万華鏡的、ステンドグラス的攪拌だ！——とで構成されていた。私は相変わらず、我々の知覚世界への忌々しいほどに屈辱的な貢献とも言うべき「引力」が、私の内部で怪物の足爪のように成長していくのを感じ、その耐え難い針やくさびのような苦痛を感じていた（一本の鉛筆とか一ペニー硬貨がなにかの下、たとえば我々がその上で生きていくであろう机の下とか、我々がいずれその上で死ぬことになるであろうベッドの下とかに、するっと逃げていくことに何の異様さも苦悶も感じないような、幸福な愚か者にはわけのわからない話だろう）。私はいまだに、空間における方向という抽象概念をうまく処理できずにいたから、ある一定の距離を持つ世界であれば、それはなんでも永遠に「右手」であるか永遠に「左手」であるかのいずれかだったし、一方をもう一方へ変えることができたにしても、それには背骨が外れるほどの意志力が必要だった。ああ、ものや人から受けてきたとんでもない拷問について、愛しいきみにどうやったら説明できるだろう。実際、きみはまだ生まれてさえいなかったのだから。

三〇年代半ばのいつだったか、黒く呪われたパリで、ある遠い親戚（LATH《見てごらん道化師を》〈16〉と言ったおばさんの姪っ子だ！）を訪ねたことを覚えている。彼女はやさしくて、年取った異邦人だった。彼女は日がな一日、まっすぐな背もたれ付きの肘掛け椅子に腰掛け、三人、四人、そして四人以上の狂ったようにやかましいこどもたちによる絶え間ない襲撃を受けながら彼らの子守りをして、貧困ロシア貴婦人支援協会から給料を得ていた。そのあいだこどもたちの親が働きに行く場所自体は、それほど恐ろしく陰気なものではなかったが、むしろ公共の乗り物による通勤の方が、陰気で悩ましかった。私は彼女の足元にあった古い足のせクッションの上に腰をおろした。彼女の語りはなめらかによどみなく先へ先へと流れ、輝かしい日々のイメージと、平静、富、それから善良さを反映していた。そうしているあいだにも、よだれをたらした斜視の哀れなちび怪獣たちが、ついたての裏とかテーブルの後ろから、ひょいと彼女の上に飛び乗り、肘掛け椅子を揺すったりスカートをつかんだりするのだった。甲高い叫び声が度を超してうるさくなったときでも、彼女はただわずかに顔をしかめるだけで、その追憶にふける微笑みにはほとんど変化がなかった。彼女はなにか蠅叩きのようなものをすぐ手の届くところに置いていて、ときどきそれを振り回しては、とりわけ大胆不敵な侵略者を追い払うのだった。それでも常に変わらず、彼女はそのさらさら流れるような独白を続けたので、私もまた、彼女を取り巻くこの乱痴気騒ぎを無視すべきなのだと悟った。

私の人生、苦境、あるいは唯一の喜びであったことばの声、そしてものの間違った形との秘めたる戦いは、あの哀れな婦人の窮地とどこか類似していたと認めなくてはなるまい。ただし、その頃は私の最良の日々で、ただしかめ面をしたゴブリンどもを寄せ付けないように気をつけるだけでよかったのだが。

私の芸術における情熱と力と明晰さは、損なわれずにいた――少なくともある程度までは。私は独りきりでの仕事を楽しんだ、というより、楽しむように自分に言い聞かせ、さらにあのもうひとつの、いっそう微妙な孤独をも享受しなくてはならず、それはつまり手稿という光り輝く盾の裏側から、暗い奈落のような座席にいてほとんど目に見えない、形のない観客たちと向き合うという、作家としての孤独のことだ。

私のベッド脇のランプと、光を浴びた小島のような講演台を隔てている、あれやこれやの空間的な障害を取り払ってくれたのは、思いやりのある友人たちがかけた魔法で、彼らは私が方々の遠く離れたホールへ行くのを助けてくれたので、ぞっとするほど小さくて薄っぺらで、べとべとするバスの乗車券と格闘する必要もなかったし、ごうごうと唸る迷宮のような地下鉄《メトロ》の中へ入っていくような危険も冒さずにすんだ。タイプ済みの、あるいは手書きの原稿を、目の前にある机上で私の胸骨の高さに準備して、無事に演壇に身をおさめたとたんに、私は盗み聞きにやってきた三百人の存在を忘れることができた。水割りウォッカの入ったガラス瓶が、講演用の唯一の突飛な趣向であり、同時に、私と物質界とを結ぶ唯一のものでもあった。神からの啓示の瞬間、法悦に浸る聖職者の茶色の眉に画家が当てた一条の光のように、私を取り囲む光の輝きはテキスト上のすべての欠点を信託のような真実性とともにあぶり出した。ある伝記作者はこう記している。私はときどき読む速度を落としては鉛筆を取り出して、コンマをセミコロンに書き直したりするだけでなく、ある一文で突然止まってしまい、それをじっと睨みつけ、もう一度読み直し、それを削除し、訂正のことばを挿入した後、「一種の挑戦的にも見える自己満足とともにその一節全体を再度、口述する」ということでも知られていた。

清書原稿であれば私の文字もまあまあ読めたが、やはりタイプ原稿で読む方が見やすく、それなのに私はプロのタイピストをまたもや失ってしまっていた。同じ求人広告を同じ新聞にまたもや掲載するのも無謀だろう、新たな希望で顔を赤らめながらリューバが舞い戻って来て、あの忌まわしい一連の過程を巻き戻しにかかったらそれこそ大変だから。

私はステパーノフなら力になってくれるだろうと思い、電話をかけた。彼は心あたりはあるけどと言ったが、口やかましい奥さんとの押し殺したやりとりが薄膜のきわの方から聞こえてきたのち(「気のふれた人間ってのは何するかわからないんだから」というところだけ聞き取れた)、今度は奥さんのほうが電話に出た。とてもいい娘さんがいるのだけど、その娘《こ》は、ドリーが四年前だか、五年前に通っていたパッシー・ナ・ルシー〈17〉というロシア人用保育園で働いていたの。アンナ・イヴァーノヴナ・ブラーゴヴァ〈18〉という娘《こ》。オックスマンさんをご存じ? キュヴィエ通りにあるロシア語書店の店長さん。

「ええ、ほんのちょっとだけですけど。でも僕が言いたいのは——」

「そうね」と彼女は私の言葉をさえぎって言った、「アンネットは、彼のいつものタイピストが入院していた間に秘書《セクレタールストヴァヴァラ》を務めていたのだけど、もうかなりよくなったようなので、あなたがたぶん——」

「それはいいんですけど」と私は答えた、「僕が聞きたいのは、ベルタ・アブラーモヴナ、どうして僕のことを『何をしでかすかわからない気のふれた人間』呼ばわりしたのですか? はっきり申し上げておきますけど、僕には若い女性を襲うような性癖はありませんから——」

「ガスポージ・ス・ヴァーミ、ガループチク《なんてことを考えるの、あなたったら》!」とステパーノフ夫人は叫んで、電話をしながら彼女の新品のハンドバッグの上に座り込んでいたうっかり屋の旦那を叱りつけていただけだと説明を続けた。

そんな説明はちっとも信じられなかったが(なんという機転! なんという舌先三寸!)、納得したふりをしてその本屋を訪ねて行くと約束した。数分後に窓を開けてその前で服を脱ごうとしたとき（慣れないやもめ暮らしの中で、春の黒く柔らかな夜というものが、想像しうる限り最大の癒しを与えてくれる覗き女《ヴォワユーズ》だと感じられる瞬間がある）、ベルタ・ステパーノフが電話をかけてきて、オックスマンは（私のアイリスはモロー博士の島の動物園〈19〉にたいへんな戦慄を覚えていた——とりわけ「叫び声をあげる姿」が半分包帯を巻かれたままで手術室から逃げ出して来るあいったくだりなど！）、自分の店で悪夢から受け継いだような帳簿に埋もれて明け方まで起きてるでしょうよと言った。知ってるわよ、へーへー（ロシア式の「いひひ」という笑い）、あなたが夜行性だっていうこと、だからボヤーン書店〈20〉まで散歩したらどうかしら、いますぐに《サン・タルデ》、つまり遅滞なく。いやらしい言葉だ。たしかに、そうしたらいいかも。

　そんな不愉快な電話のあと、眠れず寝返りばかり打っているのもキュヴィエ通りを散歩するのも似たようなものだと思った。この通りはセーヌ川に向かって伸びていて、警察側の統計によると、大戦に挟まれた時期には年間平均四十人の外国人と数知れぬ不幸なその土地の人間がそこで溺れ死んだという話だ。私は今までに自殺したいなどという衝動にかられたことは一度もなかったし、そんなものは阿呆らしい自己の浪費だ（自己とはいかなる光のもとでも輝く宝石）。しかしながら、私の愛しい人の四年目か五年目か、あるいは五十年目の命日にあたっていたあの夜に限って言えば、黒いスーツを着込んで芝居がかったマフラーを巻いた私は、河岸署のほとんどの警察官の目に、かなり怪しげに映っていたはずだと認めなくてはいけない。そして、無帽の人間が歩きながらむせび泣いているなどというのはとりわけよくない徴候で、それも自分で作った詩行ではなく、とんでもない勘違いで自分のものだと思いこんでいる詩のために感動して泣いている。やがてはっとするのだが、臆病のため、間違いを正すこともできない。

ズヴェズダアブラーズナスチ・ネベスヌィフ・ズヴョーズド
ヴィージッシ・トーリカ・スクヴォーシ・スリョーズィ……
（天の星たちが星の形に見えるのは涙を通して見たときだけ）

もちろん、今の私の方が勇敢だ。あの夜、破れたポスターの貼ってあるどこまでも続くように見えるフェンスと、規則的に立ち並ぶ街灯の間を進んでいくところを目撃された態度のはっきりしないやくざ者よりかは、今の私の方が勇敢だし自尊心もあるのだが、その夜の街灯の明かりは、心を突き刺す標的として、頭上のエメラルド色に輝く菩提樹の若葉を慎重に選ぶのだった。私はその夜、そして次の夜、またいつだったかそれ以前に、私の人生はこの地球かまた別の地球に住む別の誰かの人生の、瓜二つというわけではない双子の片割れかパロディーか、あるいは質の劣った異本《ヴァリアント》なのではないか、という夢のような感覚に悩まされていたということを告白したい。悪魔《デーモン》が私にむりやりその別の人物のものまねをさせようとしているのを感じたのだが、その人物とは、それ以前もそしてその先も常に、きみの忠実なるしもべである私とは比べものにならないほど偉大で、健康的で、そして残酷だったし、そうあり続けるであろう、別の作家だったのだ。

4

「ボヤーン」出版社（モロゾフと私の出版社は「ブロンズ・ホースマン社〈21〉」といって、一番のライバル会社だった）は、書店と（亡命者の本だけでなく、モスクワから取り寄せてきたトラクター小説〈22〉も販売していた）貸本屋を併設していて、洒落た三階立ての私邸《オテル・パルティキュリエール》風の建物だった。その当時は自動車整備工場と映画館に挟まれて建っていたが、その四十年前はというと（巻き戻しで変身するのを眺めてみると）、整備場は噴水で、映画館は石でできたニンフの群れといった具合だった。その建物はメルラン・ド・マローン家の所有だったが、世紀の変わり目にドミートリ・ド・ミドフというロシア人のコスモポリタンが買い取って、そこにS・I・ステパーノフという友人と一緒に反専制主義組織の本部を置いた。ステパーノフは昔ながらの反体制派特有の、言葉を使わずに合図を送る方法について、好んで昔語りしたものだ。たとえば、居間の窓の半分だけ開いたカーテンの向こうに大理石の花瓶が見えていたら、それはロシアから迎え入れようとする客に対して、危険なしという合図だった。あの当時は革命的策謀にもちょっとした審美的な色合いが添えられていたわけだ。ミドフは第一次大戦の直後に亡くなり、その頃までには、ああした親しみやすい人々が所属していたテロリスト政党も、ステパーノフの言葉を借りると「修辞的な魅力」を失ってしまっていた。そののち、その建物が誰の手に渡り、どのような経緯でオックス（オシップ・ルヴォーヴィチ・オックスマン〈23〉、一八八五?〜一九四三?）が仕事のために借りるようになったのか、私にはわからない。

その大方は真っ暗な建物に、灯りの漏れる窓が三つだけあった。隣接する二つの明るい長方形が、上の階の中央に、チェスの代数式表記法で言えば、d8とe8の位置に見えていて（アルファベットがチェス盤上の縦列を、数字が横列を表す）、もう一つの灯りはちょうどその真下、e7の位置にあった。しまった、まだ会ったことのないブラーゴヴォさんのために走り書きしたメモをうちに忘れてきちゃったかな？　いや、まだそれはちゃんとそこにあった、昔から大事にしている、なんともほかほかしすぎて長すぎるトリニティー・カレッジ製マフラーの下の、胸ポケットの中に。私は右手にある通用口（店《マガジン》という表示がある）と、呼び鈴の上方にチェス駒の小冠の模様がついた表玄関との間でうろうろした。結局、小冠の方を選んだ。それは早指し《ブリッツ》チェスを思わせた。私の対局相手はすかさず動きを見せ、d6にあたる、玄関の扇形になった明かり取りに光が灯った。ということは、このチェス盤を完成させるために、建物の地下にあと五階分が隠れているはずで、どこか地下の秘められた場所で別の人々が、いっそう卑劣な暴政という運命と闘っているのかもしれない、と想像せずにはいられなかった。

　背が高く骨太で、シェークスピアそっくりの頭の形をしたオックスが話を始めた。大変な光栄ですな、作家先生をお迎えできるだなんて、あなたは『カメラ……』、というところで私は、用意していた手紙を彼の差し伸べられた掌に押し込み、退散しようとした。この人は今までにもヒステリックな芸術家に対応してきたとみえる。誰一人として、彼の穏やかな、本のある場所にふさわしい作法に抵抗することはできなかった。

「ああ、わかっていますよ」と彼は、あいかわらず私の手を取ったまま、それをぽんぽんとやさしく叩いて言った。「彼女に電話をさせますよ、しかしね、本当のことを言いますと、あの気まぐれでぼけっとしたお嬢さんに仕事を手伝ってもらわなくてはならんというのは、あまりうらやましいとは言えませんな。私の仕事場へ上がりましょうか、それともこちらのほうがいいかな――いや、やめておこう」、そう続けながら、左手にあった両開き扉を開けて、ためらいがちに灯りをつけたので、一瞬のあいだ、冷え冷えとした校閲室が照らし出され、ベーズ張りの長テーブル、うす汚れた椅子、それにロシア文豪の安っぽい胸像が、紫やピンクや琥珀色の葡萄の合間にたわむれる裸のこどもたちが描かれた天井と好対照をなしていた。右手の方では（また同じようにためらいがちに灯りがパチンと付いて）短い通路が店舗に通じていて、そこで私は以前、自分が書いた小説を何冊か無料で手に入れようとして、生意気なおばさんと口論になったことを思い出した。さて、かつては壮麗だった階段を私たちは上っていったのだが、その階段にはウィーン風夢解釈漫画〈26〉の中でさえちょっとお目にかかれないようなものがついていて、それは何かというと、異種混淆の欄干のことで、たとえば左側には、斜めになった手摺りに柵という不細工なしろものが新しく取り付けられているかと思えば、もう一方の側には、使い古されて今にも壊れそうな、それでいていまだ魅力的に曲線を描く木材を、拡大されたチェスの駒を象った支柱が支えているという装飾的な手摺り一式が、当時のままの姿で残っているという具合だった。

オックスが「キャビネット（書斎）」と呼ぶe7に位置する部屋は、帳簿やら、梱包された本やら、開封途中の本やら、塔のように積まれた本やら、新聞の山やら、パンフレットやら、ゲラやら、薄く白い装丁のペーパーバック詩集――それは悲劇的な臓物みたいなもので、「プロフラーダ（冷静）」とか「ズジェールジャンノスチ（慎ましさ）」といった、当時流行りの寒々しく自制した題名がついていた――やらでごったがえしていて、私たちがそこへたどり着いたとき、オックスは「なんと光栄ですね――」とまた最初からやり直した。

どうした理由かはわからないが、しょっちゅう話を中断されて、なおかつ我々の神聖な銀河系に存在するどのような圧力からも、その文章をおしまいまで口にするのを妨げられるようなことは決してなく、話をしている相手の死（「彼にちょうどこう言っている最中だったんです、お医者さま――」）とかいった自然力的性質のものや、ドラゴンの入場とかいった詩的な性質を持ったものや、次から次へと新たに中断が入るのだが、そんなものにはかまわず文章を完成させてしまう、そんな人々がいるもので、オックスはまさにそういう人だった。というか、かえってそうした中断によってその一節に推敲が加えられ、結果として完璧に仕上げられている、そんな様子だった。その一方で、言いたい文章が未完であるという苦悶のような疼きが、頭の中に毒のように広がっていく。それは、うちに帰るまで吹き出ることのできないニキビよりひどいものだったし、あるいは、忌まわしい警察官に邪魔されて甘いつぼみのうちに摘み取られてしまった、最後のささやかなレイプについて、終身刑囚の頭に去来する思い出に匹敵するほど不愉快なものだった。

「光栄ですな」とオックスは、とうとうおしまいまで言うことができた。「この歴史的屋敷に『カメラ・オブスクーラ』の作者をお迎えできるとは。あれはあなたのお書きになったもののなかでも、控えめに言っても、最良のものだと思いますが」

「それはたしかに控えめですよね」と私は怒りを抑えつつ言った（雪崩を前にしたネパールのオパール色した氷状態）。「だって、あんた馬鹿じゃないか、私の小説の題名は『カメラ・ルシダ』〈24〉ですよ」

「まあまあ」とオックスは（本当は善良な紳士なのだけれども）、ぞっとするような沈黙のあとに言って、そのあいだにも残りすべてのことばが、メルヘンチックな映画に出てくるお伽話の花たちのように次から次へと開いていった、こんな具合に。「ちょっと舌がすべっただけなのにそんな厳しいお咎めをいただくなんて。ルシダ、ルシダ、そうですとも。ところで《ア・プロポ》、アンナ・ブラーゴヴォのことですけど（これも片付いていない用件のひとつというか、どうなのかな、おもしろい小話で私をなだめて気をそらそうという、いじらしい努力だったのかも）、ご存じかどうか知りませんが、私、ベルタとはいとこ同士なんです。三十五年前、私たちはペテルブルグの同じ学生組織で働いていたんですよ。首相暗殺の準備をしていたんです。懐かしいなあ。首相が毎日通る道筋を正確に把握しておく必要があって、私はその偵察班の一人として働きました。毎日バニラアイスクリーム売りに変装して、角に立っていたんですよ。想像できます？　私どもの計画は失敗でしたけど。あの名高い二重スパイのアゼフ〈25〉に妨害されて」

　ここでぐずぐずしていても意味がないのはわかっていたが、彼にコニャックをすすめられたので一杯飲むことにしたのは、また体がぶるぶると震え始めていたからだった。

「あなたの『カメラ』は」と彼は、帳簿を調べながら言った。「うちでもなかなかの売れ行きです、かなりのもんですよ、二十三――いや失礼、二十五部――去年上半期に売れて、下半期には十四冊。もちろん、本物の名声というのは、ただの商業的成功でなくてね、これは、貸出部におけるその本の動きにかかっているんですけど、そこであなたの本は全部、ヒットしています。このことを証明した方がいいですね、上の書架へ行ってみましょう」

　私はこの元気いっぱいの主人について上の階へ上がった。貸本用の図書室は巨大な蜘蛛のように脚を広げ、巨大な腫瘍のように膨れ上がり、拡張していく意識混濁の世界のように脳みそを圧迫していた。薄暗い本棚が立ち並ぶ中、灯りに照らされた場所がぽつんとひとつあって、そこに置かれた楕円形のテーブルのまわりに何人か座っているのが見えた。色は鮮やかでくっきりと見えるのだが、同時にそれは、幻灯機が映し出す映像のような、彼方の景色に見えた。たっぷりの赤ワインと黄金色のブランデーが活発な議論に色を添えていた。批評家バシレフスキー、その太鼓持ちフリストフとボヤルスキー、私の友人モロゾフ、小説家シポグラードフとソコロフスキー、正直者で無名のスクノヴァロフ、よく知られた社会風刺作品『ゲロイ・ナーシェイ・エーリ』（『我らが時代の英雄』）〈26〉の作者に二人の若い詩人ラザレフ（詩集『平静』）とファルトゥク（詩集『静寂』）がいた。いくつかの顔がこちらを向き、優しいクマさんのようなモロゾフは立ち上がろうとしてもぞもぞしさえしたけれど、私の主人は、あの人たちはビジネスの話し合いをしているのだからそっとしておこうと言った。

「今あなたが目にされたのは」と彼は付け加えた、「新しい文芸評論誌『素数《プライム・ナンバーズ》』〈27〉の分娩ですよ、というか少なくともあの人たちは自分たちが分娩している、と考えているだけなんだけれど、実際のところはね、ただ大酒飲んで噂話をしてるだけ。さてと、あなたにごらんいただきたいのは」

彼はずっと奥の方の隅まで私を連れて行き、私の本専用の棚にできた隙間に、懐中電灯の灯りをいかにも嬉しそうに当てた。「ごらんなさい」と彼は叫んだ、「何冊も出て行ってるでしょう。『プリンセス・メアリー』は全冊——じゃなかった、『マーシェンカ』ですね——しまった、『タマーラ』だ〈28〉。『タマーラ』はいいですね、あなたの『タマーラ』は。レールモントフとかルビンシュタインのじゃなくて〈29〉。失礼。どえらいたくさんの傑作がありますからね、えらい混乱しちゃうんですよ」
私は、気分が悪いからうちに帰りたいと言った。彼は一緒に行こうと申し出た。それともタクシーをつかまえますか。いいえ。彼は、私が気を失ってひっくりかえりはしまいかと、懐中電灯の光を血赤色に染まった指ごしにこっそり私の方へ向け続けていた。なだめるような音をたてながら、彼は私を裏階段へ案内した。春の夜、少なくともそれだけは、現実味があった。

オックスは一瞬なにか思いにふけり、灯りのともった窓を見上げたのち、町内の人が散歩させている哀れな表情をした小犬をなでていた夜警を呼び寄せた。この思いやりにあふれる付き添い人が、灰色の外套に身を包んだその爺さんと握手をし、宴会客たちの灯りの方を指差し、そして腕時計に目をやり、次に心づけをやり、別れ際にまた握手をするのを見ていると、家まで徒歩でたった十分間の道のりが、あたかも危険を伴う巡礼でもあるかのようだった。

「さてと《ボン》」、とオックスは私のところへ戻ってくるなり言った。「タクシーがいやなら、歩きましょう。囚われの客たちの面倒は彼が見てくれますから。あなたの作品と人生について、山ほど聞きたいことがあるんですよ。あなたの同業者《コンフレール》の話では、あなたは『傲慢で人付き合いが悪い』そうですけど、ちょうどオネーギンがタチヤーナに自分のことをそんなふうに説明していましたね〈30〉、でも皆が皆、レンスキーにはなれませんよね？　この気持ちのよい散歩はいい機会だから、あなたのとても有名なお父様〈31〉と二度ほどお会いしたときのことをお話ししましょう。一度目は、第一回議会《ドゥーマ》の当時で、オペラの劇場でした。私はもちろん、国会の主要議員の顔を知っていましたからね。天井桟敷の高みから、まだ学生だった私は、薔薇色の枡席にいるあなたのお父様を見つけまして、奥方と二人の小さな男の子を連れておいででした、そのうちの一人があなただったのでしょうね。

二度目は革命の黎明期、政治動向についての公開討論会の場でした。お父様はケレンスキーのすぐあとにお話しされましたが、あの熱烈なケレンスキー君と、身振りを使わず英国的冷静《サンフロワ》さとともにお話しされる、あなたのお父様とはそりゃあ対照的でした――」

「父は私が生まれる半年前に死んでいます」と私は言った。

「おや、またへまをやってしまったようですね《アビャーチ・アスカンダリーシャ》」とオックスマンは、えらく時間をかけながらハンカチを探し当て、ゴーゴリの市長を演じるヴァルラーモフ〈32〉みたいに堂々と、悠長に鼻をかみ、出てきたものを包み込み、くるくる巻きにしてポケットにしまいこんだあと言った。「どうもうまいこといきませんね。ただあのイメージがずっと頭に残っているんですよ。あのコントラストは実に見事だった」

　私はその後、第二次世界大戦に向かって次第に痩せ細っていくかに見えた数年の間に、少なくとも三、四回オックスに出くわすことになるのだった。彼はいつも、まるで私たちがなにかとても個人的で少々卑猥な秘密を共有しているとでもいわんばかりに、物知りげなきらめき顔で私を歓迎してくれた。彼の壮麗な書庫はやがてドイツ人らに押収されたが、そののち、この大昔から続く伝統的なゲームにおいてはより優れた略奪者である、ロシア人の手に渡ってしまった。オシップ・ルヴォーヴィチ自身はというと、勇猛にも逃亡を試みて命を落とすことになる――もうあと少しで逃げおおせるというところだった――裸足で、血のりのついた下着姿で、ナチス強制収容所〈33〉の「実験病棟」から飛び出す途中だった。

5

私の父は賭けごと好きの道楽者で、社交界での通称はデーモンだった。ヴルーベリ〈34〉が、吸血鬼じみた青白い頬と、ダイアモンドのような瞳と、黒髪を持つ父の肖像画を描いている。そのパレット上に残った色を、私が、つまりヴァジムの息子であるヴァジムが、英語で書いた最良のロマンス小説『アーディス』（一九七〇）の中で、情熱的な兄妹の父親を描く際の仕上げのひと塗りに使ったのだ。

ずらりと一ダースほど並ぶロシア皇帝たちに身を捧げてきた王族の子孫である父は、歴史においては郊外の牧歌的な田舎に身をおいていると言っていいだろう。彼の政見は無定見、保守反動的な類のものだった。彼はめくるめく複雑で官能的な人生を送ったが、教養に関してはあちこち隙間だらけで平凡だった。一八六五年に生まれ、一八九六年に妻を娶り、灰色をしたノルマンディーの保養地、ドーヴィルのトランプ台で起きたけんか騒ぎの後、一八九八年十月二十二日に、若いフランス人とのピストルによる決闘で命を落とした。

善良だが根っからの愚か者で、頭の中がぐちゃぐちゃのばかな年寄りが、私のことを誰だか別の作家と混同してしまうこと自体には、さほど取り乱すこともなかろう。私だって、講演中にシラーというべきところをシェリーと言ってしまったりすることで有名だったから。しかし、阿呆の言い間違いとか記憶違いによって、ひょっとすると私は、自分の涙と星標《アステリスク》からなる星座の向こう側の世界で現実の存在として生きている誰か別の人物を、永遠にものまねし続けているだけなのではないかと、格別な恐怖を抱きながら想像してみるやいなや、突然異界との架け橋が築かれてしまうなどということ——、そんなことは、耐え難く、起こってはならないことだったのだ！　哀れなオックスマンの別れのあいさつと言い訳の最後の声が消えてしまうとすぐに、私は首を締め付けていた縞々ウールの蛇を剝ぎ取り、彼との出会いについての全詳細を、暗号を使って書き留めた。そして私はその下に太い線を一本引き、疑問符の隊列を並べた。

偶然の出来事と、それが暗示するものを無視してしまった方がよいだろうか？　それとも、私の全生活を再編成した方がよいだろうか？　私の芸術を捨て、別の専門分野を選ぶべきだろうか、チェスをもっと真剣にやるとか、あるいはそうだな、鱗翅目学者になるとか、名もない学者として、『失楽園』[35]を十年以上かけて、へぼ文士は尻込みしたくなり、ばか者たちは足蹴にしたくなるようなロシア語の翻訳に仕立てるとか。そうは言っても、私の流動的自己の終わりなき再生とも言える虚構作品を書くことによってのみ、私はなんとか正気を保つことができたのだ。最終的に私がしたことはただひとつ、少々鼻につくような、なんとなく誤解を招きそうなV.Irisin《イリーシン》というペンネーム[36]（私のアイリス自身、なんだかあなたが別荘のように聞こえるね、と言ったものだ）を実名に変えるということだけだった。

亡命者の雑誌『パトリア』に送ることになっていた、私の新作『勇気を賜った者』[37]の連載第一回分に、この名前で署名することを決めた。トカゲのような緑色のインク（仕事を活気づけるための気休めだ）で第一章の二稿目か三稿目の清書原稿を書き終えたところで、アンネット・ブラーゴヴォが労働条件の話をしにやってきた。

彼女は一九三四年五月二日、三十分遅れで到着し、持続という観念に欠ける人がよくやるように、自分の遅刻を彼女の罪なき腕時計の遅れのせいにした。彼女にとって時計とは時間ではなく動きを計るものなのだ。彼女は優美な金髪をして、年は二十六くらい、並外れた美人というわけではないにしろ、かなり魅力的な顔つきをしていた。体にきちんと合った仕立てのよい灰色のジャケットを、白いシルクのブラウスの上に着ていて、片方にスミレの小さな花束がピン留めしてあるジャケットの襟の間に見えている蝶結びリボンのせいで、そのブラウスはひらひらして晴れやかに見えた。短くシャープな仕立ての灰色のスカートはなかなか優雅で、全体として、平均的なロシアのお嬢さんよりはかなりシックで身だしなみ《スワニエ》がよい方だった。

私が彼女にした説明は（彼女がずっと後になってから私に言ったことばを借りると、そのときの口調は、女の子を口説き落とせるかどうか見定めようとしている皮肉屋の、意地悪くからかうような口調のように聞こえたらしい）、毎日午後、訂正でぎっしり埋まった草稿か、厚切り肉かソーセージみたいな清書原稿を彼女に口述し、「そのまま直接タイプライターに打ち込み《プリャーマ・ヴ・マシーンク》」、A・K・トルストイのことば〈38〉を引用するなら「孤独な夜更けに」おそらくそれをまた書き直し、それをさらに彼女が翌日タイプし直すという計画だった。頭にぴったりした帽子はかぶったまま、手袋をめくり取るように外し、目の覚めるようなピンク色の紅を差したばかりの唇をすぼめながら、大振りの鼈甲縁《べっこうぶち》眼鏡をかけると、彼女の美しさはどことなく高められたようになる。彼女は、タイプライターを拝見したい（彼女の氷のような上品さは、聖人を好色な道化役者に変えてしまうのに十分だった）、次の約束があるので急ぐのだけれど、それが自分に使えるかどうか確認したいから、と言った。彼女はカボションカットの指輪を外し（そのまま置き忘れてしまったことに、彼女が帰った後になって私は気づいた）、ちょっと試しに打ってみようとしたが、ちらりと見ただけで、私のタイプライターが彼女の使っているものと同じ作りのものだとわかって、安心したようだった。

　私たちの最初のセッションはかなりひどいものになった。私は神経質な役者並みの注意深さで自分の役まわりを頭に入れていたのだが、一方で、合図《キュー》をしょっちゅう見逃したりとちったりする相手役のことまでは計算に入れていなかった。彼女は私に、もう少し速度を落としてほしいと言った。彼女は「ロシア語にそんな表現はありません」とか、「誰もそんな言葉（ヴズヴォージェニ、つまり上昇波）知りませんよ――『大きな波』でいいのではありませんか、結局のところそういう意味ならば」、とかいう愚鈍な発言で私を憤慨させた。怒りによってリズムが壊れ、削除記号や挿入記号のために、もはや見慣れぬ迷宮のように様変わりした一文のおしまい部分を解きほぐすのに時間がかかってしまう場合、彼女は挑発的な受難者のような様子で椅子に深くもたれ、欠伸をかみころしたり自分の爪を観察したりした。三時間に及ぶ作業のあと、彼女がかわいらしくも生意気にかたかたと打ち込んだその結果を調べた。それはつづり間違い、タイプ間違い、それに汚らしく消した跡でいっぱいだった。私はとても控えめな態度で、文学的な（すなわち、凡庸でない）ものを扱うことには慣れていないようですね、と彼女に言った。彼女は、それは誤解だ、文学を愛していると答えた。実際、と彼女は続けた、この五か月のあいだにゴールズワージー（ロシア語で）にドストエフスキー（フランス語で）にプードフ＝ウスロフスキー将軍のずっしり重たい歴史小説『ツァーリ・ブロンシュタイン』（原文で）、それに『アトランティード』（というのは聞いたことがなかったが、辞書によると作者はピエール・ブノア、フランスの小説家、アルビ生まれ《ロマンシエ・フランセ・ネ・ア・アルビ》、タルヌ県のすきまにある村）を読破しました。モロゾフの詩を読みましたか？　いいえ、詩というのはどういう形式のものにしろあまり好きではありませんから。現代的な生活のテンポとまったく合っていないでしょう。僕の書いた短編や小説をひとつも読んでいませんね、そう言ってたしなめると、彼女は苛立ったような、同時に少し怯えたような顔をして（このかわいいガチョウさん、クビにされると思ったのだ）、すぐにあなたの全作品を調べて、絶対に『勇気を賜った者』を諳んじることができるようにしますから、と約束して、奇妙にエロチックな満足を私に与えた。

読者もお気づきのように、一九二〇年代から三〇年代にかけて出版された私のロシア語作品については、ごく漠然とした説明にとどめている。読者にとってそれらの作品はもうお馴染みのものだろうし、英語版も容易に手に入るのだから。しかしながらここで、『勇気を賜った者』については二言三言いっておかなくてはなるまい（『パダーロク・オッチーズネ』というのが原題で、「祖国への賜物」というほどの意味）。一九三四年にそのさわり部分をアンネットに口述し始めたときから、これは私の最長の小説になるということは分かっていた。ただしこれが、シオンの賢者たち〈39〉がサンクト・ルースを奪うに至る顛末についてプードフ将軍が書いた、あの低劣でまぬけな「歴史」大河小説に匹敵するほどの長さになろうというところまでは、予測していなかった。この作品四百ページを書き上げるのに全部で四年かかり、その多くの部分を、アンネットは少なくとも二回タイプし直さなくてはならなかった。その大方の部分は、一九三九年の五月までに亡命者の雑誌に連載されて、その頃に私とアンネットはアメリカへ発ったのだが、まだ子供はいなかった。しかし、ロシア語のオリジナルが本の形になって姿を現すまでには、一九五〇年まで待たなくてはならなかったし（ニューヨークのツルゲーネフ出版）、そのあと十年かかってようやく英訳が出て、その題名は、間抜けな子に「やれるもんならやってみろ」とけしかけるという、お決まりの「挑戦」を意味するだけでなくて、主人公兼非常勤の語り手であるヴィクトルの向こう見ずな性格をも、うまいこと表している。

この小説は、ロシアでのこども時代についての懐かしい思い出から始まる（私のよりはずっと幸福だが、同じくらい華やかなこども時代）。そのあとに続くのがイギリスでの青春時代（私自身のケンブリッジ時代とそう変わらない）、そして次にパリでの亡命者生活、最初の小説執筆（『オウム飼いの回想録』〈40〉）、そして物語の筋は、面白い具合に結び目ができていくような調子で、複雑化する。ちょうど中間に嵌め込まれているのが、主人公ヴィクトルが「やってみるがいいさ」という挑戦を勇敢に受けて書いた一冊の本の完全版だ。これは、フョードル・ドストエフスキーの簡潔な伝記に批判的評論を加えたもので、ヴィクトルはこの作家の政治学を忌み嫌い、イエス・キリストの型にはまったイメージの単なるネガとして描かれた黒ひげの殺人者やら、ひと昔前に流行った感傷的ロマンスに出てくるような涙を誘う娼婦やら、そんなものが登場する彼の作品について、愚劣だといって非難する。次の章では、ドストエフスキー教の指導者でもある亡命者の批評家連中による激怒と驚愕が描かれる。そして結びの部分で、私の若い主人公はある浮気者の挑戦を受け、危険な森を通り抜けてソヴィエトの領土に足を踏み入れ、そこから何もなかったような様子ででてくてく歩いて戻るという、最後の偉業〈41〉を無報酬で成し遂げるのだ。

以上のような要約をここに載せるのは、この作品のもっとも低劣な読者でさえもが、本を閉じたとたんに電気分解によって頭のなかの重要な細胞が死滅してしまうようなことが起こらない限り、当然記憶しているはずのことを例示するためである。さて、アンネットの儚《はかな》げな魅力のひとつになっているのが、独特の忘れっぽさであり、あらゆる事柄が夕暮れ時を迎えると、そのすべてがヴェールに包まれてしまうのであって、あたかも夏の日が気を失うように薄れゆくときに、山や雲だけでなく己自身さえもかき消してしまうような、パステル色の靄みたいなものだ。彼女が『パトリア』をもの憂げな膝の上に広げて、印刷された文章を、いかにも読んでいることがうかがえる振り子のような目の動きで追いかけ、『勇気を賜った者』最新連載分のおしまいに印刷された、「つづく」という文字まで実際にたどり着くところを、何度も私は目にしている。それに、彼女がその全語と、大多数の読点をタイプしたことも知っている。それなのにである。彼女はなにひとつ記憶していない、というのが事実なのだ――ひょっとするとそれは、私の散文はただ単に「難解」なだけでなく神秘的である、と彼女が完全に決め込んでしまったせいかもしれない（「いやらしいほど神秘的」という賛辞をバシレフスキーから頂戴したのは、自分の振る舞いや考えが、第三章で、爽快なほど幸せなヴィクトルによって笑いものにされていることに彼が気づいた瞬間だった――その瞬間というのはもうじきやってくる）。ただ、私の作品に対する彼女の態度については、すんなりと許してやった。公開朗読会での、ギリシア彫刻風の「アルカイックスマイル」を彷彿させる彼女のとり澄ました微笑みは、私をうっとりさせた。彼女のとんでもない両親が私の本を見たいといって来たとき（まるで疑り深い内科医が精液のサンプルを要求するときのように）、彼女は間違って、題名がばかみたいに似ている別の作家の小説を彼らに渡してしまったこともある。しかし、私が深刻な衝撃を受けた唯一の瞬間は、彼女がある阿呆な女友達に、私の『（勇気を）賜った者』には「チェルノリューボフとドブロシェフスキー〈42〉」の伝記も入っているのだと教えているところを耳にしたときである！　そんな三流の出版人二人組を伝記の材料に選ぶのは頭のおかしい奴だけだ――おまけに二人の名前をごちゃまぜにするなんて！　そう言ってやると、彼女はなんと反論しはじめたのだった。

6

長い私の人生を通して気づいた、というかうすうす気づいていたらしいことがあるのだが、それは、恋に落ちようとしているときに、あるいはすでに恋に落ちてしまっていることにまだ気がついていないときに、ある夢が訪れて、それが朝の薄明の中、なんとなくこどもっぽい場面設定とともに、隠されていた恋人《イナモラータ》を私に紹介してくれるということで、そこには私が少年だったときに、青年だったときに、狂人だったときに、そして年をとって死にかけた好色家だったときに、身近に感じていた、うっとりして疼くような興奮の震えがいつも伴っていた。それが繰り返し起こるという感覚は（「うすうす気づいていたらしい」）、夢の中に組み込まれた感覚である可能性が高い。つまり、私がそうした夢を見たのは一度か二度だけだったかもしれなくて（「長い私の人生を通して」）、そのなじみ深さというのは単に、点眼薬に付いてくる点眼器のようなものに過ぎないのかもしれない。それとは逆に、夢に現れる場所は見覚えのある部屋ではなく、クリスマスの仮面劇とか真夏の名の日の祝いの後にこどもの私たちが目を覚ます、知らない人か遠縁のいとこの邸宅の一室を思わせるような、そんな部屋だった。今回の場合、印象としてそれは、二つの小さなベッドが向き合う両方の壁面に設置された様子で、その部屋には——実際には寝室ではない——この二つの引き離されたベッド以外なにひとつ置かれていない。小道具方というのは、昔の中編小説と一緒で、夢の中でも横着であるか、あるいは節約家であるかのどちらかなのだ。

一方のベッドに、儀式上の重要性しかない付随的な夢からちょうど目覚めたばかりの私がいる。

右手の壁（方向もまた与えられている）につけて置かれた遠くのベッドの上では、一人の少女が、この特別な「異文《ヴァリアント》」に限っていうと（日中の計算だと一九三四年の夏）、現実より若く細く陽気なアンネットが、お道化た様子で静かにひとりごとを言っているが、本当は話をするふりをしているだけだ、私のために、私に気づいてもらうために、話しているだけなのだということを、下半身の脈拍の甘美な昂進とともに私は理解する。

次に抱く思いは――それが鼓動をさらに高める――少年と少女が同じ間に合わせの一室で寝かされるのは奇妙だということで、これはおそらくなにかの手違いか、もしくはすべての部屋がふさがっていたのかもしれず、二つのベッドを隔てるがらんとした床上に広がる空間は、こどもならば（私の平均年齢は生涯通してずっと十三のままである）完璧な礼儀作法を保つのに十分な距離である、と想定されたのだろう。快楽のカップはもうすでにあふれんばかりになっていて、それがこぼれてしまう前に、私は何も敷いていない寄木細工の床をつま先歩きで自分のベッドから彼女のベッドの方へ急ぐ。彼女の金髪が私の口づけを邪魔するが、やがて私の唇は彼女の頬を、うなじを見つけ、そして彼女のガウンにはボタンがついていて、女中が入ってきたわと彼女が言うが、もう遅すぎる、自分を抑えることができない、そして女中――それなりの美女だ――が、私たちを見て笑う。

そんな夢を見たのは、アンネットと会ってひと月ほど経った頃で、その中の彼女のイメージが、あの初期段階の声と、柔らかな髪の毛と、繊細な肌が、私にとりつき、私を驚かせ、そしてひとつの喜びを与えてくれた――私がブラーゴヴォ嬢を愛しているということを発見した喜びだ。その夢を見た時期、彼女と私はまだ他人行儀な、というか過剰に他人行儀な関係だったから、必要な喚起や連想（前述の通りの）を添えて彼女にそれを説明することなどはとてもできなかったし、ただひと言「あなたの夢を見ました」と言ったところで、なんとも気の重い陳腐な台詞にしか聞こえなかっただろう。私がしたのはもっと勇気のいる、高潔な行為だった。彼女が言うところの（別のカップルについて話しているときに使ったことば）「真剣なお付き合いの意志」を明かす前に――そのうえ、本当のところなぜ私が彼女を愛してしまったかという謎が解ける前にである――私は彼女に、例の不治の病について話すことを決意したのだ。

7

彼女は優雅だった。彼女は物憂げだった。ある点では天使のような女性で、そしてその他多くの点ではうんざりするほど愚かだった。私は孤独で、怯えていて、情欲のせいで向こう見ずになっていた――ただし、私との結婚を承諾した場合、彼女が身をさらすことになるであろうものについて、半分典型的で半分実例的という鮮やかな事例を用いながら彼女に忠告せずにすましてしまうほどには、向こう見ずではなかった。

ミーラスチヴァヤ・ガスダールィニャ

アンナ・イヴァーノヴナ！

（英語では、「ディア・ミス・ブラーゴヴォ」）

最重要事項についてあなたに口頭で供する前にまずは、居場所を奪われた僕の精神という水晶体が持つ典型的な側面の一つについて、専門の論文よりもうまく説明をしてくれるはずのある実験に、参加していただくようお願いしたいのです。こんな具合です。

あなたの同意をもって、今は夜ということにして、僕はベッドに横になっている（もちろん、身につけるものは行儀よくつけているし、すべての器官は行儀よく冷静を保っています）、仰向けの状態です、そしてごく普通の場所での、ごく普通の瞬間のことを想像しています。この実験をよりいっそう純粋なものに保つために、視覚化するのは架空の場所としましょう。僕には、自分が本屋から出てきて、真向かいにある小さなカフェテラスに向かって通りを横切る前に、縁石の上で立ち止まっているのが見えます。車は一台も見えない。僕は通りを横切る。小さなカフェまでたどりつく僕が見えます。午後の日差しが椅子のひとつとテーブル半分を陣取っている他は、テラス部分に人の姿はなく、僕を歓迎している様子。少し前に降ったにわか雨は、きらきらした輝きの他なにも残していない。そしてここで僕は傘を忘れたことに気づいてふと立ち止まる。

あなたをうんざりさせるつもりはありません、グルバコウヴァジャーエマヤ（親愛なる）アンナ・イヴァーノヴナ、ただ、この三枚目だか四枚目だかの哀れな便箋を、罰を科せられる紙だけが立てることのできる、あのくしゃくしゃという音とともに、もみくちゃにするなんていうことはなおさらしたくありません。ただ、この場面は十分な抽象性と図式性に欠けているので、撮り直しをさせてください。

僕、つまりあなたの友人ヴァジム・ヴァジーモヴィチは、理想的な暗がりの中、ベッドに仰向けになっている（一分前に、二つのパラグラフの折り目の間から覗き込んでいた月を再度カーテンでさえぎったところ）、僕は昼行性のヴァジム・ヴァジーモヴィチが本屋を出て通りを横切り、カフェテラスに向かうのを想像する。僕は直立した自分自身の内にしまわれていて、下ではなく前方を向いているから、自分のでっぷりした体のぼやけた正面部分や、交互に踏み出される靴のつま先や、腕の下にはさんだ紙包みの長方形は、間接的にしか認識できない。僕は自分が、向こう側の歩道へたどりつくのに必要な二十歩を歩いているところを、そして、とても活字にはできない悪態をつきながら立ち止まり、書店に置き忘れた傘を取りに戻ろうとするところを、想像する。

まだ名前もついていない、疾苦があるのです、アンナ（そう呼ばせてください、僕はあなたより十も上で、とても病んでいるのです）、僕の方向感覚、というか、空間把握能力には、なにかとてつもない問題があるのです、というのは、ここにきて僕は、真っ暗なベッドの中、いとも簡単な逆戻りを頭の中で実行することができないのです（肉体的現実においては何も考えなくてもできる行為なのに！）。もしそれができたならば、頭の中で一瞬にして、さっき通ってきたばかりのアスファルトが今、僕の前方に伸びているのを思い浮かべることができるでしょうし、本屋のショーウィンドーも背後のどこかではなく、視界に入っていることになるでしょう。

そこで必要な手順について、頭の中で（僕の厄介で反抗的な頭だ！）意識的にたどることができない、という僕の状態について、簡潔に説明させてください。中心軸で回転する行程を想像するためには、舞台装置をむりやり逆方向に旋回させなくてはなりません。友人でありアシスタントであるアンナ、僕は必死で、この通り全体を、僕の前後に建つ建物のファサードもろとも、ゆっくりとしたひねりで半円を描きながら、一方向からもう一方向へ変えなければならないのです、それはまるで、徐々に意識をしながら自分自身を、そうだな、東向きのヴァジム・ヴァジーモヴィチから太陽に目が眩んでいる西向きのヴァジム・ヴァジーモヴィチへ変身させるために、ガリガリにさびついて頑固な舵の巨大な舵棒を回転させようとするようなものなのです。そういう行為のことを考えただけで、このベッドに横たわった男はひどく混乱して頭がくらくらするので、いっそのことこの回れ右なんていうものをすっかりとりやめにしてしまいたくなる。そして、目の前に見えていた景色を黒板みたいにきれいに拭き取り、想像の中で引き返し始めるのです、まるでそこを初めて歩くようなつもりで、その通りをさっき横切ったということもなしにして、そうすれば、途中でぞっとするような目に遭うこともない——つまり、胸のつぶれるような思いをしながら空間の進路を変えるということも、しなくて済むのです！

どうです《ヴォワラ》。ちょっと退屈でしょう、精神錯乱《アン・フェ・ド・デマンス》に関する話なんて、それに実際のところこの問題は、じっくり考えさえしなければ、たいしたことのない小さな傷みたいなものなのです——たとえば、九本指で生まれてきた奇形児の、失われたままの小指みたいなもの。ところが、近くに寄ってもっと綿密に観察してみると、どうもこれは大きな病を警告している症状なのではないだろうか、と心配になってくるのです。しまいには脳全体が冒されるという精神疾患の兆しなのではないだろうか、と。その精神疾患も、こういったいわば暴風警報が暗示するほどには、急迫しているわけでも深刻なわけでもないかもしれないのだけれど。ただ、あなたに結婚を申し込む前に、状況を把握しておいてほしいだけなのです。返事も電話もいりません、それから、もしも金曜の午後に来てくれるのなら、そのときには、この手紙のことには触れないでください。ただ、もしも来てくれるのならば、どうかお願いです、よい返事の印として、野の花の房みたいに見える、フィレンツェ風の帽子をかぶってきてください。ボッティチェリの『春』〈43〉の中の、左から五人目の娘、花で飾られた金髪の、鼻筋の通った、灰色の真剣な瞳をしたあの娘に、あなたがよく似ていることを祝ってほしいからです。春の寓意画、私の恋人、私の寓話。

金曜の午後、二か月ぶりに、アメリカの友人の言葉を借りれば「時間きっかりに《オン・ザ・ドット》」、彼女はやって来た。痛みがくさびとなって心臓に刺しこまれ、小さな黒い妖怪たちが私の部屋じゅうにちらばって椅子取りゲームを始めた。彼女がかぶっていたのは、なんの面白みも意味もない、いつもの今風な帽子だったからだ。彼女は鏡の前でその帽子を脱ぐと、突然、普段聞かないような抑揚をつけてお神様！　と叫んだ。

「ヤー・イジオートカ」、と彼女は言った。「私ったら馬鹿ね。きれいな花輪がどこにあったかしらと探している途中で、パパがあなたの先祖にあたる人についての話を私に読んで聞かせ始めたの、ピーター雷帝と口喧嘩をしたっていう人」

「イヴァン雷帝」、と私。

「名前はよく聞きとれなかったのよ、それでとにかく、遅刻しそうだったから、このシャーポチカ《ちっちゃな帽子》をひょいっとかぶって《ナツエビーラ》来たの、あなたの言っていた花輪、あなたに頼まれた花輪の代わりに」

私はそれを聞きながら彼女が上着を脱ぐのに手を貸してやっていた。彼女の言葉を聞いていると、まるで夢の中にいるときに感じるような、節操のない淫らな気持ちでいっぱいになった。私は彼女を抱きしめた。私の口は、首と鎖骨の間にあるはずの熱いくぼみを探し求めた。それは短くも完全な抱擁で、ただ体を彼女に押し付けて、片手を彼女の小さく引き締まったお尻にかぶせ、もう片方の手でハープの弦のような肋骨に触るだけで、控えめながらも甘美に、私の欲望は頂点に達した。彼女は全身を震わせていた。情熱的だが無知な処女である彼女は、私の抱擁が眠りのように、あるいは風に恋焦がれる帆船のように、突然ゆるんだのはなぜなのか、理解できなかった。

あの手紙、はじめとおしまいのところしか読まなかったの？ ええと、そう、詩的なところは読み飛ばしたの。ということは、僕が何を意図しているかさっぱり分かっていないのだね？ もう一度読み返すと約束するわ。だけど、君のことを愛してるっていうことは理解できたね？ それは分かったわ、でもあなたが私のことを本当に愛しているかどうかなんて、どうして確かめられる？ あなたって、ものすごく変わっているのね、すごく、すごく、なんて言ったらいいのかしら、そう、変わっているんだわ、すべての点において。あなたみたいな人、今まで会ったことがない。それじゃあ君が会ったことがあるのはどういう人？ 脳外科医《トレパナー》？ トロンボーン奏者？ 天文学者《アストロノミスト》？ そうね、ほとんどが兵隊さん、もう少し詳しく言うと、ヴラーンゲリの陸軍にいた将校さんたち。紳士的で、おもしろい人たちで、危険な目にあったときのお話とか、任務のお話、ステップ地帯での露営のお話なんかを聞かせてくれたわ。ああ、でもそれなら、僕だって「砂漠をさまよい、ごつごつとした石切り場や岩場や……」〈44〉そういった話をすることができる。いいえ、あの人たちのは作り話なんかではなかったわ。絞首刑にしたスパイの話、国際的な政治の話、人生の意味について説明してくれる新しい映画や本の話よ。そのうえ、淫らなジョークは一切なし。おぞましく猥褻《リスケ》な比喩も一切なし……僕の本に出てくるみたいな？ たとえばどんなやつ？ 例は？ いいえ、例は挙げないわ。ピンで押さえつけられて、串刺しのままくるくる回らされるなんてごめんだから、羽のない蠅みたいに。

あるいは、蝶みたいに。

ある気持ちのよい朝、私たちはベルフォンテーヌ郊外を散歩していた。なにかがひらりと舞い、きらめいた。

「ごらんよあの道化師を」、私は肘でそっと指し示しながら、そうささやいた。

郊外の庭園で、白壁の側面にとまって日光浴をしていたのは、ぺたんと平たい、左右対称に翅を広げた蝶で、それは、自分で描いた絵の地平線に、画家が微妙な角度をつけて置いたかのように見えた。その生き物は、笑みを浮かべる唇のような赤で塗られていて、黒い斑点の隙間を黄色が埋めていた。ぎざぎざになった翅の縁の内側に沿って、青い三日月がずらり一列に並んでいた。むかつくような震えを覚えさせる唯一の特徴は、この小動物の胴の両脇に沿ってふさふさと生えている青銅色の絹毛部分だった。

「昔、保母をしていた私に言わせれば」と世話焼きのアンネットは言った、「それはごく平凡なコヒオドシ（クラピーヴニッツァ）よ。今までにいくつもの小さな手がその羽をむしり取って、きれいでしょう、と言って私のところへ持って来てくれたわ！」

蝶ははためき、どこかへ行ってしまった。

8

タイプすべき原稿の多さに加え、彼女の仕事はとてもゆっくりだったし間違いだらけだったから、仕事中はロシア人が「仔牛愛撫〈45〉」と呼ぶことをして邪魔するのはやめてちょうだいね、と彼女は私に念を押した。それ以外のときでも、彼女が私に許したのは、控えめなキスとふわっと柔らかく抱くことだけだった。彼女に言わせれば、私たちの初めての抱擁は「野蛮」だったのだそうだ

（あのすぐ後に、男特有の秘密について理解したうえで）。愛撫の自然な流れの中で、彼女は私の腕の中で震え始めるのだが、そこで襲ってくる、とろけるような感覚とどうしようもない気持ちを、必死で隠そうとして、しまいには厳格なしかめっ面をしながら私を押しやるのだった。あるとき、彼女の手の甲が私のズボンのぴんと固く張った前の部分をかすめたことがあって、そのとき彼女は冷ややかに「パルドン《失礼》」（フランス語）と言い放ち、私が冗談で、手に怪我はなかったかいと言うと、むっつり黙り込んでしまった。

　私たちの関係はとんでもなく時代遅れな方向に進んでいる、と私は不満を言った。彼女はそのことについてよく考え、「公的に婚約」したらすぐにでも、もっと現代的な段階へ踏み込みましょうと約束した。私は、いつでも、今この瞬間にも、婚約の公表をする準備ができていると、はっきり彼女に言った。

　彼女は私を両親のところへ連れて行った。彼女はパッシー地区にある二部屋のアパルトマンを、両親と共有していた。革命前には軍医をしていた父親は、短く刈り込んだ灰色の髪と、切りそろえられた口髭と、あご先の格好のよい皇帝髭のせいで、私が一九〇七年に患った「肺炎[46]」を治療してくれた、温厚だが冷たい指をした（それに冷たい耳たぶをした）医者にたいへんよく似ていた（過去のすり切れた部分を、似たような種類の新しい印象によって継ぎ当てしようとする、熱意のようなものにそそのかされ、そんなふうに感じるのかもしれない）。

　力が衰え職業も失った多くのロシア人亡命者の例に漏れず、このブラーゴヴォ医師の個人資産が具体的にはどういうものなのか、私には見当がつかなかった。医師は、灰色に曇った晩年を、アンネットがオックスマンのところから借りてきたひと揃いの分厚い雑誌（一八三〇～一九〇〇年、または一八五〇～一九一〇年）を読むとか、規則正しいかちかちという音をたてるチュービングマシーンを使って、端が半透明になった手巻き煙草を詰めるとかいったことに費やしているようで、その煙草も、夜中の不整脈を予防するために、一日に三十本以上は絶対に喫わないことにしていた。彼は基本的に会話というものができなくなっていたし、ぼろぼろになった『ロシアその昔《ルースカヤ・スタリナー》』全集に載っているいくつもの歴史的小話を、正確に思い出して話すこともできなかった——どうりでアンネットが、自分でタイプした詩もエッセイも、短編も長編小説も、さっぱり記憶できないわけだ（このことについて私がしつこいほど愚痴を繰り返していることは認めるが、なにしろ心の中にわだかまって《rankle》いる問題なのだ。ところでこの rankle という動詞は、「子ドラゴン」という意味のラテン語、「dracunculus《ドラクンクラス》」から来ている）。彼はまた、イカ胸とか、側面にゴムが使われているブーツとかを身につけている紳士の、最後の生き残りの一人でもあった。

　彼は私にこんな質問をした——そしてこれが彼のした質問のうち、唯一記憶に留まっているものだった——千年以上の歴史がある私の名字につく爵位を、どうしてペンネームから外してしまったのかと。私は、自分はスノッブだから、悪い読者というのは気質的に、作者の生まれというものをどうしても意識してしまうものだと思うし、反対によい読者というのは、作者の家系よりも本自体の方に興味を持ってくれると思いたい、そう答えた。ブラーゴヴォ医師は愚かな爺さんだったし、取り外しのできるカフスも薄汚れていた。しかし今、悲しみに暮れつつ当時をふり返ってみると、彼のことは大切な思い出だ。彼は私の可哀そうなアンネットの父親であるだけでなく、私の敬愛する娘の、そしておそらくアンネット以上に不幸だった娘の、祖父だったのだから。

　ブラーゴヴォ医師（一八六七～一九四〇）は四十歳のとき、田舎美人とヴォルガ川添いの街キネシマで結婚した。その街は、私のもっともロマンチックな地方の所領地のひとつからほんの数マイルほど南に位置しており、そこは荒々しい渓谷で有名で、現在は砂利採取場か大量殺戮の現場になっているが、当時は見事な沈床園を偲ばせていた。アンネットの母親はえらく念入りな化粧をしていて、笑みを浮かべながら相手に取り入るようなアクセントをつけて話し、名詞や形容詞をちょっとやり過ぎの愛称形に変化させる癖があり、それは自他ともに認める指小辞天国であるロシア語さえもが、赤子や優しい看護婦の湿った唇にしかのぼってくるのを許さないようなものだった。(「さあどうぞ、ミルクちゃん入りのかわいいお茶《チャイーシュカ・ス・マラチーシュカム》ですよ」という具合)。彼女はとてつもなくおしゃべりで、愛想がよく、平凡な女性で、服の趣味だけはよい(高級婦人服店《サロン・ド・クチュール》で働いていた)、というのが私の印象だった。ある種の緊張感を、この一家の空気中に感じ取ることができた。アンネットは明らかに、扱いにくい娘だった。短い訪問の間にも、彼女に向けられた両親の言葉に、ほとんど《ノートキ・》パニックに近い追従的な《パダボストラースヌイ・パーニキ》音色がだんだんと加わっていくことに、気づかざるをえなかった。アンネットは時折、濁った蛇のような目をして、おしゃべりな母親を黙らせた。帰り際に夫人は、お世辞のつもりでこんなことを言った、「あなたはロシア語をパリッ子のRの発音《グラッセイマン》で話すのですね、そしてイギリス人のように礼儀正しい」。アンネットは母親の背後で、低い警告の唸りを発した。

その晩、彼女の父親に、私たちが結婚を決めたということを知らせる手紙を認《したた》めた。そして翌日の午後、彼女が仕事のためにやってくると、私はモロッコ革のスリッパに絹のガウンという姿で出迎えた。今日は祝日、フローラ祭だよ、と私は言って、ちょっと普通ではない笑みを浮かべながら、カーネーションや、カミツレや、アネモネや、アスフォデル〈47〉や、黄金色の穂に収まった青いムギナデシコが、私たち二人のために部屋を飾っているのを見せてやった。彼女は花々に、シャンペンに、キャビアのカナッペにさっと目をやると、ふんっと鼻を鳴らして逃げ出そうとした。私は彼女の背中をぎゅっと引っ張って部屋へ入れ、ドアに鍵をかけてその鍵をポケットに閉まった。

私たちの失敗に終わった初めての逢瀬のことを回想するのは苦痛ではない。今日がその日だということを彼女に納得させるのにとんでもなく時間がかかったうえ、ここまでしか服を脱いではだめだとか、ヴィーナスや処女マリアや市長《メール》が、触れてもよいと認めているのは体のどの部分か、とかいうことで大騒ぎするので、ようやく彼女をなんとか降参させやすい格好に持ち込んだ頃には、私はすっかり不能になってしまっていた。私たちは裸で、ゆるりと抱き合ったまま横たわっていた。やがて、私の唇に押し付けられた彼女の唇が開いた。それは彼女が初めて私にしてくれたキスだった。私は活力を取り戻した。大急ぎで彼女を我がものにしようとした。彼女は、ひどいわそんなに痛くしないでと叫び、力一杯身をひねって、血に染まったのたうち回る魚を押し出した。その代わりに謙虚にも、彼女の指でそれを握らせようとしたところ、彼女はその手を急いで引っ込めて、この嫌らしい変態《グリャーズヌイ・ラズヴラートニク》！　と言った。私は、めちゃくちゃに飛び散らかす行為を自ら演じなくてはならず、それを彼女は驚きと悲しみのうちに眺めていた。

次の日はもう少しうまくいき、やや気の抜けてしまったシャンパンを二人で飲み干した。しかし、彼女を完全に手なずけることはできなかった。イタリアの湖畔のホテルでの、とてもうまくいきそうだった夜、そのときも、彼女の場違いな上品ぶりのせいですべてが台無しになってしまった。しかしその一方で、彼女の腹立たしいほどの潔癖さと、甘い情熱があふれるああした稀な瞬間とが、うっとりするような対照をなしているということを見逃すほどには、自分が下劣でも能無しでもなかったということを、今私は嬉しく思う。そうした瞬間に、彼女の顔は、幼いこどものように夢中な表情になったり、厳かな喜びに輝いたりしたし、彼女の小さなうめき声は、私の、それには値しないほど下劣な意識の入り口に、やっとのことでたどり着くのだった。

9

夏が終わるころまでには、そして『勇気を賜った者』の次の章が終わるころまでには、ブラーゴヴォ医師とその妻がギリシア正教式の結婚式をのぞんでいることが明らかになった——細長い蠟燭の炎に照らされた、金と紗で統一された儀式で、高僧と下僧と二重合唱がつく。そんな馬鹿馬鹿しい無言劇みたいな儀式は省略して、パリか、ロンドンか、カレーか、その他英仏海峡に浮かぶどこかの島の役人の前で、私たちの契りを事務的に登録するつもりだと私が言ったとき、アンネットがひどく驚いたかどうか、それは分からない。ただ彼女は、両親をひどく驚かせることについては平気のようだった。ブラーゴヴォ医師は堅苦しい言葉で認めた手紙の中で、会って話をしたいと求めていた（「公爵《プリンス》！　アンナの話によれば、結婚式は——」）。私たちは話し合いを電話で済ませるということで同意した。ブラーゴヴォ医師は二分間だけ（薬剤師も匙を投げたくなるような書体を判読しようと沈黙している時間も含めて）、妻の方は五分間、関係のないことをべらべらと喋ったあと、どうか頼むから私の決定について考え直してほしいと言った。私はそれを拒絶したが、仲人である、人のよいステパーノフさえも、いつものリベラルな思想に似合わず、クリスチャンの美しき伝統を守ってはどうかと勧めてきた。それはイギリスのどこか（現在ボルグ一家が住んでいる場所だ）からの電話でのことで、私は話題を変えて、パリへ帰ってきたら、どうか僕のために美しき文学のつどい《ソワレ》を開いてくださいよと頼んだ。

その一方で、もっと陽気な神々たちが、贈り物を持って現れた。三つの賜物が、風に吹かれた果物のように、私のまわりにどすんと音をたてて落ちてきて、みんな同時にお祝いをはじめた。『赤いシルクハット』の英語翻訳権が、前払い金二百ギニーで買われた。ニューヨークのジェイムズ・ロッジ社〈48〉が、『カメラ・ルシダ』の翻訳にもっと素敵な額の前払い金を申し出た（当時、人の美的センスは簡単に満足させることができたものだ）。そして、私の短編小説の映画上映権に関する契約を、ロサンゼルスに住むアイヴォー・ブラックの腹違いの兄が準備中だった。そして私は、『勇気を賜った者』を仕上げるために適切な環境を見つけなくてはならなかった。最初の部分を書いたときよりも、もっとずっと快適な場所を。そしてその直後に、あるいは最終章を書くのと平行してでも、ロンドン在住の見知らぬご婦人のもとで進行中の、『クラースヌイ・ツィリンドル（赤いシルクハット）』の英語訳を点検しなくてはならず、そしておそらくは、大幅に書き直すことになるだろう（このご婦人、幸先の悪いことに、私の怒りの咆哮によって止められる前に、こんなことを提案し始めていた。「あまり適切とはいえない一節とか、あるいは過度に装飾の施された一節とか、不明瞭に過ぎる一節とか、そういった部分は、生真面目なイギリス人読者のためを思うと、もう少し調子をやわらげるとか、あるいはいっそのこと削除してしまうのがいいのではないでしょうか」）。私はまた、合衆国へのビジネス旅行の必要性についても考えていた。

　こうしたニュースを逐一追っていたアンネットの両親は、何やら奇妙な精神上の理由から、彼女に、民事婚だろうが異教式《グラジュダンスキー・イリ・バスルマンスキー》だろうが、もうなんでもいいからぐずぐずせずにそれを済ませてしまうように急かした。その三色《トリコロール》の喜劇を終えてしまうとすぐに、アンネットと私はロシアの伝統に敬意を表して、二か月にわたってホテルからホテルへと移動する日々を過ごし、果てはヴェネツィアやラヴェンナまで行き着き、そこで私はバイロンのことを想い、ミュッセ〈49〉を翻訳した。パリに戻り、ブーローニュの森から歩いて二分というところにある、魅力的なゲヴァラ通り（アンダルシア出身の昔の劇作家にちなんで名付けられた）に三部屋のアパルトマンを借りた。私たちはたいてい、近くにある〈よろめき小悪魔《ル・プティ・ディアブル・ボワトー》〈50〉〉という、質素だがよい料理を出すレストランで昼食をとり、夕食には自宅の小台所で薄切り冷肉《コールドカット》を食べるのだった。私は最初どういうわけか、アンネットが料理上手だと期待していた。彼女の料理は後年、荒削りなアメリカの地でましになった。ゲヴァラ通りで一番うまくいったのは半熟卵だった。私が料理をかわろうと小台所に行ってみると、いったいどうやったのか分からないが、完全に割れる寸前のところでどうにか彼女が引き止めている卵が、エクトプラズムを噴き出しながら湯の中で踊っていた。

　彼女は悠々たる趣のブナの並木と、将来有望な赤ん坊たちの間を縫って、長い散歩をするのが好きだった。彼女はカフェと、ファッションショーと、テニスの試合と、自転車競技場で開かれるくるくる回る自転車レースと、それからとりわけ映画を愛した。まもなく私は、そうした娯楽が、彼女を色っぽい気分にさせるということに気づいた――そしてパリでの最後の四年間、私は恐ろしく好色で精力がみなぎっていたから、彼女の気まぐれな拒絶には耐えられなかった。しかしながら、筋骨たくましい選手たちの動きを過剰に観賞することは禁止していた――あっちへこっちへメトロノームの針のようにびゅんびゅんと飛ぶテニスボールとか、二輪の上に深く身を屈める選手の、ぞっとするような毛深い脚とか。

　一九三〇年代の後半、パリは亡命芸術家たちが波のように押し寄せる場となっていて、いい加減な批評家連中が私のことをなんと書こうと、私はあの時代の頂点に立っていたのだ、ということを認めないほどには、私は気障でも阿呆でもない。朗読会の開かれているホールで、私の物静かで洒落た連れに、地獄の悪鬼や、ペテン師やごますり、無名の善人、群れたがる連中、導師《グル》の追っかけ、信心深い男色者、愛らしくヒステリックなレズビアン、灰色の髪をたらしたリアリスト、それに才能ある、無学だが直感に優れた新種の批評家連中（その忘れ難い指導者がアダム・アトロポーヴィチ〈51〉だ）を指さして説明してやるのを私は楽しんだ。

私は一種の学者的喜びをもって（文献の影響関係を跡づけてみるときのような喜びに似ている）、いつも黒いスーツに身を包んだ三、四人のロシア文学界の大御所たちが、いかに丁重に熱心にアンネットに敬意を表したがるか、ということに気づいた（私がこの文学者たちを、感謝と熱意を込めて尊敬していたのは、ただ単に彼らの高潔な信条に支えられた作品が、全盛期の私を魅了していたからというだけではなく、ボリシェヴィキが彼らの本を発禁にしたという事実が、レーニン・スターリン政権に対する完全不滅の告発を意味していたからである）。彼女の周りで同じくらい献身的《アン》にふるまっていた《ブレセ》者は（たぶん、不純な者の澄んだ声に対して私がもったいなくも与えてやっていた稀な賛辞を、自分も得たいという潜在意識下の熱意によるものだったのだろう）、神が二面の顔を与えた若い作家たちだった。一面では卑劣なほど堕落し無能なのに対して、もう一面では鋭い天才できらめいている、そんな作家たちだ。言ってみれば、亡命文学者たちの社交界における彼女の姿は、おもしろいことに、『エヴゲーニー・オネーギン』第八歌、こびへつらう舞踏会の群衆の間を冷ややかに通り抜けて行くN公爵夫人の場面を、思い起こさせた。

アンネットがバシレフスキーに対して寛容な態度で接していたことを私が不愉快に思わなかった

のは（彼女は彼の作品をどれひとつ知らず、筋違いの名声を得ていることにはぼんやりとだが気づいていた）、彼女の示す共感の主旋律は、言ってみれば、この偽お人好し《フォー・ボーム》と私との初期の交友関係とそっくり同じであるということに気づいたからだ。どことなくドリス様式風の柱の陰から、バシレフスキーが私のうぶで物静かなアンネットに、私があそこまで強烈にゴーリキー〈52〉のことを忌み嫌うのはいったい何故か知っているかと聞いているのを偶然耳にした（バシレフスキーはこの作家を崇拝していた）。プロレタリア文学者の世界的名声に腹を立てているからなのか？　あの偉大な作家の本を本当に一冊でも読んだことがあるのだろうか？　アンネットは最初、困惑した表情を見せたが、突然、可愛らしくこどもっぽい笑みが彼女の顔いっぱいに輝き、感傷的なソヴィエト映画『母』について、私が批判していたことを思い出して、「あの人によると、顔を伝ってこぼれ落ちる涙があまりに大粒で、あまりにゆっくり過ぎるのがいけないんですって」と言った。「なるほど、それで説明がつきますね」とバシレフスキーは、憂鬱そうに納得しながら言った。

10

一九三七年の秋、タイプ済みの英語訳『赤いハット』（ママ）と『カメラ・ルシダ』の原稿を、ほぼ同時に受け取った。両方とも想像以上に劣悪なしろものだった。イギリス人のミス・ハワースは、父親が大使を務めていたモスクワで幸福な三年間を過ごした経験があった。一方のクリーチ氏はロシア生まれのニューヨーカーで、手紙の署名はベンとなっていた。二人とも同一の辞書を使って間違った言葉を選ぶというふうに、同一の間違いを犯していたし、同一の無謀さから、とてもよく似た別の言葉と混同しやすい同音異義語を、きちんと辞書で確認せずに済ませていた。二人とも文脈上に現れている色合いを感知することができなかったし、音のニュアンスを聞き取る耳もなかった。動植物の分類に関していうと、たいてい「綱」にとどまっていて「科」まで限定されることはなかったし、ましてや厳密な意味においての「属」にまで特定されることはほとんどなかった。二人とも「標本《スペシミン》」を「種《スピシーズ》」と取り違えていた。「はねる」も「跳躍する」も「跳ぶ」も、二人の頭の中では、同義語という連隊に属して単調なユニフォームをまとっていた。そんな調子で、馬鹿な間違いを免れているページは一枚もなかった。私が、恐ろしく非道でありながらもとりわけ興味深いと感じたのは、まともな作家が書いた一節の描写を、自分たちの無知と不注意によって、馬鹿者の叫びとか唸りにまで短縮してしまえるということを、この訳者たちは当然のこととして考えている、という事実だった。その表現上の癖において、ベン・クリーチとミス・ハワースはあまりにも似通っていたので、二人は実のところ夫婦で、しょっちゅう連絡しあいながら、難しいパラグラフについて相談しあっていたのではないか、と今になって想像してしまう。それでなければ、そうだな、二人は英国と米国の中間地点、アゾレス諸島の、クレーター湖を見下ろす緑豊かな畔かどこかで、語彙について語り合うピクニックをしていたのかもしれない。

私は数か月かけて、この極悪非道なしろものを書き直し、できあがったものをアンネットに口述した。彼女の英語は、ブラーゴヴォ家が西へ向けて国外移住する際の、最初の停泊地となったコンスタンチノープルのアメリカ式寄宿学校での四年間で身につけたものだった（一九二〇〜一九二四）。この新しい仕事をこなすうちに、彼女の語彙は驚異的な速さで増え、進歩したし、ロンドンのアラン・アンド・オーヴァートン社とニューヨークのジェイムズ・ロッジ社への手紙の中で私が使う怒りや皮肉の表現を、正確に書き取ることができて得意そうにしている無邪気な彼女を見て、私は愉快に思った。実際、彼女は英語（とフランス語）での運指《ドワテ》のほうが、ロシア語テキストのタイプよりもましだった。そうは言っても当然ながら、ささやかなとちりというのは、どの言語でも避けることはできなかった。ある日、根気よいアランに送付済みの、洪水のような訂正を複写したカーボン紙を見ていて、アンネットがやらかしたとても小さなミスを見つけた。単なる打ち間違いだったが（hero を here としたか、あるいは hat でなく that としてしまったか、今では思い出すこともできないが、とにかく h がどこかにあったように思う）、そのせいでその一文には、陰気なほど退屈だが、残念なことに、そうであっても決しておかしくないような意味が備わってしまっていた（もっともらしさというのが、多くの良心的な校正者を待ち受ける破滅のもとなのだ）。電報を一通送ってしまえささえすれば、間違いは直ちに取り除くことができるのだが、過労で苛ついている作家にとって、こういう事件はひどく神経に障るもので、私は不当な激情を込めて怒りを声にした。アンネットは引き出し（間違った引き出しだ）を開けて電報用の紙を探し始め、顔を上げずにこう言った。「彼女の方が私なんかよりずっとうまくあなたを手伝うことができたのでしょうね、私だって精一杯やっているのだけれど（ストラーシュノ・スタラーユシ、つまり、ひどく頑張っている）」

私たちがアイリスの名を口にすることは一度もなかった――それは私たちの結婚の決まりごとの中で、暗黙の条件だった――しかし私は瞬時に、アンネットが彼女のことを意図していて、ある代理店《エージェンシー》が数週間前に私のところへ送ってきたが、包装紙と括り紐つきのまま突き返してやった、無能な英国娘のことを言っているのではないということを理解した。ある超自然的な理由から（これもまた過労のためだ)、涙があふれてくるのがわかり、立ち上がって部屋を出て行こうとしたのだが、恥知らずにもむせび泣きながら、分厚い何かの本をげんこつで殴りつけている私がいた。彼女は、同じく涙を流しながら私の腕の中に滑り込んできて、そしてその同じ日の晩、私たちはルネ・クレールの新作映画を観に行き、そのあとグラン・ヴルールで食事をした。

『赤いハット』ともう一つの作品を訂正し、部分的に書き直すという作業をしていた数か月の間に、私は奇妙な変身の発作を経験した。といっても、中欧のどこかで、ある朝目覚めたら普通の甲虫よりもたくさん脚の生えた巨大なコガネムシに変身していた〈53〉、というのではなくて、私の中の隠れた組織が、激痛とともに引き裂かれているような感覚だった。ロシア語のタイプライターは棺のごとく永遠に閉じられてしまった。『勇気を賜った者』の結末部分も、『パトリア』に送られてしまった。アンネットと私は春にイングランドへ行く計画を立て(結局実現しなかった)、一九三九年の夏にアメリカへ行こうと計画した(その地で彼女は十四年後に死亡するのだ)。一九三八年の半ばまでには、アンドーヴァートンとロッジからの手紙による個人的賛辞と、傑作なへぼ批評家による公的な批判との両方を、ゆっくり腰を据えて、落ち着いて味わうことができると感じた。こういう批評家連中は新聞の日曜版の中で、私の小説二編の英語版に見つかる、私によってのみ書かれた文章のスタイルが持つ、上流階級特有の難解さとかについて批判していた。ところが、「安全網《ネット》なしで仕事する」(ロシア人曲芸師がよく言うように)ということは、今までとはまったく勝手が違っていた。つまり、今や私は小説を直接英語で書こうと試みていて、私の真下には、私と小さな円の形に照明の当たったアリーナとの間には、ロシア語という安全網はもはや張られていないのだった。

次からの英語作品（現在進行中の小品も含めて）に関しても同じことが言えるのだが、最初の英語作品の題名が思い浮かんだのは、作品が「受胎」したのと同時で、実際にそれが生まれて成長するずっと以前のことだった。その名を光にかざしてみると、その半透明のカプセルの中身全体が、はっきりと目に見えた。題名は、『真実の下を見てごらん』〈54〉、もう絶対にこれ以外にはありえなかった。公共図書館の蔵書目録の中で、この題名がやがて試練を受けることになると知っていたとしても、この命名をためらうことはなかっただろう。

　この作品は、私の入念な芸術に対して二人の不届き者が与えた侮辱に、間接的な着想を得ている。ある才能豊かで独特の技量を持つ英国人作家は、最近死亡したということになっている。この作家の生涯についての物語が、ハムレット・ゴッドマンという、十分な情報を持たず、がさつで悪意に満ちたオックスフォード大出身のデンマーク人によって乱暴にでっちあげられていく。まったくもって凡庸なゴッドマンが文学的な失敗をくり返すというこのグロテスクな試みは、まさにコヴァレフスキー的はけ口のようなものだった。この伝記は、向こう見ずな捏造者ゴッドマンにとっては不幸なことに、故人の憤慨した弟によって校訂される。始まりの章がその蛇のように巻かれたとぐろの最初の部分をほどくとき（「手淫による罪悪感」とおもちゃの兵隊の去勢へのほのめかしで始まる）、私のこの小説における喜びと魔法が幕を開けるのである。具体的にいうとそれは、弟による脚注で、一頁あたり五、六行ほどだったのが、どんどん増え、さらに増え続けながら、自称伝記作者が改竄した小話や卑劣な作り話を、まずは疑い、そして反駁し、最後に嘲笑とともに粉砕するのだった。頁下のそうした注釈の増殖は（読書クラブの、または病み上がりの読者にとってはおそらく煩わしいだろうが）、テキストをまだら模様にするほど、星標《アステリスク》の数を増やす結果となった。伝記の主人公の大学時代が終わる頃には、注釈は頁の三分の一の高さにまで達している。一国全土を襲う災害の警報のように——洪水とかそういったものだ——編集者による警告が水位の高さをさらに上げていた。二百頁まで進む頃には、脚注部分はテキストの三分の二を占めるほどになり、そこは字体まで変わっている、というか、少なくとも私の心の中では、六号活字《ゴレビア》から十号活字《ロング・プライマー》へ字体を変えたことになっている（本の中で印刷上の変わった遊びをするのは大嫌いなのだ）。終盤の章では、注釈が全テキストに取って代わるだけでなく、肉太字体へと膨れ上がる。「ここで私たちは、いんちき伝記小説《ビオグラフィ・ロマンセ》が、偉大な人物の真実の生涯の話によって次第に乗っ取られる、という見事な現象を目にするのだ」。おまけとして私は、この並外れた注釈者の三頁に及ぶ経歴を添えた。「現在オレゴンのパラゴン大学で、兄の作品も含めた現代文学を教えている」

というのが、四十五年前に書かれ、おそらくは人々から忘れ去られてしまった小説の概要だ。この小説を読み返したことはなく、というのは、私が再読する（フランス語ではジュ・ルリ、ロシア語ではペレチーティヴァユ——私はかわいらしい愛人をからかっているんだ！）のは自分の作品のペーパーバックの校正刷りに限られているからで、そうするのが賢明だとJ・ロッジが判断したからなのだろうが、この作品は今でもハードカヴァーから脱皮できずにいる。しかし、薔薇色の追想の中では、それは喜ばしい出来事として感じられるし、この軽めで小ぶりの風刺作品じたいは、その執筆時に伴った恐怖と苦悩とはまったく関係のないものとして考えることができた。

実際のところ、インスピレーションと試練と成功を感じた夜のあと（見てごらんよ道化師を、さあみんな、ごらんよ——アイリスも、アンネットも、ベルも、ルイーズも、それからきみ、私の最後の、不死身の恋人であるきみも！）、私の蒸留機の中で踊る虹色のあぶくが喜び（それもたぶん、不健全な喜び）を与えてくれたにもかかわらず、その作品の創作活動によって私は、若い頃から恐れてきた麻痺性痴呆《ディメンシア・パラリティカ》になりかけるところまでいった。

運動競技の世界において、テニスとスキー両方の世界チャンピオンになったなんていう人間は、いまだかつていなかったように思う。しかし、芝生と雪の違いに匹敵するほど異なる二つの文学界において、私はそれと似たような偉業をなし遂げた、初めての作家となった。ある一日に海抜ゼロメートル地点で三十六球のサーヴィスエースを打ち、その次の日に、きらきらと輝く山の宙空をスキージャンプで百三十六メートル飛ぶ、ということにどれほどの肉体的ストレスがかかるか、ということは、私にはよく分からない（運動神経はゼロだし、私にとって新聞のスポーツ欄はキッチン情報の欄と同じくらい退屈なのだ）。おそらく、途方もないストレスであろう、いやたぶん、想像を絶するくらい。しかしながら、この私は、文学的変身というものに伴う拷問のような、ぎりぎりと捻じ曲げられるような苦悶を、なんとか超越することに成功したのだ。

私たちはことばでなくイメージで思考する〈55〉。たしかにそうだ。ただし、真夜中に頭の中で、明日の説教で話したい内容を作文したり、つい最近の夢の中でドリーに言ったことを思い出したり、二十年前にあの生意気なケンブリッジの学生監に言ってやればよかったようなことを再構成したりするときに思考に使われるのは、もちろんことばによるイメージだ。そのうえ、孤独であったり老いたりしている場合は、その思考がつい口に出てしまうのか、耳に聞こえさえする。人生の大部分は無言劇《ミモドラマ》のようなものなので、通常、人はことばを使って思考することはないのだが、ことばが必要なときにはもちろん、ことばを想像することは確かで、それはこの世界で、あるいはこの世界よりももっとありそうにない世界で、認識することのできるその他すべてのものを想像するのと同じことだ。その本はまず私の頭の中で、私の右頬の下で（心臓側でない方を下にして眠るのが好きなので）、頭と尾のある、一本の色彩豊かな行進というイメージで現れ、興味深げに見物している町の人々の中を、だいたい西の方角へ向かってくねくねと進んでいた。玄関口に立って見ているきみの中のこどもたちや私自身である老人たちは、めくるめくショーが開かれることを知る。そして私はそのショーの、順番通りに演じられているすべての場面や星のきらめくすべての空中ブランコも含めた詳細を、あまねくこの目で見ることができた。ただしそれは仮面劇でもサーカスでもなく、製本済みの一冊の本で、その中身は、亡命中の不毛の地で私が生命を吹きこもうとしていた蜃気楼《ファータモルガニック》のような散文からは、トラキア語やパフラヴィー語ほどもかけ離れた言語で書かれた、短い小説だったのだ。それに必要な十万語を想像しただけでひどい吐き気に襲われ、私は灯りをつけると隣りの寝室で寝ていたアンネットを呼び起こし、服用数が厳しく制限されている薬の一つを持ってこさせた。

私の英語の進化には、鳥のそれと同様、浮き沈みがあった。愛すべきロンドン訛りの乳母が一九〇〇年（私は当時一歳）から一九〇三年のあいだ、私の世話をしてくれた。彼女に続くのは三人の英国人家庭教師《ガヴァネス》で（一九〇三〜一九〇六年、一九〇七〜一九〇九年、それから最後のは一九〇九年十一月から同じ年のクリスマスまで）、こうして過去を振り返ってみると、彼女たちは神話的に言って、最初から順に、「教訓物語《ダイダクチック・プローズ》」、「劇　詩《ドラマチック・ポエトリー》」、「官能田園詩《エロチック・イディル》」を体現しているように見える。私の愛する大おばは、異常なほど柔軟な思考の持ち主であったにもかかわらず、家庭環境を考慮せざるを得ないという考えに屈して、私にとって最後の羊飼いの娘であったチェリー・ニープルをクビにしてしまった。幕間として、ロシア語とフランス語による教育を受けたのち、二人の英国人教師が、一九一二年から一九一六年の間に入れ替わる形でうちに来たが、一九一四年の春にはちょっと滑稽なことに二人が重複していて、もともと私の恋人であった村一番の美少女に気に入られようと、競い合っていた。一九一〇年頃までには、英語のお伽話はB・O・P《ボーイズ・オウン・ペーパー》に取って代わり、その直後には、うちの図書室にコレクションのあったタウフニッツ版を読み漁ることに変わっていった。青春時代を通して私は、『オセロ』と『オネーギン』、チュッチェフとテニソン〈56〉、ブラウニングとブロークというふうに、ペアで、両方とも同じだけ豊かな興奮を覚えながら読んだ。ケンブリッジでの三年間（一九一九～一九二二）と、その後一九三〇年の四月二十三日までは、家の中で使用する言語はずっと英語だったが、その一方で、私のロシア語作品という身体が次第に成長していき、しまいには、家の守り神をはじき出してしまうことになる。

ここまでは順調。ただ、この表現自体は軽薄なクリシェだ。そして、一九三〇年代末のパリで私が直面していた問題は、正確に言うと、常套句を追い払い、すでに出来上がったものを引き裂くことができるかどうかということ、そして私の華麗な、自然に成長したロシア語から、水夫の制服を着た大勢の馬鹿者たちのいる大海原で使われる、死んで鉛色になったような英語ではなく、私だけが責任を追う、新しいさざめきと変化に富む光を有した英語に、移行することができるかどうか、ということだった。

おそらく並の読者は、私の文学的トラブルについての説明部分など読み飛ばしてしまうことだろう。しかし、読者のためというよりは私自身のために、この状況について容赦なく語り続けなくてはならない。その状況というのは、ヨーロッパを離れる前からすでに悪化していて、渡航中に私は死に追いやられそうになるほどだった。

長年のあいだロシア語と英語は私の中で、完全に切り離された二つの世界として存在していた（二つの世界の間に橋が架かったのはつい最近のことだ。「ロシア語の知識が」とジョージ・オークウッド[57]は私の『アーディス』によせた一九七〇年の鋭いエッセイの中で解説している、「この作家の英語小説中のほとんどの英語に見られる言葉遊びの多くを味わう手助けとなる、たとえば次のような文章。『チャンピオン《チャンプ》とチンパンジー《チンプ》がはるばるオムスクからニアチョムスクまで[58]やってきた』。丸みを帯びた響きをした実在の場所と『ニ・ア・チョム』、つまり、当世風言語哲学的な『無についての』土地との間にはこんなにも愉快なつながりが隠されている！」）。私は、二つの言語の文構造の間に大きな統語上の溝があることを十分に認識していた。ロシア語文法に忠実であることは、英語への背信的な求婚の妨げになるのではないかということを私は恐れていた（それは筋の通らない恐れだったと判明するのだが）。たとえば時制。英語の時制の、精巧で厳格なメヌエットと、ロシア語の時制における、現在と過去のあいだの自由で流動的なジャズ風インタープレイとは、なんと大きく違うことだろう（ロシア語の時制については、イアン・バニヤンが先週の日曜版『ニューヨーク・タイムズ』で「ぽっちゃりして優美なご婦人が、歓声をあげる酔っ払いに囲まれながら踊るヴェールダンス」に喩えていた）。イギリス人やアメリカ人が、素敵に専門的な意味を持つ非常に具体的なものをあらわすのに使う、いとも平凡な名詞の数々にも、私は頭を悩ませた。たとえば、カットしようとしているダイアモンドを入れる、あの特別の小さなカップを、正確にはなんと呼べばいいのだろう？（蝶の蛹の殻という意味のdopという単語を私たちは使います、と、私の三番目の花嫁のための指輪を扱ったボストンの宝石商が教えてくれた）子ブタを表すぴったりの言葉はないのだろうか？（「snorkということばを使ってみようか[59]」と言ったのはゴーゴリの不滅の作品「外套」を最上の英語に翻訳したノートボーク教授だ）思春期の少年に起こる声変わりを表す言葉はなんでしょう、と私は、初めての大西洋横断の船上で、隣りのデッキチェアに座っていた愛想のよいオペラのバス歌手〈60〉に尋ねた（「たしか、『ポンティチェッロ』といったはずです、小さい橋という意味、つまり、アン・プティ・ポン、モスティク……あれ、あなたもロシアの方ですか？」そう彼は言った）。

　私の特別な橋渡りが終わったのは、上陸の数週間後、ニューヨークの魅力的なアパートでのことだった（それは、私の気前のよい親戚がアンネットと私に使わせてくれたアパートで、セントラルパークの向こうで燃える夕陽を眺めることができた）。右前腕の神経痛は、どんな薬にもびくともしない黒々としてがっしりした頭痛に比べれば、漠然とした灰色のものに過ぎなかった。アンネットから電話を受けたジェイムズ・ロッジは、とんちんかんな親切心から、ロシア系の老いぼれ内科医をうちによこした。この気の毒な医師は私の症状について、私が脱ぎ捨てようと努力していた言語で、しかも実に忌々しいことば遣いで説明したがっただけでなく、例のウィーンの偽医者とその弟子たちによって使われていた、ありとあらゆるとんでもない用語を、ロシア語に翻訳したがったために（シンボリズィーロヴァニエとかモルティードニクとか〈61〉）私をますます逆上させた。それでも彼の訪問は、いま思い返してみると、非常に芸術的なコーダになっていることが私にはわかる。

第三部

I

『日光の中の虐殺《スローター・イン・ザ・サン》』〈1〉（ニューヨークで入院中の私にはおかまいなしで、『カメラ・ルシダ』の英語版はそんな題名をつけられた）も『赤いシルクハット』も、それほど売れなかった。意欲的で美しく、一風変わった『真実の下見てをごらん』は、西海岸のとある新聞に出ていたベストセラーリストの最下位で、息つく間もないほどの一瞬間きらめき、それっきり消えてしまった。そういう状況だったから、一九四〇年にクワーン〈2〉大学が、ヨーロッパでの私の名声を見込んで提供してきた講師の職を、断るわけにはいかなかった。私はそこで養分を蓄えながら終身在職権を得て、一九五〇年だか一九五五年までには（古いメモなので正確な日付がわからない）、正教授として開花することになる。

　ヨーロッパ文学の名著についての週二回の講義と、ジョイスの『ユリシーズ』〈3〉に関する木曜のセミナーの報酬として、相当の給料をもらっていたし（最初のうちは年に五千ドル、五〇年代には一万五千ドルに増えた）、世界一思いやりのある雑誌である『伊達男と蝶』〈4〉が、いくつかの短編を素晴らしい原稿料で掲載してくれたのは確かだが、それでも『海辺の王国』（一九六二）が、私がロシアに置いてきた富（一九一七）をほんのわずかだけでも償い、悩み多き時代の終わりに、すべての経済的悩みを取り去ってくれるまでは、完全に心が休まることはなかった。普段私は、敵意のある批評や妬みのこもった悪口の切り抜きなどは残さないことにしているが、私の作品を次のように定義している文章は大切にとっておいた。「これは、ヨーロッパ出身の貧乏人が自分のアメリカのおじさん「ロシア語の「アメリカンスキー・ジャージュシュカ」、フランス語の「オンクル・ダメリック」」になりおおせた、歴史上他に類をみないケースである」、そう表現したのは、私に忠実な厳しい批評家《ソイラス》であるデミアン・バシレフスキーで、彼は一九三九年に、よそ者に親切で総じて賞賛に価するアメリカ合衆国まで私についてきた、亡命者の沼地に住む稀少な大トカゲとも呼ぶべき者たちの一人で、その国で彼は、まるで卵を産むような素早さでロシア語の季刊誌を創刊し、あれから三十五年経過した現在でも、耄碌しながらもそれを管理している。

堂々とした建物（バッファロー街一〇番地）の上階に、ようやく借りることのできた家具付きアパートを私が大変気に入ったのは、全二十巻の百科事典を含め、アメリカの伝承に関する作品が詰まった見事な書棚のある、並はずれて便利な書斎がついていたためだ。アンネットの方はどちらかというと、同じく行政が紹介してくれた別荘《ダーチャ》風建物の方が気に入ったようであった。しかし、夏に心地よさそうで趣があるように見えるものなんていうのは、ほかの季節には寒々しくて風変わりに見えてくるというのがおちだ、と言ってやったところ、彼女はあきらめた。

アンネットの精神状態が、私にとって心配のたねとなった。彼女の優美な首は、ますます長く、細くなっていくようだった。軽い憂鬱の表情が、彼女のボッティチェリ風の顔に、今までにないよそよそしい美しさを添えた。頬骨弓の下の落ち窪んだ輪郭は、ためらいがちなときや物思いに沈んでいるときなどによくやるようになっていた、頬っぺたをすぼめるという癖によって強調された。めったにしないセックスのあいだも、彼女の冷たい花びらはすべて閉じられたままだった。彼女の放心状態は危険を招いた――夜になると野良猫たちが、台所の戸口を閉めなかった気まぐれな女神が冷蔵庫の扉も開けっ放しにしていることを知っていてやってきたし、あどけない眉根をよせながら受話器を耳に当て（私の痛みと、湧きあがる狂気に対しては、少しも関心を見せなかったくせに！）、一階の住人の頭痛やら更年期障害やらがどんなふうか聞いてやっているあいだに、お風呂のお湯が溢れだしている、ということが毎回のように起こった。それに、私のいるところでは常にぼんやりしていたせいで、彼女は当然しておくべきだった予防策を省いてしまい、その結果、秋も終わるころ、呪われたラングリー屋敷への引越しに引き続いて、彼女は私に、さっき診てもらった医者はオックスマンそっくりだったということ、それに妊娠二か月だということを告げた。

しかし、私の落ちつきのないかかとの下では天使が待機していたのだ。アンネットは、アメリカの所帯を維持するためのいろいろな問題に取り組もうとするたびに、かわいそうに、不吉な絶望に襲われるようになった。そんなとき、一階に住む大家の奥さんが、彼女の難問をあっというまに解決してくれた。クワーン大学の有名な「ホテルコース」で勉強をした、フランネルのショートパンツに開襟シャツという国民的衣装に身を包み、見た目はほとんど双子という、お尻のぷりぷり動く二人の魅惑的なバミューダ出身の女学生が、いつも奥さんのところへやってきて料理や雑用をこなしていて、彼女は私たちもこの娘たちに世話をしてもらったらいいと言ってくれたのだ。

「あの奥さんってまことの天使よ」とアンネットは、胸を打つような模造英語で私に打ち明けた。

その女性は、大学キャンパスの煉瓦造りの建物の中で一度会ったことのある、ロシア語の助教授だと分かった。彼女の所属する驚くほどもの悲しい学科の長で、近視でおとなしいノートボーク老人が、アドヴァンスクラス（「ムィ・ガヴァリム・パ・ルースキー《私たちはロシア語を話します》」、「ヴィ・ガヴァリーチェ？《あなたは話しますか》」、「パガヴァリームチェ・タグダー《それでは話しましょう》」といったようなバカみたいな会話をするクラスだ）を見学するように誘ってくれたときのことだ。私自身は幸いなことに、クワーン大学ではロシア語文法と関わらずにすんだ。ただし、私の妻の方は、ラングリー夫人の指導のもと、ロシア語初学者の手助けをすることで退屈しのぎをしていた。

　ニネル・イリーニシナ・ラングリーは、いろいろな意味で「強制退去させられた人物」で、つい最近も夫のもとを去ったばかりで、その夫というのは「偉大な」ラングリーと言われていて、阿呆ども世代のバイブル（すでに絶版）であった『アメリカにおけるマルクス主義の歴史』の作者だ。彼らがどういういきさつで別れたのかは知らない（「一年間のアメリカ風セックスのあとで」、と彼女はアンネットに話し、それをアンネットが私に、間の抜けた、まるでお悔やみを述べるような口調で伝えた）。しかし実際私は、ラングリー教授のオックスフォード転出前の送迎会の席で本人を知り、そして嫌いになった。あの男のことが嫌いになったのは、『ユリシーズ』を私のようなやり方で教えることに、図々しくも疑問を投げかけたためだ。私のようなやり方というのはつまり、本質的アレゴリーとか疑似ギリシア神話とか、ああいったたわごと抜きの、純粋にテキスト重視で読むというやり方〈5〉だった。一方、彼の「マルクス主義」とやらは、アメリカの知識人たちが一般的にソヴィエト・ロシアに対して抱いていた無知に基づく賞賛的な態度と比較すると、愉快なほどコミカルで、とても穏健なしろものだった（たぶん、彼の妻にとってはあまりにも穏健過ぎたのだろう）。私の所属する英文科でもっとも高名な人物が私のために開いてくれたあるパーティーで、ボリシェヴィキのことを、止まっていれば俗物、動くとケダモノだといって説明したとき、その場が突然静まりかえり、怪訝そうなしかめ面がこっそりと交わされたのを覚えている。国際的には、貪欲に相手を欺くカマキリ顔負けの態度をとっているとか、ソヴィエト文学の凡庸さをごまかすために、まずは前の時代からの残り物である数人の才人に情けをかけておいて、次に彼らを本人たちの血でもって抹殺するのだ、等々。左翼のモラリストで活動熱心な壁画家《ミューラリスト》(その年には自動車用塗料を試していた)という一人の教授が、怒った様子ですたすたと出て行った。ところが翌日になって、この人物から実に堂々たる、豪怪な謝罪の手紙を受け取った。その中で彼は、『エスメラルダとそのパランドラス』〈6〉(一九四二)の作者に対して腹を立てるなどというのはとんでもない話で、この作品は「雑色的スタイルとバロック風の描写」にもかかわらず傑作と言わなければならず、「痛切な内なる感動に震える琴線を締めつけられました。そんなものが、情熱的な芸術家であるとはいえ、私の中で震えることがあろうとは、今まで思いもかけなかったのです」などと言っていた。私の本の評者たちの態度もそれと似たようなもので、私がレーニンの「偉大さ」を軽視していることを表向きには批判しつつ、一方では私を称賛していて、そうした褒め言葉に、パリでの内職は、ちっとも報われなかったこともあり、冷笑的で厳格な作家である私でさえも、心を動かされずにはいられなかった。ソヴィエト贔屓という流行に乗る人々に同感していた臆病者のクワーン大学長ですら、本当のところは私の味方だった。彼は私たちを訪ねてきて(ニネルも全身耳という状態で私たちの階に忍び足で上がってきた)、とても誇りに思っています、とか、私の「最新の(?)本はとてもおもしろかった」が、私が授業の中で「我らの偉大なる連合国」のことをことあるごとに批判するのはやはり少し残念です、などと言ったのだ。私は笑いながら、私のああいう批判なんて、学期末に予定をしている「ソヴィエト文学におけるトラクター」という講演〈7〉と比べたら、こどものわるさみたいなものですよ、と答えた。すると学長も笑って、天才と一緒に暮らすのはどんな感じですか、とアンネットに聞いた（彼女はただその可愛い肩をすくめただけだった）。こんなのはすべて超アメリカ《トレザメリカン》的で、私のかちかちに凍った心中の耳をとろけさせるのだった。

　さてニネルの話に戻ろう。

　彼女は生まれたとき（一九〇二年）にはノンナと名付けられたが、労働者のヒーローでゴマすりだった父親の要請で、二十年後にニネル（またはニネッラ）と改名された〈8〉。彼女は英語ではニネッラという表記を使っていたが、友人たちは彼女のことをニネットとかネリーと呼んでいて、それはちょうど私の妻の洗礼名アンナ（ノンナが嬉しそうに指摘したように）がアンネットとかネッティーに変化するのと同じことだった。

　ニネッラ・ラングリーは、ずんぐりむっくりした人物で、赤らんだような、薔薇色のような顔をして（二つの色合いがでたらめに分散していたのだ）、短い髪はいかにも姑風の赤褐色に染めてあり、その茶色い目は私の目よりも狂っていて、とても薄い唇、ずっしりしたロシア人の鼻、そしてあごには髭が三、四本生えていた。若い読者の頭にレスボス島という言葉が浮かぶ前に言っておかなくてはならないが、調査によると（私は超一級のスパイだ）、私の妻に対する彼女の滑稽で無制限の愛情には、性的な意味合いは少しも含まれていなかったのだ。私はその頃、アンネットがついに生前に見ることのなかった白のデザート・リンクス《カラカル》〈9〉をまだ手に入れていなかったので、アンネットをぼろぼろのポンコツ車で買い物に連れて行くのはニネッラの役目で、そのあいだ、臨機応変な下宿人である私は、自分の書いた本は大事にとっておいて、代わりに屋根裏にあるラングリー蔵書の中から古いミステリー小説のペーパーバックや、とても読めたものではないパンフレットの類を取り出してきて、嬉しそうな双子のためにサインをしてやっていた。その屋根裏の窓は気の利いたことに、ショッピングセンターへ行き来する道に面していたのだ。彼女のかわいい「ネッティー」に白い毛糸玉をたっぷり与えてやっていたのもニネッラ。一日二回、自分の部屋へ招いてお茶やコーヒーを出してやっていたのもニネッラ。ただし彼女は、少なくとも私たちがいるときは、私たちのフラットへ来ることを避けるようにしていて、そこには彼女の夫の煙草のにおいがまだ残っているから、というのが口実だった。それは私のパイプですよ、と私は答えた――同じ日の後になってアンネットは私に、もう少し煙草を控えめになさって、特にうちの中では、と言った。そのうえ彼女は、下の階から上がってきたもう一つ別の阿呆らしい苦情に賛同した。ニネッラの額のちょうど真上で、私がよく夜中に長いことドシンドシンと歩き回る、というのだ。なるほど。さらに三つ目の苦情というのが、私が百科事典をアルファベット順にしまわない、ということで、彼女の旦那さんは「置き場所を間違えられた本はすなわち見失われた本」――たいした格言だ――と言って、いつも気をつけてしまっていたのだそうだ。

我らのラングリー夫人は彼女の仕事に格別満足しているわけではなかった。彼女はクワーン大学から北へ三十マイルほど行ったところに、湖畔のバンガロー（「ラスティック・ローズ荘」）を所有していて、そこからそう遠くないところにはハニーウェル・カレッジ〈10〉があり、そこで彼女は夏期講習を担当していたのだが、クワーン大で「保守反動的」空気がこのまま続くようであれば、ハニーウェルの方との結びつきをより強めようと考えていた。実際のところ、彼女が恨みを持っていたのは老いぼれのマダム・ド・コルチャコフだけだった。マダムは、彼女の「ズドーブヌイ（芳醇）」なソヴィエト訛りと田舎臭いことば遣いを人前で非難したのだが、確かにそれは正当な非難だと思う。アンネットは、そんなことを言うなんてあなたは心ないブルジョアね、と言い立てた。

2

私の意識の中で、幼子イザベルの最初の四年間というのは、その後の七年という空白によってベルの少女時代とは完全に隔てられているため、なんだか私には二人の娘がいたように感じられる。元気いっぱいの真っ赤な頬っぺたをした妹と、青白く不機嫌な姉だ。

私には大量に耳栓の買いだめがあったのだが、そんなものは必要なかった。私の作品『オリガ・レプニン教授』〈11〉の執筆を邪魔するような泣き声がこども部屋から聞こえてくるようなことはなかった。これはアメリカに住む架空のロシア人教授の話で、ロッジ社から刊行されるのが（延々と続く校正を伴う面倒くさい連載期間の後）一九四六年、アンネットが出ていった年だ。頭韻好きの書評家たちは「ユマニスムとユーモアの融合」として讃えたが、その十五年後に彼らのぞっとするような娯楽のために私が何を準備しようとしていたか、彼らは暢気にも気づかないでいた。

アンネットが庭にいる私と赤ん坊のカラー写真を撮るのを眺めているのは楽しいものだった。クワーン・カスケード川沿いの、カラマツやブナの木立を縫って、乳母車に乗せたイザベルと散歩をするのは素敵だった。そこでは光の輪と影の斑点のひとつひとつすべてが、赤ん坊からの賞賛を浴びているように見えた。私は一九四五年の夏の大方を、ラスティック・ローズ荘で過ごすことに賛成さえした。そこである日、近くの酒屋だったか新聞スタンドだったかからラングリー夫人と帰る途中、彼女が言ったことばの何かが、その声音《こわね》かあるいは身振りが、私につかのま戦慄を起こさせ、この悲惨な女が恋していたのは私の妻ではなく、ことの始めからこの私であったのではないか、というぞっとするような憶測を抱かせた。

アンネットに対していつも感じていた、苦しみを伴う情愛は、私のこの小さな娘に対する愛情のせいで、新たな痛切さを帯びた（私は赤ん坊の上で「わなわなと震えていた」、と粗悪なロシア語で表現したのはニネッラで、「大げさな表現ぬきにしても」とことわった上で、そんなことをしたら赤ちゃんによくない、と文句を言った）。そのあたりが私たちの結婚の人情的な側面だった。性的な側面は完全に崩壊していた。

アンネットが産科病棟から帰ってきてからしばらくのあいだ、私の頭の奥にある一番暗い廊下にどくどくと鳴り響く彼女の苦悶と、曲がり角ごとに現れるぞっとするような色付き窓――傷ついた開口部の残像だ――が私につきまとい、活力を奪われた。私の傷がすべて癒えて、彼女の青白い魅力に対する欲望に再び火がついたとき、その大きさと激しさのせいで、彼女がピューリタン的基準から一歩も外れないように注意しながらも、私たちの恋愛関係らしきものを取り戻すためにしていた、果敢とはいえ根本的には無意味な努力に、とうとう終止符が打たれた。今や彼女は厚かましくも――浅ましく、こどもじみた厚かましさだ――精神科医（ラングリー夫人おすすめの）に診てもらうべきだと命令さえした。そうすれば、過剰な充血が起こったときに「緩和してくれる」ような考えを頭に思い描くことを医者が助けてくれる、というのだ。君の友達が怪物なら、君の方は愚かなガチョウだよ、と私は言ってやり、それは私たちのやったうちで最悪の夫婦げんかに発展した。

クリームみたいな太腿をした双子はとうの昔に、自転車と一緒に生まれ故郷の島へ帰ってしまっていた。もっと地味なお嬢さんたちが家事手伝いにやってきた。一九四五年の終わり頃には、妻の冷ややかな寝室を訪れることをすっかりやめてしまった。

一九四六年の五月中旬、私はニューヨークへ出張した——五時間の鉄道旅行だ——善良なロッジよりもよい条件で私の短編集（『メイダからの亡命』〈12〉）を出したいと言ってきた出版社の人と昼食をとるためだ。気持ちのよい昼食のあと、そのありふれた光り輝く春霞の中、歩いて公立図書館まで行くと、ありふれた共時的な奇跡が起こった。私が、活力みなぎる四十代の肥えた有名作家である私が、足取り重く上っていくところに、彼女が、二十四歳のドリー・フォン・ボルグが、まさにその同じ階段を踊るように降りてきたのだ。もう十年以上も前に、パリでの朗読会のために伸ばしていた豊かな金髪に艶やかな灰色が混ざっていたこと以外には、私の容姿にさほど劇的な変化はなかったはずなので、もし自分が『下を見てごらん』の背表紙についている物思いに沈む私の写真をことのほか気に入っていなかったら、私だとわからなかっただろう、という彼女のことばはあまり正当ではない。私が彼女だとわかったのは、彼女のイメージを、時々修正を加えながら常に追いかけ続けてきたためだ。前回更新したのは一九三九年、私からのクリスマスカードの返事として、彼女の祖母が葉書サイズの写真をロンドンから送ってくれたときで、そこには高校でやったなにかの芝居のために、ふわふわ飾りのついた扇を持ってつけまつ毛をして、肩をむき出しにした二〇年代風モダンガールに扮した彼女が、えらく気取って写っていた。私たちがその階段にとどまっていた二分のあいだに——彼女は両手で一冊の本を胸に押し付けていて、私はその下の段で、右足を次の段、つまり彼女の立っている段に踏み出した格好で、その膝を手袋で叩きながら（多くのテノール歌手のお決まりのジェスチャー）——その二分のあいだに、私たちはかなりたくさんの簡単な情報を分かち合った。

今、コロンビア大学で演劇史を勉強してるの。両親と祖父母たちはロンドンに引っ込んでる。お子さんがいるんでしょう？　その靴とても素敵。学生たちはあなたの講義がすごい、と言っているわ。今、幸せ？

私は首を振った。いつ、どこで君に会える？

私ずっとあなたに夢中だったわ、そうなのよ、あなたの膝の上で魔法をかけられたあのときからずっと〈13〉、素敵なガスパー《喘ぎ》おじさん役のあなたはしょっちゅう台詞を間違えて。今あのときの感じが全部蘇ってきたから、ぜひどうにかしなくてはいけないわ。

彼女の使う単語は見事だった。彼女を要約してみよう。ペンホルダーの覗き穴〈14〉の中に見える、連綿と続くモーテルの幻〈15〉。車は持っている？

まあ、えらく唐突ね（笑）。彼の古いセダンを借りられるかもしれないけれど、彼は嫌がるかも（歩道で彼女のことを待っている、これといった特徴のない若者を指しながら）。彼、私をいろんなところへドライヴに連れて行くために、夢みたいなハマーを買ったばかりなの。

できれば、いつ会えるのか、教えてくれないだろうか。

あなたの小説、全部読んだのよ、少なくとも英語のは全部。私のロシア語はさびついちゃって！

僕の小説なんてどうでもいい！　いつ？

考えさせて。学期の終わりにお邪魔するかも。テリー・トッド（目で階段を測って、上ってこようとしている男だ）は短いあいだだったけど、あなたの学生だったことがあるのよ。最初のレポートでDマイナスをとって、クワーンをやめちゃったの。

私は、Dをとった学生はみんな忘却の彼方へと追いやることにしているのだと言った。その「学期の終わり」というのは、Eマイナスの方向へ転換して永遠に来ないような気がする。だからもう少し具体的に。

また連絡するわ。来週電話します。だめ、私の電話番号は渡せないの。彼女は、あのピエロをごらんなさいと言った（彼は階段を上ってくるところだった）。パラダイスというのはペルシアのことば。こんなふうに再会するのはすごくペルシア的。昔のお話をしに、あなたのオフィスにちょっとだけお邪魔するかも。すごく忙しいのでしょうから――

「ねえテリー、この人があの作家よ、『エメラルドとそのパンダー《女衒》』〈16〉の作者」

私は図書館に何の本を探すために来たのか忘れてしまった。それが何であったとしても、その誰も聞いたことのないような本でなかったことは確かだ。私は当てもなく廊下を行き来し、浅ましくも手洗いを使わなくてはならなかった。それでも興奮は収まらず、日の光をまとった新しい彼女のイメージを追い払うことはどうしてもできなかった――淡い色をしたまっすぐの髪、そばかす、お決まりのすぼめた唇、夜の魔女《リリス》〈17〉のような切れ長の目――彼女がいわゆる「尻軽娘」だと分かっていたのだが。というより、たぶんそうだと分かっていたからこそ。

春学期の「名著」についての最後から数えて二回目の講義が終わった。最後の回も終わった。助手がその講義（健康上の理由から短縮した）の最終試験冊子を配り、回収したが、そのあいだもあちらこちらで、いまだに狂ったようにペンを走らせている三、四人の希望を抱いた見込み薄の学生たちの姿が見えた。その年最後のジョイスに関するセミナーも終えた。かわいいボルグ女男爵はあの夢の最後のところをすっかりお忘れのようだった。

春学期も終わる頃、特別頭の悪いベビーシッターが、名前はよく聞き取れなかった――タルバードだかダルバーグだか――というある女の子が電話をしてきて、今クワーンに向かっているところだと言った、と私に教えてくれた。確かに、私の「名著」のクラスを履修していたリリー・タルボットという女学生は試験を欠席していた。その翌日、机に忌々しく山積みされたものを読むためにオフィスへおもむいた。クワーン大学公式試験冊子。アカデミックな仕事はすべて、いろいろな種類の恐怖を抱きながらすすめなくてはいけない。連続した右側、左側の頁に記入しなさい。先生、「連続した」というのはいったいどういう意味ですか？　この話に出てくる全部の鳥について描写するんですか、それとも一羽だけですか？　いつものとおり、三百人のうち一割はSterneをSternと綴り、同じくAustenをAustinと綴っていた〈18〉。

ばかでかい私の机（私の下品な隣人でダンテの権威であるキング教授〈19〉はよく、その上に「二人寝られる」と言ったものだ）の上で電話が鳴り、リリー・タルボットがその愛らしい、ヴェールの向こうから聞こえるような、親密な口調で、試験を欠席しなくてはならなかった理由について流暢に、しかし説得力に欠ける説明を始めた。彼女の顔も姿も思い出すことができなかったが、私の耳をくすぐるその静かなメロディーには、強烈な若い魅力とあきらめのトーンが混じっていたため、クラスの中で彼女のことに気づかなかった自分に腹が立った。彼女が要点を話そうとしたとき、扉をノックするこどもじみた熱っぽい音がして、私の注意はそれた。ドリーが微笑みながら入ってきた。微笑みながら、あごを傾ける仕草で、受話器を置くように促した。彼女は机の上から試験冊子を払いのけ、むき出しのすねを私の顔につきつけるようにしてそこに腰かけた。最高に洗練された情熱を約束してくれるはずだったものが、この手記の中でもっとも陳腐な場面になり下がってしまった。十三年前にまったく別人のようなドリーをかわいがったとき以来、混喩〈20〉だらけの私の人生の穴を燃やし続けてきた渇きを、私はせっかちに癒そうとした。絶頂の震えが、机の上のランプをぐらりと揺らし、そして廊下をはさんですぐ向かいの教室から盛大な拍手が聞こえてきて、キング教授の今学期最終講義の終わりを告げていた。

うちに帰ると、妻は一人で、ポーチに置いたお気に入りの揺り椅子に座ってゆっくり、まっすぐではないけれど揺れながら、ボリシェヴィスト雑誌『クラースナヤ・ニーヴァ』（「赤い穀物」）〈21〉を読んでいた。彼女に文学《リテラトゥーラ》を提供した本人は仕事に出ていて、未来の誤訳者のために最終試験を課していた。イザベルはずっと外で遊んでいたが、今はポーチのすぐ上のこども部屋でお昼寝中だった。

バミューダ娘《ベルムードキ》（とニネッラは下品な呼び名をつけていた）が私の卑しい欲求のために奉仕してくれていた頃は、ことが済んだあと罪悪感に苛まれることもなく、いつもの愛情のこもった皮肉っぽい笑みを浮かべながら妻と顔を合わせることができた。しかしこのときばかりは、全身ひりひりとしみるようなスライムで覆われているような気がして、彼女が顔をあげ、読みかけのところに指を置いて、「あの娘は仕事場に連絡してきた？」と言ったとき、一瞬、心臓が止まった。

私は、ちょうど小説の登場人物が「肯定」するような感じで答え、こう付け加えた。「あの娘の家族が、彼女がニューヨークに勉強しに来るということを知らせるような手紙を君によこしていたようなんだが、そんな手紙、僕には見せてくれなかったね。まあよかった《タンミュー》んだけど。すごくつまらん娘だよ」

アンネットはすっかり困惑してしまった。「私が言ってるのは」と彼女は言った、「というか言おうとしているのは、リリー・タルボットという学生のことよ、試験に出席できなかった理由のことで、一時間前に電話してきた娘。あなたはいったいどの娘のことを言ってるの？」

私たちはからまった二人の娘を解きほぐしにかかった。道義的な観点に照らした上で（「たしかに私たち、あの娘さんのお祖父さんとお祖母さんにとても世話になったのだけど」）、アンネットは、私たちは小さな迷子をおもてなしするようなことはしないほうがいいと思う、と本心をもらした。彼女は例の手紙のことを思い出したようで、というのもその中に、夫に先立たれた彼女の母親のことが書かれていたからだった（弁護士の善意に基づく反対を押し切って、私はカルナヴォーにある自分の別荘を快適な老人ホームに作りかえていて、彼女は今そこに入っていた）。そうそう、その手紙どこかに置き忘れてしまったのよ——そしていつの日か、もうたどりつけない図書館に決して返されることのなかった、ある一冊の本のあいだから出てくるのだ。なにか奇妙な鎮静剤のようなものが、私の哀れな血に混じって体中を流れはじめた。彼女の上の空についての作り話は、いつも私を心から笑わせた。私は心から笑った。私は彼女のどこまでも柔らかいこめかみに口づけた。

「ドリー・ボルグはどんな娘さんになったの？」とアンネットは尋ねた。「すごく地味でやんちゃな小娘だったけど。というか、かなり嫌なこどもだったわよね」

「今もそのまま変わっていないんだよ」と私はほとんど叫ぶように言い、そして私たちの耳には、かわいいイザベルの「ヤー・プラスヌーラシ」という明るい声が、欠伸をしている窓のあいだから聞こえてきた——「起きたよ」と。春の小さな雲たちが飛んでいく、あの軽やかさ！　芝生の上にいる、赤い胸をしたツグミが一匹のミミズをちぎれないようにきれいに引っ張りだす、あの何気ない様子！　ああ、そしてニネッラが、ようやくお帰りで、ひもで絡んだノート《カイエ》の死骸を太い腕の下に抱えながら、車から下りてきた。「やあ」と私は下劣な至福に浸りながらひとりごちた、「あのニネッラには、なかなか素敵でほっとさせるようななにかがあるね、たしかに！」。しかし、数時間後にはもう、地獄の中のひそかな灯りは消えてしまい、私は身悶えし、手足をもみしだいていた。そう、不眠の苦しみの中、雨降りの朝というエデンの園へたどりつく手助けとなるような、そう、助けて、助けておくれ、枕と背中との、シーツと肩との、リネンと足との、いちばんよい組み合わせ方を探ろうと奮闘していたのだ。

3

私の神経症はますます錯綜していったので、運転免許を取るなんていう話は論外だった。そういうわけで、なかなか見つからないうえ、見つかったとしても期待はずれの田舎道に、ちょうどよい暗がりを探すためには、ドリーの運転するトッドの薄汚れた古いセダンに頼るしかなかった。そういうふうにして私たちは三回、よりにもよってカサノヴィアという名前の町の近くにある、ニュー・スウィヴィントンとかその辺り[22]で密会し、私の混乱した状態にもかかわらず、ドリーはこんなふうに休むことなくあちこち彷徨ったり、間違った道に入ったりすることや、私たちの卑しい情事にいつも同行していたどしゃぶりの雨などを、歓迎しているように見えるのだった。「ちょっと考えてみて」、そう彼女は、どこか見知らぬ場所で、地面がいつも以上にぐしょぐしょになった六月の夜に言った。「もし誰かがあなたの奥さんに状況を説明してくれさえしたら、すべてがずっと簡単になるんだけど。考えてみてよ！」

その考えが行き過ぎであることに気づいたドリーは作戦を変更し、オフィスにいる私に電話をしてきて、嬉しそうに興奮した声で、トッドのいとこのブリジット・ドーランという医学生が私たちに、ちょっとした報酬として、ニューヨークにある彼女のアパートを月曜と木曜の午後、彼女がホーリーなんとか病院で看護婦の仕事をしているあいだ、使わせてくれるそうだと言った。エロスというよりは怠慢な気持ちから、それを試してみようという気になった。ある文学研究を仕上げなくてはならず、そのためには公立図書館へ行く必要がある、という口実をでっちあげて、私は一つの悪夢からもう一つの悪夢へと、ぎゅうぎゅう詰めのプルマン車両で旅をした。

彼女は家の前で私を待っていて、まるで温室の中で降っているような霧雨の向こうできらめいている日光をとらえた小さな鍵を振り回しながら、勝ち誇ったように気取って歩いていた。私は移動のせいであまりにもくたびれていたので、タクシーから下りるのもひと苦労で、彼女に表玄関まで支えてもらわなければならない始末だった。そのあいだ彼女は陽気なこどもみたいにぺちゃくちゃ喋り続けていた。幸運にも、その謎めいたアパートの部屋は一階にあった——エレベーターの中の閉塞感とがたんという痙攣に耐えられそうになかったのだ。不機嫌な管理人（記憶を前に進めると、この二十年後に立ち寄ることになる、ソヴィエト・シベリアのホテルの受付をしていた、雌犬版ケルベロス〈23〉たちを彷彿させる）が、台帳に私の名前と住所を記入するよう命令した（「規則なのよ」と、すでにこの地方特有のイントネーションをいくつか身につけたドリーが、歌うように言った）。私にはその場で考えうる限りもっとも間抜けな住所を書いておくほどの冷静さはあった。ダンバート・ダンバート、ダンバートン〈24〉。ドリーは鼻歌を歌いながらゆっくりと、共有玄関にひっかけてあるコート類に、私のレインコートも仲間入りさせた。もし彼女があの神経性妄想の発作を経験したことがあれば、その鍵をじゃらじゃらといじり回すことはしなかっただろう。絶妙にプライヴェートであるべきはずのアパートの扉というのは、まともに閉まりさえしないのだということを、彼女もよく承知していたのだから。入ってみるとそこは、常識はずれで明らかに超モダンなリヴィングルームで、色付きの家具と、小さな白い揺り籠がぽつんと寂しそうに置いてあって、その中には拗ねたこどものかわりに、二本足で立つビロード製のネズミがいた。扉がまだ私につきまとっていたし、いつでも私につきまとっていた。左手の扉は少しだけ開いていて、隣りのスイートルームだか精神病院だかからの声が漏れ聞こえていた。「パーティーをしてるよ！」と私が諫めるように言うと、ドリーはその扉を器用に、やさしく、ほとんど閉まりそうなところまで引いた。

「感じのいい人たちよ。それにここはどの部屋もちょっと暑いくらいだから、隙間を全部ふさいでしまわない方がいいわ。右側の二番目の部屋よ。さあ着いた。さあ着いた」

さあ着いた。ドーラン看護婦は、雰囲気作りのために、それから看護婦としての共感から、自分の寝室を病院風に仕立て上げていた。雪のように純白のベッドにはレヴァー装置が付いていて、そんなものを見たらビッグ・ピーター（『赤いシルクハット』の登場人物だ）さえ不能になってしまうような〈25〉しろものだ。それから白塗りの飾り簞笥に、艶がけされたキャビネット。ベッドの頭板に掛けられたカルテはほとんど冗談だ。バスルームの扉には規則表が貼付けてあった。

「さあその上着をおぬぎなさい」とドリーは陽気に叫んだ、「私がこの素敵な靴の紐を解いているあいだに」（素早くしゃがみこんで、そして私の後ずさる足を追いかけて、また素早くしゃがみ直して）

私は言った、「ねえ君、こんなおぞましいところで僕がセックスする気になっているなんて思っているとしたら、頭がどうかしているよ」

「じゃあどうしたいっていうの？」と彼女は上気した頬にかかった髪の毛を腹立たしそうにかきあげながら言って、巻いたものがくるりとほどけるように元の背の高さに戻った。「どこにも見つからないわよ、こんな超高級で清潔で、すごく――」

お客さんがやってきて彼女の言葉をさえぎった。口にゴム製の骨を水平にくわえた、灰色の頬をした茶色い老ダックスフント〈26〉だ。その老犬は居間のほうから侵入して、くわえていた醜悪な赤いモノをリノリウムの床の上に置くと、メランコリックな期待の表情を浮かべた犬面を持ち上げながら立ちすくんで、私を見、ドリーを見、そしてまた私を見た。ノースリーヴの黒いドレスを着たきれいな娘が滑りこんできて、その動物をぐいとつかみ、例のおもちゃを居間の方へ蹴り入れ、こう言った。「ハロー、ドリー！　あなたとお友達、あとで何か飲みたかったら私たちのところへいらっしゃいよ。ブリジットが電話してきて、早く帰るわって。J・Bの誕生日なのよ」

「了解、カルメン〈27〉」とドリーは答えると、私の方を向いてロシア語で続けた。「あなた今すぐ何か飲みたいんじゃない。ねえついてきて！　それに、お願いだからその上着とチョッキをここに置いていってよ。汗びっしょりよ」

彼女は私を部屋の外へ無理やり押し出した。私はその間ぶつぶつ、うんうん唸っていた。彼女はしわひとつないベッドの表面を一応パンとはたいてから、この雪でできた男の、脂肪でできた男の、死の方へ傾いた男の、後からついてきた。

パーティーの大部分は隣りの部屋から居間にまでなだれこんでいた。私はテリー・トッドを見つけたので、体をこごめて顔を隠そうとした。彼は控えめに、うまいことやったね、というつもりでグラスを挙げてみせた。あのあばずれがどうやって、裏切られた恋人を共犯者にすることに成功したのか、私には知る由もない。ただ、彼女のことを『赤いシルクハット』に登場させたのは大失敗だった。そんなことをするから、本の中の小さなバレリーナから、生きた怪物を作り出すはめになるのだ。もう一人、私が以前に会ったことのある人物がいて、それは――この国のどこでだったか、私たちの横をいつも車で通り過ぎて行った男だ――ハンサムなアイルランド系の顔つきをした若い俳優で、この男が私にホノルル・クーラーだと言ってカクテルを押し付けてきたのだが、発作の黎明期にはアルコールの効き目がなくなるので、味わうことのできたのはパイナップルのところだけだった。輪になったゴマスリたちの真ん中で、「J・B」というモノグラムのついた短い袖のシャツを着た雄牛サイズのじいさん〈28〉が、毛むくじゃらの腕をドリーに巻き付けてポーズを取っていて、そのきわどい姿を彼の妻が撮影していた。カルメンが私のねとねとしたグラスを取り上げて、手に持った小さくてきちんとした盆に移したのだが、その角の方には薬を入れるケースと体温計が載っていた。座る場所が見つからないので、壁にもたれかかっていなくてはならず、私の頭があたるせいで、プラスチック製の額に収められて壁にかかった安物の抽象画が、頭上で揺れ始めた。その揺れを止めたのは、私の方へだんだんとにじり寄ってきていたトッドで、彼は声をひそめてこう言った。「先生、すべてみんなの都合のいいようにおさまりましたよ。僕、ラングリーの奥さんとずっと連絡を取り合っていて、いや本当です、彼女と先生の奥さん、先生に手紙を書いているみたいです。もう行ってしまわれたんじゃないかな、それからお子さんは、先生が天国にいると思っていますよ――あれれ、どうしちゃったんですか?」

私はけんか好きというわけではない。ただ背の高いランプにぶつけて手を痛めたのと、取っ組み合いの最中に靴を失くしてしまっただけだった。テリー・トッドは消えてしまった——それも永遠に。電話がどこかの一室で使われ、別の部屋では別の電話が鳴っていた。炎のような怒りによって再変身したドリーは、お祖父さんの歓待ぶりを利用するのはやめた方が賢明だと思う、と言った私に対して三文字のフランス語〈29〉を吐きかけた、あの少女の頃のドリーと見分けがつかなくなっていて、私のネクタイをほとんど真っ二つに引き裂きながら、私のことをレイプの罪で牢屋にぶちこんでやることだって簡単にできるけれど、王妃とベビーシッターのハーレムを求めて這いもどって行く私を見る方がおもしろいから、と叫んだ（それでも、彼女の新しい語彙は、金切り声をあげているときでさえも演劇的豊かさを保っていた）。

私はおもちゃの迷宮の真ん中に誘い込まれた銀色の豆粒のように、囚われの身になっているような気分だった。脅迫する人々の群が、院長のJ・Bに止められながらも、私が出口に向かうのを阻んだ。それで私はブリジットの個室へ後戻りし、そこで安堵の感覚とともに（これもまた悲しいかな「黎明期」特有の感覚だ）、さっきは気づかなかった半開きのフランス窓の向こうに見たのは、果てしなく遠くの方まで広がる中庭、あるいは中庭のうちでも唯一なごむことのできる場所で、そこではガウンをふわりとまとった患者たちが、幾何学的にデザインされた芝生や庭の小道を徘徊したり、静かにベンチに腰掛けていたりした。私はよろめきながら外へ出て、白い靴下履きの足がひんやりした芝生に触れたとき、私が穿いていた長いリネンの股引のくるぶし部分の紐を、あの宿なし娘がほどいてしまっていたことに気づいた。どうやったのか、どこでやったのかわからないが、とにかく私は着ていた残りのものすべてを脱ぎ捨てていた。今まで経験したことのないような黒々した痛みを頭の中に感じながらそこに立っていると、中庭の向こうで突然、混乱したような動きが巻き上がるのに気づいた。ずいぶん遠くの方で、ドーランだかノーランだかいう看護婦が（あまりに遠くなのでそんな素敵な違いはどうでもよくなった）、私を補助するために病院のそでから出てきたところだった。二人の男が担架を持って彼女のあとからついてきた。親切な患者が、二人が落とした毛布を拾ってやっていた。

「ほら、ほら、こんなことしたら絶対にいけませんよ」と彼女は息を切らしながら大声で言った。「動かないで。この人たちが起きるのをお手伝いしますから（私は芝生の上にがっくり倒れ込んでいた）。手術のあとに逃げ出したりなんかしていたら、その場で即、死んでしまっていたでしょうよ。よりによってこんないいお天気の日に！」

そういうわけで、私は二人の丈夫な男たちによって神輿《みこし》のように運ばれたが、二人ともずっとひどい臭いを放っていて（後方の男は常に臭っていて、前方の男からは臭気がふわりと規則的に漂ってきた）、運ばれた先はブリジットのベッドではなく、正真正銘の病棟のベッドで、私の両隣りには老人が寝ていて、二人とも脳炎で死にかけていた。

4

ラスティック・ローズ荘
一九四六年四月十三日

ヴァジム、私が踏み出したステップは、話し合いを必要とするようなたぐいのものではありません（ニ・ポドレジット・オブスジュデーニユ）。私の船出を規定事実《フェタコンプリ》〔註1〕として受け止めてください。もし私があなたのことを本当に愛していたならば、私はあなたのもとを去ったりはしなかったと思います。私はあなたのことを本当の意味で愛してはいなかったのです。ですから、あなたの逃避行動——私たちがこの不吉（ズロヴェーシチュユ）で「自由」な国〔註2〕に到着してから、これが初めてではなかったのでしょうけれど——は、私にとって、出て行くための口実のほんの一つに過ぎないのです。

　私たち、つまりあなたと私は、十二年〔註3〕の結婚生活のあいだ、一緒にいてとても幸せだったことなんて一度もありませんでしたね。あなたは最初から私のことを、かわいらしくて仕事熱心、ただし、不道徳でむかつくような芸を仕込もうとするとまったく期待外れな、サーカスの小動物〔註4〕のようなものとして考えていたでしょう。そういうものとして私は非難されていたのです。そう教えてくれたのは、信頼のおける私のおともだちで、彼女がいなければ、私はあのぞっとするような「クヴィルン」〔註5〕の生活を生き延びることなどできなかったでしょう。私たちの祖国出身の学者の星たちがそんなふうに呼びならわしていましたね。その一方で私はというと、あなたの生活様式《トレン・ド・ヴィ》（trenne《（ママ）》〔註6〕de vie）に、あなたの癖に、あなたの黒い巻き毛の〔註7〕おともだちに、あなたのデカダンな小説に、あまりにも面食らっていたのです——それに、認めてしまいますけれど！——ソヴィエトの地における芸術と進歩、たとえば、素敵な古い教会〔註8〕の修復などもその中に入りますけれど、そうしたものに対するあなたの病的な憎悪にも、すっかり当惑していたものですから、かわいそうなパパとママを動転させる〔註9〕勇気があったとしたら、あなたと離婚していたことでしょう。私の両親は、品格があるというか世間知らずというか、自分たちの娘が「殿下《ユア・セレニティー》」（シヤーチェリストヴォ）と呼ばれることを——でも一体全体

フリガナ
お名前

男・女　　　　歳

ご住所
〒

Eメール
アドレス

ご職業

ご購入図書名

●本書をお求めになった書店名

●ご購読の新聞・雑誌名

●本書を何でお知りになりましたか。

イ　店頭で

ロ　友人・知人の推薦

ハ　広告をみて（

ニ　書評・紹介記事をみて（

ホ　その他（

●本書についてのご感想をお聞かせください。

ご購入ありがとうございました。このカードによる皆様のご意見は、今後の出版の貴重な資料として生かしていきたいと存じます。また、ご記入いただいたご住所、Eメールアドレスに、小社の出版物のご案内をさしあげることがあります。上記以外の目的で、お客様の個人情報を使用することはありません。

郵便はがき

料金受取人払郵便

麹町支店承認

6747

差出有効期間
平成29年１月
9日まで

切手を貼らずに
お出しください

１　０　２ - ８　７　９　０

１　０　２

［受取人］
東京都千代田区
飯田橋２－７－４

株式会社**作品社**
営業部読者係　行

籍ご購入お申し込み欄】

お問い合わせ　作品社営業部
TEL 03(3262)9753／FAX 03(3262)9757

:へ直接ご注文の場合は、このはがきでお申し込み下さい。宅急便でご自宅までお届けいたします。
4は冊数に関係なく300円（ただしご購入の金額が1500円以上の場合は無料）、手数料は一律230円
。お申し込みから一週間前後で宅配いたします。書籍代金（税込）、送料、手数料は、お届け時に
:払い下さい。

	定価　円	冊
	定価　円	冊
	定価　円	冊
TEL　(　　　)		
〒		

だれから?——切に願っていたのです。

このあたりで、大事な要求をしなくてはいけません。絶対的禁止令です。決して、決して——少なくとも私が生きているあいだは——繰り返しますが、決して、子供と連絡を取ろうとはなさらないでください。私には、法律上ではどうなっているのかよくわかりません——ネリーのほうが、こういうことには精通しています——でも、あなたがある意味では紳士であるということはわかっていますし、私はその紳士に対して、こう言って、こう叫んでいるのです、どうか、後生ですから、私たちに近づかないでください! もし、何か恐ろしいアメリカ特有の病に私が冒されたとしたら、そのときはどうか思い出してください、あの娘をロシア人キリスト教徒〔註10〕として育てたいという私の望みを!

あなたが入院なさったと聞いて、お気の毒に思いました。これはあなたの二度目の、そして願わくは最後の、神経衰弱〔註11〕の発作ですね、私たちがヨーロッパを離れるという間違いを犯して以来ということですけれど。ソヴィエトの軍隊がファシストからヨーロッパを解放してくれるまで、じっと待っていればよかったのに。

さようなら。

追伸　ネリーが、二言三言、付け加えたいことがあるそうです。
ありがとうネッティー。本当に手短に済ませます。あなたのガールフレンドの婚約者と、その際限のない同情心と常識を持ち合わせた聖人のような母親〔註12〕が私たちに語ってくれた情報には、運よくも、おぞましい驚きの要素というものがありませんでした。ベレニス・ミュディ（ネットが私にくれたあの切り子細工のクリスタルの水差しを盗んだ娘）のルームメイトがもうすでに二年前に、なんだかそういったたぐいの噂を広めていたから。私はその噂があなたのかわいい奥さんの耳に触れぬよう、またはせいぜい、そういう娼婦みたいなのがみんなよそへ行ってしまったずいぶんあとになってから、彼女の注意をそのことへかなり間接的に、ユーモア混じりに、向けさせようとして、彼女のことを守ろうと努めました。しかしながら、このあたりで率直に《トーク・》話そう《ターキー》ではありませんか〔註13〕。

確実に言えることは、あなたの所有物と彼女の所有物を分けることには何の問題もありません。彼女はこう言っています、「あの人には、何部あるんだかわからないけれど自分の小説全部と、ぼろぼろの辞書全部を持っていってもらいましょう」。ただ彼女には、私があげた誕生日のちょっとした贈り物の、銀メッキをしたキャビア用のお椀とか、六脚の薄緑色をした手吹きのワイングラスとかいった家財を、手元に残す権利があります。

私は、この破局の渦中にあるネッティーに、とりわけ同情できるのです。というのは、私自身の結婚生活も、彼女のものと多くの点で似ているからです。始まりはとても幸先よかったのですけれど！　戦争に翻弄された哀れなモスクワ娘〔註14〕だった私は、エストニアのファシストによって突然に占領された領地で立ち往生していて、途方に暮れていました。そんなとき、なかなかロマンチックな状況で、ラングリー教授と出会ったのです——私は彼のために通訳をしてやっていたのです（ソヴィエトの地において、外国語学習のレヴェルは注目に値します）。ところが、私が他の難民たちと一緒に合衆国へ船で送られ、彼と再会し、結婚してしまうと、すべてがうまくいかなくなったのです——彼は昼間は私を無視し、夜になると私たちはまったく相性が合わなかったのです〔註15〕。ひとつだけ収穫がありまして、それは私が弁護士のホレース・ペッパーミルさんを、言ってみれば、相続したことです。彼はあなたの相談役を引き受けてくれまして、こまごました事務的なことを全部解決する手助けをしてくれるそうです。あなたもラングリー教授の例に倣うことを勧めます、つまり、奥さんに毎月の手当を支払い、それと同時に多額の「保証金」を彼女のために銀行に預けてやり、非常事態のときや、当然ながら、あなたが死亡したあとか、末期の病が極度に長期に及んだ場合などに、彼女がそれを使えるようにしてやっておくべきです。これは言わなくてもご承知とは思いますが、ブラーゴヴォ夫人に対しても引き続き、新たな知らせがあるまでは、定期的に小切手を送る義務があります。

クワーンの家は直ちに売りに出されることになっています——不愉快な思い出でいっぱいですから。したがいまして、家を出るようにという話がされたら、それが遅滞なく（ベズ・ザメドレーニヤ、サン・タルデ）実施されることを祈るばかりですが、そのときはなるべく迅速に、家を出ていただきますようにお願いいたします〔註16〕。同じ学科のムィルナ・ソロウェイ〈30〉さん、つまりソロヴェイチクです、彼女とはあまり親しくありませんが、どうも彼女は貸家から人を追い出すことがとてもお上手のようですよ。

ここは、雨ばかり降っていたあの時期のあと、よい天気が続いています。この季節、湖がとてもきれいなんです！　私たち、この素敵なかわいらしい別荘を模様変えしようと思っています。あるひとつの意味において唯一の欠点は（その他の点では長所になっているのですが！）、ここはちょっとばかり文明から、というか少なくともハニーウェル・カレッジから、離れた場所にあるということです。いつも警察官がいて、裸で泳ぐ人や浮浪者などに目を光らせています。私たち、大型のアルザシアンを飼うことを本気で考えているんですよ!〔註17〕

「注釈」
註1　本文中フランス語。
註2　最初の四、五行はおそらくアンネットが書いたものだが、その後に続く様々な詳細から、この文章全体を立案したのはネットではなくネリーであろうと推測できる。ソヴィエト女性でなければアメリカのことをこのようには表現できない。
註3　最初にタイプされた「十四」の文字が巧みに消され、「十二」という正しい数に訂正されている。私が「念のため」書斎の吸い取り紙つき紙ばさみにピン留めしておいたカーボン複写を見るとそれは一目瞭然だ。ネッティーにはこれほどきれいなタイプ原稿を作ることは不可能である——彼女の友人が使用していた新正書法式タイプライターを使う場合はなおさら。
註4　本文中ではドゥーローフスキー・ズヴェリョクとなっていて、これは有名なロシアのピエロであるドゥーロフ〈31〉が調教していた小動物のことだが、これを引き合いに出すくらいなじみがあるのは、私の妻よりも、彼女の友人くらいの世代の人間である。
註5　「クワーン」の蔑称的翻字。
註6　train の書き手を推測できる綴り間違え。アンネットのフランス語は卓越していた。ニネットのフランス語は(英語も同様)冗談もいいところだった。
註7　反啓蒙主義的ロシアの環境で育ったアンネットは、人種に対する寛容さという点ではとても模範的とは言い難いが、それでも彼女がこの品格のない反ユダヤ主義的用語〈32〉を使うようなことは考えられず、むしろ彼女の友人の性格と育ちとに典型的なことば遣いである。
註8　この「素敵な古い教会」というような挿入句は、ソヴィエトの愛国主義者が使う決まり文句の一つ。
註9　実際は、私の妻はことあるごとに自分の家族を動転させることをわりと楽しんでいた。
註10　もし私がこれが実際には誰の望みかということを確信していたとしたら、このことについて何らかの策を講じていたかもしれない。両親に対する腹いせに——彼女の、奇妙だが一貫したやり方だった——アンネットは決して、イースターのときでさえ、教会に行くことをしなかった。ラングリー夫人はと言えば、敬神的礼儀というのをモットーにしていた。彼女はアメリカの雷神が黒い雲を引き裂くたびに十字を切るような人間だった。

註11「神経衰弱」とはよく言ったものだ！
註12 この母親というのはまったく新しい登場人物。架空の人物？ それとも誰かによるものまね行為？ 私がブリジットに説明を迫ったところ、そのような人物は存在しない（本物のトッド夫人というのは何年も前に亡くなっていた）と言って、話題を相手の妄想の産物として片付けようとする人特有の腹立たしいほどぶっきらぼうな態度で、「その話題はおしまいにする」よう勧めた。たしかに、彼女のアパートで展開したあの場面の記憶というのは、私のそのときの精神状態によって別の色に染まっていることは認めなくてはならないが、それにしてもこの「聖人のような母親」というのは謎のままである。
註13 本文中英語。
註14 モスクワの娘は当時、四十前後だったと思われる。
註15 本文中英語。
註16 契約が切れる日、つまり一九四六年八月一日以前にはそうするつもりはなかった。
註17 最後のコメントは差し控えよう。

さようなら、ネッティーとネリー。さようなら、アンネットとニネット。
さようなら、ノンナ・アンナ。

ナボコフへの招待❷

鏡の国のナボコフとガードナー

『見てごらん道化師《ハーレクイン》を!』

若島正

アメリカの数学者で、長年『サイエンティフィック・アメリカン』誌に数理パズルを中心にしたコラムを連載し、数学や科学の啓蒙書を多数書いたマーティン・ガードナーが、文学にも多大の関心を寄せていたことはよく知られた事実である。ガードナーの代表的な著作として、ルイス・キャロルの『不思議の国のアリス』や『鏡の国のアリス』の注釈版を挙げてもいいし、さらにはG・K・チェスタトンの『ブラウン神父の童心』や『木曜日の男』の注釈版まである。こうしてパズルと文学というテーマに惹きつけられていたガードナーが、ナボコフの愛読者であったことは、なんの不思議でもない。ここでご紹介するのは、実はナボコフもガードナーを読んでおり、それが『見てごらん道化師を!』を含む彼の作品群に影響を与えたという裏話である。

ガードナーが書いた一般向けの科学書で、最もよく読まれたものの一つに、対称・非対称の問題を扱った『自然界における左と右』(*The Ambidextrous Universe*)がある。この書物の初版が出たのは一九六四年で、さらに時間の対称性について当時の最新の知識を増補した改訂第二版が一九七九年に、そして最終版となる改訂第三版が一九九〇年に出た。日本では、初版の翻訳が一九七一年に、そして改訂第三版をもとにした「新版」が一九九二年に、いずれも紀伊國屋書店から出ている。

事の始まりは、その初版の第十七章「第四次元」で、ガードナーがナボコフの『青白い炎』から「空間とは目の中の飛蚊、/時間とは耳の中の幻聴」という二行を引用したことだった。その二行に対する注釈として、ガードナーはジョークでこれが詩人「ジョン・フランシス・シェイド」の作品から取ったものだとだけ書いて、『青白い炎』に登場する架空の詩人シェイドをあたかも実在する人物であるかのように扱い、さらに索引でもシェイドの名前だけを項目として挙げ、ナボコフの名前をわざと出さなかった（ただし、邦訳には索引が付いていない）。

　このガードナーの悪戯が、どうやらナボコフの目にとまったらしい。ナボコフは『青白い炎』の次に出した、アンチテラという鏡像世界を舞台に設定している大作『アーダ』の第四部で「時間の肌理」と題する時間論を展開し、その中でこう書いた。

> 時間は我々の視覚や、触覚や、筋肉の動作という感覚に関連している。時間は聴覚に漠然と関係している（とは言え、耳の聞こえない人間は、目が見えず手足のない人間が「通路《パッセージ》」という観念を認識するよりもはるかに上手に、時間の「経過《パッセージ》」を認識するものである）。「空間とは目の中の飛蚊、時間とは耳の中の幻聴」これは架空の哲学者（「マーティン・ガーディナー」）が『自然界における左と右』の一六五頁で引用している、現代の詩人ジョン・シェイドの一節である。

おわかりだろうが、マーティン・ガードナーがこの『アーダ』の作品世界では「マーティン・ガーディナー」という「架空の哲学者」に化けている。これはジョークをジョークで返したナボコフの悪戯である。

　これだけでもナボコフが『自然界における左と右』の初版を読んだことは明らかだが、その証拠が『アーダ』の中にもう一つある。第二部の第五章で、主人公のヴァンはこんなふうに思索をめぐらす。

> 眼窩のない哲学者の眼球が、無限の空間で宙ぶらりんになっている、透明な掲示板の上に描かれた右手のようなものを見たとする。するとたちまち、ゲルマン風の優雅さで、自由な眼球はガラスの掲示板のまわりをぐるりとまわり、透きとおった左手を見る——それこそ解決策だ！

この一節は、哲学者のカントが著作『プロレゴメナ』で問うた、実物とその鏡像はよく似てはいるがまったく同じではない、という問題に端を発している（「ゲルマン風の優雅さで」という個所にも注意）。カントは別の論文で、なにもない空間に人間の片手があったとき、その手は右手なのか左手なのか、という思考実験を試みている。この『アーダ』の一節は、そのカントの思考実験に対して、手を見る哲学者の眼球がぐるりとその手のまわりをまわれば、右手が左手になるという「解決策」を示したものだ。

しかし、ナボコフはカントを読んでいたわけではない。実は、先ほどの『自然界における左と右』初版第十七章で、ガードナーはカントの『プロレゴメナ』や思考実験の話を持ち出している。つまり、ナボコフが『アーダ』でカントに言及しているのは、そのガードナーの記述がもとになっていたわけだ。

『自然界における左と右』がナボコフに及ぼした影響がそれだけにとどまらないことは、本書『見てごらん道化師を！』を読み終わられた読者にはすでに自明のことだろう。頭の中で左と右を反転できないという語り手ヴァジムの奇病は、明らかに『自然界における左と右』から想を得たとおぼしい。もちろんそのことを、『見てごらん道化師を！』が出た一九七四年より後の、一九七九年に改訂第二版を出したガードナーは知っていた。その第二十九章「時間反転下の人間と分子」（邦訳がある改訂第三版では第三十一章になっている）において、ガードナーは「素晴らしい短めの長篇」『見てごらん道化師を！』を取り上げて論じている。その部分をそのまま引用しておこう。

> 小説の最後で、語り手はカリフォルニア州カタパルトにある村の端で、手すり壁からうっかり歩き去ろうとする。彼はその端に近づいたとき、ぐるりと向きを変えることができなかった。「その動きが意味するのは、世界を軸でぐるぐると回転させることであり、それは現在の瞬間からその前の瞬間へ物理的に戻るのと同じくらい、不可能だった」
>
> ナボコフの小説の核心にあるのは、時間は向きを変えることができないが、我々が空間で自由に向きを変えられるという、その対比である。語り手の「病的な間違いは、とっても簡単なことなのよ。方向と持続を混同しているだけ。彼は空間について話しながら、実は時間を意味しているの」。我々が向きを変えてふたたび入っていけないのは、実は過去にすぎないのだ。……
>
> 物理学者たちが「時間を回転させる」（これは『見てごらん道化師を！』の最終段落からの引用）ことができるのは、彼らが黒板に書く美しい公式のようなもので、「そのうち次のやつがやってきてチョークを引っ攫む」。我々には時間の一方向性から逃れるすべはないし、あの最期の「うとうと」する瞬間、あの「次第に消えていく」瞬間、そしてついには空間から、時間から完全に放擲《カタパルト》されるのを避けることはできないのである。

それだけではない。ガードナーは改訂第二版の第十章「少数派の左利き」で、『ロリータ』の最終章において、車を運転しているハンバートが、殺人を犯した勢いですべての規則を無視したくなり、車線を右側から左側に乗り換えてしまう場面についての解説を書き加えている。まことにおみごとと言いたくなる指摘で、左と右というテーマが単に『自然界における左と右』を読んで思いついたものではなく、かねてからナボコフの脳裏にあったことを示唆している。ここに至って、わたしたちはマーティン・ガードナーというパズルと文学好きの数学者の中に、一人の理想的なナボコフ読者を見出すのだ。(引用はすべて試訳)

(わかしま・ただし)
京都大学大学院文学研究科教授。翻訳家、文芸評論家。

第四部

I

あの「カラカル」（私の新しい白のクーペを愛情込めてそう呼んでいた）で運転の仕方〈1〉を練習するのは、滑稽でもありドラマチックでもあったのだが、二度の事故と数回の修理を経て、ようやく法律的にも健康的にも、西部へと向かう長旅を始める準備ができたと感じた。確かに、アイリスと私があの古いイカロスでよくリヴィエラへドライヴしたときのことを思い出したりすると、始めに見えていた遠くの山脈が、ライラック色の雲と突然似ても似つかぬ姿に変わってしまうときのような、強烈な悲しみを感じる瞬間もあった。彼女はときどき私に運転させたが、それはただふざけるのが好きな彼女がおもしろがってすることだった。カルナヴォーの入り口にあったピンク色の壁にもたせかけてあった郵便配達の自転車にぶつけてしまったときのことや、私たちの目の前でその自転車がずるずると滑って行くのを見てアイリスがお腹をかかえて美しいほどに笑いさざめいたときのことを思い出すと、私は嗚咽《おえつ》を漏らさざるをえなかった。

私はその夏の残りの日々を、信じられないほどに詩的なロッキー山脈を州伝いに見て回ったり、ヨモギの茂る地帯でぷんと漂ってくる、東方ロシアを思わせる匂いに酔いしれたり、樹木限界線より上の方で、雪の吹きだまりと蘭の花のような薄紫色の間に滴るように見える空に沿って点々と散らばる小さな沼地が忠実に再現している、北方ロシアの香りに酔いしれたりして過ごした。そうは言ったものの、ただそれだけだっただろうか？　いったいどんな形の不可思議な追求心に駆り立てられて、私はこどものように足をびちゃびちゃに濡らしたり、息を切らしながら斜面を登ったり、一輪一輪のタンポポの顔をつぶさに観察したり、私の視界のちょうど真上を飛び去っていく、色のついたちりのすべてに息を飲んだりしたのだろうか？　手ぶらで帰ってくるときの、あの夢のような感覚はなんだったのだろうか、その手に握られていたはずのものは銃だろうか、それとも魔法の杖？　このことは深く追及したくない。そんなことをすれば、私の薄っぺらなアイデンティティーの下にできた生傷をえぐることになるだろうから。

　その年度は、ちょっと早すぎる「サバティカル」を取ってクワーン大学の理事たちを絶句させ、大学を休み、アリゾナで冬を過ごし、そこで私は『見えない木舞《lath》』〈2〉の執筆を試みた、今読者が手にしているこの本とかなりよく似た本だ。おそらく私にはその準備がまだできていなかったようだし、それに、表現不可能な感情の影のようなものをことばにしようとあまりに苦労しすぎたということもあろう。とにかく、私はそれをいくえにも重なる感覚の下の方へ押し殺してしまった。それはちょうどロシアの農婦が、干し草を作ったあと、または酔っぱらった夫に鞭で打たれたあと、息の詰まるような丸太小屋の中で、人事不省に陥り、添い寝していた赤ん坊を窒息させてしまう《ザスパッチ》のと似ていた。

　私はロサンゼルスに向けて前進した――そして、私が当てにしていた映画会社が、アイヴォー・ブラックの死後、畳まれようとしていることを知ってがっかりした。帰りの道中、針葉樹に包まれた初春の尾根の、高い場所に点々と散らばる柔らかな緑色をしたアスペンの木立の中で、私は懐かしいこども時代の幻と再会した。ほとんど半年の間、私はまたもやモーテルからモーテルへと彷徨う日々を過ごし、その間に何度か、対向車線の頭の悪いドライヴァーたちに車を傷つけられたりぶつけられたりしたので、結局それを下取りに出し、代わりに空色の落ち着いたベラルガス・セダン〈3〉を手に入れた。のちにベルがその色を、モルフォチョウの青のようだと言った。

もうひとつの奇妙なこと。将来を見越して、私が立ち寄ったすべての地名と、私の泊まったすべてのモーテル（ヴェルレーヌならばメ・モトーと言ったことだろう〈4〉）を、日記帳に書き留めていた。「レイク・ヴュー」、「ヴァレー・ヴュー」、「マウンテン・ヴュー」、ニューメキシコの「羽鱗の蛇荘」、テキサスの「ロリータ・ロッジ」〈5〉、「孤独なポプラ」、とはいってもそのポプラを全部集めたら川の全流域に立ち並んだかもしれない、それから世界中のコウモリすべての面倒を見られそうなほどに十分な数の日没と、そして一人の死にかけた天才――それも幸せな。LATH、LATH、見てごらん道化師を《Look at the Harlequins》！　あの奇妙な、熱を持った発疹のような旅程の一覧表を見てごらんよ、私はそれを根気よく作成したのだ、まるでそうしたモーテルが、私の愛しい娘を伴って出かけることになる旅の道筋を予告しているということが分かっていたかのように。

一九四七年の晩夏、よく日に灼けて、今まで以上に怒りっぽくなって、私はクワーンへ戻り、倉庫にあった持ち物を、有能でかわいいミス・ソロウェイが見つけてくれた新居（ラーチデル通り一番地）へ移した。それは灰色の石造りの、魅力的な二階建ての家で、見晴らし窓と白いグランドピアノのある横に長い居間と、二階には純潔な寝室が三部屋、そして地下には図書室があった。この半世紀でもっとも偉大なアメリカの美文家である故アルデン・ランドーヴァーが所有していたものだった。理事たちの微笑みに励まされるようにして――そして私のクワーンへの帰還を皆が歓迎していることにつけこんで――私はその家を購入することに決めた。私はその家にしみついた学者的な匂いが気に入った、それは私の鼻の中のこのうえなく敏感で繊細なブルン膜が滅多に味わうことのない香りだったし、それに、カラマツとアキノキリンソウの茂る急な坂を登ったところにある、途方もなく広大で手入れのされていない庭の真ん中にぽつんと佇む、その絵のような美しさも気に入った。

クワーンにおける賞賛を保持するために、この大学の名声に貢献する私の講義を完全に作り替えようとも決めた。私は、一九四五年に六人の学生――五人の陰鬱な院生と、一人のいささか変わった三年生――しか引きつける（というのが正しい言葉ならば）ことのできなかったジョイスのセミナーをボツにした。代わりに、私の一週間の時間割に、名著（今回は『ユリシーズ』も含む）講義その三を加えた。しかし主たる新機軸は、私の知識を大胆に披瀝するところにあった。クワーンでの最初の数年のあいだに、私は二千頁にも及ぶ文学批評ノートを作り、助手にタイプさせていた（まだ彼のことを紹介していなかったようだ。ヴァルデマール・エクスカル、バルト三国出身の聡明な若者で、私よりもずっと学識がある。ディクシ《言ってやったよ》、どうだいエクス君！）。それを係の者に複写印刷させ、少なくとも三百人の学生が使えるようにした。毎週末には全員が講堂で、その週に私が読み上げた四十頁の束に若干の補遺を付けたものを受け取った。「若干の補遺」というのは、それがなければ誰も講義に出席する必要がないのでは、というもっともな指摘をした理事たちへの譲歩だった。タイプされた二千頁のプリント三百部が、それを読んだ学生によって署名され、期末試験の前に私に返却されることになっていた。最初はいくつか不具合があったが（たとえば、一九四八年に返却されたのは百五十三部だけで、多くは学生の署名がなかった）、おおむねうまくいった、というか、うまくいったはずだ。

私がしたもう一つの決断は、以前よりも学部の同僚たちのために体をあけておくということだった。私の体重計の赤い針は、ぶるるんと震えて、とても控えめな数字のところで止まったが、私は素っ裸で、不器用な類人猿のように両手をぶらんとさせて〈6〉、その破滅的な台の上に立ったまま、私の新しいお手伝いさんで、エジプト人のような横顔をした魅力的な黒い肌の娘の助けを借りて、遠視用眼鏡で見ても近視用眼鏡で見てもぼやけてしまう中間のところにあるその数字を見分けようとした。大成功。私はそれを祝おうと何着かの新しい「衣装」を購入した――オリガ・レプニン教授が同名の私の小説の中でそんな言葉を使っている――「よぉくわからないのぉですけどぉ（オの段の発音が特徴的だ〈7〉）なぜあなたのぉごぉしゅじんはそぉんな現代的とぉはちがう衣装をぉ着ているですか」。私はかなり頻繁にパブ、つまり大学の居酒屋に顔を出し、そこで白い靴を履いた青年たちと交わろうと努めたが、どういうわけかいつもプロの酌婦とかかわり合いになるというのがおちだった。そして私は携帯日記帳に二十人ほどの同僚たちの住所を書き留めた。

新しい友人のなかでも一番大切にしていたのが、ひ弱そうで悲しそうな顔をして、どことなく猿顔で、五十五歳で灰色が交じりだした黒いもじゃもじゃ髪の、うっとりするほど才能のある詩人オダース〈8〉で、その父方の同名の祖先は、雄弁で不運なジロンド派の一員だったが（「死刑執行人《ブロー》よ、自由に対しておまえの役目を果たせ《フェ・トン・ドゥヴォワール・アンヴェール・ラ・リベルテ》！」）、本人はフランス語などまったくわからず、抑揚のない中西部のアクセントでアメリカ英語を話した。もう一人、興味深い家系の出身であるルイーズ・アダムソン〈9〉、我らが英文学科主任の若い妻だった。というのも彼女の祖母、シビル・ラニエは一八九六年にフィラデルフィアで国内女子ゴルフのチャンピオンになっていた！

ジェラード・アダムソン〈10〉の文学的評判は、彼よりも大いに重要で、辛辣で、謙虚なオダースよりも、大いに勝っていた。ジェリーは肉のたるんだ大男で、六十にさしかかろうとしていた頃、それまでの審美的で禁欲的な人生を捨て、あの陶器のように可愛らしく、身持ちの悪い娘と結婚して彼の親友たちを驚かせた。彼の有名なエッセイも——ダンと、ヴィヨンと、エリオットについてのエッセイだ——、彼の哲学詩も、彼の最新作『世俗的連禱』とかその他の作品も、私に言わせればくだらないものだったが、彼はなかなか魅力のある酒飲みで、そのユーモアと博識には、どんなに人付き合いの悪いひねくれ者でも抵抗し難い力があった。よく開かれるパーティーで、私はついつい楽しんでいる自分を発見し、そこでは善良で年寄りのノートボークやその妹のフォーニーム、気持ちのよいキング夫妻、アダムソン夫妻、私の敬愛する詩人、その他一ダースほどの客たちが、あの手この手で私を楽しませたり慰めたりしてくれた。

ルイーズには、ハニーウェルに詮索好きのおばがいたので、適当な間隔を置いていつも私にベルの健康状態について報告してくれた。一九四九年か一九五〇年のある春の日、ホレース・ペッパーミルとの話し合いのあと、たまたまローズデールのプラザ酒店に立ち寄り、駐車場からバックで出ようとしていたところ、ショッピングセンターの向こう端にある食料品店の前で、乳母車の上にかがみこんでいるアンネットの姿を目にした。彼女の首を傾げる仕草の何か、悲痛なまでの集中ぶり、乳母車の中にいるこどもに向けられた消え入りそうな微笑みを見ると、痛切な哀れみの念が全身を駆け抜け、彼女に近づかないわけにはいかなかった。彼女は私の方を向き、私が興奮したひと言——後悔のことば、絶望のことば、あるいは優しいことば——をまだ口にしもしないうちから、その場で頭を振り、私が近づくのを止めた。「ニカクダー」と彼女はささやいた、「絶対にだめ」と。そして私には、彼女の青白くやつれた顔に浮かんでいる表情を読み解く勇気などなかった。一人の女が店から出てきて、小さな誰かさんを見ていてくれたことを彼女に感謝した――それは青白く、痩せた赤ん坊で、アンネットと同じくらい具合が悪そうに見えた。私は駐車場へ急いで戻り、ベルが今では七つか八つの娘に成長しているはずだということにすぐ気づかなかった自分に腹を立てた。ベルの母親の、うるんだ、星のようにきらめく眼差しが、いく晩か私にとりついていた。私はあまりに具合が悪く、もっとも親しい同僚のうちで開かれたイースターのパーティーに顔を出すことさえできない始末だった。

　その同じ落胆の時期だったか、別の落胆の時期だったか、私は玄関のベルが鳴るのを聞き、ネフェルティティーちゃん〈11〉と私が呼んでいた黒人のお手伝いが急いでドアを開けに行った。私はベッドからするりと起き出して、むき出しの肉体をひんやりした窓棚に押しつけたが、時すでに遅く、ひどい音を立てて降る春のどしゃぶりの中にどれほど身を乗り出してみても、訪問者の姿はもう見えなかった。花のみずみずしさと、雲のような花房が、私に別のある時を、別の窓を思い出させた。庭の門の向こうに、アダムソンのぎらぎらした黒い自動車の一部が見えた。二人一緒？　それとも彼女だけ？　それとも王一人《ソーラス・レックス》〈12〉？　残念、二人一緒だ、私の透明な家を抜けて玄関から聞こえてくる複数の声でわかる。ジェリーのじじいは不必要な階段が嫌いだし、感染症を病的に恐れているので、居間にとどまっていた。彼の妻の足音と声がこちらへ上がってくる。私たちが数日前にはじめてキスをしたのはノートボークの台所、氷を探してあちこちまさぐっているときで、そして火がついた。お決まりの場面の前の幕間が手短に済むようにと願ったのには十分な理由があってのことだった。

彼女が部屋に入ってきて、病人のために持ってきた二本のポートワインを置き、雨に濡れたセーターを、栗色と、すみれ色がかった茶色の、乱れた巻き毛と露わになった鎖骨の上から脱ぎ捨てた。芸術的に言って、厳密に芸術的に言って、彼女は私が愛した主たる三人の女性の中で、おそらく一番の美人だった。上向きの細い眉、この世の楽園に対する絶え間ない驚きを映し出す（というのがまさにぴったりのことば）サファイア色の瞳、ピンク色に上気した頬骨、薔薇の蕾のような唇、そして愛らしくへこんだ腹部。速読者である彼女の夫が新聞のコラム二段に目を通すよりも速く、私たちは彼に「角を生え」させた[13]。私は青いズボンとピンク色のシャツを身につけ、彼女のあとから階段を下りた。

彼女の夫は深々と肘掛け椅子に腰掛けていて、ショッピングセンターで買ったロンドンの週刊新聞を読んでいた。彼は醜悪な黒いレインコートを着たままだった——オイルスキンのぶかぶかしたコートで、激しい嵐の中をゆく駅馬車の馭者を彷彿させた。それでも彼は、その威圧的な眼鏡を外した。特徴的なごろごろという音とともに、咳払いをした。理性的な台詞を口にするという試練に及んで、彼の紫色をした二重あごはがくがくと揺れた。

ジェリー　この新聞ちゃんと見たかい、ヴァジム（間違って「ヴァジム」の第一音節に強勢を置いて）？　ミスター某（とりわけ元気なへぼ批評家の名前）氏が君の『オリガ』（女教授《プロフェッソールシャ》のことを書いた私の小説。ようやく英国版が出たところだった）のことをぼろくそに言っているよ。

ヴァジム　一杯どうですか？　その野郎にカンパイしてバイバイ。
ジェリー　でも彼の言ってることは正しいよ。あれは君の書いたものの中でいちばん出来の悪いやつだ。完全な失敗《シュット・コンプレット》だとさ。フランス語もできるんだな。
ルイーズ　お酒はよして。急いで家に帰るんだから。さあ、椅子から立ち上がって。ほら早く。眼鏡と新聞を持って。そうよ。ではまた《オ・ルヴォワー》、ヴァジム。明日の朝、例のお薬お持ちするわ、彼を送っていった後に。

青年時代の城で私が交わした、洗練された密通とはえらい違いだ、と私はつくづく思った。むっつりした巨像――つまり嫉妬に燃える夫の面前で、新しい愛人と眼差しを交わし合う、あのロマンチックなスリルはどこへ？　なぜ、一番最近の抱擁の記憶が、以前のように次回の抱擁の確実さと混ざり合い、空のクリスタルグラスに突然一輪の薔薇を咲かせたり、白い壁紙に突然虹色を放ったりすることが、もうなくなってしまったのだろうか？　エマは、洒落た女性があの男性のシルクハットに何を落とすのを見たか？[14]　読みやすい字で記しなさい。

2

『エスメラルダとそのパランドラス』に出てくる狂った学者は、プリマヴェーラにあのたくさんの花にうずもれたオフィーリアとしての結末を与えることによって、ボッティチェリとシェークスピアを花輪のように編み込んでいる[15]。『オリガ・レプニン教授』のおしゃべりなご婦人は、竜巻と洪水が本当にすごかったのは北アメリカだけだったと言っている。一九五三年の五月十七日、数紙の紙聞がある一家の写真を載せた。ローズデール〈16〉湖の真ん中にぽつんと浮かぶ掘っ建て小屋の屋根の上に、鳥かごと蓄音機とその他の貴重品を持ってよじ登り、なんとか切り抜けた一家の写真だ。別の新聞に載っていたのは、びくともせずに立っている一本の木のずっと上の方の枝にひっかかった小さなフォードの写真だった。しかもその車中には、ホレース・ペッパーミルが知り合いだという、運転手のバード氏がまだ座ったままで、気を失い、怪我を負っていたが、それでも一命はとりとめていた。気象局の名士は、予報が犯罪的に遅れたという理由で非難を浴びた。ローズデール博物館へ、後援者の未亡人であるローゼンタール夫人によって寄贈された剝製動物のコレクションを見に連れて行かれた十五人の児童たちは、大竜巻が襲った瞬間、頑丈な建物に突如訪れた暗闇の中にあって、無事だった。しかし、もっとも素敵な湖畔の小別荘は押し流され、そこの住人であった二人は溺れて、もう二度と見つからなかった。

ペッパーミル氏の生まれつきの才能は、彼の法律家としての鋭才とはとても比較にならなかったが、その彼が、もし私がこどもをフランスにいるお祖母さんのもとへ引き渡したいと思っているのなら、ちょっとした法律上の手続きが必要になってくると助言してくれた。ブラーゴヴォ夫人は半分耄碌した身体障害者だから、今は担任教師に保護されている私の娘は、即刻、その教師によって私の家に連れてきてもらわなくてはならない、と私は冷静に答えた。彼は、来週はじめに自分が彼女を連れてこようと約束した。

家の中のすべての段落と、そこに括弧で挿入されたすべての家具について考察に考察を重ねた結果、故ランドーヴァーが、そのときどきの気分によって僕の看護婦とか僕の婚約者とかいうふうに呼び分けていた、連れ合いの寝室だった部屋に彼女を宿泊させることに決めた。それは素敵な部屋で、私の部屋の東側にあり、ライラック色の蝶が、壁紙と襞飾りつきの低めで大きなベッドとに生彩を添えていた。私はその部屋にある白い本棚に、キーツ、イェイツ[17]、コールリッジにブレイク[18]、そして四人のロシア詩人（新正書法のもの）を住まわせた。私はため息混じりに、あの娘が好むのは、スパンコールで飾り立てた私の敬愛するパントマイム役者たちと、彼らが手にする色塗られた木舞《lath》でできた魔法の棒よりも、「コミック」の方だろうと思ったのだが、それでも私は、鳥類学者が「装飾本能」と呼ぶものに衝き動かされて、それらの詩集を選ばずにはいられなかったのだ。それに加えて、ベッドでの読書には純粋で強力な灯りが不可欠ということをよくわきまえていたので、新しい家政婦のオレアリー夫人（夫とともに長期の英国滞在で留守にしていたルイーズ・アダムソンからの借りもの）に頼んで、枕元の背の高いランプに百ワットの電球を二つ取り付けてもらった。二冊の辞書、ひと綴りの便箋、小さな目覚まし時計、そしてジュニア用マニキュアセット（十二歳の娘を持つノートボーク夫人の提案）が、広々として頑丈なベッド脇のテーブル上に美しく置かれた。もちろん、ここまでのはすべて単なる下書きだ。清書版の仕上がりはまもなく。

ランドーヴァーの看護婦だか婚約者だかが彼の世話をしに駆けつけるときには、短い廊下を使ったか、または二つの部屋を結ぶ浴室を通り抜けたか、そのどちらかだったのだろう。大男だったランドーヴァー専用の長くて深い浴槽は、風呂好きにはたまらない贅沢だった。ベルの寝室の東隣りには、もうひとつ狭い浴室があって——ここで私は、「よく磨かれた」と「香しい」のあいだにあるはずのぴったりな修飾語を見つけようと脳みそをしぼりながら、趣味のよい私のルイーズがここにいてくれたらなあと本気で思った。ノートボーク夫人は助けにはならなかった。彼女の娘はめちゃくちゃに散らかった両親の手洗いを使っていて、デオドラントなどは馬鹿にしていたし、「泡」を毛嫌いしていた。一方、老賢女であるオレアリー夫人は、フランドル派の画家のような詳細さでアダムソン夫人のクリームやクリスタルを心の目の前に描き出して見せ、その絵を魔法のように浮かび上がらせることによって、彼女が大急ぎで戻ってくることを私に切望させた。さらに今度は、巨大なスポンジとか、大型のラヴェンダー石鹸のかたまりとか、よい味のする歯磨き粉とかいった基本的な品目も確保しながら、その絵を俗化することなく単純化して見せた。

日の出の方向へさらに先に進むと、角の客間へたどり着く（一階東端の円形ダイニングルームの真上）。そこを私は、オレアリー夫人の器用ないとこの助けを借りて、能率的に設備の整ったアトリエに改造した。そこには、私が仕上げ終わった時点で、角張った枕をいくつか置いたソファーに、オーク材の机と回転椅子、スチール製のキャビネット、本棚、クリングソール百科事典全二十巻、クレヨン、ノート、州の地図、それに（一九五二〜一九五三年版の『学校用商品案内』を引用すれば）「受台から持ち上げることができるので、すべての子供たちがその膝に世界を抱くことができる地球儀」が備えられた。

それでおしまい？　まだまだ。私は寝室に置くために、一九三四年にパリで撮った彼女の母親の写真を額に入れてやり、アトリエには一八九〇年頃描かれた、レヴィタンの「青い河にかかる雲」[19]（ヴォルガ川。私の故郷マレヴォからさほど離れていない）の色付き複製を飾ってやった。

ペッパーミルは五月二十一日の四時頃に、彼女を連れてくることになっていた。私はその午後の深い溝の部分をなんとかして埋めなければならなかった。天使のようなエクス君が、すでに試験解答用紙の束をすべてチェックし、採点してくれていたが、彼は自分がしぶしぶ落第点をつけたいくつかの解答を、私が確認しておきたいかもしれないと、思っていた。前の晩にうちへ寄って、階下西端の玄関ホール隣りにある円い部屋の、円形テーブルの上にそれを置いて帰っていた。私の哀れな両手は痛み、あまりにもひどく震えていたので、そのお粗末な紙の束をめくることも難しかった。円い窓から車寄せが見渡せた。それは、暖かな灰色の日だった。先生、どうしても合格点が必要なんです！『ユリシーズ』はチューリッヒとギリシアで執筆された[20]、そのためにあまりにたくさんの外国語の単語で成り立っているのだ。トルストイの『イワンの死』に出てくる登場人物の一人は、悪名高い女優サラ・バーナードだ[21]。ラウレンス・ステルンの文体はとても感傷的で、むきょうようだ。車のドアがバンといった。ペッパーミル氏が布製の鞄を持ってやってきて、その前では背の高い、ブルージーンズを穿いた金髪の娘が、とても持ちにくそうな旅行鞄を運び、歩をゆるめながら、持つ方の手を替えていた。

　アンネットの不機嫌そうな口元と目だ。しとやかだが不器量。

　セレナシン錠で元気をつけた私は、パリの感情表現豊かなロシア人たちが私のことを心底忌み嫌う原因にもなった、あの平然とした威厳をもって、我が娘と弁護士を招き入れた。ペッパーミルには少々のブランデーをすすめた。ベルは桃のジュースとふすま入りビスケットを食べた。私はベルに——彼女が両の掌を使って礼儀正しいロシア式のジェスチャーをやって見せたので——ダイニング付属のトイレの場所を示してやった。建築家によるちょっとした懐古趣味だ。ホレース・ペッパーミルから、ベルの担任エミリー・ウォード先生からの手紙を渡された。IQは見事な百八十。月経はすでに開始。風変わりで、驚くべき子供。このような早熟な明敏さは、抑制してやるべきか、それとも助長してやるべきか。私は車に戻るホレースに道半ばまで同行しながら、彼の事務所が最近送ってきた請求書の額に、私がどんなに面食らったかということを言ってやりたいという恥ずかしい衝動に、なんとか打ち勝つことができた。

「それじゃあ君のアパルターメントゥイ《部屋》を見せてあげよう。ロシア語も話せるんでしょう?」

「もちろん話せます。でも書けないの。フランス語もちょっとだけ知ってます」

わたしとお母さんは(ベルは彼女のことを、まるでアンネットが隣りの部屋で私のために無音のタイプライターで何かを転記してくれているかのように、軽い調子で話した)、去年の夏はほとんど、バーブシュカ《おばあちゃん》と一緒にカルナヴォーで過ごしたんです。私は、別荘でベルが使っていたのはどの部屋だったのか正確に知りたいと思ったが、奇妙にでしゃばりで、しかも無関係に見えるある記憶が、私にその質問をさせまいとした。こんな記憶だ。死の少し前の晩、アイリスは、赤黒い頬とアーモンド型の目とマトン肉みたいな青い影を持った、丸々太った男の子を産む夢をみて、こんなことを言った。「ぞっとするようなオマラス・Kだわ」

ああもちろん、とベルは言った、とても気に入りました。特に海へ向かってずっと、ずっと続く小径と、ローズマリーの香り《チュードヌイ・ザーパフ・ロズマリーナ》が。私は彼女の「影のない」、亡命者特有の、そしてアンネットのおかげでラングリーのばばあの汁気たっぷりのソヴィエト的言い回しに汚染されずに済んでいる、ロシア語に心を悩まされ、そして魅了された。

ベル、僕の顔に見覚えがある? 彼女はその真剣な灰色の目で私を調べるように見た。

「手と髪の毛は見覚えがあります」

「ここからは、敬語《オン・ス・テュトワ》はやめてロシア語を話そう。よし。上へ行ってみよう」

アトリエは彼女に好評だった。「絵本の中の教室みたい」。彼女は自分の浴室にあった薬箱を開けてみた。「空っぽ――でも何を入れるかもう決まってるの」。寝室は彼女を「魅惑」した。アチャラ《素》ヴァーチ《敵》ェリナ！（アンネットがお気に入りだった賞賛のことばだ）しかし彼女は、ベッド脇の本棚に文句をつけた。「ええ？　バイロンはないの？　ブラウニングは？　ああ、コールリッジね！小さな黄金の海蛇〈22〉。ウォード先生が、ロシアのイースター用に詩集をくれたの。あなたの公爵夫人、じゃなくて、『我が死せる公爵夫人』〈23〉、暗唱できるのよ」

　私はうう、という音とともに息を呑んだ。私は彼女にキスをした。私は泣いた。私は震えながら、今にも壊れそうな椅子に座り込み、それは背を弓なりに曲げた私の痙攣に答えるように、きいきいと鳴った。ベルは立ったまま目をよそへやり、天井に投げかけられた虹色の反映を見上げ、不格好だが力持ちのオレアリー夫人がすでに持って上がってくれていた彼女の荷物を見下ろした。

　私は涙を詫びた。ベルは社交上完璧な「話題を変えましょう」という態度で、テレビがあるかどうか聞いた。明日、買いに行こうと私は言った。このへんで君を一人にさせてあげよう。半時間もすれば夕食だよ。観たいと思っていた映画を町の方でやっているみたい、と彼女は言った。夕食後、私たちはストランド座へ車を走らせた。

　私の日記帳に以下のような走り書き。ゆで鶏はあまり好まず。『意外な犯行』〈24〉。出演者はジーン、ジンジャー、ジョージ。「むきょうよう」な感傷家も、残りのやつも、みんな合格にする。

3

もしベルがまだ生きていたら、今ごろは三十二歳――これを書いている時点（一九七四年二月十五日）でのきみの年齢とちょうど同じだ。最後にあの子に会ったのは一九五九年のことで、そのときは十七になるかならないかというところだった。あの子が、十一歳半から十七歳半までのあいだにほんの少ししか変化していないのは、記憶という溶液の中に保存されていたからで、その中で、静止した時間の中を血液が循環する速度は、現在という、知覚が働いている状態で流れる速度よりもずっと遅いのだ。とりわけ直線的な成長過程を免れていたのが、一九五三年から五五年という、彼女が完全に私だけのものだった三年間の、彼女の形象だ。私にはそれが今日、至福のモンタージュ写真として見えていて、そこにはコロラドの山や、私が『タマーラ』を英語に翻訳しているところや、ベルが高校であげた成果、そしてオレゴンの森が、すべて一体と化して、年表や地図など完全に無視した、置き換えられた時間と捻じ曲げられた空間の中に溶け込んでいた。

ただし、ひとつの変化について、徐々に変化していったある傾向について、ひと言触れておかなくてはならない。それは、私が次第に彼女の美しさに気づいていったということである。彼女が来てひと月もしないうちに私は、いったいどういうわけで最初に彼女が「不器量」に見えたのか、さっぱり理解できなくなっていた。もうひと月がたち、彼女の横顔の妖精のような鼻筋と上唇のラインが、「予定調和」として現れた――ブレイクとブロックに見られる奇跡的韻律について表すのに私が使ったことのある表現を借りれば。薄い灰色をした瞳孔《アイリス》と真っ黒なまつ毛が対照的なせいで、彼女の目はコール墨で縁取られているように見えた。こけた頬と長い首はアンネットそのままだったが、彼女の短めにした金色の髪には、母親のよりも深みのある光沢があり、それはまるで黄褐色の房が金色がかったオリーヴ色の房と混ざり合い、交互に発色する太い直線の縞模様を作っているようだった。こうしたことはすべて、簡単に描写することができるし、前腕と脚の外面を覆う、粉をふいたような輝きが見せる規則的な筋模様にも同じことが言えるが、こちらは実際のところ自己剽窃の気味がある、というのも、これをタマーラやエスメラルダにも使ったことがあるからで、ただし短編に脇役で出てくるお嬢さんたちはここでは勘定に入れない（例として、短編集『メイダからの亡命』、グッドミントン〈25〉、ニューヨーク、一九四七年版の五三七頁参照）。しかし、彼女の思春期の輝きに包まれた全体的なスタイルと骨格となると、どんなに表現しようとしてみても、そこには名選手特有の活力とかテニスコートの白線に切れ込むサーヴのような鋭さは期待できないのだ。仕方なく――こんなことを告白するのは情けないが――私は、前にも使ったことがあって、しかもこの本の中でもすでに使ってしまった、ある方法にまた頼らなくてはならない――芸術のあるひとつの種を、別の種を頼みにすることによって、降格させるというよく知られたやり方だ。ここで私の頭にあるのはセローフの油絵「五弁のライラック」〈26〉で、黄褐色の髪をした十二くらいの娘が日光でまだらになったテーブルについて、ライラックの総状花序をいじりながら幸運のしるしを探す姿を描いている。その娘は他でもないアーダ・ブレドー、私の従妹で、まさにその同じ年の夏に私は彼女と恥さらしな遊びの恋をしていて、そのときの太陽が庭のテーブルと彼女のむき出しの腕に目のような斑紋を散らしている。さて、私の読者である優しい旅人がレニングラードにあるエルミタージュ美術館を訪れるなら、そこに三流の書評家が「人間的興味」と呼ぶものを発見して圧倒されるだろう。私自身、数年前にソヴィエトの地を訪問した際に、献身的な盗人によって「人民」の手に渡る前はアーダのお祖母さんが所有していたその絵を、この涙ぐんだ目で見たのだ。たぶんこの魅惑的な娘が、二台のベッドのあいだに寄木細工の床が広がる、間に合わせに作られた悪魔的な客間を舞台にした、私が繰り返し見るあの夢に出てくる女の子のモデルになっているのだろう。ベルが彼女と似ている点は――同じような頬骨、同じようなあご、同じように骨張った手首、同じようにもろい花――ちょっと触れておくだけにして、リストを作ることまではしない。いや、このへんでもうやめておこう。私がここで挑戦したのはとても難しい仕事で、もし、うまくやり過ぎなくらいよときみに言われたりしたら、私はそれを破り捨てなくてはならない。イザベル・リーについての陰鬱な仕事をうまくやってのけようとは思わないし、そんなふうに思ったことは一度もなかった――同時に、私は耐え難いほどに幸せだったのだが。

母親のことを愛していたかどうか、ようやく私が尋ねたとき（アンネットの痛ましい死に対してベルが無関心を装っていることがどうにも理解できなかったのだ）、彼女はずいぶん長いこと考え込んだので、その質問自体をすっかり忘れてしまったのだろうと思わずにはいられなかったが、しまいに（ちょうど、底なしの深い瞑想から戻ってきたチェスプレーヤーが投了するように）首を横に振った。ネリー・ラングリーのことはどう？　これにはすぐに答えがかえってきた。ラングリーは意地悪で残酷、大っ嫌いだった、それについ去年のことだけど鞭で打たれたわ、ミミズ腫れだらけ（それを見せようと、右の太腿を露わにして。ただ今はもう、非の打ち所のないほど白くなめらか）。

クワーン一の私立女子学校（彼女と同い年のきみも、数週間だけそこへ通っていて、しかも同じクラスだったのに、どういうわけか友達にはならなかったのだね）で彼女が受けた教育に、西部諸州を二人で巡って過ごしたふた夏が補足として加わった。なんとも素敵な思い出が、なんともうっとりするような香りが、遠くの蜃気楼が、近くの蜃気楼が、実態のある蜃気楼が、一三八号線沿いに集められた――スターリング、フォート・モルガン（海抜四三二五フィート）、グリーリー、絶妙な市名のラヴランド《Loveland》——コロラドの、天国地帯へ向かう道筋だ！
　私たちが丸ひと月を過ごした、エスティーズパークにあるルピナス・ロッジから、その青い花に縁取られた一本の小道が始まっていて、それはヤマナラシの木立を抜け、ベルがお道化て「山面《やまづら》の足もと」と呼んでいた場所へたどり着く。その南角には「山面の親指」まであった。私の手元には、一九四〇年頃に史上初めて、だと思うが、親指登頂を果たしたウィリアム・ギャレルが撮った光沢仕上げの写真があって、そこに写ったロングズピークの東面には、のぼりの登山道を示す、波瀾に富んだ線が、輪を描くようにして重ねられていた。写真の裏面には——それは小さいながらも表に写っている山と同様に不滅だ——ベルの作った詩がすみれ色のインクできれいに書かれていて、アディ・アレクサンダーという「八年前ピーク登頂を果たした初の女性」に捧ぐ、とある。その詩は私たちのささやかな山登りについて歌っている。

ロングズピークのピーコック湖。
山小屋には老マーモット、
ボールダーフィールドには黒い蝶、
それから利口な山道。

　彼女がこの詩を作ったのは二人でピクニックの昼食をとっているときだった。私たちは例の巨大な岩場とケーブルの張られたルートが始まるあたりのどこか中間にいて、難しい顔をして黙り込んだまま何度か頭の中で仕上がり具合を試してみたあと、彼女はとうとうそれを紙ナプキンの上に書きつけ、私に鉛筆と一緒に手渡した。

私は、とても素晴らしいし芸術的だ、最後の行なんか特に、と彼女に言った。彼女は「芸術的って?」と聞いた。「君の詩、君、それに君のことば遣いのことだよ」と私は言った。

その散歩の途中、いやそれとは別のとき、もう少し後になってからだったかもしれないが、とにかく同じような場所で、突然の嵐が七月の輝かしい日を一掃した。私たちのシャツも、半ズボンも、ローファーも、その氷のように冷たい霧雨の中では、身につけていないも同然だった。ひと粒目の雹が缶詰の缶を打ち、二粒目は私のハゲを直撃した。私たちは雨宿りをしようと、突き出した岩の下のくぼみに身を寄せた。激しい雷雨は私にとって苦悶を意味する。その邪悪な圧力が私を打ち砕き、その光る矢じりが私の脳みそと心臓を突き刺すのだ。ベルはそれを知っていて、私に体をくっつけるようにしてちぢこまり(自分でなくて私を安心させるためにだ!)、雷がとどろくたびに、いまのはもう行ってしまったわよ、ほら大丈夫でしょう、という感じで私の額にさっと口づけてくれた。そうなると今度は、この雷鳴が永遠に鳴り続けてほしいと切望し始めたのだが、まもなくそれは大儀そうなごろごろという音に変わり、太陽が、濡れた芝生の一角に輝くエメラルドの粒を照らし出すのだった。それでも彼女は震えが止まらなかったので、私は彼女のスカートの下に両手を突っ込んで、そのほっそりした体を赤らむまでごしごしさすってやらなければならず、それは「肺炎《ニューモニア》」を予防するためで、彼女はガクガクしながら笑って、その言葉は「ニュー」と、「ムーン」《月》と、「ニュー・ムーン」と「モーン」《あえぎ》と、それに「ニュー・モーン」だ、と言った。ありがとう。

この一連のシーンには、また別の薄暗いくぼみがあって、それはちょうどその直後のことだったはずだ、同じモーテルで、または家に戻る途中で立ち寄った、次のモーテルだったかもしれない、そこで彼女は明け方に私の部屋へそっと入ってきて、ベッドの上に腰かけた――ちょっと足をどかしてよ――そして寝巻き姿で、私にまた別のこんな詩を聞かせたのだ。

暗い地下室で、私は
おおかみのすべすべした頭をなでていた。
灯が戻ったとき
みなが一斉に叫んだ、「ああ!」
それはただの
メドー、死んだ犬だったのだから。

私はこのときも彼女の才能をほめてやり、熱烈にキスをしてやったのだが、たぶんそれはやりすぎだった。というのも、実のところ私はその詩の意味するところが曖昧だと感じて、だがそのことは彼女に言わず、そうこうしているうちに彼女は欠伸をして私のベッドで眠ってしまった。普通、私には我慢できない悪習だ。ところが、今になってこの奇妙な詩行を読み返してみると、そのきらきら星のようなクリスタルの向こう側に、私が書くことのできそうな途方もない注釈が透けて見え、参照符や脚注符が銀河を作り出す様はまるで、黒々と広がる水面上に光り輝きながら架かっているあまたの橋の反映のようだ。しかし、私の娘の魂は彼女だけのものだし、私の魂は私だけのものだから、ハムレット・ゴッドマンは安らかに朽ち果てさせておこう。

4

一九五四年の新学期が始まり、ベルが十三歳の誕生日を迎えようとしている頃になってもまだ、私は頭がおかしくなりそうなほどの幸せの真っ只中にいて、我が娘と私の関係がどこかおかしいとか、危険だとか、不条理だとか、なんとも愚かだとかいうようなことには気づかないでいた。いくつかのたいしたことのない過ち――溢れ出す愛情の熱い数滴とか、咳でごまかした喘ぎとかなんとかそういう類のやつ――を除けば、私の彼女との関係は基本的には罪のないものにとどまっていた。しかし、文学教授としてなにがしかの才能があったにしても、その甘美で野放図な過去が映し出されたバックミラーの中に今の私が確認できるのは、無能さと無謀なほどのだらしなさだけだ。

周りの者たちはしかし、鋭い洞察力で私より先に事態を見越していた。最初に口を出したのはノートボーク夫人、婦人参政権論者風のツイードスーツを着た、体格がよく浅黒い奥さんで、俗悪でふしだらなニンフェットである娘マリオンが同級生の家庭生活をこっそり嗅ぎまわるのを止めもせず、そのかわりベルの躾について私に説教したうえ、経験豊かな、理想的には、ドイツ人の家庭教師をつけて昼も夜も彼女の面倒を見させるべきだと強く勧めてきた。二人目の批評家は――こちらはずっと気の利いた、理解のある批評家だ――私の秘書、ムィルナ・ソロウェイで、彼女は私の郵便物に入っていた文芸雑誌や切り抜きがいったいどこへ行ってしまうのかわからないと文句を言った――それは無節操で貪欲な読者でもある小さい誰かさんが横取りしてしまうせいだった――そして、クワーン高校、それは私の信じられないような苦境における、常識の最後の頼みの綱であり、その教師たちはベルの知能の高さと「プルーストとプレヴォー」への精通に仰天したのとほとんど同じくらいに、ベルの行儀の悪さにも仰天しています、と柔らかに付け足した。なかなか可愛らしく小柄な校長であるロウ先生〈27〉と話をしたところ、校長は「寄宿施設」のことに触れ、それはなんだか木造の牢屋みたいに聞こえたし、そのうえもっと陰気な（「ああいう小鳥たちのさざめくような啼き声や森の中の小枝を震わせるようなさえずりに囲まれてということですね、ロウ先生、森の中ですね！」）「夏期講習」なんていう言葉も飛び出し、それは「芸術家（『偉大な芸術家、ですよ、教授』）の奇抜な家庭生活」の代わりになるものらしい。校長は、くすくす笑いながらも不安でいっぱいの芸術家に向かって、若い娘さんは洒落たペットとしてではなく、我々の社会を今後担っていく一員として扱わなくてはなりませんことよ、と指摘した。その話のあいだずっと、これはみんな前に見たことのある悪夢なんだという感覚、または自分が別の存在だったとしても同じように経験するはずの悪夢、これとは別の、がっちりとひと続きになった番号つきの夢の中にいても経験するはずの悪夢なんだという感覚を、振るい落とせずにいた。

　非常に困ったなというぼんやりした空気が（紋切り型の状況について紋切り型のことばで説明すれば）、比喩ではあるが私の頭の周りにたちこめていたのだが、そのとき突然私のすべての問題とすべてのトラブルを解消してくれる簡単で見事な方法を思いついた。

　かつては、ランドーヴァーの恋人だった夢のような美女たちが何人も、束の間の輝きをまとい、その波打つような褐色の姿を映していた背の高い鏡が、今、ライオン色をした五十五歳の自称スポーツマンが、「魔術師《エルマゴ》」（「西洋の機械技術とミトラの魔法を融合」）を使ってウェスト引き締め運動や胸郭を広げる体操を繰り広げる姿を私に見せてくれていた。それは素敵な眺めだった。古い電報

(ベルが玄関のテーブルからくすねていった文芸批評誌『アルティザン』[28]の中に、未開封のまま挟んであった）はロンドンの日曜新聞[29]から私に宛てられたもので、アメリカの弟たちが「世界一名声のある賞」[30]と呼ぶものをめぐる浮き世離れした競り合いにおいて、私が有望な候補者であるという噂――私も聞いたことのある噂だ――についてコメントを求めていた。これもまた、成功を重視する彼女を感心させるかもしれない。とうとう、一九五五年の休暇の月に、一連の発作が原因で、偉大な男、憐れなジェリー・アダムソンはロンドンで息を引き取り、ルイーズは自由になった。というかあまりにも自由になった。私たち二人に関する深刻な問題について相談するために彼女をクワーンに呼び出す私の手紙は、大陸の洒落た四地点を結んで滑稽な円を描いた後ようやく、彼女の手元に届いた。十月一日に彼女がニューヨークから私に宛てて送ったという電報が私の目に触れることはなかった。

　十月二日のこと、異常に暖かい日で、それが一週間続くことになる最初の日だったのだが、キング夫人が午後に電話をかけてきて、何かよくわからないけれどくすくす笑いながら、「即興の夜会《ソワレ》を開きますから、数時間後に、そうね、九時ごろに、あなたの可愛らしい娘さんをねんねさせたあと」いらっしゃい、と私を招いた。キング夫人というのはなんとも感じの良い人物で、キャンパス内で一番親切だったから、その招待を受け入れることにした。

　私は黒々とした頭痛に苦しんでいたので、冷たく澄んだ夜の空気を吸いながら二マイルほど歩くのはいい薬になるだろうと思った。空間と空間移動についての私の処理能力はそれはもう悪魔的に混乱していたので、私がそのとき実際に歩いて行ったのか、車を運転して行ったのか、それとも自宅の正面の二階に張り出したベランダを行ったり来たりすることにとどめてしまったのか、思い出すことができない。

女主人が私を引き合わせてくれた――パーティー特有の気分の高まりを控えめに誇示しながら――最初の人物は、ルイーズがデヴォンシャー滞在時に宿泊させてもらっていた「イギリス人の」従姉、レディー・モルガンで、「私たちの元大使の娘さんでオックスフォードの中世史学者の未亡人」ということだったが、そうした人物たちは一瞬しか照明が当てられないスクリーン上に映し出された影のようにぼんやりした姿でしかない。五十代半ばの彼女はかなりの難聴だったし徹底的にいかれた醜い女で、滑稽な髪型をして野暮ったい服に身を包んでいて、そして彼女とその突き出た腹が私の方に力一杯突進してきたものだから、かつてかわいそうなジェリーがよくアカデミックなカクテルパーティーに関連して「本と瓶のあいだ」と呼んでいた場所へねじ込まれないように、その善意からの攻撃をかわす暇もないくらいだった。ルイーズお得意の白鳥の首のように湾曲させた冷たい小さな手にかがんで口づけすると、もう私はさっきとは別の、ずっとスタイリッシュな世界へ移行していた。愛すべきオダース爺さんがラテン式のかしこまった挨拶で私を歓迎した。それは互いの魂が最高にむつみあい、互いを最高に尊敬しているということを示すために、彼が特別に編み出した挨拶なのだった。大学の廊下でつい前日に顔を合わせたばかりのジョン・キングが私に両手をあげて挨拶した様子は、まるで最後に交わした会話の後に経過した五十時間ほどが、魔法みたいに半世紀先にまで吹っ飛んだかのようだった。だだっ広い客間には私も含めて六人しかいなかった。チロル風ドレスを着てお化粧をした二人の女の子を除けば、ということだが。その娘たちがどうしてその場にいたのかということや、いったいぜんたい誰なんだということや、そもそもどういう存在なのかということは、今となっても馴染みのある謎だ――馴染みのある、というのはつまり、漆喰にできたこういうジグザグの裂け目なんていうのは、牢獄とか宮殿にはつきもので、そういう場所に私は、絶対的に澄み切った集中力を動員して漸層法で何かを表明しようとするといつも決まって連れて行かれるからで、実際今もそうなのだが、楽しげに私の手を引いてそこへ連れて行くのは、再発した狂気である。まあそんなわけで、さっきも言ったように、その部屋にいたのは私たち生きた人間六人（と二人のちっちゃなお化け）、しかしながら、透明で嫌な感じのする壁の向こうに見分けられたのは——見たくて見ているわけではないのに！——何列にも何層にも重なるぼうっとした観客たちの姿で、私の頭の中には狂人語で「立席を除き満員」と書かれた看板が見えているような感じだった。

さて私たちは今、まん円い時計顔をしたテーブルについていて（うちのオパール部屋にある、白皮症《アルビノ》のベヒシュタインの西側に置いてあるやつとほとんど判別不可能）、十二時のところにルイーズ、二時のところにキング教授、四時がモルガン夫人、八時が緑色のシルクを着たキング夫人、十時はオダース、それで私が六時、のはずだが、いや六時一分過ぎかな、というのもルイーズが座っていたのは私の真正面ではなかったからで、いやもしかするとルイーズの方がオダース側に六十秒ぶんにじり寄って座っていたのかも、ただし彼女は『人名年鑑』と『紳士録』両方にかけても、彼に言い寄られたことなんてありませんから、と誓った。そのことが『アルティザン』誌に載った彼の壮大で小粒な詩になんとなくほのめかされているのだ、こんな風に。

ええと、前の夜々といえば、
君を手に入れたんだ、ねえ、下で

パーティーをしているやつらに聞こえていたかも、
僕の主人の広々としたベッドの上で
そこには君の客たちのコートが山積みになっていた
マックろの合羽や黙《モク》したミンク
しましまのマフラー(僕のだ)
僕をふった婦人のふわふわの毛皮
(あかちゃんアザラシというよりむしろウサギの)
うん、まさに冬の山だ、
ちょうどあの山に似ている、オペラ劇場のロビーで、
その上に従僕たちが伸びて眠っているやつ、
『オネーギン』の第一歌だ、
あの大入満員の劇場の、
きらめくシャンデリアの下で踊った
バレリーナは、君だったのか、
羽毛のように宙を飛ぶ君、舞台装置の
ポプラと噴水を背にして。

私は、明瞭で傲慢な高い声音(カンニスの海岸でアイヴォーが伝授してくれた)を使って話しはじめた。クワーンでの最初の数年間、厄介なセミナーを開始するときに使って、太陽神《フォイボス》に対するよ

うな恐怖を学生たちのあいだに引き起こした、あの声音だ。「今から僕が話そうと思うのは、僕のごく親しい友人の一風変わった症例でね、名前は――」

　モルガン夫人がウイスキーのグラスを置いて、内緒話をするように私の方へ身を乗り出した。

「そうそう、かわいいアイリス・ブラックさんにロンドンでお会いしたことがあるんですよ、一九一九年頃だったかしら。あの方のお父様は、大使だった私の父とお仕事上のお友達でした。私はあの頃きらきら星みたいな目をしたアメリカ娘で。アイリスさんは夢のように美しくて、最高に洗練されていて。あの方がロシア人のプリンスと結婚されたと後になって知ったとき、それはもう興奮したことを覚えています！」

「フェイ〈31〉」とルイーズが十二時から四時に向かって声を上げた、「フェイったら！　殿下が演説なさるのよ」

　皆が笑い、テーブルのまわりをぐるぐる回りながら追いかけっこをしていた太腿も露わな二人のチロルのこどもは、私の膝の上を横断するように跳ね上がると、またどこかへ行ってしまった。

「この友人の症例について今からみんなで考えてみたいのですけれど、ここではツウィドワー氏と呼んでおきましょう、この名前にある意味が込められていることは、私の短編集『メイダからの亡命』の表題作をお読みになった方ならお気づきですよね」

（三人、つまりキング夫妻とオダースが挙手をして、同じように気取った表情でお互いに目配せしあった）

「この人物、元気いっぱいの中年男は、三度めの結婚を考えている。彼はある若い女性に深い愛情を抱いている。しかし、彼女にプロポーズする前に、自分がある病に苦しんでいるということを正直に告白しなくてはならないと思っている。あの子たち、ここを走り過ぎて行くたびに僕の椅子をぐらぐらやるのはやめてほしいんだがなあ。『病』というのはもしかするとちょっと強すぎることばかもしれない。じゃあこんなふうに表現してみよう、いくつかの欠陥が、と彼は言うんだ、彼の精神メカニズムにひそんでいる。僕に彼が話してくれたやつは、それ自体は無害だけど、ものすごく悲惨で異常で、ひょっとするとそれとは別の、差し迫った、もっと深刻な疾患の前兆なのかもしれない。こんな具合です。この人物、ベッドに横になったまま、よく見慣れた一本の通りを頭の中に思い描くとき、そうだな、たとえば図書館から出て右手の歩道です、その先には――」

「酒屋」、と歯に衣を着せないひょうきん者のキングが口をはさんだ。

「結構。その先にはレヒトの酒屋〈32〉。三百ヤードほど行ったところ――」

次に私の話を中断したのはルイーズだった(実際のところ、私は彼女だけに向けてこの話をしていたのだが)。彼女はオダースの方に顔を向けて、長さをヤードで思い浮かべることができないと言った。ベッドとかベランダとかの長さに区切って考えるのなら別だけど。

「ロマンチックねえ」、とキング夫人。「続けて、ヴァジム」

「大学図書館と同じ側を、三百歩行ったところ。さてここで僕の友人ははたと困ってしまう。頭の中であそこまで歩いて行ってから後ろに戻って来ることはできる。しかし、頭の中でできないのは、実際にくるっと回転して、『あそこ』だった場所を『後ろ』に転換することなんだ」

「ローマに電話をかけなくちゃ」、とルイーズはキング夫人にささやいて、席を立ちかけたが、私は引き止めて、どうか最後まで聞いてほしいと懇願した。彼女は承知したが、私の演説はまったく意味不明、と文句を言った。

「その、君の頭の中でくるっと回転するというところをもう一度説明してくれよ」、とキングが言った。「みんな理解しとらんよ」

「僕はわかりますよ」と言ったのはオダースだ。「想像するに、酒屋は閉まっていた。そこでツウィドワー君、実は僕の友人でもあるんだがね、踵《きびす》をかえして図書館へ戻ろうとする。現実の生活の中で、彼はこの動作をひっかかったり止まったりすることなく簡単に行うことができる。僕らみんながやるように、単純に、無意識にね。ただしそのあいだも芸術家特有の鋭い目にはいろんなものが映っているのだけど、たとえば——君の番《ア・トワ》だ、ヴァジム」

「たとえば」、リレーのバトンを受け取って私は続けた。「柵とか天幕とかが自分が回っているのとは逆の方向に回転するのが見える、それはその人の旋回している速度によって、メリーゴーラウンドみたいに重々しくよろめきながら回転するように見える場合もあるし、あるいは（オダースに敬礼しながら）一瞬の素早い動きでヒュイと回るように見える、ちょうど縞々のマフラーの先っぽ（オダースは微笑んだ。オダース節に気づいたのだ）が、首にさっと巻かれるときのような動き。ところが、ベッドの上で静止したまま、頭の中でその、向きを変えるという一連の動作を、さっき説明したようなやり方でリハーサルとして演じてみようとすると、いや、というより、再演してみようとするとき、足を軸にして回転すること自体を想像することはそれほど難しいわけではなくて、むしろ、その結果の方、つまり風景が逆転すること、あるいは方向が完全に変化してしまうこと、い、い、そのことが、想像を絶するわけです。普通は酒屋のある方向がなめらかに逆の方向に変わっていきます、きちんと目覚めていて生活しているときはそうでしょう、ところがそうはならずに、哀れなツウィドワー君は途方に暮れてしまう——」

そういう展開になるだろうことは予測していたが、それでも私はこの一文を最後まで言わせてもらえるだろうとも考えていた。ところがだ。きわめてゆっくりとした静かな動きで、灰色猫のように――ピンと逆立ったような剛《こわ》いヒゲと丸まった背のせいで猫そっくりだ――キングが席を立った〈33〉。つま先立ちで、両手に一脚ずつグラスを持って、黄金の輝きを放つものがびっしりと並んだ棚の方へ歩きはじめた。私が大げさにバンといわせて両手をテーブルの端にたたきつけたので、モルガン夫人は飛び上がり（うとうとしていたせいか、あるいはここ数分のあいだに劇的に老化してしまったせいか）、老キングは立ち止まった。キングは音も立てず自動人形のように向きを変え（私の話を図解するように）、同じように静かに、忍び足で、手にしたアラベスクグラスは空のまま、席へ戻ってきた。

「頭が、友人の頭が、すっかりまいってしまう、例の、転換のからくりにひそむ恐ろしいほど過酷でうんざりするような何かのせいで。一地点から別の地点への転換、東から西への、または西から東への転換、一人の忌々しいニンフェットから別のニンフェットへの転換――失礼、話がおかしな方向へ行ってしまいました、思考のジッパーがひっかかってしまって。馬鹿みたいだ」

　馬鹿みたいだし、それにとても恥ずかしい。冷たい腿とチーズのような首をした小娘二人組が今度はけんか腰にふざけ始めて、どちらが私の左膝の上に乗るか競いあっていた。二人とも蜜のある方の「左のお膝」にまたがろうとして、チロルのことばでさえずり、押し合いをしていた。そして従姉フェイが私にかがみこんできて、ぞっとするようなアクセントで「この娘たちにすっかり気《エ・ル・ヴ》に入られましたわ《ゼ・ム・タ・ン》ね！」と言った。しまいに近くにあった方の尻をつまんでぎゅっとつねってやると、キャーと叫んで二人はまた駆けっこを始め、それはまるであの永遠にぐるぐる回り続ける、遊園地の小さな蒸気機関車を思わせた。イバラの茂みをびゅんと駆け抜けるあの汽車。

私がまだ思考のもつれをほどけないでいると、オダースが助け舟を出してくれた。

「話をまとめると」と彼は言った（ついで、聞こえよがしのフー！　というため息が残酷なルイーズの口から漏れた）、「この患者が直面している問題は、肉体的な行為とは関係がなく、その行為を想像するということにある。彼が頭の中でできることといえば、回転するというプロセスをすっかり省略してしまって、ひとつの平面風景から別の平面へ素早く移行することだ。ちょうど、幻灯機のスライド写真がぱっと一瞬だけ無色になったかと思うと次のスライドが映し出されるように。そうして彼は今、『反対』という概念を失ってしまった方向を向いている。いやもしかすると、その方向にはそんな概念など最初からなかったのかもしれないのではありますが。何か意見のある人は？」

その手の質問のあとによくある間のあと、ジョン・キングが言った。「私からツイ、、ッ、、タ、、ー、、君への助言は、そんなナンセンス、きっぱり頭から追い払ってしまうことだね。たしかに興味深いナンセンスだし、カラフルなナンセンスだ。しかしね、危険なナンセンスでもある。どうぞ、ジェーン」

「私の父は」とキング夫人。「植物学の教授で、なかなか可愛らしい奇癖を持っていました。どういうのかというと、歴史的な年号とか電話番号――たとえばうちの番号だと九七四三――を記憶したくても、素数のところしか記憶できないのです。うちの電話番号の場合だと、父は二つの数字しか覚えられませんでした、つまり、二つ目と最後、役に立たない組み合わせ。あとの二つはただの黒い隙間、歯抜け状態なのです」

「へえ、そりゃいい」とオダースは叫んで、心からおもしろがった。

私は、それとは話がまったく違うのだと説明した。この友人の苦難が引き起こすのは、吐き気と、めまいと、ボウリング《ケーゲルクーゲル》のような頭痛なのだから。

「ええ、わかっています、ただ、私の父の奇癖にも副作用はありました。ある数字、たとえばそうですね、ボストンの自宅の番地、六十八番地、毎日見ている数字です、それを記憶する能力がないということよりむしろ、問題だったのは、それについて自分ではどうすることもできなかったという事実なのです。そして、なぜ彼の脳みそのずっと端の方に見分けることができるのが六十八という数字ではなくて、底なし穴なのか、ということを、誰一人として説明できなかった、という事実なのです」

パーティーの主人が再び姿をくらまそうという態勢をとりはじめた。今度はさっきよりも慎重だ。オダースは空になった自分のグラスに掌で蓋をした。すっかり酔い潰れていた私は、もっと注いでほしかったのに、素通りされた。円形の部屋の壁はどことなくくすんだ色に戻っていた、やれやれ、そして二人のドロミテ・ドリーはもうどこかへ行ってしまっていた。

「昔、私がバレリーナになりたかった頃」とルイーズ、「それにブランのお気に入りだった頃、いつもベッドに横になって頭の中でレッスンをしていたのだけど、くるくる回転するのを想像するのはちっとも難しくなかったわ。ヴァジム、要は訓練。その図書館に歩いて戻る自分を見たいと思ったら、ちょっとベッドで寝返りを打ってみれば？　フェイ、私たちもう行かなくちゃ、十二時過ぎちゃった」

オダースが腕時計を見てびっくりしたような声をあげた。「時」が耳にタコができるほど聞かされてきた叫びだ。そして私に、楽しい晩をありがとうと言った。レディー・モルガンの口が象の鼻の先にあるピンク色をした孔そっくりになって、音を出さずに「ルー《トイレ》」という一語を形作った。そこでキング夫人が、大慌てといった様子で緑のドレスをしゃりしゃりいわせながら案内した。私は一人で円テーブルに残っていたが、苦労しながら立ち上がり、ルイーズが残したダイキリを喉に流し込み、玄関ホールにいる彼女のところへ行った。

彼女がこのときほど私の腕の中で優しくとろけ、震えたことはいまだかつてなかった。

「どれだけの四本脚動物並みの批評家が」と彼女は、甘い間を置いたあと真っ暗な庭で聞いた。「悪ふざけだと言って非難するかしら、あなたがさっきのおかしな感覚について説明したものを活字にしたとしたら。三四、十四、それともひと群れ？」

「あれは全然『感覚』なんてものじゃないし、全然『おかしな』ことでもない。ただ君にわかってほしいと思っただけなんだ、もし僕の頭がおかしくなったら、それは空間という概念とのやりあいの結果だということをね。『寝返りを打つ』なんてのはインチキだし、それになんの助けにもならない」

「最高にすごい精神分析医を紹介してあげる」

「それだけ？」

「あら、そうだけど」

「もっとよく考えて、ルイーズ」

「ああ。それに、あなたと結婚してあげるわ。ええもちろん。おばかさんね」

そのすらりとした体をもう一度抱きしめようとしたが、彼女はすでにいなくなっていた。星屑のちりばめられた空という、普段は恐怖を起こさせるものが、そのときは私をなんとなくおもしろがらせた。それは、暗がりでほとんど目に見えない花々の秋枯れ色《ファドゥール》とあいまって、ルイーズが載っているのと同じ号の『女性世界』に属していた。私が用を足すと星をちりばめたように群れ咲くアスターがしゅうしゅうと沸き立った。そして私は顔を上げ、ベルの窓を見た。c2の位置だ。e1、つまりオパールの部屋と同じようにあかりが灯っていた。その部屋へ戻ると、ほっとしたことに、親切な誰かの手によってテーブルがきれいに片付けられていた。オパール色の縁取りがほどこされた円テーブル、私がとてもうまくできた概論講義の原稿を書いたテーブルだ。ベルの声が階上から私を呼ぶのが聞こえ、ひとつかみの塩つきアーモンドを手にして、階段を上がった。

5

翌日の早朝、日曜のことだ、タオルをはおってじっと立ち、四個の卵が煮え湯地獄の中でごろごろぶつかり合うのを眺めていたとき、面倒で鍵などかけられたためしのない勝手口から誰かが居間へ入ってきた。

ルイーズだ！　日曜礼拝用にハチドリみたいな薄紫に身を包んだルイーズ。熟した十月の太陽の斜光を浴びるルイーズ。グランドピアノにもたれかかるルイーズ、まるで今にも歌いだしそうに、詩的な笑みを浮かべながらあちこち見回して。

私の方が先に抱擁を解いた。

ヴァジム　だめだ、ダーリン、だめだよ。娘がそろそろ下りてくるから。座って。

ルイーズ　（肘掛け椅子を点検し、そこに腰を下ろしながら）残念。実はね、ここには前に何度も来たことがあるのよ！　あのグランドピアノの上に押し倒されたりもした。十八のとき。アルディー・ランドーヴァーは醜くて、不潔で、乱暴で——なのにどうしても惹きつけられちゃうの。

ヴァジム　ルイーズ、よく聞いて。君のさばけた、尻軽なスタイルはすごく魅力的だといつも思うけど。でもね、この家にもうじき住むからには、もうちょっと品格というものが必要だと思わない？

ルイーズ　あの青いカーペットは取り替えなくちゃ。あのせいでシュタインのピアノが氷河みたいに見える。それにこれでもかってほどのお花がいるわ。こんなにたくさん大きな花器があるのにゴクラクチョウカ一本ありゃしない！　私のいた頃は、あそこにライラックの茂みごっそりひとつ分あったのに。

ヴァジム　でも今は十月だよ。ねえ、持ち出したくない話だけど、君の従姉が車の中で待っているんじゃない？　ふしだらだと思われるよ。

ルイーズ　ふしだらですって？　冗談でしょ。あの人、昼食前に起きてくることなんてないわ。あ、第二場。

（ベル、スリッパと虹色のガラス玉でできた安物のネックレス——リヴィエラ土産——だけ身につけて、居間のもう一方の側、ピアノの向こう側から入場。すでに台所の方へ向き、頭の右後ろ側と繊細な肩甲骨がこちらに見えている。ふと私たちがいることに気づいて、後戻りする）

ベル　（ぎょっとしている訪問者を軽くにらみつけながら、私に向かって）頭がおかしく《ヤー・ベズームナ・》なりそうなほど腹ペコ《ガロードナヤ》。

ヴァジム　ルイーズ、こちらは僕の娘、ベル。まだ半分眠っているんだ、そういうわけで、えー、一糸まとわず。

ルイーズ　ハロー、アナベル。一糸まとわずがとてもお似合いね。

ベル　（ルイーズの言った名前を訂正して）イザ。

ヴァジム　イザベル、こちらはルイーズ・アダムソンさん、僕の古い友達。ローマにいたときの。これからもちょくちょく会うことになるので、どうぞよろしく。

ベル　はじめまして（感嘆符抜き）〈34〉。

ヴァジム　さあ、急いでベル、何か着てきなさい。朝ごはんはできてるよ。（ルイーズに）君も朝ごはんどうです？　固ゆで卵なんか？　それともコカコーラをストローつきで？（青白いヴァイオリンが階段を上っていく音）

ルイーズ　いいえけっこう《ノン・メルシー》。あきれちゃった。

ヴァジム　そうでしょ。ちょっと手に負えなくなってきて、でもね、あの娘《こ》は特別なんだよ。あんな娘は他にいない。僕らが必要なのは君がいてくれること、君とのふれあいだ。あの娘の、自然の姿で歩き回るという癖は僕からの遺伝。エデンの遺伝子。おかしいでしょう。

ルイーズ　（帰り支度をしようと立ち上がって）さあごはんを食べに下りてくるわ（ベルが短すぎるピンクのローブをひっかけて下りてくる）。お茶の頃にいらっしゃいよ。フェイはジェ

ーン・キングがラクロスに連れていくことになっているから。ローズデールへ。（退場）

ベル　誰あの人？　前に教えたことのある学生？　演劇とか？　発音法とか？

ヴァジム　（大慌てで）大変だ！《ボージェ・モイ》　卵！　翡翠玉くらい固くなってるぞ。おいで、状況を把握させてあげよう。って、君の学校の先生がよく言うだろう。

6

グランドピアノがまず最初に撤去された——運んで行ったのは一団のよろめく氷山運搬人、そして私はそのピアノをベルの学校へ寄贈した。彼らを大事にしてやるのには理由があった。私はそう簡単に怯える人間ではないが、怯えるときは徹底的に怯えてしまうのであって、ベルの先生と二度目に話し合いをした際に、憤慨したチャールズ・ラトウィッジ・ダドソン〈35〉の真似が失敗に終わらずに済んだのは、申し分のない淑女、つまりあの敬虔な我らが哲学者の未亡人と私が結婚しようとしているという衝撃的ニュースのおかげだったのだ。一方のルイーズにとっては、富の象徴を投げ出してしまうということは個人的侮辱、犯罪だと思われた。あの手のコンサートピアノはどれくらいするかというと、と彼女は言った、少なくとも私の古いヘカテ・コンバーチブル〈36〉と同じくらい、それに私はあなたがたぶん思っているほどにはお金持ちではないの。論理の結び目というやつが現れた発言だ。二重の掛け結びになった嘘で、つまりどこにも真実がない。そんな彼女をなだめるために、だんだん音楽室に（時系列をにわかに空間に置き換えて考えるなら）ものを増やしていった。彼女の好きな最新機器、たとえば、歌う家具とか、超小型テレビセット、超高音質ステレオ、携帯オーケストラ、次々と改良されていくビデオセット、それらの機器を操作するためのリモコン、それに自動でダイアルしてくれる電話とかだ。ベルの誕生日に彼女は、眠りを促すという雨音マシーンを買ってやった。そして私の誕生日祝いには、神経症患者の夜をめちゃくちゃに破壊するようなものを買った。一千ドルもする枕元用パントマイム時計というもので、数字の代わりに十二本の黄色い輻《や》が黒い顔の上についているせいで、まるで盲人のように見え、あるいは少なくとも盲目のふりをしているように見えた。忌まわしい熱帯地方の町によくいる、胸の悪くなるような物乞いみたいに。埋め合わせにといってはなんだが、そのとんでもない代物は密かな光線を内蔵していて、それがアラビア数字（2：00、2：05、2：10、2：15、といった具合に）を私の新しい寝場所の壁にぴかぴかと映し出し、それによって、神聖で、完璧で、骨折って手に入れた卵型窓の遮光状態が、すっかり台無しにされてしまった。私は、銃を買ってきてあの顔に弾をぶちこんでやる、君にあれを売りつけた悪党にあれを返してくる気がないのなら、と言った。彼女がそれと取り替えてきたのは、「個性的なものがお好きなあなたのため特別に作られた製品」、具体的には銀メッキの傘立てで、しかも巨大なブーツの形をしていた――「雨には彼女にとって奇妙に魅了する何かがあるようです」と彼女の「分析医」は私に書いてよこしたことがあって、それはおよそ男が男に宛てて書きうる手紙の中でもっとも馬鹿げたものだった。ルイーズはまた高価な小型動物に目がなかったが、そこだけは私も強気に出たので、素っ気ない調子で欲しがった長い毛をしたチワワを、手に入れることはなかった。

　ルイーズにはあまり知性というものを期待していなかった。たった一度だけ彼女が大粒の涙をこぼし、ちょっと変わったオウオウという小さな泣き声を立てながら真の悲しみを表したことがあった。それは、私たちが結婚してはじめての日曜日のことで、全紙が二人のアルバニア人作家の写真を載せていて（ハゲ頭で年寄りの叙事詩人と、長髪の女性で児童書編集者）、その二人は例の名誉賞をダブル受賞〈37〉したのだった。ルイーズがみなに、今年は私が絶対に受賞するはずだと言いふらしていたあの賞だ。その一方で彼女は私の小説などぱらぱらとめくる程度で（しかしながら彼女はもっと注意深く『海辺の王国』を読むことになる。この作品を私は一九五七年に、自分自身からゆっくりとひきはがすように書き始めた。ちょうど、脳に寄生した虫をそーっとちぎれないようにひきはがそうとするみたいに）、そうかと思うと「シリアスな」ベストセラー小説はかたっぱしから消費するのだった。そういう作品を話題にしていたのは文芸クラブに所属するお仲間の婦人消費者たちで、ルイーズはそのクラブ内で自分が作家の妻だと自慢することに喜びを覚えていた。

もうひとつ気がついたのは、彼女は自分のことを現代美術の目利きだと思い込んでいることだった。私が、青の背景に一筋の緑という作品から実際に受けるイメージは、「無空間の時間と無時間の空間という東洋的雰囲気をそこに再現する」という上質なカタログに書かれたその絵の定義とぜんぜん関係がないと言ったとき、彼女は怒りで爆発した。ルイーズは、私が彼女の世界観全体を壊そうとしていると言いがかりをつけた。私がこんなことを言うからだ――お道化た気分で、と彼女は思いたかったらしい――、俗物だけが（展覧会についての批評文を書くために雇われたまじめくさった阿呆にだまされて）、ぼろ屑や、果物の皮や、汚れた紙きれをゴミ箱から辛抱強く拾ってきて、それについて「色彩の激しい奔流」とか「気立てのいい皮肉」とかいうことば遣いで議論することができる。しかし、なにより感動的かつ恐ろしいのは、画家は「自分が感じたこと」を描いている、ということを彼女が本気で信じていたことだった。それとか、プロヴァンス地方で一気に描きあげられた、どちらかというと荒削りでしわの寄ったような一枚の風景画が、精神科医の説明を受けた画学生によって、迫り来る雷雲が暗示しているのは作者の父親との対立であり、波打つ穀物畑が意味するのは難破船の中で早すぎる死を迎えた母親である、などと、感謝をこめて、得意そうに解釈されることもありうる、などということも本気で信じていた。

最新絵画の見本刷りを彼女が購入するのを阻止することはできなかったが、私は賢明にも、それ以上に胸の悪くなるようなオブジェ類を（「素人の」服役囚が塗りたくったひどい絵のコレクションとか）円形の食堂へまとめてぎゅっと押しやることに成功し、そこでそうしたしろものたちはロウソクの光にぼんやりと照らされて、夕食に招かれた客のまわりをゆらゆらと泳いでいるのだった。私たちが日々の食事をするのは、たいてい軽食用カウンターで、それは台所と家政婦部屋のあいだの窪まったところにあった。その窪みに、ルイーズは新しくカプチーノ・エスプレッソ・マシーンを導入し、さらにそことは反対側に位置する部屋、つまりオパールの部屋には、重量感があり、享楽主義的に飾られ、クッション張りの頭板がついたベッドが私のために置かれた。続きの浴室に置かれた浴槽は、前に私が使っていたものよりも使い心地が悪かったし、週に二、三晩出かけていく閨房への遠い道のりには、いくらかの面倒をともなった——客間、ぎいぎいと軋む階段、階上の踊り場、二階の廊下を経由し、そしてベルのドアの隙間から漏れる謎めいた微光を通り過ぎる。とはいえ、自分のプライヴァシーを重宝がる方が先だったから、こうした欠点の方にはそれほど腹が立たなかった。私は「トルコ風かつら」とルイーズが呼ぶものを持っていて、それは、彼女が階上の部屋から私を誘おうとするときに床をどしんどしんと踏む代わりに使うシグナルだった。最終的に私は家庭内用電話を自室に取り付け、ある種の緊急時に限って使用するつもりにしていた。想定していたのはたとえば次のような神経症的状況だ。切迫した虚脱状態、これは夜中に終末的強迫観念と闘っているとき、何度か経験したことがある。それから、いつも半分だけ入った睡眠薬の箱があって、彼女だけは、それをくすねようと思えばくすねることができた。

ベルを彼女が今いる部屋に引き続き住まわせ、その隣人はルイーズのみにするという決定は、私が断固として下したもので、例の東端の二部屋をルイーズにあてがって螺旋状の空間を一新し――「もしかして私もアトリエがいるかも？」――、ベルをベッドと本ごと階下のオパール部屋に移してしまい、私は二階にある元寝室へ移動するなんていうことをしなくても済む。ルイーズは性悪女らしい反対案を示してきた。たとえば、地下の図書室から私の仕事道具を全部取り払ってしまい、その暖かで、乾燥した、静かで居心地のいいねぐらへベルを所持品もろとも追放してしまおう、なんていう提案だ。決して彼女の言う通りにはしまいと思ってはいたものの、いろんな部屋やその付属品を頭の中で混ぜ返すという作業それ自体のせいで、私は文字通り具合が悪くなった。それに加えて、たぶん私の考えすぎかもしれないが、ルイーズは継母と継子の関係というぞっとするほど陳腐な状況を、楽しんでいるのではないかとさえ感じた。彼女との結婚を後悔していたというわけではないし、彼女の魅力や実務能力は無視できなかった。しかしながら、私のベルに対する敬愛の情こそが、唯一の壮麗なもの、唯一の息を呑むような山として、私の精神生活という冴えない色をした平原にそびえていたのだ。多くの点で異常なほど愚かな人間である私は、模範的家庭のように見えるはずのものに生じるであろう、もつれや緊張のことなど、さっぱり考慮に入れていなかった。目覚めると同時に――というか少なくとも、起床するということが早朝の不眠症をごまかす唯一の手段であるということに気づくと同時に――私は考えはじめるのである、ルイーズは今日どんな企みで私の娘をいじめようとしているのだろうと。二年後、この灰色じみたうすのろじじいとその軽薄な妻は、ベルを退屈なスイス旅行へ連れて行ったあと、彼女をラリーヴという、ヘックスとトレックスの中間に位置する村に置き去りにし、そこで「花嫁学校《フィニッシング・スクール》」（こども時代をフィニッシュ、若さあふれる想像力の持つ無邪気さをフィニッシュ）に通わせた。そのとき私は、もっと昔の私の過ちのことではなく、むしろクワーンで三人《ア・トロワ》暮らしをしていた一九五五年から一九五七年の時期を思って、呪いのことばを吐き、むせび泣いた。

ベルと継母はお互い話をすることをすっかりやめてしまい、意思伝達が必要なときは手話を使いはじめた。たとえば、ルイーズが無慈悲な時計を大仰に指さすと、ベルの方はそれを否定するように、彼女に忠実な小さい腕時計のクリスタルをぽんぽんと叩く。彼女は私への愛情をすっかり失ってしまい、私が特に意味もなくそっと撫でようとしたりすると、静かに身をよじってそれをかわした。ローズデールに到着したときに彼女の顔を暗く覆っていた、あの生気のないうつろな表情が、また戻って来た。カミュ〈38〉がキーツと入れ替わった。成績は落ちていった。詩を書くのもやめてしまった。ある日ルイーズと私が次のヨーロッパ旅行に向けて荷造りをしているとき（ロンドン、パリ、ピサ、ストレーザ、それから——他より小さめの印字で——ラリーヴへ）、私はコロラドとか、オレゴンとかの、古くなった地図を、スーツケースの内側にある絹張の「頬」から取り出しはじめた。そして、裏に控えている私の後見が「頬《シチェカー》」ということばをそっと耳打ちしてくれるやいなや、私は彼女の詩を見つけた。彼女の信頼に満ちた若き生活に、ルイーズが介入してくる前に書いた詩だ。それを読むのがルイーズのためにもなると思って、私はその練習帳から破り取られた一頁を彼女に渡した（破り目に沿ってすっかりぼろぼろになっていたが、それでも私の大事なものだ)。そこには次のような詩行が鉛筆で書かれていた。

六十になって、振り返ってみたとしたら、
密林や丘が
峡谷と、泉と、砂と
その上を横切る鳥の足跡を隠してしまっているだろう。
私には何も見えない
この老いた目では、
それでも私にはわかるだろう、それは、泉は、そこにあったのだということが。

それならば、なぜ、十二の私が
振り返ると——五分の一の道のりなのに!——
視力はずっといいはずだし
あいだには邪魔ながらくたがないというのに、

想像することさえできないのだろう
あのしっとりと濡れた砂地の一画も
歩いている鳥も
私の泉のきらめきも?

「純粋さという点で、ほとんどパウンド的」、とルイーズは言って、私をむっとさせた。パウンドはいんちきだと思っていたから〈39〉。

7

シャトー・ヴィニェドール、というのがスイスでベルが学んだ魅惑的な寄宿学校で、魅惑的な丘の上に立ち、そこから三百メートルほど下ると魅惑的な町ラリーヴがローヌ川のほとりにあった。一九五七年の秋にその学校をルイーズに紹介したのは、クワーンのフランス語学科にいたスイス人女性だった。似たように一般的な部類の「フィニッシング」スクールが他にも二校あり、そちらでもよかったのだが、ルイーズが目をつけていたのはヴィニェドールだけだった。それはある偶然のひと言がきっかけになっていて、しかも前述のスイス女性のひと言ではなく、偶然入った旅行会社で偶然出会った若い女性によるひと言で、彼女はヴィニェドールの特性について簡潔にこうまとめたのだ。「チュニジアの皇女だらけ」

その学校が提供していたのは、五つの主要学課（フランス語、心理学、礼儀作法、洋裁、料理）と、各種スポーツ（教官はクリスチーヌ・デュプラーズ、かつて有名だったスキー選手だ）、それに十ほどのおまけの科目が要望に応じて付け加えられ（そういう科目を極めながら、あまり器量のよくない娘たちは結婚の日までそこにとどまるのだった）、たとえばバレエとかブリッジなどがそれに含まれていた。もうひとつのおまけ《スュプレマン》である――親に見捨てられたような娘たちには特にもってこい――夏学期は、年度末の残りの時期を、遠足や自然観察をして過ごすというもので、それに参加できる数人の幸運な女の子たちは、校長マダム・ド・トュルムの自宅である、さらに千二百メートルほど上がったところにあるアルプスの山小屋に滞在した。「そのぽつんと灯る明かりが、黒い山襞にきらきらと輝いているのを、空気の澄んだ夜にはシャトーから見ることができます」と学校案内に四か国語で書いてあった。さらに、キャンプのようなものが、いろいろな障害を持ったいろいろな年齢の地元のこどもたち向けに、医学にも傾倒していたスポーツ教官によって開かれていた。

一九五七年、一九五八年、一九五九年。ときどき、いや稀に、うんと離れた場所からベルが話す二十の単音節語のために五十ドルも払いたくない、というルイーズに隠れて、彼女にクワーンから電話をかけていたのだが、何度目かのあと、マダム・ド・トュルムからそっけない手紙が来て、電話で娘さんをかき乱すのはやめてください、と書いてあったものだから、私は暗い殻の中に引き籠もってしまった。暗い殻、暗い心をしていた数年間！　その数年間は奇妙にも、私のもっとも生気にあふれ、もっとも陽気で、商業的にもっとも成功した小説『海辺の王国』の執筆時期と重なっていた。この作品が要求してくること、楽しさ、夢想、そして複雑なイメージが、愛しいベルの不在をいくぶん埋めてくれた。それを書くことによって、あまり意識はしていなかったのだが、彼女に手紙を書く機会が減ることにもなるのだった(お仕着せがましく饒舌で、ぞっとするほど気取った手紙で、返事が来ることはめったになかった）。もちろん、苦悩の唸りをあげながら振り返ってみると、それ以上に驚くべき、かつ理解不能なことは、こうして自分を楽しませることが、一九五七年から一九六〇年（あの娘が革新派で金色のあご髭を生やした若いアメリカ人と駆け落ちをした年だ）のあいだに私たちがあの娘を訪ねて行く回数と長さに影響を及ぼしたということである。きみはこの前、この部分の下書きについて話し合っているときに、三年のあいだに私たちが「愛しいベル」に会ったのはたったの四回だったということを知って、ぎょっとしていたね、それから滞在が二週間ほども続いたのはそのうち二回だけ、ということも。ただ、付け加えておかなくてはならないのは、あの娘《こ》が休暇を自宅で過ごすことを、断固として拒否したということだ。当然ながら、あの娘をヨーロッパに放り出すようなことは、絶対にすべきではなかったのだ。あの地獄のような家族生活を、大人げない女と陰気なこどものあいだで、じっと辛抱し続けることを選ぶべきだったのだ。執筆にいそしむことはまた、夫婦生活にも影響して、今までほどの情熱はないが、今まで以上に寛大な夫となった。具体的には、ルイーズが怪しいほど頻繁に、電話帳にも載っていないような町外れの目医者のところへ通うのを放任していたし、その一方で私は妻を顧みず、ローズ・ブラウンにうつつをぬかしていた。それは私たちのかわいい家政婦で、一日に三回石鹸をつけてシャワーを浴びたり、フリル付きの黒いパンティーが「男たちをその気にさせる」とか言ったりした。

しかし、この執筆が引き起こした最大の混乱は、私の教育活動に与えた打撃だった。執筆のために、カインのように夏の花々を犠牲にし、アベルのようにキャンパスの子羊たちを犠牲にした。それのために、大学での私の存在の希薄さは極みの段階まで達した。それまで痕跡のようにかろうじて残っていた、相互的な人間関係も完全に断たれてしまった。つまり私は、講義室から姿を消してしまったうえに、全講義をテープに録音し、大学内有線システムを通して教室に流し、それを学生にヘッドフォンで聞かせるという形をとったのだ〈40〉。噂では、私はもうすぐ辞めるということになっていた。実際、匿名の洒落好きが大学の季刊誌一九五九年春号にこんなことを書いていた。「王陛下は横柄にも名誉退職前の昇給を要求したと伝えられている」

同じ年の夏、三人目の妻と私はベルに会いに行き、それが最後となった。アラン・ガーデン（彼にちなんでクチナシ《ガーデニア》の一種が名付けられたと言いたいくらいに、見事に、勝ち誇った様子で、その花が彼のボタンホールに挿さっていた）は彼の若きヴァージニアと結婚の契りを結んだばかりで、数年間続いた曇りのない内縁生活に終止符が打たれた。二人は合わせて百七十の年齢になるまでこのうえない至福の人生を送るはずだった、しかし、運命を決定する陰鬱な一章だけは、まだ出来上がっていなかった。私がその最初の数ページに取り組んだのは、間違った机の上で、それは間違ったホテルの一室にあり、そこから見下ろすことができるのは間違った湖で、そこでは私の左肘の延長線上に間違った小島が浮かんでいた。唯一正しかったものはというと、妊婦のように膨らんだ瓶に入って私の目の前に置かれた、ガッティナーラ・ワインだった。切り刻まれた一文の最中でもがいているときに、ピサへ行ってきたルイーズが合流した。推測するに――別にどうだっていいことだし、ちょっと笑える――彼女は元愛人とそこで再会したのだろう。おとなしくきまり悪そうにしているルイーズをもてあそぶように、彼女をスイスへ連れて行った。彼女はスイスが大嫌いだった。ベルとの早めの夕食をラリーヴ・グランド・ホテルで予定していた。彼女は例のキリストみたいな髪をした若者と一緒に現れ、二人とも紫色のズボンを穿いていた。給仕長が何ごとかをメニューごしに私の妻にささやくと、妻は大急ぎで部屋に上がり、私の一番古いネクタイを持って下りてきて、この若い田舎者の喉仏とがりがりの首に巻きつけた。彼のお祖母さんはなんと、結婚によってルイーズのお祖父さん――あの清廉潔白とは少し言い難いボストンの銀行家だ――の又いとこと親戚になっていたことがわかった。この話がメインコースを仕切ってくれた。私たちはラウンジでコーヒーとキルシュ酒をとり、チャーリー・エヴェレット〈41〉は目の見えないこどもたちのためのサマー・キャンプで撮った写真を見せ（こどもたちは冴えない色をしたニセアカシアや、灰になったゴミが輪を成して川辺に生えるゴボウのあいだに散らばっているのを、見なくて済んだ）、彼とベッラ（ベッラ！）がそのキャンプを監督したのだと教えてくれた。彼の歳は二十五。五年かけてロシア語を勉強し、それをうまく話すことができるかというと、せいぜい訓練を受けたアザラシ程度、というのが本人の言だった。見本としてひと言喋ってみせたが、たしかにその喩え通りだった。熱心な「革命家」で、どうしようもない間抜けで、何ひとつ知らず、ジャズに夢中で、実存主義とか、レーニン主義とか、平和主義とか、アフリカ芸術にも夢中だった。彼の考えでは、切れ味のいいパンフレットとかカタログの方が、でっぷり厚い昔の本なんかよりもずっと「意味深い」のだそうだ。甘ったるく、古びたような、不健康な匂いをこの哀れな若者は発していた。食事とコーヒーという試練のあいだずっと、私は一度も――一度もですよ、読者のみなさん！――顔を上げて愛するベルをこの目で見ることはしなかったのだが、別れ際に（永遠の別れだ）とうとう彼女を見ると、新しく双子のしわが鼻腔から口角にかけて刻まれていて、おばあさんがかけるような金縁眼鏡をかけていて、髪はきっちり真ん中分けにしていて、思春期の愛らしさをすっかり失っていた。その名残を、ついその前の春か冬にラリーヴを訪れたときには、まだ垣間見ることができたというのに。僕たち十二時半には戻らなくてはなりません、残念ですが――いや、別に「残念」ではなかった。

「僕らに会いにクワーンへ帰っておいで、近いうちに、近いうちにね、ドリー[42]！」と私は言った。私たちはみんな歩道に立っていて、黒々とした山並みがアクアマリンの空を背景に浮かび上がり、ベニハシカラスの群れが[43]、荒々しく向きを変えながら、ねぐらを目指して、遠くへ、遠くへ、飛んでいった。

なぜそんな言い間違いをしたのか説明できないが、ともかくそれは、今までにないほどベルを激怒させた。

「何言っているの？」とベルは叫び、ルイーズを、恋人を、そしてまたルイーズを、かわるがわる見つめた。「どういう意味？　どうして私のことを『ドリー』なんて呼ぶの？　いったいドリーって誰？　どうして、どうして（私の方を向いて）、どうしてそんなふうに言ったの？」

「アブモールフカ、プラスチー（舌が滑っただけだよ、ごめん）」と私は答え、死にそうになり、すべてを夢に変えてしまおうとした、あの忌まわしい最後の瞬間についての夢に。

二人は足早に彼らの小さなクロップ〈44〉に向かって歩いていった。彼は彼女に追いつきもせず離れもせず、空に向かって早くも車のキーを突き刺しながら、彼女の左に回ったり、右に回ったりしていた。アクアマリンの空は静けさを取り戻し、薄暗く、がらんとしていたが、たったひとつだけ、本当に星の形をした星が見えていて、それについて私は何年も後に、ロシア語の哀歌《エレジー》を、別の世界で書いた。

「すごく魅力的で、人柄のいい、洗練された、セクシーな青年だったわね」とルイーズは、エレベーターにどしんと乗り込みながら言った。「今夜どう？　今すぐ？　ヴァジー？」

第五部

I

これがLATHのしまいから数えて二つ目の章で〈1〉、いつもはやや活気のない私の人生に起こった、ある生気に満ちたエピソードについて語られるはずなのだが、それを書き記すのは非常に難しく、私にあるお仕置きを思い出させる。私が教わったうちでも一番残酷なフランス人女家庭教師《ガヴァネス》が私に課したもので——古いことわざを百回《サン・フォア》（ヘビみたいな摩擦音・唾）書き写すこと〈2〉——それは彼女のプチ・ラルース辞典〈3〉の余白に私が挿絵の落書きをしたことに対する罰であったり、勉強部屋のテーブルの下でララージュ・L〈4〉の脚を探索したことの罰であったりした。ララージュは私の従妹で、学習を共にしたあの夏を私は忘れることができない。確かに、レニングラードへの超特急の旅についての話を、六〇年代の終わり頃に幾度となく繰り返ししゃべっていたが、ただしそれは私の頭の中で起こっていて、そこでは満員の客が、書き散らしたり夢みたりしている私という存在に聞き入っていた——それでも私は、このみじめな課業が本当に必要なのかということも、成功しているのかということも、疑わずにはいられなかった。ところがきみは、そのことを問題にした、きみは優しくも頑固だからね、そしてそんなきみの「判決」によると、私は自分の冒険について物語る必要があり、それは私の娘の虚しい運命になにがしかの意義を与えるためなのだ。

一九六〇年の夏、クリスチーヌ・デュプラーズは例によって、崖と幹線道路のあいだ、ちょうどラリーヴの東方で、障害のあるこどもたちのためのサマー・キャンプを開いていたのだが、彼女が私に、チャーリー・エヴェレットという彼女の助手が私のベルと駆け落ちをしたと教えてくれた。その直前に彼はグロテスクな儀式――私は彼女ほどそれを生き生きと想像することができなかったのだが――として、自分のパスポートと小さなアメリカ国旗（そのためにわざわざ土産物屋で買ったもの）を、「ソヴィエト領事館の裏庭のど真ん中で」燃やした。そのあと新生「カール・イヴァーノヴィチ・ヴェートロフ」と十八歳のイザベラ、旧貴族《シ・ドゥヴァン》の娘は、ベルヌで婚礼の真似ごとをして、そそくさとロシアへ旅立った。

その知らせと同じ便で届いたのが、一通の招待状で、突如ベストセラー作家第一位の座に上り詰めたことについて、有名な「司会者《コンペール》」とニューヨークで対談するよう誘っていた。それから日本と、ギリシアと、トルコの出版社からの問い合わせの手紙〈5〉。そしてもうひとつがパルマからの絵葉書で、「王国にブラヴォー、ルイーズとヴィクターより」と走り書きされていた。ところで、ヴィクターとは何者か、結局わからずじまいだ。

すべての用務をそっちのけにして、私は再び――それを断ってから何年にもなる！――ぞくぞくするような秘密の捜査に身を投じた。スパイ活動というのは実のところ私にとってチェーホフの浣《クリステール・ド・》腸器《チェーホフ》みたいなもので〈6〉、最後の年月を終わりなき探偵小説の執筆に費やしたアイリス・ブラックと結婚する前から、ずっとそうだったのだ。彼女の探偵小説への情熱に火をつけたのは、間違いなく私が落としていったあれこれの手がかりで、それはたとえば、広漠として霞みがかった戦地での任務について話をしたときに触れた、通りすがりの鳥が残した艶やかな羽毛といったものだ。私だってわずかながらも、上司の役に立っていたことがあるのだ。青い花をつけた一本のトネリコの樹皮に傷をつけることによって、二人のいわゆる「外交官」であったトルニコフスキーとカリカコフ〈7〉が秘密の暗号を送り合っているところを私は目撃した。その木は、サンバーナーディーノを見下ろす丘の頂上に、ほとんど無傷のまま今でも立っている。ただ、構成をすっきりさせたいので、そういったエンターテインメント系の話はこの愛と散文の物語から省いてしまった。それでも、そういうことがあったという事実のおかげで、どうしようもない後悔から来る狂気と苦痛とを、少なくとも一時的には、遠ざけておくことができたのだ。

アメリカに住むカールの親戚を見つけることは、いとも簡単だった。具体的には二人のげっそりしたおばのことで、この二人はお互いを毛嫌いしている以上に、甥を毛嫌いしていた。おばその一は私に、彼は今でもスイスにいると断言した――ボストンにいる彼女のもとへ、あいかわらず甥宛の第三種郵便物が転送されていたから。おばその二はフィラデルフィアに住むお化けで、音楽好きのあの子はウィーンで徒食している、と教えてくれた。

私は自分の体力を過信していた。病の深刻な再発のせいで、一年近くの入院生活を余儀なくされた。医師全員が絶対安静を命じたが、それどころではなく、長期に及ぶ訴訟で、私の出版社の側に立って争わなくてはならなかった。野暮な検閲が私の小説を猥褻罪で訴えたのだ〈8〉。私の病気は復活していた。今でも、あのとき私につきまとっていた幻覚の重みを感じることができる。ベルを探し求める旅が、どういうわけか私の小説に対する物議と混ぜこぜになり、普通の人の目に山や船が見えるのと同じくらいはっきりと、私に見えていたのは、巨大な建物が、すべての窓にこうこうとあかりを灯して、私の方へ迫ってくるところで、それは病室の壁のどこか適当なところを突き破る勢いで、言ってみれば、壁の弱いところを狙って押し進み、私のベッドに衝突しようとするのだ。六〇年代の末に私が知ったことは、ベルはヴェートロフと確かに結婚したものの、彼の方はどこか遠い地へやられて、よくわからない仕事をしている、ということだった。そこへ一通の手紙が届いたのだ〈9〉。

それを転送してくれたのは、老年の品行方正なビジネスマンで（A・Bと呼んでおこう）、添え書きによると彼は「織物産業」に従事しているが、専門的には「技師」としての学問を修めていて、さらに「米国ではソヴィエトの某会社、逆にソヴィエトでは米国の某会社」の代理人を務めているということだった。また、同封の手紙を送ってきたのは彼のレニングラードにある事務所で勤務している女性（ドーラと呼んでおこう）だそうで、そしてまた彼は私の娘のことを心配しており、「お嬢さんのことは存じあげませんが、私が思いますに、あなたの助けを必要としておいでです」とのことだった。また、一か月後にはレニングラードに戻ってしまうので、「連絡をいただければ」うれしい、と付け加えられていた。ドーラからの手紙はロシア語で書かれていた。

ヴァジム・ヴァジーモヴィチ殿

あなた様のお書きになったご本をどうにか手に入れた――それは困難を伴う一大事業です！――ソヴィエトの人々から、もうすでにたくさんのお手紙を受け取っていらっしゃることかと思います。でもこの手紙は、そうしたファンからのものではなく、ただ単に、イザベラ・ヴァジーモヴナ・ヴェートロフさんの友人からの手紙です。彼女と一年以上も部屋を共にしてきた、友人です。

イザベラは病気で、ご主人からの知らせもなく、一文無しです。

どうか、この手紙の使者と連絡を取ってください。彼は私の雇い主で、遠い親戚でもありまして、ヴァジム・ヴァジーモヴィチ様からのお返事と、それから可能でしたらいくらかのお金を、お預かりすることを承諾しています。ですが、重要なことは《グラーヴナエ》、重要なことは《グラーヴナエ》、直々に《リーチナ》おいでくださることです。おいでになれるかどうか、あの方にお伝えください、そしてもしおいでになれるのであれば、いつどこで、この事態についてご相談できるか、お伝えください。人生において、すべてのことは急を要します《スペーシュナ》（つまり「緊急の」、「遅延を許さぬ」）、しかし、非常に急を要することというのも中にはあって、これはそのうちのひとつなのです。

イザベラが今ここに、私と一緒にいて、自分では書くことができないので私に代筆を頼んでいるということを、あなた様に証明するために、ちょっとした手がかりといいますか、しるしのようなものを、ここに添えておきます。あなた様とイザベラだけにしか解読できないものです。

「……それからお利口な山道《イ・ウームニッツァ・トロープカ》」

私は少しのあいだ朝食のテーブルに座ったまま――ブラウン・ローズの同情的な眼差しを受けながら――頭上で岩がガラガラと大きな音を立てる中、頭を両手で抱える穴居人さながらの格好をしていた（女の人が同じ格好をするのは、隣りの部屋で何かが落ちたときだ）。私はもちろん、直ちに決断をした。ローズの若々しい尻を薄いスカートの上からおざなりにぽんぽんと叩き、電話に向かって威勢よく歩いて行った。

数時間後にはもう、私はA・Bとニューヨークで夕食を共にしていた（そして翌月にかけて、彼と何本かの長距離電話をロンドンから交わすことになる）。彼は実に見事な小男で、完璧な卵型をしていて、禿げ頭、小さな足には高級な靴を履いていた（身を包んでいたその他のものは、それほど高級ではなかった）。彼の話す英語はブロークン寸前で、柔らかなロシア語のアクセントを含んでいて、そして母語であるロシア語を話すときにはユダヤ人風のクエスチョンマークがついていた。彼は、まず手始めにドーラと会うべきだとすすめた。そして彼女と私とが会えるであろう場所を正確に指定した。不思議の国ソヴィエト連邦への旅行準備にあたって、旅行者が最初に踏まなければならないステップは、とても俗物的なこと、つまりノーメル（ホテルの部屋）を予約することで、部屋が確保できて初めて「ヴィザ」取得に向けての取り組みを始めることができる、と彼は教えてくれた。「ボグダン」で供される、茶色い斑点のある、バターにぐっしょりと浸かった、キャビアを添えたブリヌイの黄色い山（A・Bはその支払いを私にさせようとしなかった。『王国』のおかげで懐具合はよかったのに）の向こう側から、彼は詩的に、かなり詳しく、最近行ったテルアビブへの旅行について話した。

私が打った次なる手——ロンドン訪問——は、実に楽しいものになっていたはずなのだが、そのあいだ私は常に、不安とか、焦りとか、苦悶を伴う悪い予感とかいったものに圧倒されていたのだ。冒険好きな数人の紳士——アラン・アンドーヴァートンの元愛人、私の亡くなった後援者のミステリアスな仲間二人——を通して、私はBINT〈10〉との無害なつながりを保っていた。ソヴィエトのスパイたちが、有名な、あまりにも有名な英国諜報局のことを、そんなふうに略号で呼びならわしていたのだ。そういうわけなので、偽の、というか、いくぶん偽の、パスポート〈11〉を取得することが可能だった。将来またその便宜の世話になることもあるだろうから、ここで私の正確な偽名を明かすわけにはいかない。ただこんなふうに言っておこうか、私の本当の名は、偽りの名とふざけたように類似していたので、もし私が捕えられたとしても、うっかり者の領事が名前を書き誤ったのだということにしてしまえばよかったし、あるいは、頭がおかしくなった私の側の、公的な書類に対する無関心のせいにしてしまえばよかった。本名を「オブロンスキー」（トルストイ的創作だ〈12〉）と仮定してみよう。そうすると偽名は、たとえば、その擬態風の「O・B・ロング」、オブロング・ブラー・スカイ《楕円のかすんだ空》、といったところだ。これをさらに引き延ばして、たとえば、オベロン・バーナード・ロング、ダブリンまたはダンバートン出身、なんていうふうにして、それでもって数年は、五だか六大陸で暮らすことだってできるのだ。

　私がロシアから逃亡したのは、十九の歳になるかならないかというときで、危険がいっぱいの森の中、倒れた赤軍兵士の死体を小道に放ったままにしておいたのだ。その後、半世紀ほどの間、私の小説中いたるところで、ソヴィエト体制のことを叱責したり、あざ笑ったり、捻じ曲げてへんな形にしたり、血でぐっしょり濡れたタオルのようにぎゅうっと搾ったり、邪悪な中でももっとも鼻持ちならないところめがけて蹴りを入れたり、とにかくありとあらゆる方法で痛めつけることに、専念してきた。実際のところ、ボリシェヴィキの残虐性と基本的愚劣さに対する首尾一貫した批判というのが、その時代の文学界には存在せず、私の作品はそういう部類に属するはずだった。そういうわけで、私は二つの事実をよく認識していた。ひとつは、本名を使えば、何か桁外れな償いをするとか、大げさなほど卑屈になって今までのことを撤回するとかしない限り、エヴロペイスカヤでも、アストリアでも、その他レニングラードのどんなホテルでも、部屋は取れないだろうということ。もうひとつは、そのホテルの一室を得るために、うまいこと説明をしてロングとかブロング氏になりきったとしても、途中で話をさえぎられたら、たぶんものすごく厄介なことになるだろう、ということ。そこで、話をさえぎられないようにしよう、と心に決めた。

「あご髭でも生やして国境を越えようか?」と、里心のついたグルコ大佐〈13〉が、『エスメラルダとそのパランドラス』第六章で考える。

「なにもしないよりはましだろう」、とハーレー・Q〈14〉が言った。私の作った助言者の中でもとびきり陽気な一人だ。「ただね、髭を生やすのは、O・Bの写真を糊付けして印を押す前にしよう。その後は体重を減らさないように」。そういうわけで私は髭をはやした――そのあいだ、適当にでっちあげることのできないひと部屋と、偽造することのできないヴィザとを、ひどい、胸のつぶれそうな思いで待っていた。それは、たっぷりとしたヴィクトリア朝風の髭で、粋で、ごわっとしていて、黄褐色にところどころ銀色が混じっていた。上は私のりんご色をした頬骨まで達していて、下はチョッキのところまで伸びており、途中で、横に垂れる黄灰色をした髪の房と混ざり合っていた。特別なコンタクトレンズのおかげで、啞然とした表情が目に加わっただけでなく、どういうわけか目の形自体も変わってしまい、ライオンを思わせるような四角張った形から、ユピテル〈15〉を思わせるような丸っこい形になった。帰るというときになってようやく気づいたのだが、そのとき穿いていたテーラー仕立てのズボンと、鞄に入っていた同じくテーラー仕立てのズボンの、ウェストバンドの内側に、私の本名が堂々と縫い付けられていた。

私の古い英国のパスポートは、えらくたくさんの、私の本(偶然それを所持している人間の、唯一本物の身元証明書だ)など開いたこともない慇懃な役人によってぞんざいに扱われ、良識と無能さのせいで私にはとても描写できないような手続きを経たあとも、多くの点ではほとんど前と同じままだった。しかしながら、別の部分、おおまかな本質の中の詳細とか、情報の細かい項目とかのいくつかは、言ってみれば、新方式に基づいて「修正」されていた。それは謎めいた錬金術みたいな処置で、天才的な技と言ってもよく、「ここ以外ではまだ理解されていないんだ」というのが、作業室で働く男たちのうまい表現で、これはつまり、無数の逃亡者やスパイたちを救っていたかもしれない大発見に、誰もまったく気づいていないという意味だった。言い換えれば、誰一人として、内部の事情を知らない法科学者の一人として、私のパスポートが偽物だということを疑うこともないし、ましてやそれを証明することなどとんでもない話だった。なぜこんな話を、うんざりするほどしつこく長々と説明しているのか、自分でもよくわからない。もしかすると、レニングラード訪問のことを書き表すという仕事[16]を、アトルィニヴァユ、つまり「サボ」りたいのかもしれない。しかし、もうこれ以上先延ばしにすることはできない。

2

およそ三か月のあいだじりじりしながら待った後、ようやく旅立つ準備ができた。頭のてっぺんからつま先まで漆をかけられたような感覚で、それはちょうど異教の行列の中にきらりと光る呼び物《クルウ》である、裸の青年《イフィーブ》と似た心地だった。青年は、全身に塗られた金色のワニスのせいで皮膚窒息を起こし、死んでしまったのだが。実際の出発日の数日前にひとつ変更が生じたが、その時点では問題ないように思えた。予定では木曜にパリから飛ぶことになっていた。月曜、歌うような女の声が、リヴォリ通りにある懐かしい感じの素敵なホテルにいた私のもとに届き、わけあって——おそらく、ソヴィエトの霧でできたヴェールの渦中でもみ消された墜落事故かなにか——全体的にスケジュールが詰まっているので、私がモスクワへ向けてアエロフロートのターボプロップ機に乗ることができるのは、今度の水曜かまたは来週の水曜しかないと説明した。私はもちろん今週の水曜を選んだ。約束の日にちを変えなくてすむから。

機内の客は、イギリスとフランスからの旅行者数人、それにソヴィエト貿易使節団の陰気な顔をした役人の大群だった。飛行機に乗った途端、安っぽい現実に見せかけた幻のようなものが私を包み込んだ——それは旅のあいだずっとつきまとっていた。六月の蒸し暑い日で、冗談みたいな空調システムは利かず、ふっと漂ってくる汗のにおいやシューと吹きかけられる「赤いモスクワ《クラースナヤ・モスクヴァー》」の香りを消してはくれなかった。これはあらゆる場所に潜んでいる香水で、離陸前に私たち全員に惜しみなく配られた飴（包み紙にはレデネーツ・ヴズリョートヌイ、つまり「離陸用キャンディー」と書かれていた）にまでそのにおいが染み込んでいた。他にもお伽話風のディテールがあって、それは明るいまだら模様——黄色い渦巻き模様と紫色の目玉模様——でブラインドが飾られていたことだ。同じような色使いの防水の袋が、目の前の座席ポケットにはさんであって、そこには不吉にも「ごみ捨て用」と明示してあった——たとえばこのお伽の国で私のアイデンティティーをごみに捨てるとか。

私の気分と精神状態は、強いアルコールを必要としていて、ヴズリョートヌイのおかわりとか楽しい読み物とかはごめんだった。それでも私は宣伝だらけの雑誌を、骨太で、にこりともしない、腕がむき出しのスカイブルーの制服を着た乗務員から受け取り、ロシアは（最近の勝利とは対照的に）一九一二年のサッカーオリンピックで成績が悪く、「皇帝チーム《ツァーリスト》」（たぶん、構成員は十人の大貴族と一頭の熊だ）は十二対〇でドイツに負けていた、というようなことを知りたいと思った。

精神安定剤を飲んでおいて、フライトのあいだ少しでもいいから眠れることを期待していた。ところが、最初で最後の、ひと眠りしてしまおうという試みは、二人目の乗務員によっておもいきり阻害された。彼女はさっきのよりもっと肥えており、脇汗はもっと強烈なタマネギ臭のオーラを放っていて、感じの悪い口調で足を引っ込めるように私を叱った。通路に長々と足を伸ばしていたものだから、さらに大量の広告雑誌を配ろうとして歩き回っている彼女の邪魔をしていたのだ。私は陰険にも、窓側に座る隣人を妬ましく思った。それは中年を過ぎたフランス人で――というか、とにかく、まず私の同郷人とは思えない――灰色がかったあご髭をだらしなく伸ばし、みっともないネクタイを締めていて、五時間のフライトじゅう眠り通し、サーディーンと、ウォッカにさえ目もくれなかったが、私の方はそれに抵抗できず、そのうえもっと上等のやつが入った瓶を尻ポケットに忍ばせていた。もしかすると、写真史家の力を借りれば、いつの日か私には明らかにすることができるかもしれない、どうやって、正確にはどういう指標で、名前も知らない、正体不明の顔をいつかどこかで見たことがあるが、それは一九三〇年から三五年のことであって、四五年から五〇年のあいだのことではない、という具体的な記憶を組み立てることが私にはできるのか、ということを。この隣人は、私がパリで知り合ったある人物の双子同然と言ってよかったのだが、それは誰だ？　作家仲間？　管理人？　靴屋？　特定することの難しさよりも、より神経に障ったのは、境界線のあいまいさという謎の部分で、それはその人物のイメージから受ける「ニュアンス」とか「感覚」の度合いによってほのめかされていた。

より近くで、よりからかうような眼差しでこの男を見てやったのは、フライトも終わりに近づく頃、私のレインコートが荷物棚から落ちて彼の上にかぶさったときで、男は愛想よくにこっと笑いながら、突然降りかかった目覚しブツの下から顔を現した。そして私は再び、男の肉付きのいい横顔と太い眉をちらりと目にしながら、唯一の手荷物の中身について検査用に詳述し、同時に英語版税関申告書に書かれている「……ミニチュア図表、屠られた家禽、生きた動物、鳥」という文言の適正さについて聞いてみたいという異常な衝動を必死で抑えていた。

　またもやその男を、最前ほどはっきりとではないが目にしたのは、空港から別の空港へ移動するバスの中で、私たちはみすぼらしいモスクワ郊外を通り抜けていた――それまで一度も見たことのなかった街、興味があるといっても、そうだな、バーミンガムに対する興味程度しかない街。レニングラード行きの飛行機では、しかし、あの男とまた隣り合わせで、ただし今回は彼の方が内側の席だった。無愛想な乗務員と「赤いモスクワ」の混じったにおいは、腕をむき出しにした天使たちが最終サーヴィスを加速させるにつれて、次第に前者の香りを優勢にしながら、二十一時十八分から二十一時三十三分まで私たちについて来た。この隣人とその謎が消えてしまう前に彼を明るみに引っ張り出そうとして、私は彼にフランス語で、モスクワでこの飛行機に乗ってきたあの華やかな一団について何か知っているかどうか尋ねた。彼はパリっ子なまりのR音まじりに、あれはたぶんイランのサーカス団で、ヨーロッパを巡回中なんだろうと答えた。男たちは普段着姿の道化師《ハーレクイン》のようだったし、女たちは楽園の鳥のよう、こどもたちは楕円に切った金色の肉のようだったが、その中に一人、黒髪の青白い美女がいて、黒のボレロと膝上だけ黄色の幅広の《シャロヴァーズ》ズボンを穿き、私にアイリスを、そうでなければアイリスの原型〈17〉を、思わせた。

「レニングラードで興行を見られるといいですね」と私は言った。

「ふん！」と彼が答える。「我々のソヴィエトサーカスには太刀打ちできんよ」

私は自動的に出てきた「我々の」というのを聞き逃さなかった。

彼も私も宿泊先はアストリア、ぞっとするようなひどいしろもので、建てられたのはたしか第一次世界大戦の頃だ。思いきり盗聴用のマイクが隠された（ガイ・ゲイリーが、それを陽気な一瞬のうちに見抜く術を教えてくれたのだ）、そのせいでおずおずとした表情の「デラックス」ルームには、オレンジ色のカーテンがかかり、旧世界風のアルコーヴにオレンジ色の襞飾り付きのベッドが収めてあり、確かに規定通り風呂がついていたが、痙攣しながらドッと噴き出してくる泥色の水をなんとかするのには、ひどく時間がかかった。「赤いモスクワ」が最後の抵抗として、深紅の石鹼から漂っていた。「お食事は」と注意書き、「お部屋でお召し上がりになれます」。面白半分に軽い夜食を注文してみたが、何も起こらず、さらに空腹のひとときを、知らん顔のレストランで過ごす羽目になった。鉄のカーテンとは実際のところ、ランプシェードだった。この国のランプシェードは、ガラスの殻がパズルみたいに複雑な花びらのようになってちりばめられた、そんな種類のやつだった。私が注文したキエフ風カツレツは、四十四分かけてキエフからやってきた——そして二秒で突き返されたのは、それがカツレツとはかけ離れていたからで、控えめな呪いことば（ロシア語でつぶやかれた）にウェイトレスはぎょっとして、私と、私の『デイリー・ワーカー』紙[18]を呆然と見つめた。コーカサスワインは、とても飲めたものではなかった。

ちょっとした愉快な場面が演じられたのは、私がエレベーターに向かって急ぎながら、あの忌々しいげっぷ剤をどこに置いてしまったのか思い出そうとしているときだった。顔を紅潮させた、運動選手タイプの、ビーズのネックレスを何連もつけたエレベーター係《リフチョールシャ》が、もっと年上の年金受給者タイプのおばさんへ交代しているという最中で、そのおばさんに向かって彼女は、エレベーターからどしんどしんと外に出ながら「きっと仕返ししてやるんだから《ヤー・テビャー・エータ・ポポームニュ》、この売女《スチエルヴァ》め！」と叫んだ——そしてこちらに突進してきて、あやうく突き飛ばされそうになった（私は大柄だが羽毛級の老人なのだ）。「なんでそんな邪魔なところに突っ立ってんのよ《シュトー・トゥイ・スヨーシシャ・ポード・ノギ》？」と彼女はさっきと同じ傲慢な口調で叫んだので、夜勤の案内係は私の階に昇りつめるまでずっと、その灰色の頭を静かに横に振り続けていた。

　二晩、二部構成の続き物の夢を見て、その中で私は虚しくベルの住む通りを探し（その通りの名は、何世紀にもわたって陰謀団のあいだに流布している迷信から、教えてもらわない方がよかった）、その一方でよくわかっていたのは、あの娘《こ》が血を流しながら、そして笑いながら横たわっているのは、この室内の、対角線の向こうのアルコーヴの中で、私のベッドから裸足で数歩のところだということだった。この夢と夢のあいまに、私は街を彷徨いながら、ほぼ三、四半世紀前にこの街で生まれたのだから、何か情緒的恩恵を得ることはできないものかと、それとなく試みた。かの有名な暴君が沼地の上に街を建設して以来、この沼地の存在から逃れることができないせいなのか、それともまた別の理由のせいなのか（ゴーゴリのハナシだと、誰一人知らない(19)）、サンクト・ペテルブルグはこども向きの場所ではなかった。私がそこで過ごしたのは、数えるほどしかない何冬かのあいだの微々たる時間と、たしか、一度か二度の四月だ。ケンブリッジ時代以前の十九の冬のうち、少なくとも十二は、地中海岸か黒海沿いの町で過ごした。夏は、私の若き日の夏はどうだったかというと、そのすべてが私の家族が所有していた壮大な田舎地所で花開いた。そういうわけだから、私が愚かな驚きを持って気づいたのは、絵葉書を別にすれば（ありきたりの公園に楢の木みたいな菩提樹、記憶にあったピンク系ではなくピスタチオ色の宮殿、そして容赦なく金メッキされた教会の丸屋根――そのうえにイタリア化された空が広がっている）、生まれた街の六月、七月を見るのはこれが初めてだ、ということだった。だから、その街の姿が、ぞくぞくするような懐かしさを呼び覚ますようなことはなかった。それは、まったく見知らぬというほどではないが、あまり馴染みのない街で、今とは別の時代にぐずぐず留まっている街だった。その時代というのは特定できず、正確には遠い過去というのでもないが、しかし少なくともデオドラント剤が発明されるよりは前の時代であることは確かだ。

気温の高い日が続き、そしてあらゆるところで、旅行会社で、ロビーで、待合室で、いろんな店で、トロリーバスで、エレベーターで、エスカレーターで、すべての忌々しい廊下で、とにかくあらゆるところで、とりわけ女たちが働いている場所、または働いていた場所で、目には見えないタマネギのスープが目には見えないコンロの上でぐつぐつと煮えていた。レニングラード滞在はほんの二、三日のことだったので、その限りなく悲しい臭気には慣れずじまいだった。

旅行者の話から、私の先祖伝来の邸宅はすでに姿を消してしまったということを知った。そのうえ、それが建っていたフォンタンカ地区の二本の通りに挟まれた細道じたい、まるで臓器の退化に伴う結合組織のように、失われていた。それでは、私の記憶を貫くことに成功したものは、何だったのか？　あの日没は、堂々としたブロンズ色の雲ととろんと溶けたフラミンゴピンクを伴って、冬運河に沿うアーチ道の果てに見えているが、初めて見たのはヴェネツィアだったかもしれない。他には？　手すりが大理石の上に描く影模様？　本当に正直なことを言えば、犬、鳩、馬、それにとても年老いた、とても臆病そうなクローク係しか、私に懐かしさを感じさせるものはなかった。それとたぶん、ゲルツェン通りに建つ一軒の家のファサード〈20〉も。ずっと昔そこで開かれたどものためのお祭りに行ったことがあるのかもしれない。そのファサードの、高いところに並ぶ窓の上に走る花飾り模様が、気味の悪い震えを引き起こし、それが、夢のように何かを思い出すこういう瞬間にいつも生えてくる翼の根っこ部分を貫いた。

ドーラが私と会うことになっていたのは、金曜の朝、ロシア美術館前の芸術広場、十年ほど前に気象関係の委員たちが建てたプーシキン像〈21〉のそばだった。国営旅行社のしおりに、その場所の色付き写真がついていた。その像が持つ気象学的意味合いは、文化的意味合いに勝っていた。外套を着たプーシキン、その着衣の右膝部分を永遠に振り動かすのは、暴力的な詩的霊感ではなくてネヴァ川からの風で、顔を左向きに上げ、右手は右真横に伸ばし、雨が降っていないか確かめている（レニングラードの公園にライラックの花が咲き乱れる季節には、とても自然な格好だ）。その雨は、私がそこへ着いた頃には生ぬるい小糠雨に変わっていて、長いベンチの上に広がる菩提樹の中で密かにポタポタ聞こえているだけだった。ドーラはプーシキンの左、すなわち私の右に座っているはずだった。ベンチには誰もおらず、少し湿っているようだった。三人か四人の、ソヴィエトの子特有の陰気でくすんだような、奇妙に古めかしい表情をしたこどもたちが、台座の向こう側に見えるだけで、私はたった一人でそこをぶらぶらしていて、手には『ユマニテ』紙〈22〉を控えめな合図として持っていた。本当は『ワーカー』紙と決めてあったのだが、その日は手に入らなかったのだ。新聞紙をベンチの上に広げていると、予想どおりに足をひきずった婦人が、庭園の小道を私の方に向かってやってきた。着ていたのは、これも予想どおりパステルピンクのコートで、内反足で、しっかりした杖を支えにして歩いていた。さらに、透ける生地の小さな傘も持っていて、それは持ち物リストには入っていなかった。私はたちまち泣き崩れた（薬を山ほど飲んでいたのに）。彼女の優しげな美しい目も濡れていた。

Ａ・Ｂからの電報を受け取りましたか？　二日前にパリの住所へ送られたはずですが？　ホテル・モーリッツ？

「あれは誤って伝えられました」と私は言った、「それに、早めに出発したのです。そんなことはどうでもいい。あの娘《こ》の具合はよくなってないのですか？」

「いいえ、いいえ、それどころか。どちらにしてもあなたがいらっしゃるということはわかっていましたけれど、大変なことがあって。カールが金曜に現れて、そのとき私はオフィスにいたのですが、彼女をさらって行ってしまったのです。私の新しいスーツケースまで持っていかれました。誰の物かなんておかまいなし。そのへんの泥棒みたいに、いつの日か撃たれてしまうでしょう。カールが最初にトラブルを起こしたのは、彼がリンカーン〈23〉とレーニンは兄弟だと触れ回ったときです。それから前回は――」

気のいい、お喋りなご婦人、ドーラ。ベルの病気は、正確にはどういうものなのですか？

「脾性貧血です。それで、この前のは、彼が語学学校の一番よくできる生徒に向かって、人間がすべき唯一のことは、お互いを愛し、敵を赦すことだ、と話したとき」

「独特の考え方ですね。どこでそれを――」

「そうです、でも、そのよくできる生徒が密告したために、カールーシャ〈24〉は一年間をツンドラ地帯の『休息の家《ハウス・オブ・レスト》』〈25〉で過ごさなくてはなりませんでした。いったいどこに彼女を連れて行ったのかしら。誰に聞いたらよいのかもわかりません」

「でも何か、方法があるはずです。あの娘《こ》を連れ返さなくてはいけない、この穴から、この地獄から」

「そんなことできません。彼女はカールーシャを敬愛し、崇拝しているのです。仕方ない《セ・ラ・ヴィ》、とドイツ人が言うじゃないですか〈26〉。残念なことに、A・Bはリガにいて月末まで戻りません。あの人とはほとんどお会いになっていないのでしょう。ええ、本当に残念、あの人は変わり者《チュダーク・イ・》で愛すべき人《ドゥーシュカ》で、イスラエルに甥が四人いて、そういうのは本人曰く、『擬古典的戯曲に出てくるドラマチックな人物』みたいに聞こえるそうです。そのうち一人は私の夫でした。人生というものはときどきとても複雑になります。複雑であればあるほど、より幸せになるだろうと思いたいところですが、現実は、『複雑』というものが意味するのは常に、どういうわけか、悲しみと心痛《グルースチ・イ・タスカー》なのです」

「しかしですね、私に何かできないものでしょうか？　歩き回って調査をするとか、大使館に助言を求めるとか――」

「彼女はもう英国人ではないし、アメリカ人だったこともありません。言っておきますが、望みはありませんよ。私たち、彼女と私は、とても近しい関係でした、この複雑な人生において。それなのに、考えてみてください、カールは彼女が、私に対して、それにもちろんあなたに対して、ひと言のメッセージを残すことさえ許さなかった。でも困ったことに、彼女はあなたがここへ来ることを彼に話してしまったのです。それは彼にとって我慢ならないことです、同情心のないすべての人間に対してあれほどの同情心を持っているくせに。ところで、私あなたのお顔を昨年拝見しました

――二年前だったかしら?――たぶん二年前――オランダだったか、デンマークの雑誌で、だからどこでお会いしていたとしても、すぐにあなただとわかったと思います」

「あご髭があるのに?」

「あら、そんなのちいっとも変装にはなっていません。娘時代、ピエロになるのが夢でした、『マダム・バイロン』とか『トレック・トレック』とか。でも教えてくれますか、ヴァジム・ヴァジーモヴィチ――でなくてガスパジン・ロング――あなたはまだ見破られていないのですか? あなたは大いに利用されようとしているのではないかしら? なんといっても、あなたはロシアの隠れた誇りなのですから。もう行ってしまわれるのですか?」

私はベンチから腰を上げた――『ユマニテ』の紙片が私に付いてこようとした――そして、はい、誇りが思慮分別に勝ってしまう前に、行かなくてはなりません、と言った。彼女の手に口づけると、そういうやり方は『戦争と平和』という映画〈27〉の中でしか見たことがない、と言った。私はまた、雨垂れ落ちる菩提樹の下で、彼女に銀行券一束を受け取るよう頼み込んで、それをどんな目的でもいいから使うように言った。ソチ旅行のために新調したばかりだった、例のスーツケース代にしたっていい。「それに私の安全ピンセットまで持って行かれたのよ」と彼女はつぶやき、何もかも美化してしまうように微笑んだ。

3

　私がドーラと我らが国民詩人とに別れを告げると同時に、大急ぎで走り去っていった黒帽子の男が、例の同行の旅人ではなかったと、断言することはできない。国民詩人はその後もずっと永遠に、あの無駄に流される水のことを心配し続けるのだろう（ツァールスコエ・セロー〈28〉にある、岩に宿る乙女の像と比較せよ。彼自身の詩の中で、乙女はその壊れてしまったがいまだ水のあふれ続ける甕を眺めて嘆いている）。わかっていることは、私はムッシュー・プフを少なくとも二度、アストリアのレストランで、それから朝一番のモスクワ発パリ行きの飛行機に間に合うように乗った夜行列車の寝台車の廊下で、見かけたということだ。その機内で彼を阻止するように私の隣りに座ったのは、初老のアメリカ人女性で、ピンク色とすみれ色のしわと赤茶けた髪のご婦人だった。私たち二人はお喋りとうたた寝、ブラディー・マーシャ〈29〉（彼女のジョークだが、我々のスカイブルー乗務員にはちっとも面白くなかった）を啜る、というのを繰り返した。私は愉快な気持ちで年寄りのミス・ヘイヴマイヤー（ロシア系らしからぬ名前）の驚く顔を見ていた。私は彼女に、国営旅行社おすすめのレニングラード観光ツアーを拒絶してやったこと、スモーリヌイでレーニンの部屋を覗かなかったこと、ひとつも大聖堂を見に行かなかったこと、「タバカ・チキン」なるものを食さなかったこと、それにあの美しい、美しい街を、バレエやショーをひとつも見ることなく後にしたこと、などを話してやったのだ。「私じつは」と説明した。「三重スパイなんです、おわかりですよね、そういうのがどんな――」「まあ！」と彼女は叫び、まるで私のことをもっと高潔に見える角度から観察しようとするみたいに、上半身を引いた。「まあ！　とてー《ヴリー》も素敵！」

　ニューヨーク行きのジェット機に搭乗するまで少し時間があり、少しばかり酔っていて、勇気ある旅になかなか満足していた（ベルは結局のところ、それほど重病というわけではなかったし、それほど不幸せな結婚をしたわけでもなかったのだ。ローザベルはたぶん、居間に座って雑誌を読みながら、そこに出ている自分の脚の、ハリウッド版寸法を確認しているのだろう、くるぶし八と二分の一インチ、ふくらはぎ十二と二分の一インチ、クリーミーな腿十九と二分の一インチ。そしてルイーズはフィレンツェだかフロリダにいた)。にやにや笑いを浮かべながら、私は一冊のペーパーバックに気づいてそれを取り上げた。誰かが、オルリー空港の乗り換えラウンジで座っている私の隣りに置き忘れていったものだ。私はその気持ちのよい六月の午後、ワインの店と香水の店のあいだで、運命のネズミとなっていた。

私が手にしたのは台湾(!)のペーパーバックで、アメリカ版『海辺の王国』の複製だった。まだアメリカ版の方は見たことがなかったが——発疹のように広がる誤植を点検したいとは思わなかった、海賊版のテキストはその発疹のせいで醜く変わっているだろうから。表紙になっている広告用写真を飾るのは、最近公開された映画で私のヴァージニアを演じた子役の女の子で、それは私の小説の重要性ではなく、むしろかわいいローラ・スローン〈30〉とロリポップキャンディーの方を強調していた。この小説の芸術性について何も知らない雑文屋によって、いいかげんに書かれたとはいえ、このくたっとした小さな本の裏表紙に印刷された宣伝文は、私の『王国』の実際のプロットに十分忠実だった。

バランスを崩した若者バートラムは、精神を病んだ犯罪者のための収容所で、間もなく死を迎える運命にある、彼は十ドルで、十歳の妹ジニーを中年の独り者アル・ガーデンに売り渡す〈31〉、裕福な詩人ガーデンは、美しい娘を連れて行楽地から行楽地へ旅し、アメリカじゅうを、さらには他の国々を回る。事態は一見すると《at first blush》——blush《赤面する》というのはまさにぴったりの語だ——非常識な倒錯者による事件のようだが（その光彩を放つ描写はかつて一度も試みられたことのなかったものだ）、私大に［誤植］繊細な愛情を示す真の対話へと発展していく。ガーデンの恋情にジニーは報い、「被害者」として旅を始めた彼女は、十八の歳、標準的ニンフとして、温かく描写される宗教的儀式によって彼と結婚する。すべてはホンキー・ドンキー〈32〉に「ママ！」終息するように見え、永遠に続く至福のようなものに満ちていて、それは最も厳格な、あるいは冷淡な、人道主義者の性的欲求を満たすのに十分である。ところが、この幸せな二人には見えていない、彼らと平行する人生のひと田場［束？］の内で混沌とした軌道を描いていたのが、ヴァージニア・ガーデンの、悲しみのどん底にいる両親の悲劇的命［運命？］である。彼らオリヴァーと［？］には、狡猾な作者の権限により様々な妨害を受け、娘ドーン「ママ！」を追跡することはできない。十年に一度の傑作。

私はその本をポケットにしまった。しばらく見失っていた例の道連れ、記憶ではヤギ髭の、黒帽をかぶった男が、手洗いだかバーから出てきてこちらへ向かって来るのに気づいたのだ。あいつはニューヨークまでついて来るつもりだろうか、それとも会うのはこれが最後？　最後の、最後。男は正体を現した。彼が近づき、口が開いて下唇が緊張したような形になり、物憂げに頭を上下に振りながら「エッーフ！」という叫びを発したその瞬間に、私が気づいたのは、彼が私と同じくらいロシア人であること、そして驚くほどそっくりな昔の知り合いというのは、私がパリで一九二〇年代に出会った若い詩人、オレーグ・オルローフ〈33〉の父親だということだった。オレーグが書いていたのは「散文詩」(ツルゲーネフのずっと後に〈34〉)で、まったくどうしようもないしろものだった。それを父親は「評価」しようと、息子のどうしようもない商品を送りつけ、一ダースほどの亡命者雑誌を困らせた。父親は待合室で、困り果ててぶっきらぼうな秘書を相手におべっかを言ったり、編集助手をオフィスと便所の間で待ち伏せしたり、悲しみをこらえながら、ごちゃごちゃのテーブルの端で特別な手紙を書いて、すでにボツになった息子のひどい小詩を弁護した。彼は、アンネットの母親が最後の日々を過ごしたのと同じ老人ホームで息を引き取った。一方オレグは、わびしくも自由な亡命生活より、薔薇色をした目先の利益を得られるソヴィエトの方を選ぶ少数派の文士に加わった。彼の萌芽時代が約束した未来は現実となった。過去四、五十年のあいだに彼が成し得た最良のものは、広告類、商業翻訳、悪意に満ちた告発文などの寄せ集めで、もうひとつは——芸術の領域に入るのだが——父親の外観、声、癖、そして追従的な図々しさとの、驚異的な類似だった。

「エーッフ!」と彼は叫んだ、「エーッフ、ヴァジム・ヴァジーモヴィチ、ドロゴイ(親愛なる)、恥ずかしく思いませんか、我らの心温かい、慈悲深い、騙されやすい政府と、我らの超勤勉な国営旅行社の社員を、そんないやらしいこどもじみた真似で騙したりして! ロシア人作家が! こそこそ嗅ぎ回って! お忍びで! ところで、私はオレーグ・イーゴレヴィチ・オルローフです、若い時分、パリでお会いしましたね」

「何が目的なんだ、この悪党め《メルザーヴェッ》?」と私は冷ややかに聞き、相手は左隣りの席にすとんと腰掛けた。

彼は両手を上げて「ほら、丸腰だよ」というジェスチャーをした。「別に、何も。ただ、あなたの良心を揺さぶり《ポタルモシーチ》たいだけですよ。二つの方針がありました。我々がどちらか決める必要があった。

フョードル・ミハイロヴィチ［?］自身が決める必要があったのです。あなたをアメリカ式《パ・アメリカンスキー》に歓迎するか。つまりリポーターと、インタヴュアーと、写真家と、女の子たちと、花輪と、そして当然ながらフョードル・ミハイロヴィチ本人［作家組合の会長?「刑務所《ビッグ・ハウス》」のトップ〈35〉?］と一緒に。それとも、無視してしまうか――こちらを我々は選択しました。ところで。偽装パスポートなんていうのは、探偵小説の中ではおもしろいかもしれませんが、我々はパスポートなんかには全然興味なし。さあ、後悔しているでしょう?」

私は別の椅子に移動するふりをしたが、彼もついてくるふりをした。そこで私は同じ椅子にとどまり、興奮したように何か読むものをつかんだ――コートのポケットに突っ込んだあの本だ。

「まだ終わっていない《エ・ス・ネ・パ・トゥ》!」と彼は続けた。「我々、つまりあなたの同国人に向けて書く代わりに、あなたは、天才ロシア人作家のあなたは、彼らを裏切るのですね。給与支払係のために、そんなもの（劇的に震える人差し指を私が手にしている『海辺の王国』に向けながら）をでっちあげて。そんな猥褻な中編小説。小さなローラだかロッタだかを、オーストリア出身のユダヤ人だか更生した男色者が、彼女の母親を殺害した後にレイプするような話――いや失礼――まずママと結婚するんだ、殺す前に――西側ではすべてのことを合法化したがりますよね、そうでしょう、ヴァジム・ヴァジーモヴィチ?」

なお感情を抑えつつ、一方で制御不可能な怒りの黒雲が脳みそ内にもくもくと立ち込めていくのに気づきながら、私は言った、「何かの間違いです。あなた、根暗な阿呆ですね。私が書いた小説は、私がここに持っている小説は、『海辺の王国』。あなたが話しているのは何か全然別の作品ですよ〈36〉」

「本当に《ヴレマン》？　それじゃああなたがレニングラードに行ったのは、ただピンクを着た婦人とライラックの花の下でお喋りをするだけのため？　だって、その、あなたとそのご友人は恐ろしく世間知らずでしょう。ミースター（邪悪な蛇のような口は、それを『イースター』と同じアクセントで発音した）・ヴェートロフが奥さんを連れ去ろうとしてヴァジム——奇妙な偶然だ——にある強制労働収容所から退所を許された理由は、神秘的熱狂から覚めたためです——それを治してやったのはあいう狂人治療先生とか頭のお医者で、あなた方の西洋的いんちき医療哲学からはとても想像できないでしょうね。ああそれから、尊き《ドラゴツェンヌイ》ヴァジム・ヴァジーモヴィチ——」

私がオレーグじじいに見舞ってやった左こぶしのひと打ちは、かなり華やかな強さを持っていて、私と彼の年齢を合わせると百四十になることを思い出せば——私自身その瞬間に思い出した——それはなおさらだ。

そのあと間があって、私は立ち上がろうともがいていた（慣れないことなので、勢い余って椅子から転げ落ちてしまったのだ）。

「やれやれ、顔に一撃《ヌー・ダーリ・ヴ・モール・ドゥ》ときた。まあいいさ《ヌー・ターク・シュトーシュ》」と彼は口ごもるように言った。ずんぐりした百姓鼻《ムジーキアン》に当てたハンカチに、血の染みが広がった。

「ヌー・ダーリ」と彼は繰り返し、やがてふらふらと立ち去っていった。

私は自分のげんこつを眺めた。赤いが、無傷だった。腕時計の音に耳をすませた。狂ったようにチクタクいっていた。

第六部

I

哲学といえば、クワーンの人目につかない隅っこにほんの一時的に戻るため、自分を調整し直しているとき、研究室のどこかにひと束の原稿（「空間の実感」について）を置いていることを思い出した。先に、私のこども時代と悪夢についての話（現在『アーディス』として知られる作品）のために準備していたものだ。それに加えて、私の研究室から選り分け、あるいは容赦なく破棄すべき、大量の雑多なメモがあり、それは大学で教え始めてからずっと増え続けていたものだった。

その午後のこと——陽光降りそそぐ、風の強い九月の午後〈1〉だ——純粋なインスピレーションから、説明がつかないほど突然に、一九六九年から一九七〇年にかけての学期をもってクワーン最後の学期にしようと決めた。私は実際その日、午睡を中断して、学部長と至急面会したいと申し出ていた。秘書の声は電話口で少々機嫌悪く聞こえた。それもそのはず、私は事前に何も説明したがらず、ただ打ち解けた、からかうような調子で、「7」という数字を見るといつも、探検家が北極の頭蓋に突き立てた旗〈2〉を思い出す、と彼女に教えてやっただけなのだ。

徒歩で出発し、七番目のポプラの木まで来たとき、かなり大量の書類を研究室から持ち出すことになりそうだということに思い当たったので、後戻りをして自動車に乗ったのはいいが、今度は図書館のそばに駐車する場所がなかなか見つからなかった。何年とまではいかないが何か月も貸出期限を過ぎたたくさんの本を、返しにいくつもりだったのだ。そういうわけで、学部長との面会時間に少し遅れてしまった。この新人は、私の最良の読者とはいえなかった。彼は、かなりわざとらしく時計を睨み、「会議」がもうじき別の場所であるんだが、とつぶやいたが、たぶん作り話だ。

驚いたというよりもおもしろいことに、学部長は下衆な喜びを隠しもせず、辞職のニュースを受け止めた。普通の礼儀として私が辞職の理由を説明しているあいだも（常習的頭痛、倦怠感、現代録音技術の有効性、最新小説がもたらした多額の収入、などなど）、学部長はほとんど聞いていなかった。彼の態度は掌を返したように変わった――こんな常套句が彼にはお似合いだ。彼は部屋中あっちへこっちへ歩き回りながら、思いきり微笑んでいた。そして獣のように激しい感情を露わにしながら、私の手を鷲づかみにした。ある種の潔癖な貴族的動物は、捕食者との不名誉な接触をするくらいなら、手足一本でも相手に引き渡す方を好むものだ。私は立ち去り、学部長はいつまでも大理石でできた一本の腕にのしかかられて、それをまるで盆に載せられたトロフィーのように運びながら、動物のようにうろうろとさまよい続け、いったいそれをどこに置けばよいのかもわからない。

そうして、片腕を失った幸せな私は研究室に向けて元気よく歩き出し、引き出しと棚をきれいさっぱり片付けたいという気持ちは今まで以上に高まっていた。しかしながら、まず私がやったことは、これもまた新人の学長宛に、ささっと短い手紙を書くことで、冷やかし気味に次のような説明をした。私が作った百にも及ぶヨーロッパ名著講義のすべては、五十万ドル（気持ちのよい誇張だ）の前金を約束してくれた太っ腹な出版社に売るつもりだ、したがって今後この授業の学生向け放送は不可とする、敬具、実際に顔を合わせられなくて申し訳ない。

　精神衛生上、私はとうの昔にベヒシュタインの机を処分していた。代わりの机はずいぶん小さなもので、そこに置いてあったのは、便箋、メモ用紙、業務用封筒、講義原稿の写し、『オリガ・レプニン教授』一冊（ハードカヴァー）、これは同僚に献本するつもりだった（彼の名前を書き間違えて、使いものにならなくなっていた）、それに私の助手（で後任の）、エクスカルの暖かそうな手袋。さらに、クリップの詰まった箱が三つ、半分空のウイスキーの瓶。棚からごみ箱へ、またはその周辺の床へ掃き落としたのは、山のような回報、抜刷り、解職された生態学者の書いた、オジーマヤ・ソーヴカ（「秋蒔きフクロウ[3]」？）とかいう鳥か何かによる害についての論文、きれいに綴じられた校正刷り（私のやつはいつだって、長ったらしい、ひどくつるつるして扱いにくい蛇のような体裁で出来てくる）のクズみたいなピカレスク小説、クリケットやパント舟満載で、高慢な出版社が運のいいやつからの激賞を見込んで私に押し付けていったものだ。ごちゃごちゃした仕事関係の手紙と、空間についての私の論文は、擦り切れた大きなフォルダーに詰め込んだ。さらば《アデュー》、学びの巣！

　偶然というのは、平凡なフィクションの中ではポン引きとかいかさまトランプ師ほどの意味しかないが、非凡な回想者によって思い出された事実の織りなす模様の中では、驚くべき芸術家だ。阿呆や間抜けならば、記憶の採集者が自らの過去のあれやこれやの断片を省略してしまうのは、それがつまらないか、または不名誉なことだからだ、と思うのだろう（たとえば、さっきのようなエピソード、学部長との面会場面だ。なんと綿密に記録されていることだろう！）。私が駐車場へ向かって歩いていると、腕の下に抱えていた分厚いフォルダー――なくなった腕の代用品と言ってもいい――のひもがぱちんと切れて、その中身が砂利道と雑草だらけの花壇いっぱいに散らばった。きみが図書館から出てきて、同じ小道沿いにこちらへやって来て、そして僕らは隣り合ってしゃがみこみ、それを拾い集めた。きみは後日、私の息にアルコール臭が混じっていたことに心が痛んだ《ジャーロスノ・ブィロ》、と言った。偉大な作家の息に。

ここで「きみ」と言っているのは回想者の意識が働いているからで、実人生の論理上はきみはまだ「きみ」ではない。私たちはまだ実際には親しくなく、きみが本当の意味で「きみ」になるのは、一枚の黄色い紙が疾風に乗って呑気なふりをしながら飛び去ろうとするのをきみが捕まえて、こう言ったときだ、

「だめ、そこのきみだめよ」

しゃがんで、笑みを浮かべながら、すべてをフォルダーに詰め直すのを手伝ってくれたあと、私の娘はどうしているかと聞いた――娘ときみは十五年ほど前に同級生だったことがあり、私の妻は何度かきみを車に乗せてやっていた。そこで私はきみの名前を思い出し、極楽色をした光のひらめきとともに、きみとベルの姿を見た。まるで双子のようで、密かにお互いを憎みあっていて、二人とも青いコートに白い帽子、ルイーズがどこへやら連れて行くのを待っている。ベルもきみも一九七〇年の一月一日〈4〉には二十八になるはずだった。

一羽の黄色い蝶がひとときクローヴァーの頭で翅を休めたあと、風に乗ってくるくると飛んで行

ってしまった。

「メタモルフォーザ」ときみは、美しく上品なロシア語で言った。

ベルの写真をいくつか（追加で）差し上げましょうか？　シマリス〈5〉に餌をやっているベル？　学校のダンスパーティーでのベル？（ああ、そのパーティーなら覚えている――あの娘《こ》がエスコート役に選んだのは、悲しげな顔をして太ったハンガリー系の男の子で、その父親はクィルトン・ホテル〈6〉の副支配人だった――今でもルイーズが鼻を鳴らすのが聞こえるようだ！）

　私たちは翌朝、大学図書館の個人閲覧室で会い、それからというもの毎日きみに会い続けた。それまでの恋人たちが持っていた花びらと羽は、きみという存在の純粋さと、きみの輝きが持つ魔力、誇り、現実性と並べてみると、色あせ、艶をなくしてしまう、などとほのめかすつもりは私にはないし、ＬＡＴＨにもない。それでも、「現実性」こそがここでのキーワードなのだ〈7〉。その現実性を次第に認識するのは、私にとってほとんど致命的なことだった。

　もし私がここで、きみが知っていて、私が知っていて、他の誰も知らず、くそまじめで、即物的で、馬ぐそをほじくりかえすのが好きな伝記屋にも探し当てることができないようなことを語り始めたとしても、現実性はただその質を落としてしまうだけだろう。それで、情事はどんな展開を見せたのですか、ブロングさん？　黙れ、ハム・ゴッドマン！　それで、お二人でヨーロッパへ向かうことを決めたのはいつですか？　くたばってしまえ、ハム！

『真実の下を見てごらん』。私の英語による最初の小説、三十五年も前のだ！

　しかしながら人間以下の関心事を一件だけ、この後世とのインタヴューの中で明かしてもいいだろう。それは愚かな恥ずかしい細事で、きみにも話したことがなく、こんなふうな話だ。私たちの出発前夜のこと、一九七〇年三月十五日のあたりで、場所はニューヨークのホテル。きみは買い物に出かけていて留守だった。(「たしか」――というのはきみがついさっき口にしたことばで、詳細については確かめようと、理由を伏せたまま聞いた私への返答だ。「たしか、きれいな青色のスーツケースを買ったんだわ、ジッパーつきの」――そのことばを繊細な手の小さな動きで表現しながら――「結局、全然使いものにならなかったけれど」)私たちの素敵な「スイート」の北側にある、私の寝室のクローゼットについた鏡の前に立って、私は最終決定に進んだ。オーケー、きみなしではとても生きていけない。でも、私はきみにふさわしいだろうか――肉体的にも精神的にも? 私は四十三も年上なのだ。老人特有のしかめっ面、二本の深い皺がギリシア文字のΛ《ラムダ》の形を作って、眉間のあいだを登っていた。額には過去三十年のあいだそれほど過剰に自己主張してこなかった三本の皺が現れていたが、それでも丸く、広く、なめらかなままで、夏の日焼けがこめかみのシミをぼかしてくれるのを待ちわびていた。全体として、抱きしめたり撫でてやりたくなるような顔つきだ。髪はきれいに刈り込まれて、ライオンのたてがみのような房はもうなかった。わずかに残された髪は、地味な、灰色がかった焦げ茶の色合いをしていた。大ぶりで格好のよい眼鏡は、下瞼の下にある、じじくさいいぼ状の小さな隆起物を拡大して見せていた。瞳は、かつては魅惑的なハシバミ色がかった緑だったが、今では牡蠣のように白濁していた。鼻は、ロシア大貴族と、ドイツの男爵と、それにおそらく(もしイギリスの血統を誇っていたスターロフ大佐が私の実の父親だとしたら)少なくとも一人の英国貴族から、代々受け継いだもので、骨の出っ張りと艶やかな先端を維持していたが、正面の肉に、この鼻の所有者〈8〉の記憶する限り、腹立たしい灰色の毛が出現し、引っこ抜けば抜くほどますます速く伸びていった。義歯〈9〉は、往時のチャーミングな並びの悪い歯とは似ても似つかぬものだったし、「私がにっこりするのを無視しているよう」だった（治療費は高いくせに愚鈍な歯科医にそう言ってやったのだが、理解してくれなかった）。深い溝が両方の鼻翼から一本ずつ斜め下に向かって下りていて、あごの両側にぶら下がったたるみは、四分の三横向きの顔に、全人種、全階級、全職業の老人に共通の、陳腐なカーヴを形作っていた。あの輝かしいあご髭ときれいに切り揃えた口髭を剃り落としてしまったのは間違いだったかもしれない。試しにレニングラードから帰国後も、一週間かそこらそのままにしておいたのだが。そうは言っても、私は自分の顔に合格点のCマイナスをつけてやった。スポーツマンであったことはただの一度もなかったので、体の衰えはたいして目につかなかったし、たいして興味もない。こちらはCプラス。その主な理由は、五〇年代半ば以来、隠棲と休息のあいまに私を襲った肥満との戦いにおいて、脂肪を乗せて次々とやってくる戦車を敗走させたという功績のためだ。初期の狂気を別にすれば（この問題は別のところで扱うほうがいい）、私は成年時代を通して大変優良な健康状態にあった。

それでは私の芸術の具合はどうか？　その点で私がきみに差し出すことができるのはなんだろう？　きみが学んだのは、思い出してほしいのだけれど、オックスフォードでツルゲーネフを、そしてジュネーヴでベルクソン〈10〉。しかしそれだけではなく、懐かしのクワーンとニューヨークのロシア社会（そこでは最後の生き残りの亡命者雑誌が、いまだに愚かな当てこすりをしながら私の「背信」を非難していた）に家族としての結びつきがあったおかげで、きみが追いかけ、かなり詳細に観察してきたのは、私のロシア語と英語の道化師《ハーレクイン》たちの行進で、その後ろからは、真紅の舌を出した一頭か二頭のトラと、ゾウの上にちょんと止まった、蜻蛉娘もついてくる。そのうえきみは、ああいう時代遅れの複写もよく調べたようだ――つまり、私のやり方にもよいところ《アヴェ・デュ・ボン》があったということだ――妬み深い大学の教員が群れをなして浴びせかけた極悪非道な批判があったことには敬意を表するが。

裸の体にオパール色の光線を横切らせて、また別の、もっと奥深い鏡を覗き込むと、そこに、私がロシア語で書いたすべての本を見渡すことができて、満足した気持ちになり、その光景にぞくぞくさえした。処女作『タマーラ』（一九二五）は日の出どきの霞立つ果樹園にいる少女の姿。『クイーンを取るポーン』で裏切られるチェスの名人。『満つる月』、月光炸裂の韻文。『カメラ・ルシダ』、臆病な盲人に紛れる、侮るようなスパイの目[11]。正義というもののない国での打ち首を描いた『赤いシルクハット』。そして全シリーズ中で最良の、『勇気を賜った者』、散文を書く若い詩人だ。

私の本のロシア群はすべて仕上げられ、署名され、それらを作り出した頭の中へぎゅっと押し戻された。そのすべては、私自身によって、あるいは私の指揮下で、私の書き直しを添えて、徐々に英語へと翻訳されてきた。そうした英語による最終版は、再版されたロシア語の原書とともに、これからはきみに捧げられるだろう。それはよしと。決まり。では次の絵。

私の英語原書、先頭を行くのは獰猛な『真実の下をごらん』（一九四〇）、そして『エスメラルダとそのパランドラス』が放つ様々に色を変える光の中を通り、その先には愉快な『オリガ・レプニン教授』と夢のような『海辺の王国』が続く。それに短編集、遠い島である『メイダからの亡命』もある。そして『アーディス』、この作品を再び書き始めたのは私たちがめぐり逢った頃で、同時にまた、洪水のような絵葉書（絵葉書！）がルイーズから届いていた時期でもある。その中でルイーズはついに、駒を進めるそぶりを見せていて、それは彼女の方が先にやってほしいなと願っていたことだった。

私が二番目の群を一番目のより低く評価しているとしたら、その理由の一つは謙虚さにあり、人によってはこれを、はにかんでいるとか、賞賛すべきものだとか言うのだろうが、私に言わせれば悲劇的だ。もうひとつの理由は、私のアメリカ製品は輪郭がぼやけて見えるためだ。そして、そんなふうに見えてしまう理由は、次の本こそが——それはただ単に、たとえば『アーディス』といった進行中の本を指すのではなく——私がいまだかつて試みたことのないような何か、奇跡的で唯一無二の何かで、そういう次の本が、切なる、痛いほどの渇きをついに満たしてくれるのではないか、と望み続けるだろうことが私にはわかっていたからだ。それは『エスメラルダ』や『王国』の中のいくつかの分離したパラグラフをもってしても、十分に癒すことのできない渇きだった。私はきみの忍耐を当てにすることができると信じていた。

2

私を無理やり捨てるのだというルイーズのために、賠償するつもりなどまったくなかった。さらに、弁護士に彼女の裏切り行為をリストにして見せてやるようなことをして、彼女に恥ずかしい思いをさせることもためらわれた。それはみんな愚かであさましい行為で、まだ私が彼女に対してとりあえず誠実だった時期にまで遡ることができた。「離婚対話」とホレス・ペッパーミル・ジュニアが悪趣味に名付けたものは、その春いっぱい長々と続いた。きみと私はそのあいだ、ロンドンとタオルミーナ〈12〉で過ごし、私たちの結婚に関する話は先延ばしにし続けた（きみはその延期に対して女王のように無関心だった）。私を本当に悩ませたのは、例の退屈な告白（これまでの人生で四回目になる）の方も延期しなくてはならなかったということで、本来ならばなによりも先にしてしまうべきものだった。私は息巻いた。きみに私の錯乱のことを知らせずにおくことは、不本意なことだった。

偶然の一致というのは、前にも言ったように目玉模様のある翅をつけた天使のことで、この天使のおかげで、以前の妻たちに対しては求婚前に必ずしておかなくてはならないと感じていたあの退屈な演説を、今回はせずに済んだ。六月十五日、スイスのティチーノ州ガンドーラで、私がホレス青年から受け取った一通の手紙は、次のようなよいニュースを伝えていた。夫婦だったあいだのいろいろな時期に、私が私立探偵（ディック・コバーン〈13〉、信頼できる友人だ）を雇って、あちらこちらの古い魅力的な街でルイーズを尾行させていた、ということに彼女が気づいた（どうやって気づいたのかは問題ではない）ということ。男との電話を録音したテープと、その他の書類は私の弁護士が握っていること。それに、事を速めるためならどんな譲歩でもする用意があり、急いで再婚したがっているということ——今度の相手は伯爵の息子だ。その同じ、運命の日の午後五時十五分には、七百三十三枚の中型ブリストルカード（一枚で約百文字）に、先細のペンを使って、私が清書用としている最小の字体で、『アーディス』を転写し終えた。偉大な思想家の様式化された自叙伝という体裁で、四阿《あずまや》にいろどられた少年時代と熱い青年時代について語られ、本のおしまいまでには本体論的神秘の中でもっともじれったい問題が論じられる。始めのあたりの一章では（あからさまに個人的な、耐え難いほど虐げられたような口調で）、「空間というお化け」と「基本方位」との、私自身の苦闘についても語られる。

五時半になる頃には、一人で祝杯を挙げたい気持ちになったので、ガンドーラ・パレスホテル〈14〉

の芝生の上に建てられた私たちのバンガローに備え付けてある、親切な冷蔵庫に入っていたキャビアをあらかた、それにシャンパン全部を、すっかり消費してしまっていた。私はきみがベランダにいるのを見つけて、こう言った、今から一時間ほどかけて、これを丹念に読んでほしいのだけど――

「私、何でも丹念に読むわ」

「――この、『アーディス』からの三十枚のカードだよ」。それが終わったら、きみはいつもの午後遅い散歩から帰ってくる私と、どこかで落ち合えるだろう。いつも同じコースだ――交通島《スパルティトラフィコ》の噴水へ（十分）、そこから松林のへりまで（さらに十分）。私が出かけるとき、きみは安楽椅子に横たわっていて、日光が、ベランダ窓についたアメシスト色の菱形模様の複製を床の上に映し出していたし、きみの露わになった脛と、交差させた足の甲に、縞模様を作っていた（右のつま先が時折ピクピク動いていたのは、同化の速度か、あるいはテクスト中の曲折と、不思議に関係していたのかもしれない）。ものの数分もすればきみは、私との結婚に同意する際に知っておいてほしいことを、理解するはずだった（きみの前にはアイリスが理解してくれたように――あとの妻たちは鷲の炯眼を持たなかった）。

「気をつけてちょうだいね、渡るとき」、目を上げずにきみはそう言うと、今度は私の方を向いて、優しく唇をすぼめ、『アーディス』に戻った。

やあ！　ちょっと千鳥足だ！　これが本当に私、プリンス・ヴァジム・ブロンスキーだろうか？一八一五年に、プーシキンの教師だったカヴェーリン〈15〉を飲み負かすことだってできたはずなのに。ほんの一クォートの酒が発する黄金の光のせいで、ホテルの庭園に植わった木はすべてナンヨウスギのように見えた。私は策略のうまさに自己満足していたが、その策略というのは三番目の妻の浮気を記録してやったことを指しているのか、それとも本の中の男を通して私の病気をうまく説明していることを指しているのかは、なんだかよくわからなかった。少しずつ、柔らかで香しい空気が私の気分をよくしてくれた。かかとはよりしっかりと砂利と砂に、粘土と石に密着するようになった。モロッコ革スリッパと、擦り切れて色の抜けたデニムの上下のままで出てきたことに気づいたが、おかしなことに、パスポートが片方の胸ポケットに、もう片方にはスイスの銀行券が入っていた。ガンディーノだか、ガンドーラだか〈16〉、なんでもいいが、その町の人たちは、『ウン・レーニョ・スル・マーレ』または『アイン・ケーニヒライヒ・アン・デーア・ズィー』または『アン・ロワヨム・オ・ボール・ドゥ・ラ・メール』の作者の顔を知っていたから、万が一本当に自動車に轢かれたというときに備えて、読者のために身元の手がかりとかなにかを用意していた、というのならそれこそ間抜けだ。

　すぐに私は、このうえなく幸せで晴れ晴れとした気持ちになってきたので、広場に着くほんの手前で、カフェテラスの前を通りかかったとき、私の内側であいかわらず立ちのぼっていたしゅうしゅうという泡を静めるために、何でもいいからちょっぴりひっかけるのはいい考えではないか、と思った——しかし私は躊躇し、冷静な目をしてそこを通り過ぎた。無害このうえないちょっとした飲酒にさえ、優しくかつ厳しく反対するきみのことを思い出したから。

　交通島の向こう側で西へ突き出した通りのうちの一本は、オルシーニ通りと交差し、そのあとすぐに、まるで何かとんでもなく疲れる離れ業をやってのけたあとのように、ぐにゃっとした埃っぽい古道になりさがっていて、両側にはイネ科の植物が茂った跡が見られたが、歩道の跡はまったくなかった。

私は、何年ものあいだ口にする気になった覚えのないことを、口にすることができた。つまりこうだ。私は完璧に幸せだ。歩きながら、私はきみと一緒にきみの速度でカードを読んでいた、きみの透き通るような人差し指は私の荒れて皮のむけたこめかみに当てられ、私の皺だらけの指はきみのターコイズ色をしたこめかみの血管に添えられて。きみがそっと指で回し続けているブラックウィング印鉛筆〈17〉を私も触っている。私の山型に盛り上がる膝に当たっているのは、五十年ものの折りたたまれたチェス盤で、ニキフォール・スターロフからの贈り物（大半の貴人たちはあちこちがひどく欠けた状態で、内側がベーズ張りになったマホガニー製の箱に収まっていた）、そしてそれを支えているのはきみのスカートで、アイリスの模様がついている。私の目はきみの目とともに動き、私の鉛筆はきみが狭い余白にうっすらと書く小さな×マークと一緒になって、文法違反の疑いをかけているが、涙であふれる空間のせいではっきりと見えない。幸せな涙、眩しく輝く、恥ずかしげもなく幸せな涙！

ゴーグルをした阿呆のライダーは、私のことが目に入ったはずだから、私が安全にオルシーニ通りを横断できるように速度を落とすだろうと思っていたのに、私を轢き殺すまいとして突然、ひどく不器用に向きを変えたものだから、横滑りして、恥ずかしいくらいぐらついたあと、少し距離を置いて私と対面するはめになった。私は相手の憎悪に満ちた咆哮を無視して、例の様変わりした風景の中、西へ西へと揺るぎなく散歩を続けた。田舎で見るようなこの古い道路は、質素な別荘のあいだを縫うように進んでいて、どの別荘も、背の高い花々や枝を横に長く伸ばした木々の中に、心地好く巣ごもっていた。長方形の厚紙が、西側にある一軒の別荘のくぐり戸につけてあって、そこには「空き部屋あり」とドイツ語で書かれていた。その向かい側に立つ一本の古い松の木は、イタリア語で「売家」と書かれた看板を支えていた。さらにまた左手では、もう少ししゃれた家主が、「昼食」を提供していた。松林《ピネータ》の広大な緑は、まだずっと先だった。

私の思考は『アーディス』へと戻っていった。きみは今頃、奇妙な精神欠陥について読んでいて、心を痛めている頃だろう、と私は思った。同時に、それを目に見える形にすることは、単に形だけの行為であり、私たち二人の共同運命の自然な流れを阻むことはない、ということもわかっていた。単なる紳士的行為だ。実際それは、きみがまだ知らないあることの埋め合わせをしてくれるかもしれない。このこともきみに話さなくてはならないのだが、きっときみは、あまり好ましくないちょ《グヌスノヴァーテニキー・》っとしたや《スポーツフ》り方、ということば遣いで、ルイーズに対する私の「仕返し」を描写するのだろう。それはよしとして、それでは『アーディス』自体についてはどうだろう？　私のねじけた精神の話は別として、きみはこれが気に入っただろうか？　それともまったく好きになれない？

私のやり方として、まずは頭の中で本の全体を作ってしまってから、内なることばを解放し、鉛筆かペンで書き起こすので、最終版のテクストはしばらくのあいだ頭の中に残っていて、しかもその明瞭さと完璧さは、電球の光が網膜に残す印影と同じくらいだ。そういうわけで私は、きみが読んでいるカードのイメージを、正確に再生することができた。それは映像になって、私の想像上のスクリーンに映写され、さらにきみが嵌めているトパーズの指輪のきらめきと、まつ毛の瞬きまでが一緒に映し出される。私はきみの読む速度を算出することもできたが、単に腕時計を見て測るのではなく、実際に一行一行、右手で握られたカードの縁まで、目で追っていくことによって計算するのだ。イメージの鮮明さは、文章の質と相互に関係していた。きみは私の作品をあまりによく知っていたから、過剰に荒々しく性的な詳細を読んでも動揺することがなかったし、過剰に難解な文学的言及をうるさがることもなかった。そんなふうにしてきみと一緒に『アーディス』を読むことは、至福だった。そんなふうにして、私の歩く通りをきみの安楽椅子から隔てている、彩色された空間の広がりを克服することは、至福だった。私は優れた作家だろうか？　私は優れた作家だ。彫像とライラックの立ち並ぶあの通りで、私とアーダは初めての円を、日光でまだらになった砂の上に描いた〈18〉。その通りを、永劫の価値を持った芸術家が思い描き、再現した。『アーディス』さえも、私のもっとも私的で、現実に浸され、日光の斑点でいっぱいのこの本さえも、もしかすると、誰か別の人間が作ったこの世のものとは思えない芸術作品の模倣品なのではないか、というぞっとするような疑い、その疑いを抱くのは、もっと後のことだ。この時点では——一九七〇年六月十五日午後六時十八分、ティチーノ州——なにひとつ、私の幸福がまとう、濃厚でしっとりとした光沢に傷をつけるものはなかった。

そろそろ、いつもの食前散歩の終わりに近づいていた。ラ・タ・タ、タ・タ、タク、という、タイピストが最後のページを打ち終える音が、静寂な木立ごしに窓から聞こえてきた。そこで私が愉快な気持ちで思い出したのは、私の完璧な手稿をタイプさせるという長い骨折り仕事を避けるようになってから、もうずいぶん経つなということで、今ではブンっと一瞬で複写して済ませることができたし、矢面に立って私の手書き文字を直接印字に変換するのは出版業者の仕事だった。育ちの良い昆虫学者が、型破りな昆虫が一般によく知られている変態の段階を飛び越えてしまうことにむかつきを覚えるのと同じように、私の出版者もどうせこの作業を憎悪しているのだろう。

あと数歩で——十二歩か十一歩——折り返し地点だった。私は、きみはこれを遠くから見ているために私とは逆に考えているだろうなと感じたし、同時に、なにか精神的なゆるみを感じ、それはつまりきみが三十枚のカードすべてを読み終えたということを意味した。きみはそれを順番通りにして、ひとまとめにした束の底側をそっとテーブルに打ち付けて揃え、ハート形を装ってそのあたりに横たわっていた輪ゴムを見つけて束をからげ、私の机の上の安全なところへ持って行き、そしてガンドーラ・パレスへ向けて歩き戻る途中の私に会いにいこうと、準備をしているはずだ。

　灰色の石でできた低い壁が、腰ぐらいの高さと、太鼓腹ほどの厚みを持って、横渡しの手すり壁によくある形で建てられていて、それが、この道路がまだ保っていた街の通りとしてのかすかな命に、終わりを告げていた。歩行者と自転車用の細い通り道が、その手すり壁の真ん中を割いていて、その幅は手すり壁の向こう側でも、小道として保たれていたが、ひと跳ねか二跳ねののちには、かなり密生した若い松林の中へ、するすると滑り込んでいた。きみと私はそこで何度も散策したね、灰色の朝、湖畔もプールサイドもすっかり魅力を失ったようなときに。しかしその夕方は、いつものように手すり壁のところで散歩をおしまいにして、完璧な安らぎを感じながら佇み、低くなった太陽の方を向いて、広げた両手には、すべすべとした手すり壁のてっぺんのあちらとこちら両側を感じていた。触覚的ななにかが、あるいはさっきのラ・タ・タクという音が、再び七百三十三枚の、十二×十と二分の一センチのブリストルカードのイメージを呼び戻し、完成させた。きみがそれを一章一章読むことによって、大いなる歓喜が、手すり壁のように広がる歓喜が、私の一大仕事を完成させるのだ。私の頭の中で、格好のよい小型の、なにやら見事な個体がそびえ立った——祭壇のようだ！　台地《メサ》のようだ！——、それは私たちのホテルのオフィスにある、ぴかぴかした複写機のイメージだった。私の疑うことを知らない両手はまだ広げられたままだったが、かかとはもはや柔らかな土を感じてはいなかった。きみのもとへ帰りたかった、私の生活へ、アメシスト色の菱形へ、ベランダのテーブルに置かれた鉛筆のもとへ、帰りたかった。それなのに、私にはそれができなかった。思考の中で何度も起きていたあのことが、今、本当に起こってしまった。つまり、後戻りすることができなかったのだ。その動きが意味するのは、世界を軸でぐるぐると回転させることであり、それは現在の瞬間からその前の瞬間へ物理的に戻るのと同じくらい、不可能だった。たぶん、パニックに陥るべきではなかったのかもしれない。石のようになった私の四肢に、肉体のちくちくするような疼きが戻ってくるのを、じっと待っていればよかったのかもしれない。そうするかわりに私は、あの無謀なねじりの動きを、実演してしまった、いや、実演していると想像したのだ――しかし地球は盛り上がってこなかった。私は大の字になったまま、もうしばらく宙ぶらりんの状態でいたに違いないが、やがて実体のない土の上に仰向けに倒れこんだ。

第七部

古い決まり文句がある――あまりに使い古されているので、口にするのも恥ずかしい。少しひねって韻文調にしてみよう――古臭さを様式化して。

I

本の中の私
本の中では不死〈1〉。

私が言っているのは当然ながら、真面目な小説のことだ。心霊筆記盤《プランシェット》フィクション〈2〉と呼ばれる小説の中でなら、冷静な語り手が自らの死を描写したのち、こんな風に続けることが可能だ、「気づくと私は縞瑪瑙の階段に立っていて、目の前には大きな黄金に輝く門がそびえ、私以外の禿げ頭をした天使たちの群れに囲まれていた……」

これじゃあ漫画だ、くだらないお伽話だ、昔の人が貴重な鉱物に滑稽な尊敬を抱くみたいなものだ！

そうは言っても——

そうは言っても、三週間続いた全身麻痺（という呼び名が正確かどうかわからないが）のあいだに、私はある経験を積んだ。そのおかげで、本当の闇が訪れるとき、私には少しばかり心の準備ができていることだろう。アイデンティティーの問題は、完全に解決してはいないものの、少なくとも落ち着いた。芸術的直感が授けられた。私はパレットを持って、どんよりと暗い、どのようなものかわからない存在のいる、はるか遠い領域へ行くことを許された。

スピード！　もしも死というものの定義を、呆然とした漁師に、鎌をひと握りの草でぬぐうのを中断した芝刈り人に、緑の土手で恐怖にかられながら柳の若木にしがみついているが、実際はその向かい側の土手で、自転車とガールフレンドもろとももっと高い木のてっぺんまで登っているサイクリストに、私が奇妙な具合にかすめ飛ぶように前進するのを、悪ふざけの義歯をつけた人みたいな顔をしてぽかんとして眺めていた黒馬たちに、説明できたとしたら、私はただこの一語を叫んだことだろう、スピード！　そういう田舎の目撃者たちが本当にいたというわけではない。驚異的で、説明不可能な、そして本当のところ馬鹿げた、屈辱的なスピード（死とは馬鹿げたこと。死とは屈辱的）に対する私の印象を、完全な虚空に向かって伝えてもよかったのであり、走り去る漁師も必要なければ、引っ掛けられて血を流す一本の草も必要なければ、参照符ひとつ いらないのだ。想像してみてほしい〈3〉、私という一人の老紳士、名高い作家が、仰向けに倒れたまま、死んだように緊張して広がった両足を先にしてものすごい速さで滑っていくところを。まずは花崗岩の谷間を、次に松林の上を、そして霞みがかった灌漑牧草地沿いを、さらには、ただ霧に沈む余白のあいだを、ひたすらずっと。そんな光景を思い浮かべてほしい！

狂気が、こちらのハンノキの陰やあちらの岩陰で、幼い頃から私を待ち伏せしてきた。私は次第に、こちらをじっと見つめるセピア色をした目が、私の進む道筋に沿ってゆっくりと動くのを感じることに慣れていった。しかし、狂気というのはいつも邪悪な影の姿をしているわけではないということも私は知っていた。それが喜びの閃光となって現れたときには、あまりに濃密で破壊的だったので、その光を直接に受けるはずの対象がそこになかったという事実は、私にとっては逃亡の一形式だった。

実際的な目的、たとえば肉体の精神と精神の肉体を通常のバランスに保っておいて、自分の生命を危険にさらしたり、友達や政府に迷惑をかけないようにするというような目的から、私はどちらかというと隠れた狂気の形を好んだ。つまり、あのぞっとするような、じっと見つめる何かだ。それが意味したのは、ましなときは、神経痛のさしこみであり、不眠の苦しみであり、私への憎しみを隠そうともしない無生物との格闘であったし（逃げ出したボタンは後で恩着せがましい態度で見つけられ、クリップはまるで盗み癖のある奴隷で、退屈な手紙の二、三通をはさんでおくのでは飽き足らず、別の束から大切な一頁を失敬していたりする）、ひどいときは、空間が突然に起こす痙攣で、歯医者受診が茶番劇のようなパーティーに変貌したりする。そういった、ぐちゃぐちゃに混乱した発作の方がずっとましだった、道化服みたいなまだら色をした狂気に比べれば。それは、変わった形のインスピレーションとか、精神的愉悦とかいったもので私の存在を飾り立てるふりをした後で、私のまわりを踊ったり飛び跳ねたりするのを突然やめてしまい、私に襲いかかり、不具にし、そしておそらく、破壊してしまうのだ。

2

大発作が始まったとき、私の体は頭のてっぺんからつま先まで、完全に機能不全になったようだが、精神の方は、駆け巡るイメージや、がーんとうなる思考や、天才的不眠の形になって、相変わらず強力で活発なままだった（あいまあいまに現れたしみを別にすれば）。フランス沿岸地方のルクションの〈4〉病院というのを、そこの所長のスイス人の親戚であるジェンファー医師によって大いにすすめられ、そこへ運ばれる頃には、私はある奇妙な詳細に気づいていた。それは、頭から下まで、左右対称の区画が麻痺していて、それを弱々しい感覚のある地帯が分断しているということだった。最初の一週間で私の指が「目覚めた」とき（その状況は痴呆性麻痺の専門家であるルクションの先生方をあまりにも仰天させ、怒らせさえしたので、きみは私をもっと異国風で度量の大きい施設へ早急に移すようにすすめられ、実際にそうした）、私はとても愉快な気持ちで、感覚のある場所を体の地図上に示した。それはいつも正確に対称をなしていて、すなわち、額の両側、顎の両側、眼窩、胸、睾丸、膝、脇腹、といった具合だ。平均的な観察段階では、ひとつひとつの生きた部分の平均的サイズが、オーストラリアの面積を超えることはなかったし（ときに私は巨大になった気持ちがしていた）、縮んでも（自分で縮ませようとするときは）中程度の功績を表すメダルの直径を下回ることはなく、その段階で私は、自分の肌全体が、欠損家族出身で凝り性の狂人に色を塗られたヒョウの肌のように感じられた。

そういう「対称をなす触覚」と関連して（それについての話を、あまり反応がいいとはいえない、フロイト思想にかぶれた医学雑誌に載せてやろうと思って、いまだに頑張って手紙を送り続けている）、私がまず初めに見た絵画のようなものをここに並べてみたい。それは平面的で、原始的なイメージで、二つ対になって、私の旅する体の左右に、私の妄想の両パネルに、現れたものだ。たとえば、もし、私の左側でアンネットが空のバスケットを持ってバスに乗ったならば、私の右側にはバスを降りる彼女がいて、バスケットには女王然としたカリフラワーがキュウリを従えた野菜の山がある、といった具合だ。日が経つにつれて、対称性はもっと手の込んだ相互反応に変わり、あるいは、特定のイメージという限られたものの中で、ミニチュアとして再び姿を現した。今度は絵のような挿話が、私の神秘的な旅に同行していた。仕事を終えたベルが、共同保育所で、裸の赤ん坊たちの山をかき回し、狂ったように自分の第一子、十か月になる我が子を探していて、その子は両脇腹と両脚に左右対称についた赤い湿疹で見分けることができる。艶やかな尻をした泳ぎ手が、片手で彼女の顔から濡れた髪の筋を払おうとしているが、もう片方の手では（私の精神のもう片方では）いかだ舟を押していて、そこに横たわるのは裸の老人の私で、その前檣にはぼろを巻いており、仰向けのまま満月へ向かって滑っていて、月光の、蛇のような反映は、睡蓮の周りで漣立っている。長いトンネルが私を呑み込み、そのずっと果ての方には小さな光の円が、トンネルの終わりを半分約束するかのように見えていて、広告のように派手な日没を見せることでその約束を半分守ったが、私は決してそこへたどり着くことができず、トンネルは次第に消えていき、その代わりに前にも見たことのある霧が、再び降りてくる。そのシーズンの「流行り」として、垢抜けた怠け者たちの群が私のベッドを訪れたが、それは陳列用ホールで速度を落とし、そこでは洒落た若い医者に扮したアイヴォリー・ブラックが、社交界の美女を演じる三人の女優に向かって私を宣伝している。彼女たちのスカートは白い椅子に腰掛けるときにふわっとふくらみ、その中の一人が私の睾丸を指差して、その冷んやりした扇で私に触りそうになったが、博学なムーア人が象牙《アイヴォリー》の教鞭でそれを傍へ払い落としてしまい、そこで私のいかだ舟はひとりぼっちの滑走を再開した。

私の人生を図表にして計画していた何者かは、ときに陳腐なことをしでかした。時々、私の急速な行路は天界にまで及び、その寓意的な高度には不快な宗教的意味合いが込められていた――単純に、事業用の飛行機で死体が運ばれているのを映し出しているのでなければ。昼と夜がいくぶん定期的に交代しながら、観念らしきものとして頭の中で次第にできあがっていったのは、グロテスクな冒険が最終段階に入る頃だった。昼と夜の効果はまず、看護婦やその他の舞台方による間接的な演出によるもので、彼らは可動式の小道具を、ここまでするかというくらいに扱った。たとえば、よく反射する表面から偽の星明かりを発生させるとか、あちらこちらに、適切な間隔を置いて、日の出の色を塗りつけるとかいった具合だ。それまで私は、歴史的に、芸術あるいは少なくとも人工物が、自然より後ではなく先に生まれたのだということに、少しも思い当たらなかったのだが、まさにそれが私の身に起こったことなのだ。つまりこんな風だ、無音の果てしない距離が私の周りに雲のようにたちこめる中、感知できる音が、まずは視覚的に作り出され、実際の場面(たとえば、化学的栄養補給の儀式)を撮っている最中に、フィルム録音帯の青白い余白に現れる。最終的に、そのなびくように流れるリボンの何かが、目に代わって耳に訴えかける。そしてとうとう、聴覚が戻ってきた――しかも非常に激しく。最初に聞こえた看護婦がたてるさらさらという衣擦れの音は、まるで雷鳴のようだった。最初に聞こえた自分の腹のごろごろいう音は、ジャーンというシンバルの音だった。

仕事を妨害された死亡記事担当者と、すべての伝承医学愛好家たちに対して、ここで医学的説明をしなくてはならない。私の肺と心臓は、正常に働く演技をしていた、というか、演技指導を受けていた。腸も同じことで、この私的奇跡劇の中で道化を演じていた。私の体は、昔の巨匠が描いた解剖学講義の絵の中と同じように、べったりと横たわっていた。床ずれ予防は、とりわけルクションの病院の場合ほとんど熱狂的といってもよく、その証拠に、だとは思うのだが、計り知れない病を理性的に治療する代わりとして、枕とか様々な機械類を使っていた。私の体は「眠って」いて、それは巨人の足が「眠って」いるようなものだった。ただしもっと正確に言えば、私の状態は、一種の悲惨な長期(二十夜!)不眠で、そのあいだ精神の方は一貫して何かを警戒していて、それはちょうど、前に『グラフィック』誌で読んだことのある、サーカスの「睡眠しないスラヴ人」のようだった。私はミイラ状態でさえなかった。私は、少なくとも初期の段階では、ミイラの縦断面のようなもの、あるいはむしろ、ミイラの極薄の切り身を抽出したものだと言えた。頭の方はどうだったか? 頭でっかちの読者はそれについて聞きたくてたまらないだろう。そうだな、額はまるで曇ったガラスのよう(水平に並ぶ二つの点がなんとかすっきり晴れるまでは)、口は音をたてず麻痺していたが、やがて舌が感じられた——浮袋の亡霊みたいな感触で、魚の呼吸なら助けるかもしれないが私には何の役にも立たなかった。なんとなく持続と方向の感覚もあった——この二つは、後の世で、最愛の人が哀れな狂人を助けようと、まったく悪意のない嘘を用いて断言したことによると、同一の現象における別個の段階なのだそうだ。中脳水管(少しばかり専門的になってきた)の大部分は、脱線と冠水を経て、くさび状に劣化していき、その一番近親のものだけをかくまう構造へと変わったようだ——それは奇妙なことに、我々が持つもっともつつましい感覚でもあり、それなしですませることが極めて容易で、ときには何よりもありがたい感覚だった――そして、ああ、それをエーテルや排泄物のにおいに対して閉ざすことができなかったとき、私はそれを呪ってやった、そして、ああ（昔ながらの「ああ」ということばに乾杯）、なんという感謝の念を感じながら、それが「コーヒーだ！」とか「海辺《プラージュ》だ！」（何かの薬が、半世紀前アイリスが私の背中に塗ってくれたあのクリームと同じにおいがしたから）と叫ぶのを聞いたことか。

さて次にくるのはぎざぎざした部分だ。私の目に関しては、常に大きく見開かれ、「傲慢な昏睡を表すどんよりした目つき」をしていたのかどうかはわからない。廊下の受付までは入ってくることに成功した記者が、そんな風に書いていたが。しかし、まばたきができたとはとても思えない――そして、まばたきという燃料なしには、視覚というモーターはほとんど動きえなかった。しかし、どうしたわけか、ああいった幻の運河と雲の道を滑走していき、別の大陸の真上を越えていくあいだにも、私にはとぎれとぎれに、瞼の下に映る幻影ごしに、手の影とか、医療道具のきらめきとかを、垣間見ることができたのだ。音の世界に関して言えば、完全なファンタジーにとどまっていた。私は、見ず知らずの人が、ぶーんという唸りのような音調で、私が書いたあるいは書いたと思っていた本全冊について、話し合っているのを聞いた。というのは、彼らが口にする題名とか人物の名前とかいったもののすべて、それに彼らが大声で口にするフレーズのすべては、悪魔的学識の譫妄状態によって、でたらめに歪められていたのだ。ルイーズがおもしろい話で仲間たちを楽しませた――私が「名前ぶらさげ」と呼んでいた類の話で、なにがしか要点を持っているように見えるのだが――パーティーでのお返し《クィド・プロ・クォ》のようなものだ――本当の意図は単に、高貴な生まれの「旧友」とか、魅惑的な政治家とか、そのいとことかを紹介することにあった。学術的論文が途方もないシンポジウムで発表された。西暦一七九八年、ガヴリーラ・ペトローヴィチ・カーメネフ〈5〉という若い天才詩人が、オシアン〈6〉風パスティーシュである『イーゴリ軍記《スローヴォ・オ・ポルクー・イーゴレヴェ》』〈7〉を書きながらくすくす笑うのが聞かれた。アビシニアのどこかで、酔いどれランボーが、びっくりしているロシア人旅行者に、彼の詩「酔いどれ路面電車《ル・トラムウェイ・イーヴル》」〈8〉を暗唱してやっていた（……赤いブラウス《アン・ブルーズ・ルージュ》を着て、牛の乳房のような顔《ア・ファース・アン・ピ・ド・ヴァーシュ》をして、死刑執行人が私の頭も切り取った《ル・ブーロー・ム・トランシャ・ラ・テット・オシ》……）。他にも、急きたてられたリピーター付き時計が、私の脳みそ内ポケットの中でしゅうしゅういいながら、時分を、詩文を、韻律を、告げていたが、またそれが聞こえるようになるなんて、誰が想像しただろうか？

これも指摘しておかなくてはならないが、私の肉体はなかなか良好な状態だった。どの靭帯も切れていなかったし、圧迫された筋肉もなかった。脊髄は、私の旅を急きたてる原因になった、馬鹿みたいな転倒の際に、少しばかり傷ついたかもしれないが、それでも依然としてそこにあって、私の背固めをしてくれていたし、私の存在に色を添えていた。透明な水生動物かなにかの、原始的な構造と同じように。それなのに、私が受けていた治療（とりわけルクションでは）が意味していたのは――今こうして再構築してみる限りでは――私の損害は完全に身体的なもの、限定的に身体だけのものだということで、施すことができるのは身体的治療のみ、ということだった。私が言っているのは現代の錬金術とか、私に注射された魔法の妙薬のことではない――そういったものはたしかに、私の体になんらかの効果があっただけでなく、私の内部に組み込まれた神々しさにも働きかけたかもしれない。やる気に満ちたシャーマンとか動揺する顧問官による助言が、気の狂った皇帝に対してなんらかの効果を持つかもしれないのと同じ程度に。私が今でも克服できないのは、背を下にして私の体をぴんと伸ばしておくため（腕の下に抱えていたゴムいかだでもって、私が逃げ出してしまわないように。私にはそれができそうに思えたのだ）に使われていた、締金やベルトの刻印されたイメージだった。あるいはもっとひどいもの、人工蛭のイメージ〈9〉だ。それを、マスクをつけた執行人が、私の頭や手足にくっつける――やがてそれを追い払ってくれたのは、カリフォルニア州カタパルトの聖人、H・P・スローン教授だ。私が回復し始めた頃になって、彼が感づきそうになっていたのは、私を一瞬にして治すのは――治してくれたかもしれないのは――催眠術と、それを施す側のちょっとしたユーモアのセンスだ、ということだった。

3

私の知る限り、私の洗礼名はヴァジムで、父と同じだった。最近発券されたアメリカのパスポート――上品な手帳で、緑色のカヴァーに金色のデザインが施され、００６７８６３８という番号がミシン目で穿ってある――には、相続した爵位の記載がない。ただ、イギリスのパスポートにはどの版にも記されていた。青年期の版、成年期の版、老年期の版だが、最後の版より一つ前のものは、根がいたずら好きで気のいい偽造屋の手で、判別不可能なほど不具にされていた。こういったことをすべて、私はある夜、凍りついていたいくつかの脳細胞が新たに花開いたときに、再び拾い集めるようにして確認した。しかし残りの脳細胞はまだ、成長を妨げられた蕾のようにすぼめられたままだったので、自由に（倒れて以来はじめて）ふとんの中でつま先をもじもじ動かすことができはしたが、頭の中の暗い隅の方に潜んでいる、父称のあとにくる私の名字を、どうしても見分けることができなかった。それはＮで始まるという気がした。インスピレーションの瞬間、まるで採血したばかりの血液に含まれる赤血球が、顕微鏡の下で連銭状に並ぶように、ことばが美しく自発的に整列することを表現する用語も同じくNで始まる――『真実の下を見てごらん』の中で使ったことのある用語だが、それも思いだせなかった。コインの転がりと何か関係していなかっただろうか？資本主義のメタファーと関連がなかっただろうか？　えーと、マルクスィー？　そうだ、確かに私の名字はNで始まると感じたし、ある作家の姓か偽名に気味の悪いほど似ていた。それは、おそらくは悪名高い（ノトーロフ？　ノー）ブルガリア人だかバビロニア人だか、もしかするとベテルギウス星人〈10〉の作家で、別の銀河からやってきた注意散漫な亡命者たちが、執拗に私と混同し続けた誰かだ。しかしそれが、ネベースヌイか、ナベードリンか、ナブリージェ（ナブリージェ？　それはおかしい）か、いずれに似た音かというのは、さっぱりわからなかった。意志の力を酷使したくはなかったので（あっちへ行け、ナボークロフト）、私は降参した――いや、ひょっとしてBで始まったかな、nはただ寄生虫みたいに必死の思いでしがみついているだけかな？（ボニージェ？　ブロンスキー？　いや、それはBINTとの一件で使った名前だ）。私にはコーカサスの王子の血が混じっていたか？　なぜ、イギリスの政治家であるナバロ氏〈11〉への言及が、『海辺の王国』（ロマンチックで、リズミカルな、タイトル）のロンドン版に関してイギリスから送られてきたいくつかの切り抜きの中から、ぽんと顔を出したのだろう？　なぜアイヴォーは私のことを「マクナブ」と呼んでいたのだろう？〈12〉

名前がないので、私は回復した意識においても非現実的なままだった。かわいそうなヴィヴィアン〈13〉、かわいそうなヴァジム・ヴァジーモヴィチは、誰かの――私の、でさえない――想像の産物でしかなかった。ぞっとするような点をひとつ。早口のロシア語会話では、長ったらしい名・父称という組み合わせは、たいてい不鮮明に発音される。たとえば、「パーヴェル・パーヴロヴィチ」つまりポール、ポールの息子、という名前は、気軽に呼びかける場合「パールパリッチ〈14〉」のように聞こえるし、ほとんど発音不可能な、腹の虫ほど長い「ウラジーミル・ウラジーミロヴィチ〈15〉」は、会話の中では「ヴァジム・ヴァジーモヴィチ」に近くなる。

私は諦めた。すっかり諦めてしまうと、私の調べのよい姓が、後ろからしのびよってきた。いたずらなこどもが、居眠りをしている老乳母を突然の大声で飛び上がらせるように。

別の問題も残っていた。私はどこにいるのか？　小さな光についてはどうか？　暗闇の中、触っただけでランプのボタンと呼び鈴のボタンを区別することなどできるものだろうか？　私自身のアイデンティティーは別として、あのもう一人の人物は、私に約束され、私に属している、あの人物はいったい何なのだ？　双子になった窓にかけられた、青っぽいブラインドが目に見えた。それを閉じてしまおうか？

ターク・ヴドーリ・ナクロンナヴォ・ルチャー

ヤー・ヴィーシェル・イズ・パラリチャー

こんなふうに、斜めに差し込む光〈16〉に沿って、私は麻痺からするりと抜けだした。

――「麻痺」というのが、それを模倣している（患者からの隠れた助けを借りて）状態を表すことばとして強烈すぎなければ、の話だが。その状態というのは、かなり風変わりだがそれほど深刻ではない精神疾患だ――少なくとも、気楽な回想においてはそんなふうに見えた。

何かのしるしによって、私はめまいとか吐き気に対する準備はできていたが、脚が勝手な動きをするという、予期していなかったことも起こった。それは、回復が始まった最初の夜、ベルトも外され一人になったときのことで、私は元気よくベッドから足を踏み出した。たちまち、獣のような重力に恥をかかせられた。私の脚はぺしゃんと縮こまってしまったのだ。どすんという音を聞いて、夜勤の看護婦がかけつけ、私がベッドへ戻るのを助けてくれた。そのあと私は眠った。後にも先にも、あれほど甘美な眠りを体験したことはなかった。

目覚めたとき、窓のひとつが大きく開いていた。私の頭と目は、もう十分に鋭さを回復していたので、ベッド脇のテーブルに置いてある薬を見分けることができた。そのみじめな集まりの中に私は、別の世界からやってきて立ち往生している旅人がいくつか紛れ込んでいるのを見つけた。すなわち、透明な封筒に入った、病院のスタッフが見つけて洗濯をしてくれた男物らしくないハンカチ、ヴァニティーバッグに入った、手帳のハトメ金にとりつけておく金色をした極小のペン、それに道化師《ハーレクイン》ふうサングラス。それが意味していたのは、どういうわけか、強烈な光からの保護ではなく、涙で腫れた瞼を隠すことだった。そうした材料の組み合わせが、目も眩むような感覚の花火を引き起こした。次の瞬間（偶然はまだ私のそばにいた）、私の部屋の扉が動いた。その小さな、音のない動きは、一瞬音もなく止まり、そしてまたゆっくりとした、とてつもなくゆっくりとした、ダイアモンド形の省略符が連なるような動きを続けた。私は歓喜の叫びをあげ、そして「現実」が入ってきた。

4

次のような穏やかな場面で、この自伝をしめくくろう。私は二つめかつ最後の病院で、特殊病人用にしつらえられた薔薇のからまるバルコニーへ、車椅子で運ばれていた。きみは私の隣りで安楽椅子に身をしずめていて、ちょうど六月十五日、ガンドーラできみと別れたときと、ほぼ同じ格好だった。きみは陽気に、別館の一階にあるきみの部屋の隣りに住む女性が、蓄音機を持っていて、鳥の啼き声のレコードをかけ、病院の庭園に住むモノマネドリに聞かせ、サヨナキドリや、デボンだかドーセットだかの彼女の出身地で見られるウタツグミの真似をさせたいと思っているらしい、と文句を言った。きみは、私が何か知りたがっているということを、よくわかっていた。二人ともその話に踏み切れずにいた。私は這いのぼっている薔薇の美しさにきみの注意を向けさせた。きみはこう言った。「すべてのものは空を背景に《ナ・フォーネ・ニェーバ》すると美しい」、そして「格言」みたいなことを言ってごめんなさいと言った。とうとう、これ以上ないほど気楽な口調で、ちょっとした散歩に行く前に、きみに読むようにといって渡した『アーディス』の断片は、気に入ったかどうか尋ねた。そのちょっとした散歩から私は、たったいま、三週間後に、カリフォルニアのカタパルトへ、帰って来たばかりだった。

きみはどこか遠くに目をそむけた。薄紫色の山脈を凝視した。きみは咳払いをすると、勇敢に、ちっとも好きになれなかった、と答えた。

つまり、頭のおかしな人とは結婚できないということ?

つまり、私が結婚するのは、正気で、時間と空間の区別がつく人だということよ。

どういうこと？

手稿の残りの部分をどうか読ませてちょうだい、でもあの断片は破棄されなくては。あなたが今まで書いたものすべてと同じようによく書けてはいるけれど、致命的な、哲学的欠陥のせいで台無しになってしまっているから。

若く上品で、たいへん愛らしい、絶望的に地味な、メアリー・ミドルがやってきて、お茶を知らせるベルが鳴ったら部屋に戻るように言った。五分後です。別の看護婦が、日光で縞模様になったバルコニーの端から合図をしたので、彼女は飛ぶように行ってしまった。

ここは（ときみは言った）死にかけのアメリカ人銀行家と完璧に健康なイギリス人男性でいっぱい。僕が書いたのは、つい最近の夕暮れ散歩を想像している人物の話だよ。地点H（ホーム、ホテル）から地点P（手すり壁《パラペット》、松林《パインウッド》）までの散歩。彼がよどみなく想像するのは、ひと続きになった、路傍の出来事——別荘の庭でブランコを漕ぐこども、回転する芝生のスプリンクラー、濡れたボールを追いかける犬。語り手は頭の中で地点Pへ到着し、立ち止まる——そして困惑し、動転する（無意味な反応だったということは、このあとすぐにわかるだろう）。頭の中で、HPという方向をPHという方向に変えるための〈17〉、回れ右をすることができないのだから。

「彼の間違いは」と彼女は続けた。「彼の病的な間違いは、とっても簡単なことなのよ。方向と持続とを混同しているだけ。彼は空間について話しながら、実は時間を意味しているの。HPという道筋から彼が受ける印象（犬がボールに追いつくところ、車が次の別荘に停まるところ）が語っているのは、連続する時間的出来事であって、こどもがいろいろと組み替えて遊ぶことのできるような、絵のついたブロックではないの。彼はHPという距離を思考の中で歩き通すのに、時間をかけた——たとえほんの数秒とは言ってもね。だからPにたどり着く頃には、持続時間が積み上げられていて、それを彼は背負っているのよ！　そう考えれば、彼がかかとでくるっと回転するのを想像できないというのも、それほど異常なことではないでしょう？　物理的な表現を使って、時間の順序を反転するという行為を想像することなんて、誰にもできない。時間を逆転することはできないから。逆戻しが使えるのは映画の中で、滑稽な効果を出したいときだけ——粉々に砕けたビール瓶を蘇らせるとか——

「またはラム酒」、と私がさしはさむと、そこでベルがちりんと鳴った。

「それはなかなかいい」と私は言って、車椅子のレヴァーを探っていると、きみは手を貸して私を部屋まで押し戻してくれた。「それに、感謝しているし、感動したし、治してもらった！　きみの説明は、でもね、たんなる麗しいごまかしだ——それは承知でしょう。でもまあいいよ、時間を回転させようという考えとは、うまい表現《トゥルヴァイユ》だ。あれに似ているよ（私の袖に置かれた手に口づけながら）、物理学者がみんなを幸せにしておくために見つける巧妙な公式だ、そのうち（欠伸をして、ベッドに這い上がって）次のやつがやってきてチョークを引っ摑む。お茶にラム酒をちょっと入れていいって言われたよ——セイロンとジャマイカ、姉妹の島（いい気持ちでぶつぶつとつぶやき、うとうとし、ぶつぶつというつぶやきは次第に消えていく）——〈18〉」

訳注

後藤篤

ナボコフが生前最後に発表した長篇小説である『見てごらん道化師《ハーレクイン》を！』には、あたかも死期を悟った老境の作家が自らの芸術家としての生涯の総決算を図ったかのように、それ以前の作品を踏まえた記述が無数にちりばめられている。その意味で本作は、例えばジョン・バースの大作『レターズ』（一九七九）やポール・オースターの『写字室の旅』（二〇〇七）と同じく、作者のビブリオグラフィに通暁した読者に向けて書かれた小説であると言えるかもしれない。ロシア語および英語、フランス語で執筆された小説や詩、エッセイに限らず、ロシア文学をはじめとする数々の翻訳を含めた数多のナボコフ作品の断片から作り上げられた『見てごらん道化師を！』は、かつてG・M・ハイドというナボコフ研究者が指摘したように、まさしくこの二〇世紀を代表する亡命作家が遺した「虚構の索引」と呼ぶに相応しい。

以下に続く訳注は、『見てごらん道化師を！』に隠された作者の自己言及《セルフ・リファレンス》およびセルフ・パロディの痕跡をたどり直す試みであり、本作と他のナボコフの著作との主題的共通性・類似性や、物語に透けて見えるナボコフの伝記的事実、作中人物のモデルや虚構化された事物の描出を目指したものである。ジョン・アップダイクやマーティン・エイミス、リチャード・ポイリエらによる作品発表直後に書かれた書評から、ハーバート・グレイブスや先に挙げたハイドのような一九七〇年代末の初期批評を経て、八〇年代のルーシー・マドックスや九〇年代のD・バートン・ジョンソン、そしてエマ・W・ハミルトンやマルタ・ペレルディ、鈴木聡らによる二〇〇〇年代以降の再解釈に至る先行研究においては、主人公ヴァジム・ヴァジーモヴィチ・Nの「自伝」がいかにして作者ウラジーミル・ウラジーミロヴィチ・ナボコフの「偽自伝」となりえているかが常に重要な問題とされてきた。こうした基本的なスタンスを踏襲しつつ、本作をナボコフが仕組んだ一種の「間違いさがし」として読むことが、この訳注の主たる目的である。また、この作家の常として作中に織り込まれた数々の文学的引喩や各国語で繰り広げられる言葉遊び、あるいは、鱗翅類学者としてのナボコフの才が遺憾なく発揮された蝶や蛾に関する記述についても、ささやかな注解を施した。人名や地名、史実等については、ナボコフとの関連が高いもの（言うなれば、「ナボコフ度」の高いもの）を中心に取り上げることとした。もちろん、必要最小限に留められたこれらの項目によって、『見てごらん道化師を！』の全てが語り尽くされたわけではない。新たな読者による発見の日を待つ霊妙なる細部が、今も物語のそこかしこに眠っているはずだ。従来もっぱら自伝文学の脱構築的営為として読まれてきた感がある本作の新訳を手に取るにあたり、私たちはまた、今日のフランスにおけるナボコフ研究の第一人者であるモーリス・クチュリエが投げ掛けた疑問、すなわち、「ナボコフと彼の他の小説への言及なしに『見てごらん道化師を！』を論じることはできるのか」という大問題に取り組む必要があるだろう。

作品発表年にあたる一九七四年に出版されたナボコフ論集の収録論文で本作に注釈を施したカール・R・プロッファーの先駆的な仕事に加えて、ベルリンのローヴォルト社によるドイツ語全集第十二巻収録の *Sieh doch die Harlekine!* に付されたディーター・E・ツィンマーの訳注、ニューヨークのライブラリー・オブ・アメリカ社によるナボコフ英語作品集第三巻収録の *Look at the Harlequins!* に付されたブライアン・ボイドの注釈、そして、サンクト・ペテルブルグのシンポジウム社によるロシア語版全集のアメリカ時代の作品集第五巻収録の *Smotri na arlekinov!* に付されたS・イーリンの訳注を下敷きに執筆された以下の訳注では、ナボコフの著作や書簡集に加えて、例えばジェイン・グレイソンから近年の秋草俊一郎まで連綿と続くナボコフの自己翻訳の問題をめぐる議論など、国内外の数多の研究者の論考を参考にさせていただいた。紙幅の都合により個別の研究者・批評家名、または文献情報の記載が叶わなかったことを予めお断りしておきたい。ナボコフの生涯に関する情報は、『記憶よ、語れ――自伝再訪』（注釈のなかで『記憶よ、語れ』と言う時には、基本的には一九六七年に発表されたこの「決定版」を指す）をはじめとする一次資料や、作家の生前に発表されたアンドリュー・フィールドによる評伝からごく最近のアンドレア・ピッツァーやロバート・ローパーによる伝記に目を通した上で、主として九〇年代初頭に出版されたボイドの二巻本の伝記に準拠した。若島正・中田晶子訳『透明な対象』（国書刊行会）や若島正訳『ロリータ』（新潮文庫）、沼野充義訳『賜物』（河出書房新社）を筆頭に、先達の邦訳とそこに付された訳注には大いに助けられ、また大いに励まされたことを申し添えておく。

願わくば、まずはこの訳注を脇に置いたまま、見事な日本語に移し替えられたナボコフの言葉のみを味わっていただきたい。その後に待ち受ける再読の段となり、ナボコフが言うところの「よき読者」たちにとって本文に打ち込まれた星印《アステリスク》ならぬ注番号が何らかの助けとなるとすれば、注釈者としてはこれにまさる喜びはない。

第一部

1 三、四人ほど続いた私の妻たち　本作の主人公とは異なり、作者ナボコフは一九二五年に結婚したヴェーラ（旧姓スローニム、一九〇二―九一）への愛を生涯にわたり貫き通した。一九三七年頃にパリで出会った六歳年下のイリーナ・グアダニーニとの束の間の情事は、最初で最後の気の迷いに過ぎない。ボイドの評伝によれば、ナボコフは内々では発表後の本作を、夫婦の思い出を込めて『見てごらん仮面《マスク》を！』と呼び表していたらしい。ナボコフとヴェーラが初めて出会ったのは一九二三年のベルリンで開かれた亡命ロシア人組織の慈善舞踏会でのことであったが、そこで彼女は黒い仮面を決して外そうとはしなかったという。結婚とほぼ同時期に小説家としての本格的なデビューを果たしたナボコフは、自著にヴェーラへの献辞を添えることを常とした。妻に送られた『見てごらん道化師を！』の献辞頁には、色とりどりの菱形が並ぶ道化師模様の羽を持つ蝶の姿が作者自身の手で描き込まれている（ナボコフは近しい人々への献本にあたり、同様の「遊び」をこよなく愛した）。この架空の蝶の図像は、わが国においては二〇一一年に第一四六回芥川賞を受賞した円城塔の「道化師の蝶」に着想を与えたことでも知られるが、いかにもそれらしく「アルレキヌス・アルレキヌス（*Arlequinus arlequinus*）」なる学名が付けられたこの蝶の羽ばたきは、夫の死後にヴェーラが編んだ『詩集』（一九七九）の末尾を飾る、「一九七四年十月一日」との日付が付された次のロシア語詩のなかにも感じ取ることができる。

ヴェーラへ

おお、我が道化師《アルレキーン》たちを大草原に追ってゆく、
いくつもの窪地へと、また別の幸運を求めて！
冗談めかして、騙かしながら、
道化師たちは「幾何学」や「ヴェネツィア」と名付けられる。

きみだけが、きみだけがすっかり驚かされたんだね、
黒色、青色、オレンジ色をした菱形のすぐ後ろを追いかけながら……
「非凡な作家であり、スノッブもしくはサーカスの力持ちであるNは、
この上もなく自信たっぷりな様子で……」

2　**ケンブリッジでの最後の年（一九二二年）**　一九一七年のロシア革命後に短期間のクリミア滞在を経てヨーロッパへ亡命したナボコフは、一九一九年十月にケンブリッジ大学トリニティ・カレッジに入学し、一九二二年六月に同大学を卒業した（ナボコフの渡英については、第一部注19もあわせて参照）。英語短篇エッセイ「トリニティ・レーンでの下宿」（一九五一）に基づく『記憶よ、語れ』第十三章が扱うこのケンブリッジ時代の思い出は、ロシア語長篇小説『偉業』（一九三二）や処女英語長篇小説『セバスチャン・ナイトの真実の生涯』（一九四一、以下『セバスチャン・ナイト』）の物語に如実に反映されている。

3　**アイヴォー・ブラック**　「アイヴォー（Ivor）」という名前には、「象牙色（ivory）」の意味を読み込むことができる。ナボコフの代表作『ロリータ』（一九五五）の架空の序文に登場するブランチ・シュヴァルツマン（Blanche Schwarzman、blanche はフランス語で「白」、schwarz はドイツ語で「黒」の意）の場合と同じく、この登場人物のフルネームには色彩のコントラストが隠されている。

4　**ピット・クラブ**　一八三五年に創立された、ケンブリッジ大学の学生向け会員制ダイニング・クラブ。『セバスチャン・ナイト』の第五章で語られるナイトのケンブリッジ時代の回想のなかでも、同クラブの壁には馬の絵が掛けられていたことや、そこではかなり年配のウェイターが独特なスープの注文の取り方をしていたことなどが言及される。

5　**フランス語の『夢』、つまり『レーヴ』**　十九世紀前半を代表するロシア作家の一人であるニコライ・ゴーゴリ（一八〇九—五二）の戯曲『検察官』（一八三六）の原題に用いられた revisor は、同様の意味を持つラテン語（revisor）起源のロシア語。このアイヴォーの誤解を通じて、本作の物語の主調をなす「夢」あるいは「悪夢」の主題が導入される。アメリカの大学での文学講義に基づく評伝『ニコライ・ゴーゴリ』（一九

四四）の第二章「政府の亡霊」、および死後出版の『ロシア文学講義』（一九八一）に収録されたゴーゴリ論において、ナボコフは『検察官』の登場人物たちが夢のごとき非現実性を持つと指摘していた。

6　**「輝かしい海洋」《ブリリアント・ブライン》**　ダブリンのトリニティ・カレッジ出身者であるストップフォード・ブルック牧師（一八三二—一九一六）の共編著『英語によるアイルランド詩の宝物』（一九〇〇）には、「堅き背の輝かしい海洋を越えて」という一節を含んだ詩が見つかる。ナボコフがこの翻訳詩選集をどこまで意識していたのかは定かではないが、アイルランドの聖職者兼文芸批評家の姓（Brooke）がここで引用されたフレーズ（原文はbrilliant brine）と頭韻を踏むことは注目に値する。

7　**ベネットのことば？　それともバーベリオン？**　ここで語り手が言及する人名の候補としては、ともにエドワード朝時代を生きた二人の英国作家、すなわちアーノルド・ベネット（一八六七—一九三一）とW・N・P・バーベリオン（一八八九—一九一九）が挙げられる。フランス自然主義文学の影響を受けた作風で知られるベネットは、大英博物館での勤務経験を持つ博物学者でもあったバーベリオン（本名ブルース・フレデリック・カミングス）の代表作『絶望の日記』（一九一九）を発表直後に「まさしく当世風の一冊」と評した。今日においては知る人ぞ知るイギリス日記文学の古典となった同書にはH・G・ウェルズ（一八六六—一九四六）による序文が寄せられたことから、一部の読者の間でこの作品と作者がウェルズ自身の創作であるという誤解が広まったという。

8　**カルナヴォー**　原文はCarnavaux。「カーニヴァル（carnival）」の響きを持つ架空の地名。

9　**カンニス**　ナボコフのロシア語短篇「フィアルタの春」（一九三六）の舞台であるフィアルタは、イストリア半島北部の港町フィウメ（現在の名称はリエカ）とクリミア半島南端の都市ヤルタを合成した架空の観光地であった（さらに言えば、この地名には物語のライトモチーフである「スミレ」を意味するロシア語fialkaが反響している）。同じく『見てごらん道化師を！』のカンニスも、フランス南東部の二大観光保養地であるカンヌとニースを混ぜ合わせた架空の地名。

10　**セバスチャン**　『セバスチャン・ナイト』の登場人物の再登場。同作の第二章において、一九二二年のケンブリッジ大学卒業後に大陸旅行へ出掛けたセバスチャン・ナイトは、それから二週間をモンテカルロで過ごす。続く第三章で語られるように、その後に彼は語り手Vの母親の葬式のためにパリを訪れた際、この異母弟にリヴィエラに来ることを勧め、翌日には南仏へと旅立っていく。『セバスチャン・ナイト』と『見てごらん道化師を!』の物語世界が地続きになっているとすれば、ナイトはこの旅程の途中でカルナヴォーに立ち寄ったのだろう。

11 **なにか別の存在状態と、知らない間に容赦なくつながっているという恐怖**　エッセイ「『ロリータ』と題する書物について」(一九五六)のなかで、ナボコフは彼が「美的至福」と呼ぶ概念を「どこかで、芸術(好奇心、情愛、思いやり、恍惚感)が規範となるような別の存在状態と結び付いているという意識」と定義している。ちなみにナボコフ自身が手掛けた『ロリータ』のロシア語版(一九六七)では、括弧書きで挙げられた芸術の四つの定義のうち「思いやり」と「恍惚感」との間に「調和《ストローイノスチ》」の一語が追加された。

12 **ブレドウ男爵夫人**　幼少期に風変わりなおばに育てられるという設定は、『ロリータ』のハンバートや『青白い炎』(一九六二)に登場するアメリカ詩人ジョン・シェイドにも共通する。また、登場人物がトルストイの家柄に属するという記述は、ナボコフ晩年の大作『アーダ、あるいは情熱――ある家族の年代記』(一九六九、以下『アーダ』)の第一部第三十六章にも見つかる。

13 **ツァールスコエ**　第五部注28を参照。

14 **ヤン三世(ソビエスキ)の時代に初代チャルネツキーが**　ポーランドの司令官ステファン・チャルネツキー(一五九九―一六六五)のもとで戦術を学んだヤン・ソビエスキ(一六二九―九六)は、一六七四年にポーランド国王に即位した。

15 **野生牛《オーロクス》**　ユーラシア全土および北アフリカを生息地としたオーロクスは、一六二七年にポーランド中央部(ワルシャワ近郊のヤクトルコ)で絶滅したとされる。『ロリータ』の結末において、ハンバートはアルタミラやラスコーの壁画に描かれたことでも知られるこの動物の姿を永遠の象徴として喚起しながら、ロリータへの愛を叫ぶ。ナボコフ訳注『イーゴリ軍記』(一九六〇)は、第七十二行目のフセヴォロドが「野生牛」

と呼ばれている箇所に付けられた注釈のなかで、この動物が「勇気」と「力強さ」の象徴であると説明している。

16 **お伽話に出てくるような小道**　『記憶よ、語れ』第三章で幼少期の英語教育について語るナボコフは、第三節で子ども部屋のベッドの壁に掛けられた森の小道を描いた水彩画を思い出しながら、母親が読み聞かせてくれたあるイギリスのお伽話に言及している。少年がベッドから抜け出して絵の中へもぐり込んでいくというその物語は、ロシア語小説『偉業』のライトモチーフとしても使用されたのち、このように『見てごらん道化師を！』のなかに埋め込まれることとなった。ちなみに、ナボコフが手掛けた『偉業』の英語版（『栄光』）が発表されたのは一九七一年のことであった。『見てごらん道化師を！』と七〇年代におけるナボコフの自己翻訳との関連性については、第二部注2を参照。

17 **向かうつもりかな《カチーシシャ》、おチビさんよ《ヤーブロチコ》？**　ヴェーラがドイツのナボコフ研究者ディーター・E・ツィンマーに宛てた書簡（一九六二年二月五日付）によれば、ロシア革命時にボリシェヴィキ兵の間で歌われた俗謡《チャストゥーシュカ》において、「ヤーブロチコ（ロシア語の原意は「小さなリンゴ」）」は「ブルジョア」のメタファーであったという。

18 **彼の王たる私の足元に倒れた**　ここで王を自称する語り手の言葉からは、自らをゼンブラ国王だと信じてやまない『青白い炎』のチャールズ・キンボートの姿が想起される。また、ヴァジムの国外脱出の様子を描いたこの場面は、主人公マルティン・エーデルワイスと酔漢とのやり取りを描いた『偉業』第四章の変奏でもある。

19 **二、三粒のダイアモンド**　『記憶よ、語れ』第十三章第一節によれば、一九一九年にクリミアからギリシア経由でロンドンへ渡ったナボコフ家にとり、祖国から持ち出した宝石類が亡命生活を送る上での経済的な頼みの綱となったという。

20 **私は今、古い日記から転記している**　ロシア語小説『絶望』（一九三六）や『ロリータ』など、ナボコフはしばしば自作に日記小説の手法を取り込んだ。これとの関連で、『見てごらん道化師を！』の主人公が『絶望』のゲルマン・カルロヴィチや『ロリータ』のハンバート、あるいは『青白い炎』のキンボートといった、ナボコフが創り出した狂気の語り手たちの系譜に連なることを指摘しておきたい。ここで転記された部分に限らず、本作の物語は他の多くのナボコフの小説と同様に絶えず小説内の現実と虚構の間を揺れ動いている。

21 **スターロフ伯爵** 『セバスチャン・ナイト』において、語り手Vの母および晩年のセバスチャン・ナイトの担当医師の名前もスターロフであった。このヴァジムの後援者の姓に含まれた「星《スター》」のイメージは、『見てごらん道化師を!』の物語の随所で煌めいている。

22 **父称** ロシア人の名前と姓に挟まれた父称は、その人物の父親の名前に男性語尾(-ovich / -evich)を付けて「〜の息子」、あるいは女性語尾(-ovna / -evna)を付けて「〜の娘」を意味するものとして形成される。父称を通じて親子関係や登場人物のエスニシティが暗示されるなど、ナボコフの作品においてはこのロシア語特有の命名法が重要な意味を持つことが少なくない。

23 **マタ・ハリ** パリを中心に活躍したマレー系オランダ人の踊り子であるマタ・ハリ(本名マルガリータ・ゲールトロイダ・ツェレ、一八七六—一九一七)は、第一次世界大戦中に独仏間を暗躍した女性スパイの代名詞的存在。彼女をモデルにした映画は数多く作られたが、ナボコフとの関連においては、『ロリータ』でも言及されるドイツの名女優マレーネ・ディートリッヒ(一九〇一—一九九二)が主演を務めたジョセフ・フォン・スタンバーグ(一八九四—一九六九)監督の『間諜X27』(一九三一)を挙げておきたい。『セバスチャン・ナイト』の第十五章において、晩年のナイトの恋人であったとされるニーナという名の女性の足取りを辿るVは、神出鬼没な彼女にマタ・ハリの姿を重ね見る。パリの亡命ロシア人コミュニティを騒がせた実在の女性スパイ事件を題材に取った処女英語短篇小説「アシスタント・プロデューサー」(一九四三)を端的な例として、ナボコフはしばしば「スパイ」を作品のモチーフとして使用した。一九六四年にアルフレッド・ヒッチコック(一八九九—一九八〇)から映画の脚本に関するアイデアを求められた際には、ウィリアム・A・ウェルマン(一八九六—一九七五)監督の『鉄のカーテン』(一九四八)を彷彿させるスパイ物語を提案したこともある。

24 **アイリス**　このアイヴォーの妹の名前には、アヤメ科の植物の他に「虹色」の意味がある。「虹」もまた、『見てごらん道化師を!』に遍在するイメージの一つに数えることができる。

25 **ニーナ・ルセール**　自らの素性を隠しつつVを翻弄する、『セバスチャン・ナイト』の登場人物。ここで電話に反応したことを理由にアイリスの嘘が暴かれる様子は、ルセール夫人の正体がついに明らかとなる『セバスチャン・ナイト』第十七章のパロディ。

26 **ユンカー教授**　カール・ユング（一八七五―一九六一）がモデル。『プニン』（一九五七）の第四章第三節に見られたユング心理学における「曼荼羅」の概念への揶揄は、『アーダ』の第二部第二章で言及される「マンダラートフ」という人物名にも込められている。ナボコフの精神分析批判については、第二部注61もあわせて参照。

27 **モルナー**《Molnár》　『ロリータ』第二部第三十三章でラムズデールを再訪したハンバートは、宿敵クレア・クィルティの叔父にあたるアイヴォー・クィルティの歯科医院を訪れるなかで、ビアズレー滞在中にモルナーという名の歯科医の治療を受けたことを思い返す。『ロリータ』から『見てごらん道化師を!』へ受け継がれたこの歯科医の名前は、英語で「臼歯」を意味するmolarに由来。

28 **『海辺の王国』**　『ロリータ』のリフレインでもあるこのフレーズは、エドガー・アラン・ポー（一八〇九―一八四九）晩年の詩「アナベル・リー」から取られたもの。ナボコフは執筆中の『ロリータ』を「海辺の王国」の仮題で呼んでいた。

29 **イカロスのフェートン型オープンカー**　ギリシア神話とも結び付くこの自動車会社名は、ナボコフのロシア語第二小説『キング、クイーン、そしてジャック』（一九二八）のみならず、『絶望』や「フィアルタの春」、そして『アーダ』等の作品でも用いられている。

30 **彼女はデスデモーナのようにそれらを聞いていた**　ウィリアム・シェークスピア（一五六四―一六一六）の『オセロー』（一六〇四）にちなんで。第一幕第三場で、オセローはデスデモーナがむさぼるように熱心に自分の身の上を聞いたことを語っている。

31 **ウェルズのおはなしに、スヌークス氏ってのが出てくるんだけど** H・G・ウェルズの『十二の物語と一つの夢』(一九〇五)に収められた短篇小説「ミス・ウィンチェルシーの心」より。父親の友人でもあったウェルズの作品に、ナボコフは幼少期から親しんでいた。

32 **同じウェルズの『情熱的な友人たち』の中でスティーヴンが部屋を出た時になんと言ったか** 一九六六年の『パリス・レヴュー』によるインタビューで、ナボコフはウェルズの作品がアーノルド・ベネット(第一部注7を参照)やジョセフ・コンラッド(一八五七—一九二四)のような同時代の作家よりもはるかに優れていると語っているが、なかでも男女の三角関係の機微を描いた『情熱的な友人たち』(一九一三)は、彼の一番のお気に入りであった。『タイムズ文芸付録』(一九七七年一月二十一日号)に寄せられた「忘れられた名作」に関する記事でこのウェルズの恋愛小説を紹介したナボコフは、第七章冒頭でスティーヴンが語る言葉を指して「コンラッドやロレンスにはない、高度な芸術の冴え」と絶賛している。

33 **ハウスマン** 英国詩人A・E・ハウスマン(一八五九—一九三六)は一九一〇年以来トリニティ・カレッジでラテン語・ラテン文学の教鞭を執った古典学者でもあり、『記憶よ、語れ』第十三章が描くケンブリッジ時代の回想にも登場する。『見てごらん道化師を!』の前作にあたる『透明な対象』(一九七二)の第十一章には、『記憶よ、語れ』第十三章第五節でも言及されたハウスマンの詩集『シュロップシャーの若者』(一八九六)からの引用が見つかる。

34 **時間の織物が突然重なるような感じ** 『記憶よ、語れ』第六章の末尾で時間の存在を否定するナボコフが語る、「魔法の絨毯は、使った後、模様の一部が別の部分と重なるようにして折りたたんでおきたい」という言葉を想起させる一節。原文では頭韻を踏む「時間の織物(texture of time)」というフレーズは、『アーダ』の主人公ヴァン・ヴィーンが手掛けた哲学的著作のタイトルとしても用いられている。『アーダ』における時間への関心は『見てごらん道化師を!』における空間への関心と対照をなすが、本作の第六部には「空間の実態(the Substance of Space)」(第一章)や「空間のお化け(Specter of Space)」(第二章)といった類似表現が見つかる。

35 **リア王の雷電についての台詞**　シェークスピア『リア王』（一六〇六）の第三幕第二場より。

36 **マレヴォ**　ロシア語の marevo は「蜃気楼」の意。

37 **豚ならぬ齧歯類的なガダラの運命**　この聖書の逸話は、フョードル・ドストエフスキー（一八二一―八一）の『悪霊』（一八七三）のエピグラフにも取られていることでも知られる、聖書の一節にちなんで。ルカによる福音書によれば、ガダラの豚たちは悪霊レギオンに取り憑かれてガリラヤ湖に飛び込んでいったという。

38 **タウフニッツ叢書**　チャールズ・ディケンズ（一八一二―七〇）をはじめとする数々の英国作家の作品を世に送り出したことで知られる、ドイツの出版社タウフニッツの人気シリーズ。『偉業』の第三十七章（章構成が見直された英語版では第三十六章）においても、主人公マルティンがタウフニッツ叢書を手に取る場面が認められる。

39 **『アーディス』**　『アーダ』においてヴァンとアーダの出会いの舞台となる荘園の名前である「アーディス」は、ナボコフ研究者としても知られる文学者カール・R・プロッファー（一九三八―八四）が妻エレンダとともに一九七一年にミシガン州アナーバーで開業したロシア語出版社の社名にも用いられた。『見てごらん道化師を！』における『アーダ』のパロディについては、第五部の注17および第六部の注18もあわせて参照。

40 **肩をむき出しにしているルパート・ブルックのあの写真に驚くほど《ア・ウリ・サン》似ている**　一九六四年の『プレイボーイ』誌によるインタビューによれば、英国詩人ルパート・ブルック（一八八七―一九一五）はナボコフがヨーロッパで亡命生活を送っていた一九二〇年代と三〇年代を通じて夢中になって読んだ作家の一人であったという。ここでのブルックへの言及は、ロンドンで出版された『ルパート・ブルック詩選集』（一九二一）に収められたシェリル・シェル（一八七七―一九六四）の撮影による肖像写真に基づいたもの。

41 **プーシキンの、彼女の足を愛でる波だかなんだかいうあの詩**　ロシアの国民的詩人アレクサンドル・プーシキン（一七九九―一八三七）の代表作である韻文小説『エヴゲーニー・オネーギン』（一八三三）第一章第三十二連および三十三連より。『見てごらん道化師を！』に限らず、ナボコフの著作には彼が絶えず敬愛し続けたプーシキンへの直接的な言及や暗示がちりばめられている。とりわけ一九六〇年代以降の作品においては、それらがナボコフ自身が手掛けた『オネーギン』の英語翻訳とそれに付された膨大な訳注（初版一九六四、改訂版一九七五）との間に補完関係を結ぶことが少なくない。

42 **ニンフェット** 『ロリータ』の第一部第五章に見られるハンバートの講義口調の語りにおいて、「ニンフェット」は九歳から十四歳までの特定の少女を指す専門用語として定義される。

43 **サミュエルズ・セメント会社** 十九世紀アメリカの国民的作家マーク・トウェイン（一八三五―一九一〇）の本名、サミュエル・クレメンズにちなんで。

44 **ミラーナ・パレス** 『ロリータ』のハンバートの父親は、リヴィエラで「ミラーナ」という名のホテルを経営していた。

45 **『スワン家の方へ』** ナボコフがアメリカ時代の文学講義でも扱った、マルセル・プルースト（一八七一―一九二二）の大作『失われた時を求めて』の第一巻（一九一三）。

46 **シェークスピアの出来のよくないこの喜劇** 『トロイラスとクレシダ』（一六〇二）を指す。

47 **記憶の女神**《ムネーモシュネー》 『確証――回想録』（一九五一）を英国での出版に際して『記憶よ、語れ――回想録』へと改題するにあたり、ナボコフはタイトル候補の一つとして「ムネーモシュネーよ、語れ」を考えていたという。ロシア語版（『彼岸』、一九五四）を経て一九六〇年代後半に出版された再英訳版にはナボコフ家の別荘地の地図が付されたが、そこにはナボコフ自身が手掛けたクロホシウスバシロチョウのイラストが添えられている。この蝶の学名 *Parnassius mnemosyne* にも、記憶の女神の名前がこだましている。

48 **途方もなく大きな黄緑色をして裏側にぽっと薔薇色の輝きのあるやつ** タバコスズメガ（学名 *Celerio galii*、英語名 Bedstraw Hawkmoth）を指す。

49 **パンドラ** パンドラ（学名 *Pandoriana pandora*）はヨーロッパに生息するヒョウモンチョウのなかでも最大級のもの。第一部の結末においても再び姿を現すこの蝶の名前が、ギリシア神話においては「災厄」のイメージを伴っていたことに注意。

50 **ファルター（蝶）** Falter はドイツ語で「蝶」の意。ロシア語短篇「北の果ての国」（一九四〇）に登場するアダム・ファルテルや、『ロリータ』第一部第十一章におけるラムズデール校のクラス名簿に載ったテッド・ファルターなど、ナボコフはしばしばこの語を登場人物の姓に利用した。

51 **プシュケー** ギリシア語で「魂」を意味するプシュケーは、ギリシア神話においては愛の神エロスの思い女の名前。絵画においては、その軽やかさを表現するために蝶の羽が描き込まれることが多い。

52 **安物の煙草**《サランボ》 フランス煙草の銘柄を指すこの語は、前作『透明な対象』でも引き合いに出されていたギュスターヴ・フローベール（一八二一―八〇）の歴史小説『サランボー』（一八六二）への引喩をも含意しているのかもしれない。

53 **シャイロック** シェイクスピアの『ヴェニスの商人』（一五九六）に登場するこのユダヤ人金貸しへの言及は、アイヴォーがいかなる人種意識の持ち主かを示唆する。

54 **有史前の鳥** 具体的には翼竜（*pterodactylus*）を指す。ギリシア語で「指」を意味するdactylは、英詩においては強弱弱格を意味する。

55 **誰かのものまね** 物語の冒頭より折に触れてものまねを披露するアイヴォーの姿は、『ロリータ』に次いで発表されたナボコフの英語小説『プニン』（一九五七）において、食事の席では常に主人公プニンの真似をして同僚の大学教師たちを楽しませようとするジャック・コッカレルを彷彿させる。

56 **マネシ映画社** この映画社の名前は原文では〝Amenic〟であり、〝cinema〟を逆から読んだもの。

57 **『クイーンを取るポーン』** 第一部注69を参照。

58 **セローフ** ヴァレンティン・セローフ（一八六五―一九一一）は、ヴルーベリ（第二部注34を参照）らとも親交を持っていたことで知られる帝政ロシアの肖像画家。ナボコフの短篇「ロシア美人」（一九三四）のなかにも、その作品への言及が見つかる。第四部注26もあわせて参照。

59 **ボリス・モロゾフ** ロシアの象徴主義作家アンドレイ・ベールイ（本名ボリス・ニコラエーヴィチ・ブガーエフ、一八八〇―一九三四）がモデル。十代の頃にベールイの詩学に傾倒したナボコフが、その長篇小説『ペテルブルグ』（一九一六）を二〇世紀文学を代表する一冊と絶賛したことは有名。

60 **バラトゥインスキー**　エヴゲーニイ・バラトゥインスキー（一八〇〇—四四）は同世代のプーシキンによってロシア発の挽歌調詩人《エレジスト》として称賛されたのち、二〇世紀の世紀転換期においては象徴主義詩人たちの間で再評価を受けた。

61 **『亡命者ニュース』**《ノーヴォスチ・エミグラーツィイ》　ナボコフが度々寄稿した、パリの亡命ロシア人向け新聞『最新ニュース』《パスレードニエ・ノーヴォスチ》がモデル。

62 **ナンセン・パスポート**　当時の国際連盟ノルウェー代表を務めたフリチョフ・ナンセン（一八六一—一九三〇）が発案した、無国籍難民向けの国際身分証明書。『ロリータ』のハンバートは、第一部第八章でそれを「ナンセン（というよりはナンセンス）旅券」と揶揄している。『記憶よ、語れ』には、若き日のヴェーラと作家の一人息子ドミトリー（一九三四—二〇一二）の幼い姿を映したナンセン・パスポートの写真が載せられている。

63 **プーシキンの話に出てくるあの狂った博打うちの青年**　プーシキンの短篇小説「スペードの女王」（一八三四）への言及。

64 **人工ヴォラピュク語**　『記憶よ、語れ』第十一章第二節の冒頭でも言及される、十九世紀末にヨーロッパ全土で一大ブームを巻き起こした人工言語。ドイツのカトリック司祭ヨハン・マルティン・シュライヤー（一八三一—一九一二）が一八八〇年に発表し、オランダの言語学者であり暗号研究者としても著名なアウグスト・ケルクホフス（一八三五—一九〇三）の長年にわたる尽力によって各国に普及していった。

65 **『タマーラ』**　一九二五年にナボコフが取り掛かった『幸福』と題するロシア語小説の構想は、翌一九二六年に発表された『マーシェンカ』へと結実した。この処女長篇のパロディに仕立て上げられたヴァジムの『タマーラ』については、第二部注28もあわせて参照。

66 **フールスキャップ紙**　この筆記用紙の呼称は、十五世紀においては道化帽《フールスキャップ》の透かし模様が入っていたことに由来する。『記憶よ、語れ』第一節第三節の末尾において、ナボコフは「芸術というランプ」に照らされることで「人生のフールスキャップ紙」から独自の意匠《デザイン》が透けて見えるという、極めて印象的なフレーズを用いている。

67 **『パトリア』** 一九二〇年から四〇年にかけてパリで発刊された亡命ロシア人向けの文芸誌『現代雑記』《ソヴリメンニィエ・ザピースキ》のパロディ。ナボコフの『絶望』は同紙に連載された。第二部注4もあわせて参照。

68 **プロスタコフ＝スコチーニン** 風刺を利かせたリベラルな作風で知られる、十八世紀ロシアの作家デニス・フォンヴィージン（一七四五―九二）への引喩。「プロスタコフ」も「スコチーニン」も、いずれもフォンヴィージンの喜劇『未成年』（一七八二）に登場するヒロインとその弟の姓。

69 **ポーンとクイーンのあいだで交わされた、旦那を裏切る会話…それであの人たちは本当にあのかわいそうなチェスプレーヤーを窓から放り出してしまうのかしら？** ヴァジムの『クイーンを取るポーン』には、ナボコフのロシア語小説『キング、クイーン、そしてジャック』と『ルージン・ディフェンス』（一九三〇）を合成したパロディが意図されている。前者の主人公フランツはマルタ・ドライヤーが目論む夫カールの殺害計画に巻き込まれていくが、後者の主人公であるチェスプレーヤーのルージンは、物語の結末において狂気に陥った末に窓から投身自殺を図る。

70 **チュッチェフ** 十九世紀ロシアの詩人フョードル・チュッチェフ（一八〇三―七三）の代表作「沈黙」は、『アーダ』においてもしばしば引き合いに出されていた。ナボコフは渡米直後にプーシキンとレールモントフ、そしてチュッチェフの英訳から成る詩選集『三人のロシア詩人』（一九四三）を発表した。

71 **ブローク** アレクサンドル・ブローク（一八八〇―一九二一）やベールイら象徴主義詩人たちが活躍した十九世紀初頭から二〇世紀初頭のモダニズム文学の全盛期（ロシア文学史上のいわゆる「銀の時代」）は、ナボコフの文学的感性に多大なる影響を及ぼしたとされる。ナボコフはとりわけ青年期にブロークの詩にのめり込んだというが、『マーシェンカ』にブロークの代表作「見知らぬ女」（一九〇四）が反響していることをはじめ、ナボコフは創作の端々でこの先輩詩人にオマージュを捧げ続けた。

72 **ヴラーンゲリ将軍** ロシア帝国の男爵であるピョートル・ヴラーンゲリ（一八七八―一九二八）は白軍勢力最後の総司令官を務め、ロシア南部やウクライナ、クリミア半島方面で反革命運動を行った。

73 **『満つる月』**《バルナルーニエ》 ナボコフのビブリオグラフィには、全篇を通じて韻文で書かれた小説は存在しない。あえて対応する作品を挙げるとすれば、『賜物』（一九五四）の末尾にも用いられたいわゆる「オネーギン・スタンザ」で構成されるロシア語詩「大学の詩」（一九二七）になるだろうか。

74 **『カメラ・ルシダ』** 第二部注24を参照。

75 **四月二十三日** ナボコフの（新暦での）誕生日にあたるこの日付は、しばしば創作に利用された。『記憶よ、語れ』の序文では、それがシェークスピアの誕生日でもあることが触れられている。

76 **スモーキング** 二〇世紀ロシア音楽を代表する作曲家セルゲイ・ラフマニノフ（一八七三―一九四三）との思い出にちなんで。一九四〇年にニューヨークに住むラフマニノフのもとを訪れた際、アメリカの大学での初講義が間近に迫ったナボコフに対して、年長の音楽家は自分のディナージャケットを貸し与えた。このエピソードをどこかで耳にした亡命ロシア文壇を代表する女流作家ニーナ・ベルベーロワ（一九〇一―九一）は、ナボコフのパリ時代を回想したエッセイ（「三〇年代のナボコフ」、一九七〇）のなかで、彼がラフマニノフからスモーキングジャケットを借り受けたと記した。これに対してナボコフ自身は、ラフマニノフとはヨーロッパ時代に直接顔を合わせたことがなかったと反論し、ベルベーロワの記憶違いに訂正を求めたのであった。

77 **あなたのお話にでてくるあのシャム双生児みたいに** ナボコフの英語短篇「怪物双生児の生涯の一場面」（一九五〇）にちなんで。ナボコフは同様の主題で長篇小説を構想していたが、ヴェーラの猛反発を受けて執筆を思いとどまったという。ちなみに、シャム双生児は、現在は「結合双生児」と呼ぶ。

78 **パオン・ドール** Paon d'Or はフランス語で「黄金の孔雀」の意。

79 **モルフォチョウ** モルフォチョウ（*Morpho*）は南米から中米にかけて分布する大型蝶の総称。その多くの種は、光沢のある鮮やかな青色の羽を持つ。

第二部

1 **ハイネが書いた五月の詩** ドイツ詩人ハインリッヒ・ハイネ（一七九七―一八五六）の『歌の本』（一八二

七）に収められた、「ある素晴らしい五月に」というフレーズで始まる無題の詩を指す。

2 **ベッドで壁側から窓の方へ向き直ると、アイリスがベッドの窓側に、その黒々とした頭を私の方に向けて横たわっていた**　ロシア語短篇「チョールブの帰還」（一九二五）において、妻を亡くした主人公チョールブは彼女との新婚旅行の思い出が詰まった宿屋に娼婦を連れ込み、隣で眠る彼女に死んだ妻の亡霊を重ね見る。同作の作者自身による英語翻訳は、短篇集『ある日没の細部』（一九七六）に収録。同じく一九七〇年代に発表された『ロシア美人』（一九七三）や『独裁者殺し』（一九七五）といった短篇集収録作品、そして長篇『メアリー』や『栄光』が『見てごらん道化師を！』の物語に透けて見えるとき、それらはかつてのロシア語作品というよりもむしろ、同時期に制作された英語作品としてヴァジムの物語と結び付けられている。

3 **オルレアン**　フランス中部のロアール川右岸の都市で、かのジャンヌ・ダルク（一四一二—三一）によって英国軍の支配から解放された地として有名。ナボコフは『ロリータ』の執筆に何度か行き詰まり、庭の焼却炉で草稿の破棄を試みた。このエピソードにちなみ、「『ロリータ』と題する書物において」のなかでナボコフは『ロリータ』をジャンヌ・ダルクになぞらえている。そこにはまた、ナボコフがベルリン時代にヴェーラと観たというカール・ドライヤー（一八八九—一九六八）監督の『裁かるるジャンヌ』（一九二八）が影を落としているのかもしれない。

4 **ステパン・イヴァーノヴィチ・ステパーノフ**　『記憶よ、語れ』第十四章第二節で「聖人のような英雄的人物」と呼ばれる、イリヤ・フォンダミンスキー（一八八〇—一九四二）がモデルか。フォンダミンスキーが創刊に携わったパリの亡命ロシア人向けの文芸誌『現代雑記』（第一部注67参照）のお抱え作家であったナボコフは、この編集者の熱意に絶えず尊敬の眼差しを送り続けた。同誌に連載された『偉業』の英語版に付された序文の中では、フォンダミンスキーとの思い出が温かな筆致で綴られている。

5 **コッホ通りだっただろうか？　それともロッシュ？**　第一次世界大戦時に連合国軍総司令官を務めたフランスの陸軍軍人フェルディナン・フォッシュ（一八五一—一九二九）にちなんだ「フォッシュ通り」が正解。

6 **アレクサンドル・ケレンスキー**　アレクサンドル・ケレンスキー（一八八一—一九七〇）はロシア二月革命

の指導者の一人であり、臨時政府大臣会議では議長（首相）を務めた。ＫＧＢから「ピエロ」のコードネームを付けられたことでも知られる。

7　**イヴァン・シポグラードフ**　一九三三年にノーベル文学賞を受賞したロシア作家イワン・ブーニン（一八七〇—一九五三）がモデル。小説家として有名なブーニンだが、ナボコフはもっぱら彼を詩人として高く評価していた。『記憶よ、語れ』第十四章第二節に見られるベルリン時代の亡命ロシア文壇との交流をめぐる回想には、ブーニンからの夕食の誘いに関するエピソードが含まれている。

8　**ヴァシーリー・ソコロフスキー**　ロシアの象徴主義作家ドミトリー・メレシコフスキー（一八六五—一九四一）がモデルとされる。ブロークやベールイに対する態度とは異なり、ナボコフはそれに先立つシンボリスト第一世代の作家たちに対して常に辛口であった。例えば『ロシア文学講義』に収められた「翻訳の技法」と題する講義で、カール・バリモント（一八六七—一九四二）とメレシコフスキーによるポーやシャルル・ボードレール（一八二一—一八六七）の詩のロシア語訳が酷評されている。

9　**キーツの有名な一行**　英国ロマン派詩人ジョン・キーツ（一七九五—一八二一）の物語詩『エンディミオン』（一八一八）の第一行目より。一九六三年に行われた『プレイボーイ』誌のインタビューでナボコフは祖国で過ごした十歳から十五歳までの間のお気に入りの作家の名前を挙げているが、その列にはキーツも加わっている。

10　**モロワの「見事なバイロン伝」**　英国ロマン派詩人ジョージ＝ゴードン・バイロン（一七八八—一八二四）に関する、フランス作家アンドレ・モロワ（一八八五—一九六七）の伝記（一九三〇）を指す。『賜物』や『セバスチャン・ナイト』のようなパリ時代の作品から、『ニコライ・ゴーゴリ』に始まるアメリカ時代の一連の作品を経て晩年のスイス時代に書かれた『見てごらん道化師を！』にいたるまで、ナボコフはモロワに代表されるいわゆる「伝記小説《ビオグラフィ・ロマンセ》」の手法に常に抗い続けた。

11　**『赤いシルクハット』**　ナボコフがヨーロッパ時代に発表した最後のロシア語長篇小説『断頭台への招待』（一九三八）のパロディ。架空の独裁国家を舞台に主人公シンシナトゥス・Cの苦境を描いたこの小説において、罪人に赤いシルクハットを被せることは死刑の婉曲表現とされる。ヴァジムが幼いドリー・フォン・ボルグをモデルに自作に描き込んだエミーは、シンシナトゥスを翻弄する看守の娘であり、同じくエミーと名付けられたナボコフの登場人物の分身と見なしうる。

12　**サン・シュプリース通り**　正しくはサン・シュルピス（St. Sulpice）通り。フランス語でシュプリース（supplice）と言えば「拷問刑」の意。

13　**リュボーフィ・セラフィモーヴナ・サヴィチ**　これ以降「リューバ」の愛称で呼ばれるこの登場人物のフルネーム（Lyubov Serafimovna Savich）には、ナボコフの妻の名前と旧姓（Véra Slonim）が隠されている。

14　**ヤーブロコフ**　アルフレッド・アペル・ジュニア（一九三四―二〇〇九）がモデル。コーネル在学時にナボコフから文学の手ほどきを受けたことでも知られるアペル畢生の大作『詳注ロリータ』（初版一九七〇、改訂版一九九一）は、作者の公認による作品の注解を通じて先行文学作品のパロディやパスティーシュこそがナボコフ文学の原動力であるとする批評的視座を明確に打ち出した一冊。ロシア語で「リンゴ」を意味する「ヤーブロコ」にちなんだヤーブロコフの名前は、「アペル」と「アップル」の洒落からきたもの。

15　**ディメンシア**　原文はDementia。あたかも人名のごとく用いられたこの言葉は、精神医学用語では「統合失調症」の意。

16　**LATH**《見てごらん道化師を》　本作のタイトルでもあるキーフレーズ「見てごらん道化師を！（Look at the harlequins!）」の四つの英単語の頭文字より。ナボコフは執筆中の本作をこの形で呼んでいた。英語のlathは「木舞」、すなわち伝統的なイタリア喜劇《コンメディア・デッラルテ》に登場する道化《アルレッキーノ》が持つ魔法の杖を意味する。

17　**パッシー・ナ・ルシー**　実在の地名を取り込んだ言葉遊び。「パッシー」とはセーヌ川を挟んでエッフェル塔の対岸に位置する、当時のパリの亡命ロシア人コミュニティの中心とされた地区のこと。「ナ・ルシー」はロシア語で「ロシアにて」の意。

18　**アンナ・イヴァーノヴナ・ブラゴーヴォ**　「アンネット」の愛称で呼ばれることになるこの登場人物の姓（Blagovo）は、第一部に見られたブラギゼ（Blagidze）と頭韻を踏む。一九六九年の『タイム』誌によるインタビューにおいて最近作『アーダ』における「近親相姦」の主題について尋ねられたナボコフは、siblings《きょうだい》やbloom《花盛り》、blue《青》、bliss《至福》、sable《黒貂》といった語に含まれるblの音が好きだと語っていた。

19 **モロー博士の島の動物園**　人間級の知性を与えるべく動物実験を繰り返すマッド・サイエンティストを描いた、H・G・ウェルズの人気作『モロー博士の島』（一八九六）より。

20 **ボヤーン書店**　ナボコフは『イーゴリ軍記』訳注の序文において古代ロシアの吟遊詩人ボヤーンについて比較的詳細に論じており、そこでの議論を『オネーギン』訳注においても引き合いに出している。

21 **ブロンズ・ホースマン社**　「ブロンズ・ホースマン」はペテルブルグのネヴァ川の畔に佇むピョートル大帝の乗馬像、いわゆる「青銅の騎士」を指す。亡命ロシア文学を扱ったベルリンの出版社ペトロポリスのロゴマークはこの銅像であったが、ここでの出版社の名前はプーシキンの詩「青銅の騎士」（一八三三）への引喩も含意している。

22 **トラクター小説**　ソヴィエト・ロシアの社会主義リアリズム文学においては索引車《トラクター》の描写が殊のほか好まれたという文学史的事実にちなんで。

23 **オシップ・ルヴォーヴィチ・オックスマン**　アメリカの文芸批評家リチャード・ポイリエ（一九二五―二〇〇九）による『見てごらん道化師を！』の書評（『ニューヨーク・タイムズ・ブック・レヴュー』一九七四年十月十三日号）は、この登場人物のモデルがニコラス・オッツープなる亡命ロシア人の書店主であると推測した。同誌（十一月三日号）に手紙を寄せてこのポイリエの評に疑義を唱えたのが、ナボコフの親しい友人であった文学者グレーブ・ストルーヴェ（一八九八―一九八五）である。ストルーヴェによれば、彼の知り合いであったアクメイズム詩人のオッツープは書店経営に携わったことなどなく、『見てごらん道化師を！』の登場人物の名前はむしろ、著名なプーシキン学者として知られるジュリアン・オクスマンに基づくという。ナボコフはストルーヴェに宛てた書簡（一九七五年四月二十一日付）のなかでこの一件に触れ、オックス《牛》マン《男》がやはりウェルズの『モロー博士の島』にちなんだ架空の人物であることを仄めかしながら、ポイリエの勘違いが引き起こした珍事を十分楽しんだことを報告している（彼はオッツープとの面識はなかったらしい)。「迷路」のイメージや数多の怪物《フリーク》への言及が散りばめられたヴァジムの物語においては、オックスマンの名前がギリシア神話のミノタウロスへの連想を誘うことにも注意。

24 **『カメラ・ルシダ』** ナボコフのロシア語小説『カメラ・オブスクーラ』(一九三三)のパロディ。この小説のタイトルに用いられた「暗箱」は写真装置の一種だが、ヴァジムの作品タイトルにある「カメラ・ルシダ」は、ナボコフの自伝のなかでも言及される写生器のこと。

25 **あの名高い二重スパイのアゼフ** エヴノ(エヴゲーニー)・アゼフ(一八六九—一九一八)は帝政ロシア秘密警察のエージェントでありながらも社会革命党《エスエル》のテロリストとして暗躍した、ロシア革命史上最大のスパイとして知られる。

26 **『ゲロイ・ナーシェイ・エーリ』(『我らが時代の英雄』)** ミハイル・レールモントフ(一八一四—四一)作『現代の英雄《ゲローイ・ナーシェヴォ・ヴレーメニ》』(一八四〇)のもじり。プーシキンとともに十九世紀前半のロシア文学を代表するこのロマン主義作家の代表作を、ナボコフは息子のドミトリーの協力を得て英語へと翻訳し、『ロリータ』の米国版出版年にあたる一九五八年に発表した。

27 **文芸評論誌『素数《プライム・ナンバーズ》』** ソヴィエトの文芸誌『数《チスロー》』のパロディ。

28 **『プリンセス・メアリー』は…『タマーラ』だ** レールモントフの詩「悪魔」(一八三九)のヒロイン名である「タマーラ」は、ナボコフの『記憶よ、語れ』第十二章に登場するかつての恋人に付けられた仮名でもある(本名リューシャ・シュリギナ)。同じ名前をタイトルに持つヴァジムの処女小説がナボコフ自身の『マーシェンカ』のパロディであることは明白だが、自伝が語るタマーラとの恋愛の思い出こそ、この第一ロシア語長篇の下敷きとされたものであった。「プリンセス・メアリー」というフレーズは『現代の英雄』のセクション・タイトルのみならず、ナボコフ自身が晩年に手掛けた『マーシェンカ』の英語翻訳版『メアリー』(一九七〇、マイケル・グレニーとの共訳)をも指し示す。

29 **レールモントフとかルビンシュタインのじゃなくて** アントン・ルビンシュタイン(一八二九—九四)の作曲によるオペラ「悪魔」の初演は一八七一年。

30 **ちょうどオネーギンがタチヤーナに自分のことをそんなふうに説明していましたね**　『エヴゲーニー・オネーギン』の第四章第十五連より。

31 **あなたのとても有名なお父様**　V・D・ナボコフ（一八七〇―一九二二）は著名な刑法学者であり、また立憲民主党の中心的存在として活躍した政治家。暗殺者の凶弾に斃れたこの父との思い出は、ウラジーミルにとって生涯の誇りであった。ディケンズやフローベールを愛したその文学的嗜好のみならず、人種意識や個人主義、あるいはリベラルな政治思想など、父親の教えはナボコフが紡ぐ物語の端々にまで行き届いている。

32 **ヴァルラーモフ**　コンスタンチン・ヴァルラーモフ（一八四八―一九一五）は、ペテルブルグのアレクサンドリスキー劇場で活躍したロシアの俳優。一八八七年に初めてゴーゴリの『検察官』に出演して以来、その生涯にわたって市長の役を演じ続けた。

33 **ナチス強制収容所**　短篇「暗号と象徴」（一九四八）や長篇『プニン』を筆頭に、第二次大戦後に書かれたナボコフの英語小説には常にホロコーストの記憶が色濃く影を落としている。同性愛者であった一歳下の弟セルゲイ・ナボコフ（一九〇〇―四五）もまた、パリ滞在時にスパイの容疑を掛けられ収容所で非業の死を遂げた。

34 **ヴルーベリ**　象徴主義的な画風で知られるロシア画家ミハイル・ヴルーベリ（一八五六―一九一〇）は、その生涯においてレールモントフの詩「悪魔」に主題を取った数々の絵画を描き残した。『アーダ』の主人公ヴァンの父親はディメンティ（デーモン）・ヴィーンだが、この小説の第三部第八章ではヴルーベリの大作「座るデーモン」（一八九〇）を仄めかした一節が見つかる。

35 **『失楽園』**　ナボコフの『オネーギン』訳注は約八年をかけて準備された大作であったが、それに付された「翻訳者の序文」の冒頭には、フランソワ＝ルネ・ド・シャトーブリアン（一七六八―一八四八）が手掛けた英国詩人ジョン・ミルトン（一六〇八―七四）の代表作『失楽園』（一六六七）のフランス語訳を論じたプーシキンの一節がエピグラフとして引かれている。

36 **V.Irisin《イリーシン》というペンネーム**　ナボコフがロシア語時代に用いたペンネームは「V・シーリン（V. Sirin）」だ

ったが、第一部の序盤でヴァジムは「V・S氏」なる人物と取り違えられていたことをここで改めて思い出したい。「シーリン」とは現代では「シロフクロウ」や「オナガフクロウ」のことだが、ロシア神話においてはギリシア神話における「セイレーン」と同じく女性の顔と胴体、そして色とりどりの羽を持った架空の鳥を指す。一九六九年の『ヴォーグ』誌によるインタビューのなかで、ナボコフはこの点に触れて「シーリン」が一九一〇年頃に刊行されたロシア象徴主義文学選集のタイトルであったとも語っている。

37 **『勇気を賜った者』** 一九五四年にニューヨークのチェーホフ出版より発表された『賜物』は、ナボコフのロシア語時代の傑作との呼び声高い一冊。原文ではヴァジムの作品タイトルのロシア語（*Podarok Otchizne*）と英語（*The Dare*）いずれにおいても、そのなかにナボコフ自身の作品のロシア語原題（*Dar*）を見出すことができる。この小説の第四部には、主人公兼語り手フョードル・ゴドゥノフ＝チェルディンツェフが手掛けたとされる、十九世紀ロシアにおける急進派の代表的な思想家ニコライ・チェルヌイシェフスキー（一八二八―八九）の評伝が埋め込まれている。

38 **A・K・トルストイのことば** 十九世紀のロシア詩人アレクセイ・コンスタンティノーヴィチ・トルストイ（一八一七―七五）の詩「にぎやかな舞踏会のさなかに」（一八五七）より。

39 **シオンの賢者たち** 反ユダヤ主義的な陰謀論を流布した史上最悪の偽書として知られる『シオン賢者の議定書』は、『賜物』のみならず英語短篇「団欒図、一九四五年」（一九四五）においても言及される。

40 **『オウム飼いの回想録』** 『賜物』の主人公のデビュー作は小説ではなく詩集。ここでのヴァジムの作中作のタイトルは、自作の詩について夢想するフョードルが通りで見かけた油の染みをオウムに喩える第一章の場面にちなんだものか。

41 **最後の偉業** ソヴィエトへの密航を企てた主人公マルティンが失踪する、ナボコフの『偉業』の結末をパロディ化したもの。

42 **チェルノリューボフとドブロシェフスキー** チェルヌイシェフスキーと、彼と同時代を生きた文芸批評家のドブロリューボフ（一八三六―六一）、つまり二人のニコライの姓が入り混じっている。

43 **ボッティチェリの『春』** 『ロリータ』においても引き合いに出されていたサンドロ・ボッティチェリ（一四四四頃―一五一〇）の『春』（一四八二頃）については、その原題（Primavera）にナボコフの妻の名前が含まれていることに注意。

44 **「砂漠をさまよい、ごつごつとした石切り場や岩場や……」** シェークスピアの『オセロー』第一幕第三場からの引用。

45 **仔牛愛撫** 「過度の、または場にそぐわない愛情表現」を意味するロシア語の慣用表現にちなんで。

46 **肺炎** 自伝でも語られるナボコフ自身の一九〇七年の肺炎の経験は、『マーシェンカ』の主人公レフ・ガーニンとの間で共有されている。

47 **アスフォデル** ユリ科に分類されるアスフォデル（asphodel）は水仙の一種。この花の名前は、ギリシア神話においてはに咲き誇る不凋花アスフォデルス（Asphodelus）に由来する。『セバスチャン・ナイト』のナイトの遺作は『疑惑のアスフォデル』と題されており、語り手Vが「死者の書」とも呼ぶこの小説では、臨終の床についた一人の男を主人公に死をめぐる哲学的な思索が展開される。

48 **ニューヨークのジェイムズ・ロッジ社** ナボコフの『セバスチャン・ナイト』や『ニコライ・ゴーゴリ』を世に送り出したニュー・ディレクションズ社のジェイムズ・ラフリン（一九一四―九七）がモデル。ナボコフは一九四三年にラフリンが所有するユタ州のアルタ・ロッジで休暇を過ごしたことがある。

49 **ミュッセ** アルフレッド・ミュッセ（一八一〇―五七）は、数々の詩や小説、戯曲を書き残したフランスのロマン主義作家。十六歳のナボコフが自費出版した詩集には、ミュッセの詩行がエピグラフとして引かれている。

50 **よろめき小悪魔《ル・プティ・ディアブル・ボワトー》** フランス作家アラン＝ルネ・ルサージュ（一六六八―一七四七）の小説『よろめきの悪魔』（一七〇七）の着想源として知られる、スペインの劇作家ルイス・ヴェレス・デ・ゲヴァラ（一五七九―一六四四）の同名の作品（一六四一）が念頭にある。

51 **アダム・アトロポーヴィチ** パリの亡命ロシア文壇を牽引した批評家ゲオルギー・アダモーヴィチ（一八九

四―一九七二）がモデル。ロシア語短篇「ヴァシーリー・シシコフ」（一九三九）は、折に触れてナボコフを批判したアダモーヴィチに対するウィットに富んだ返礼であった。

52 **ゴーリキー**　ソヴィエト作家マクシム・ゴーリキー（一八六八―一九三六）の代表作『母』（一九〇七）は、フセヴォロド・プドーフキン（一八九三―一九五三）の監督によって映画化された（一九二六年公開）。ナボコフは文学講義においてゴーリキーの短篇「筏の上で」（一八九五）を扱ったが、例えば『ロリータ』と題する書物について」においてオノレ・ド・バルザック（一七九九―一八五〇）やトーマス・マン（一八七五―一九五五）とともにゴーリキーを「時代物の屑」と呼び表しているように、概してその文学芸術に対する評価は芳しくはなかった。

53 **中欧のどこかで、ある朝目覚めたら普通の甲虫よりもたくさん脚の生えた巨大なコガネムシに変身していた**　ナボコフの文学講義でも扱われた、フランツ・カフカ（一八八三―一九二四）の『変身』（一九一五）にちなんで。

54 **『真実の下を見てごらん』**　『セバスチャン・ナイト』のパロディ。ナボコフの語り手Vが語るナイトの物語は、グッドマン氏と呼ばれる伝記作家が手掛けた『セバスチャン・ナイトの悲劇』に向けた反駁を主要目的とする。ここでヴァジムの作品に登場するハムレット・ゴッドマンなる伝記作家がデンマーク人とされているのは、シェークスピアの『ハムレット』（一六〇二）にちなんで。『セバスチャン・ナイト』の第七章でグッドマン氏の著作を批評するVがナイトのケンブリッジ時代に書かれた処女小説として紹介する物語もまた、『ハムレット』の基本的なプロットをなぞっていた。なお、ヴァジムの『真実の下を見てごらん』は、増殖する脚注という点においては『青白い炎』のパロディでもあるだろう。

55 **私たちはことばでなくイメージで思考する**　一九六四年の『プレイボーイ』誌によるインタビューにおいてナボコフが紹介する未使用の創作カードのなかには、「私たちはことばではなくことばの影で思考する」と書かれたものがあった。

56 **テニソン**　アルフレッド・テニソン（一八〇九―九二）はヴィクトリア朝時代を代表する英国詩人。一九二〇年代初頭のベルリンで、ナボコフはテニソンやミュッセ（第二部注49参照）をはじめとする英国詩人の翻訳を試みたという。

57 **ジョージ・オークウッド** 比較文学研究の泰斗として知られるアメリカの批評家、ジョージ・スタイナー（一九二九―）がモデル。「脱領域の知性」の邦題で知られる一九七〇年のエッセイにおいて、露英仏の三言語に跨って創作活動を繰り広げたナボコフを二〇世紀ヨーロッパ文学における言語革命の中心的存在として高く評価したスタイナーは、そこで『アーダ』の文体的および主題的な過剰さに苦言を呈していた。ナボコフの古希を記念した『トリクォータリー』誌の特集号を初出に持つこのスタイナーの論を、ナボコフ自身は抽象化と一般化に基づいたものとして冷ややかに退けたが、ヴァジムの『アーディス』に関するオークウッドの評言の背景には、そうした両者のやり取りが隠されている。ちなみに、『アーダ』の冒頭におけるトルストイの『アンナ・カレーニナ』（一八七七、ナボコフは『アンナ・カレーニン』と呼ぶことを好んだ）のパロディには、スタイナーの翻訳観に対するナボコフの批判的応答の意味が込められている。

58 **オムスクからニアチョムスクまで** この一節には明らかに生成文法の提唱者ノーム・チョムスキー（一九二八―）への揶揄が込められているが、ここでは『記憶よ、語れ』に「トムスクかアトムスク」（第六章第三節）あるいは「トムスクかオムスク（現在はボムスク）」（第十三章第三節）といった類似表現が見られたことに触れておきたい。「トムスクかアトムスク」という言い回しは、『ロシア文学講義』に収められた一九五八年の講演「ロシアの作家、検閲官、読者」の草稿およびロシア語戯曲『ワルツの発明』の英語版（一九六六）に付された序文でも繰り返されている。冷戦期のトムスクは核実験施設が置かれた要塞都市であったが、ソヴィエトの核開発に対するナボコフの関心の高さは、トムスクと同じく第二次大戦後にしばしば核実験が行われたノーヴァヤ・ゼムリャーが『青白い炎』の架空の王国名「ゼンブラ」に透けて見えることからも明らかであろう。『アーダ』の第五部第五章にも用いられている「アトムスク」という言葉遊びには、「コードウェイナー・スミス」のペンネームで知られるSF作家ポール・ラインバーガー（一九一三―六六）がカーマイケル・スミス名義で発表したスパイ・スリラー小説『アトムスク』（一九四九）にちなんだものかもしれない。

59　**snorkということばを使ってみようか**　snorkは英語で「鼻を鳴らす」という意味のsnortから作られた造語。評伝『ニコライ・ゴーゴリ』に収められた「外套」論において、ナボコフはこの小説の結末に見られる「よく育った仔豚」に関する記述がゴーゴリお得意の「筋違いの細部」であると指摘している。また、同章では「外套」の原題で用いられたロシア語のshinel'が「ケープを深く取った、袖の広い、毛皮付き外套《キャリック》」であることが説明されていたが、これにちなみ、『見てごらん道化師を！』の原文において「外套」の英語タイトルには通例のovercoatではなくcarrickが用いられている。

60　**愛想のよいオペラのバス歌手**　この脇役の言動からは、オペラのバス歌手でもあったドミトリーのことが思い出される。両親と同じくロシア語と英語、そしてフランス語を操る多言語使用者であったこのナボコフの一人息子は、さらにイタリア語にも通じていた。

61　**シンボリズィーロヴァニエとかモルティィードニクとか**　それぞれ「象徴化」と「死せる存在」とでも訳せそうなロシア語の造語。直前に見られる「ウィーンの偽医者」への言及からして、もちろんここにはジグムンド・フロイト（一八五六―一九三九）への揶揄が込められている。フロイト心理学は、マルクス主義やダーウィニズムと並ぶナボコフ生涯の大敵であった。

第三部

1　**『日光の中の虐殺《スローター・イン・ザ・サン》』**　ヴァジムのロシア語小説『カメラ・ルシダ』（第二部注24参照）の英語版タイトルとして用いられたこのフレーズ（*Slaughter in the Sun*）には、ナボコフのロシア語小説『カメラ・オブスクーラ』の英語版（一九三八）に付けられたタイトル『暗闇の中の笑い』（*Laughter in the Dark*）の歪んだ反響を聞き取ることができる。

2　**クワーン**　原文はQuirn。この語を「仁（果実の核の中にある種子）」を意味する古英語cyrnelの変形として捉えれば、その現在の形であるkernelから「コーネル（Cornell）」が導き出される。

3　**ジョイスの『ユリシーズ』**　一九三二年春に初めて通読して以来、ナボコフにとってジェイムズ・ジョイス（一八八二—一九四一）の『ユリシーズ』（一九二二）は二〇世紀文学の最高峰であり続けた。『ヨーロッパ文学講義』に収録されたジョイス講義では、作中に登場する「茶色いマッキントッシュの男」の姿に作者ジョイスの影を追うといった独特な『ユリシーズ』論が展開される。第三部注5もあわせて参照。

4　**『伊達男と蝶』**　シルクハットをかぶったタキシード姿の伊達男と蝶をトレードマークとする、アメリカの高級文芸誌『ニューヨーカー』のパロディ。同様の誌名の変形は、『青白い炎』におけるキンボートの注釈テクストのなかにも見つかる。一九六六年に行われた『パリス・レヴュー』誌のインタビューのなかで、ナボコフは「私と『ニューヨーカー』のキャサリン・ホワイトやビル・マックスウェルとの間に結ばれた温かな友情は、どんなに傲慢な作家であっても決して感謝と歓びを抜きにしては振り返れないものです」と語った。文章表現の修正をめぐる同誌の編集者たちとのやり取りは、自伝の一九五一年版の第十六章として書かれた草稿のなかでも触れられている。ちなみに、結局は実現しなかったものの、『記憶よ、さらに語れ』（あるいは『アメリカよ、語れ』）との仮題で晩年に構想された自伝の続編において、ナボコフは『ニューヨーカー』誌をめぐる思い出を扱うつもりだった。

5　**純粋にテキスト重視で読むというやり方**　ナボコフの文学講義がいわゆる「細部の愛撫」を信条としていたことは有名。『ヨーロッパ文学講義』に収められた『ユリシーズ』論（第三部注3参照）において、ナボコフは「すりきれた神話に依拠した寓意をひきのばして続けることほど、退屈なことはない」と断言しつつ、この小説とホメロスの『オデュッセイア』とのパラレリズムに惑わされてはならないと警告している。

6　**『エスメラルダとそのパランドラス』**　エスメラルダという女性名からは、フランス作家ヴィクトル・ユゴー（一八〇二—一八八五）の『ノートルダム・ド・パリ』（一八三一）に登場する美しいジプシーの踊り子が思い出される。『記憶よ、語れ』の第五章第五節で、幼いナボコフはフランス人（本名セシル・ミオトン）からユゴーの『レ・ミゼラブル』（一八六二）を含めた数々のフランス文学を朗読してもらったと語っている。しかしながら、例えばエドマンド・ウィルソン宛の書簡（一九四八年十一月付）でも述べられているように、ナボコフは概してユゴーのロマン主義的作風が気に入らなかったようだ。ちなみに「パランドラス」とは、中世の動物寓話集に登場する牡鹿で、カメレオンのように周囲に合わせて自らの体色を変化させることができる怪物のこと。

7 **「ソヴィエト文学におけるトラクター」という講演**　ナボコフが一九五八年にコーネル大学で行った「ロシアの作家、検閲官、読者」と題する講演（『ロシア文学講義』所収）では、部分的ながらもソヴィエト文学の特徴が論じられている。「トラクター」については第二部注22を参照。

8 **ニネル（またはニネッラ）と改名された**　「レーニン（Lenin）」を逆さに呼んだこの女性名（Ninel）は、実際に革命後一九二〇年代のソヴィエト・ロシアにおいて流行したという。

9 **デザート・リンクス《カラカル》**　『ロリータ』において実在するタバコの銘柄「キャメル」が「ドローム」と呼ばれていたが（英語のdromedaryは「ヒトコブラクダ」の意）、ここではインド北西部から中東、アフリカにかけて分布するこのネコ科の哺乳動物の名称が、おそらくは英国の自動車会社「ジャガー」のパロディとして用いられている。

10 **ハニーウェル・カレッジ**　『プニン』の主要舞台であるウェインデル・カレッジと同じく、この学校名からはウェルズリー・カレッジが思い出される。

11 **『オリガ・レプニン教授』**　一九五三年から一九五五年にかけて『ニューヨーカー』誌に連載され、出版時には全米図書賞にもノミネートされたナボコフの英語小説『プニン』のパロディ。主人公である亡命ロシア人の大学教授ティモフェイ・プニンの姓は、ナボコフ研究者の間ではピョートル・レプニン王子の私生児である詩人のイヴァン・プニン（一七七三―一八〇三）が由来とされる。ちなみに、ロシア史上には皇女オリガ・レプニン＝ヴォルコンスカヤ（一八七二―一九五三）という皇女が実在する。

12 **『メイダからの亡命』**　ナボコフがアメリカ時代に発表した短篇集としては、ロシア語の『フィアルタの春』（一九五六）と英語の『ナボコフの一ダース』（一九五八）がある。

13 **あなたの膝の上で魔法をかけられたあのときからずっと**　ハンバートがロリータを膝の上に抱く、『ロリータ』第一部第十一章の有名なカウチのシーンにちなんで。

14 **ペンホルダーの覗き穴**　ビアリッツ旅行で出会ったコレットという名の少女（本名クロード・デュプレ）との淡い恋の思い出を扱った『記憶よ、語れ』第七章より。第三節において語り手としてのナボコフは、この家族旅行の土産物だという海泡石《セピオライト》で作られたペンホルダーの覗き穴を通じて、過ぎ去りし日の浜辺の情景を鮮やかに蘇らせる。ちなみにこのビアリッツ旅行の思い出としてのペンホルダーは『偉業』の主人公に貸し与えられたが、第六章でマルティンはそれを列車のコンパートメントに置き忘れてしまう。

15 **連綿と続くモーテルの幻**　自らが手掛けた『ロリータ』の映画脚本（一九七四）に付した序文のなかで、ナボコフはハンバートとロリータの全米旅行が「モーテルからモーテルへと、幻から幻へと、そして悪夢から悪夢へと」続くと述べている。

16 **『エメラルドとそのパンダー《女衒》』**　原文は *Emerald and the Pander*。第一部第十三章におけるレストランの名前に関する記述など、「パンダー」の語は『見てごらん道化師を！』の物語の随所で見つかる。

17 **夜の魔女《リリス》**　ベルリン時代に執筆され、後に『詩とプロブレム』（一九七〇）にナボコフ自身による英語翻訳を添えて収録されたロシア語詩「リリス」（一九二六）は、同年に執筆・発表されたロシア語短篇小説「おとぎ話」とともに、成人男性の少女愛を描いた『ロリータ』の原型と見なしうる。

18 **三百人のうち一割はSterneをSternと綴り、同じくAustenをAustinを綴っていた**　ともに英国作家であるローレンス・スターン（Laurence Sterne、一七一三―六八）とジェイン・オースティン（Jane Austen、一七七五―一八一七）の姓の綴り間違いが、それぞれ「厳格な」を意味する英語の形容詞とテキサス州の州都名となってしまっている。『ヨーロッパ文学講義』に収められたオースティン論で『マンスフィールド・パーク』（一八一四）を扱ったナボコフは、この小説に見られたムクドリの比喩がスターンの『感傷旅行』（一七六八）の一節に由来することを解き明かしている。このオースティンの「文学的記憶」をめぐる議論こそ、『ロリータ』第二部第二十五章で療養中のハンバートが書き上げたというナンセンス詩に現れるムクドリの出所に他ならない。ちなみに、同じく『ヨーロッパ文学講義』に収められたディケンズ論では、『荒涼館』（一八五三）に見られる「鳥」のテーマが『マンスフィールド・パーク』との関連で考察されており、期末試験ではこの点の論述を求める問題も出題された。

19 **ダンテの権威であるキング教授**　第四部注33を参照。

20 **混喩**　比喩とその対象が一致しない表現を意味する混喩（mixed metaphor）は、『セバスチャン・ナイト』第四章においてセバスチャン・ナイトの文体的特徴の一つとして挙げられている。

21 **『クラースナヤ・ニーヴァ』（「赤い穀物」）**　ソヴィエトの文芸誌『赤い処女地《クテースナヤ・ノーヴィ》』のもじり。革命前には単に『穀物《ニーヴァ》』と題する人気の絵付き雑誌も存在した。

22 **よりにもよってカサノヴィアという名前の町の近くにある、ニュー・スウィヴィントンとかその辺り**　架空の地名である「カサノヴィア（Casanovia）」は、その華麗なる女性遍歴で歴史に名を残すイタリア作家ジャコモ・カサノヴァ（一七二五—九八）にちなんだもの。これまた架空の「ニュー・スウィヴィングトン」は、「交接」を意味する英語の動詞 swive から作られた造語。

23 **ケルベロス**　ギリシア神話に登場する冥府の番犬。ロシア語短篇「ベルリン案内」の英語版（『ある日没の細部、その他の短篇』に収録）において、ナボコフは語り手がベルリン動物園で見かけた動物をライオンからディンゴへと書き換えている。おそらくはダンテの『神曲』を下敷きに書かれたこの実験小説において、翻訳を通じて現れた犬はケルベロスのパロディに違いない。ちなみに、ナボコフは一九七六年に『ニューヨーク・タイムズ・ブック・レヴュー』に寄稿した短い文章のなかで、前年に刊行されたチャールズ・S・シングルトン（一九〇九—八五）の英訳によるダンテの『地獄篇』とウィリアム・H・ハウ（一九二八—二〇〇九）の『北アメリカの蝶』、そして当時執筆中であった『ローラのオリジナル』をその夏に読んだ三冊として挙げていた。

24 **ダンバート・ダンバート、ダンバートン**　『ロリータ』の主人公を思わせる偽名と架空の住所をホテルの台帳に書き付けるヴァジムの姿からは、ハンバートの宿敵クレア・クィルティが仕掛けた、第二部第二十三章のいわゆる「ペーパーチェイス」の場面が想起される。

25 ビッグ・ピーター（『赤いシルクハット』の登場人物だ）さえ不能になってしまうような『断頭台への招待』に登場する独裁者ムッシュー・ピエールは同性愛者であったが、ナボコフはこの小説の結末にあたるシンシナトゥスの処刑の場面を性行為のメタファーとして描いていた。「ビッグ・ピーター」というフレーズは、男性器を仄めかした洒落であると同時に、英国作家ジョージ・オーウェル（一九〇三―五〇）の『一九八四』（一九四九）に登場するビッグ・ブラザーを踏まえたものか。『断頭台への招待』や『ベンドシニスター』といった架空の専制国家を舞台とするナボコフのディストピア小説がしばしばオーウェル的と評されたが、ナボコフ自身は一貫してオーウェルを毛嫌いしていたことは有名。例えば、一九五九年に発表された『断頭台への招待』の英語版に付された序文において、オーウェルは「啓蒙的な観念や政治評論家的な小説の、大衆向け賄い屋連中」の一人に数え上げられている。

26 灰色の頰をした茶色い老ダックスフント　作品巻末に付された索引の項目が示唆するように、『記憶よ、語れ』には「ダックスフント」の主題が自伝物語の水面下を流れている。ナボコフの母親は大のダックスフント好きであったが、その家庭で飼われたうちの最後の一匹はチェーホフの飼い犬を祖父母に持つという（第二章第四節および第五章第二節を参照）。そうした作者自身の思い出を反映してか、『アーダ』の第一部が描くアーディスの邸宅の場面においても、絶えず飼い犬のダックスフントが家中を駆け回っている。

27 カルメン　『ロリータ』のなかで最も引き合いに出される作品の一つである、作家プロスペル・メリメ（一八〇三―七〇）の小説『カルメン』（一八四五）を念頭に置いたものか。ジョルジュ・ビゼー（一八三八―七五）によるそのオペラ版（一八七五）は、『記憶よ、語れ』第七章第三節で幼いナボコフがコレットとの逃避行を図る場面でも言及されている。

28 「J・B」というモノグラムのついた短い袖のシャツを着た雄牛サイズのじいさん　体格の比喩表現に注目するならば、このモノグラムからは英国人名の典型とされるJohn Bullが導き出される。ここにもまた、オックスマン（第二部注23を参照）の亡霊が現れているのだろうか。

29 三文字のフランス語　conを指す。

30　**ムィルナ・ソロウェイ**　この登場人物の名前は、ロシア語話者の耳には「大人しいサヨナキドリ《ムィルニィ・ソロヴェィ》」とも聞こえる。

31　**ドゥーロフ**　ロシアを代表する道化師《ピエロ》であるウラジーミル・ドゥーロフ（一八六三—一九三四）は、今日のロシア・サーカスに見られる動物ショーの原型を作り上げた稀代の調教師としても有名。同時代の作家たちとも交流を深めたドゥーロフだが、とりわけチェーホフは彼のファンであったという。

32　**反ユダヤ主義的用語**　アンネットの手紙に見られた「黒い巻き毛」というフレーズは、「鷲鼻」と同じくユダヤ人を暗に意味する。『ロリータ』第二部の全米旅行の場面においても、宿泊施設に見られる「犬お断り」や「近くに教会あり」といった人種差別的な隠語が言及されていた。親ユダヤの立場を取った父親の影響はもとより、ベルリンやパリのユダヤ系亡命ロシア人と密接に交流し、なおかつユダヤ系の妻子を持つナボコフにとり、ユダヤ人差別は常に深刻な問題であった。

第四部

1　**運転の仕方**　『プニン』第五章第一節においても主人公の合衆国での運転免許獲得の経緯が語られていた。そうした登場人物による運転の様子には、ナボコフ自身の経験が少なからず反映されている。一九六九年の『タイム』紙のインタビューによれば、ナボコフはまだ祖国で過ごしていた十六歳の時の初運転時にはすぐさま脱輪してしまい、一九五〇年頃にアメリカで運転に再挑戦した際には、広々とした駐車場に停まっていた別の車にぶつかりそうになったという。五〇年代に蝶の採集を目的とした全米旅行に出かける場合、車の運転はもっぱら妻ヴェーラの仕事であった。

2　**『見えない木舞《lath》』**　このヴァジムの作品が持つ「不可視性」のモチーフからは、複数の亡霊たちの声が物語を作り上げるナボコフの『透明な対象』が想起される。

3　**空色の落ち着いたベラルガス・セダン**　この車の名前（Bellargus）は、ヨーロッパに広く分布するシジミチョウの一種である、雄の羽が鮮やかなスカイ・ブルー色をしたアドニスヒメシジミ（学名 *Polyommatus* *bellargus*）にちなんだもの。ナボコフの英語小説においては、しばしば自動車の名前に鱗翅類のイメージが重ねられている。『ロリータ』のハンバートが運転する亡きシャーロットの青色のセダンは「メルモス（Melmoth）」と呼ばれ、「蛾《モス》」とともにアイルランド作家チャールズ・ロバート・マチューリンの元祖ゴシック小説『放浪者メルモス』（一八二〇）が仄めかされる。『アーダ』第四部に登場するダーク・ブルーの「アルガス（Argus）」には、ヒメシジミの学名*Plebejus argus*が反響している。

4　**ヴェルレーヌならばメ・モトーと言ったことだろう**　フランス語でmotelの複数形はmotelsだが、この箇所の原文ではMoteauxとされ、フランス象徴派詩人ポール・ヴェルレーヌ（一八四四―九六）の自伝風散文スケッチ「我が病院」“Mes hospitâux”（一八九一）が仄めかされている。これと同じシリーズに含まれる「我が牢獄」（一八九三）や「我が立候補」（一八九三）といったヴェルレーヌの作品への引喩は、ハンバートとロリータの一度目の全米旅行の様子を描いた『ロリータ』第二部冒頭にも見つかる。

5　**テキサスの「ロリータ・ロッジ」**　「ロリータ」はテキサス州に実在する地名。この地理的事実はナボコフのお気に入りであり、同地は『アーダ』の第一部第二章においても言及されている。

6　**不器用な類人猿のように両手をぶらんとさせて**　「『ロリータ』と題する書物について」や後のインタビューにおいて、ナボコフはこの小説の着想源がパリの新聞で見かけた動物園の類人猿《エイプ》に関する記事であったと明かしている。完成した『ロリータ』においてもハンバートの外見はしばしば猿に喩えられるが、そうした語り手の言葉は、ポーの推理小説「モルグ街の殺人」（一八四一）と、さらにはポーの影響が色濃いT・S・エリオット（一八八八―一九六五）の詩「直立したスウィーニー」（一九二〇）を意識したものであろう。また、『透明な対象』においても、語り手はヒュー・パースンが殺人を犯す場面でこの主人公を類人猿になぞらえている。

7　**オの段の発音が特徴的だ**　同僚のアメリカ人教授たちの間で絶えず嘲笑の的とされる、『プニン』の主人公の滑稽な英語の発音にちなんで。

8　**オダース**　ヴァジムがいささかの皮肉を込めて読者に紹介する詩人オダース（Audace）の名前は、英国出身のアメリカ詩人W・H・オーデン（Auden、一九〇七—七三）と響き合う。エドマンド・ウィルソンを介してオーデンと知り合ったナボコフは、彼の詩はどうあれ、その翻訳には我慢がならなかったという。ちなみに、『アーダ』に登場する「ロウデン（Lowden）」なる「二流詩人兼翻訳者」の名前は、ナボコフが毛嫌いしていたアメリカ詩人ロバート・ローウェル（一九一七—七七）とオーデンを合成したもの。

9 **ルイーズ・アダムソン**　アメリカの作家・批評家であり、戦後を代表するリベラル派の論客としても知られるメアリー・マッカーシー（一九一二—八九）がモデルか。後述するエドマンド・ウィルソンの二番目の妻であり、ナボコフとも親しかったマッカーシーは、『青白い炎』を読み解いた優れたエッセイを残している。

10 **ジェラード・アダムソン**　二〇世紀米文壇を代表する批評家の一人である、エドマンド・ウィルソン（一八九五—一九七二）がモデル。直後に言及されるアダムソンのエッセイは、ウィルソンの象徴主義文学論『アクセルの城』（一九三一）のパロディを意図したものであろう。一九四〇年の渡米直後に従弟の作曲家ニコラス・ナボコフの紹介でウィルソンの知己を得たナボコフは、新天地で過ごした四〇年代から五〇年代にかけて、彼との友情を公私にわたって温め続けた。数多くの雑誌社や出版社とのコネクションを有したウィルソンの助力なしに、ナボコフのアメリカでの文学的成功は起こりえなかったはずだ。ウィルソンがナボコフ訳注『オネーギン』を酷評したことをきっかけに、一九六〇年代を通じて二人の間柄は急速に冷え切っていった。両者の文学的交流については、『ナボコフ＝ウィルソン往復書簡集』を参照。ちなみに、ナボコフが発表した最後の短篇小説として知られる英語作品「ランス」（一九五二）には、ウィルソンと彼の三番目の妻エレーナと思しきアメリカ人夫妻が登場する。

11 **ネフェルティティーちゃん**　ネフェルティティーは古代エジプト王妃の名前。アケタートン（現テル・エル・アマルナ）で発見された世にも華麗な胸像はベルリン国立博物館に収蔵されている。『ロリータ』のヘイズ宅でも、ルイーズという名のアフリカン・アメリカンの女性が雇われていた。

12 **王一人**《ソーラス・レックス》　盤上でキングが唯一の黒の駒であるプロブレムのタイプを指すチェス用語。ナボコフが渡米直前に構想していた幻のロシア語長篇のタイトルはまさしく『ソーラス・レックス』であったが、同フレーズは

『ベンドシニスター』の仮題としても用いられた。『プニン』の第四章第一節が描くヴィクター・ウィンドの王宮物語の妄想のなかにも見られるこのモチーフは、のちに『青白い炎』へと結実することでも知られる。

13　**私たちは彼に「角を生え」させた**　妻を寝取られた夫には角が生えるという英語圏の迷信から。

14　**エマは、洒落た女性があの男性のシルクハットに何を落とすのを見たか？**　ナボコフの文学講義のレパートリーの一つであった、フローベールの代表作『ボヴァリー夫人』（一八五七）への言及。

15　**ボッティチェリとシェークスピアを花輪のように編み込んでいる**　『ハムレット』の翻訳の問題を扱う『ベンドシニスター』第七章において、エンバーはクルーグに向けて、肌がひどく敏感なオフィーリアが「ボッティチェリの描く天使が吹き付けるみたいな、いつにない寒さのせいで」顔を紅潮させると語っている。ボッティチェリに関しては、第二部注43もあわせて参照。

16　**ローズデール**　この地名の響きからは、『ロリータ』第一部の主要舞台であるアメリカ東部の郊外町ラムズデールが想起される。「薔薇《ローズ》」は『ロリータ』に頻出するイメージの一つ。

17　**イェイツ**　アイルランド詩人W・B・イェイツ（一八六五―一九三九）の再晩年の詩「サーカスの動物たちは逃げた」（一九三九）は、『見てごらん道化師を！』との間に主題的な共通性を持つとされる。

18　**ブレイク**　英国詩人ウィリアム・ブレイク（一七五七―一八二七）の代表作として知られる詩「虎」（一七九四）は、『ロリータ』の物語にも利用された。

19　**レヴィタンの「青い河にかかる雲」**　このタイトルを持つ絵画は、ロシアの風景画家イサーク・レヴィタン（一八六〇―一九〇〇）の作品リストには見当たらない。しかしながら、続く括弧内に見られる川の名前に目を向けることで、これがレヴィタンの代表作の一つとされる「ヴォルガ川の夕暮れ」（一八八八）を念頭においたものであることが明らかとなる。ナボコフが高く評価していた画家の一人であるレヴィタンの名前は、ロシア語短篇「ナターシャ」（執筆一九二四）や『賜物』の第二章にも見つかる。

20　**『ユリシーズ』はチューリッヒとギリシアで執筆された**　ジョイスは『ユリシーズ』の執筆をチューリッヒで開始し、一九二〇年から一九二二年にかけてパリで仕上げた。ナボコフの『ユリシーズ』講義でも、冒頭でこの伝記的事実が紹介されている。

21 **トルストイの『イワンの死』に出てくる登場人物の一人は、悪名高い女優サラ・バーナードだ**　ナボコフの文学講義におけるトルストイ論では、『アンナ・カレーニナ』とともに『イワン・イリイチの死』（一八八六）が扱われた。この学生はフランスの名女優サラ・ベルナール（一八四四―一九二三）に関して何か勘違いしているようだ。

22 **小さな黄金の海蛇**　英国を代表するロマン派詩人の一人である、サミュエル・コールリッジ（一七七二―一八三四）の「老水夫行」（一七九八）第二百七十一―八十一行目より。ナボコフはコールリッジの幻想詩「クブラ・カーン」（一八一六）の執筆にまつわる有名な「ポーロックから来た人物」というフレーズを、一時期『ベンドシニスター』の仮題に用いていた。

23 **『我が死せる公爵夫人』**　「我が死せる公爵夫人」（一八四二）の作者であるヴィクトリア朝イギリスの代表的詩人ロバート・ブラウニング（一八一二―一八八九）は、本作の第二部のみならず、『ロリータ』や『青白い炎』においてもしばしば引き合いに出される。

24 **『意外な犯行』**　ナナリー・ジョンソン（一八九七―一九七七）の監督による一九五四年公開のアメリカ映画。四〇年代にはその美貌で人気を博したジーン・ティアニー（一九二〇―九一）や、ミュージカル映画で知られるジンジャー・ロジャーズ（一九一一―一九五）、数々のギャング映画で銀幕を飾ったジョージ・ラフト（一九〇一―八〇）が出演。

25 **グッドミントン**　一九五八年の『ロリータ』の米国版正式出版を手掛けた、パットナム・アンド・サンズ社のウォルター・ミントンにちなんで。

26 **セローフの油絵「五弁のライラック」**　類似の構図を持つセローフの絵画としては、「桃を持った少女」（一八八七）が挙げられる。

27 **ロウ先生**　直後に見つかる「木造の《ウッドゥン》」という表現は、この女性教師のモデルがアメリカの男性ロシア文学者ウィリアム・ウッディン・ロウであることを仄めかす。その著作『ナボコフの欺瞞的世界』（一九七一）の

第三部でナボコフに見られる性的なシンボリズムを分析したロウの議論は、同年にナボコフ自身が書いた「ロウの象徴」と題する書評の中で徹底的にこき下ろされた。

28 **『アルティザン』** アメリカの文芸評論誌『パルティザン・レヴュー』のもじり。

29 **ロンドンの日曜新聞** 一九五五年にパリのオリンピア・プレスから出版された『ロリータ』は、同年末に英国作家グレアム・グリーンがロンドンの『サンデー・タイムズ』紙でその年のベスト三冊に選んだのをきっかけに一躍脚光を浴びることになった。翌一九五六年、猥褻図書取り締まりキャンペーンを張る『サンデー・エクスプレス』の編集長ジョン・ゴードンが同紙上でグリーンを批判したことから、両者の間で紙上論争が勃発した。

30 **「世界一名声のある賞」** ノーベル賞を指す。

31 **フェイ** フェイ・モルガンの名前はアーサー王伝説に登場する妖女モルガン・ル・フェイにちなんで。『見てごらん道化師を！』には「蜃気楼《ファタ・モルガナ》」のイメージが散見される。第一部注36もあわせて参照。

32 **レヒトの酒屋** ここで人名として用いられている「レヒト」は、ドイツ語で「右」の意。

33 **灰色猫のように…キングが席を立った** キング教授のモデルは、おそらくアメリカの文学者フレッド・デュピー（一九〇四—七九）であろう。ヘンリー・ジェイムズの研究で知られるデュピーは、一九五七年の『アンカー・レヴュー』誌上での『ロリータ』の抜粋掲載に際して、デュピーは当時ポルノグラフィーの嫌疑により大西洋の両岸を騒がせていたこの小説の芸術性を擁護する長文評論を寄せた。キング教授が猫に喩えられているのは、このデュピーの『ロリータ』論が再録された評論集『猫たちの王、その他の作家や作品に関する覚書』（一九六五）にちなんで。

34 **はじめまして（感嘆符抜き）** 感嘆符抜きの発話は、『ロリータ』のシャーロット・ヘイズの癖。第二部見られたオックスマンやアンネットの場合と同じく、ここでのルイーズによってもまた、ヴァジムの物語が他のナボコフ作品の物語へとにわかに接続される。

35 **チャールズ・ラトウィッジ・ダドソン** 英国作家ルイス・キャロル（一八三二—九八）は、『ロリータ』においてもこの本名で呼ばれている。若き日のナボコフが手掛けた『不思議の国のアリス』のロシア語翻訳（一九二三）には、ヒロインの名前がロシア人風の「アーニャ」へと変更されたほか、キャロルが仕掛けた数々の言語遊戯の母国語への移植を試みた苦心の跡が見受けられる。

36 **ヘカテ・コンバーチブル**　「ヘカテ」はギリシア神話に登場する女神の名前が冠せられたこの車の名前によって、エドマンド・ウィルソンの小説『ヘカテ郡回想録』（一九四六）が仄めかされる。

37 **ダブル受賞**　現実世界においては、一九六六年にイスラエル作家シュムエル・アグノン（一八八八―一九七〇）とドイツの詩人ネリー・ザックス（一八九一―一九七〇）がノーベル文学賞をダブルで受賞した。『見てごらん道化師を！』は一九七五年の全米図書賞候補となったが、受賞作は何とロバート・ストーンの『ドッグ・ソルジャー』とトマス・ウィリアムズの『ハロルド・ロークスの髪』の二作であった。ナボコフが好んだ表現を用いて言えば、現実がフィクションを模倣するとはまさにこのことか。

38 **カミュ**　フランス実存主義作家アルベール・カミュ（一九一三―六〇）もまた、ナボコフが折に触れて批判の矛先を向けた同時代人の一人。

39 **パウンドはいんちきだと思っていたから**　イマジズム詩人エズラ・パウンド（一八八五―一九七二）を「詐欺師」と呼ぶナボコフの罵詈雑言は、書簡やインタビューのなかで幾度となく繰り返されている。T・S・エリオットやパウンドなど、ナボコフは英米モダニズム詩人たちが高い評価を受けている現状に対して概して批判的であった。

40 **全講義をテープに録音し…ヘッドフォンで聞かせるという形をとったのだ**　『プニン』の第六章第十節が描くプニン主催のパーティーの場面で、ドイツ文学科長のハーゲン教授は、学生を防音装置のついた小部屋に閉じ込め、そこで講義を吹き込んだレコードを自由に使用させることが、大学教育が置かれた窮状の打開策であると主張する。『アーダ』の第三部第七章において、ヴァンは自分の声を吹き込んだヴォイス・レコーダーをジャケットに忍ばせ、教室では口パクで講義を行う。実際には行われなかったものの、ナボコフ自身も同様の方法をいつか試してみたいと考えていたらしい。

41 **チャーリー・エヴェレット** 『ロリータ』のヒロインの初体験の相手を務めたのは、キャンプQの団長の息子チャーリー・ホームズであった。

42 **ドリー** 『ロリータ』のヒロインであるドロレス・ヘイズの愛称は「ドリー」。

43 **黒々とした山並みがアクアマリンの空を背景に浮かび上がり、ベニハシガラスの群れが** この一節には『アーダ』の登場人物、すなわちアクアとマリーナのドゥルマノフ姉妹と「大鳥《レイヴン》」の通り名で知られるディーモン・ヴィーンが仄めかされている。

44 **クロップ** klop はロシア語で「南京虫」の意。ここではフォルクス・ワーゲン社の「ビートル」のもじり。

第五部

1 **これがLATHのしまいから数えて二つ目の章で** 第五部は『見てごらん道化師を！』のしまいから数えて三つ目のパート。本作はナボコフにしては異例の短期間で仕上げられたというが、これは単なる作者の筆の滑りなのだろうか。あるいは、私たちはこの決定的な間違いを、いわゆる「信用できない語り手」としてのヴァジムの語りの問題として捉えるべきなのだろうか。いずれにせよ、この一節には『ロリータ』における日付の問題を彷彿させるアポリアが秘められている。

2 **古いことわざを百回《サン・フォア》（ヘビみたいな摩擦音・唾《マドモワゼル》）書き写すこと** 『記憶よ、語れ』の第八章第二節によれば、ナボコフは幼い頃にフランス人女家庭教師からフランス語の格言を二百回も書き写すといった宿題を課せられたことがあったという。

3 **プチ・ラルース辞典** 原文は *Petit Larousse*。『ロリータ』第二部二十三章のいわゆる「ペーパーチェイス」の場面において、このフランスで最もポピュラーな百科事典のタイトルが「N・ペティット、ラルース、イリノイ州（N. Petit, Larousse, Ill.）」という宿泊施設の台帳記録のうちに仄めかされていた。

4 **ララージュ・L** 「ララージュ」は古代ローマの詩人ホラティウス（紀元前六五—八）が『抒情詩集』の第一巻第二十二歌で愛を捧げた女性の名前。『アーダ』の第二部第三章には、この名前を持つ十二歳の少女が登場する。

5　**日本と、ギリシアと、トルコの出版社からの問い合わせの手紙**　わが国を含めた世界各国で『ロリータ』が翻訳されていくなか、例えばオリンピア・プレスの社主モーリス・ジロディアスの実の弟であるエリック・カハンによるフランス語訳を綿密にチェックするなど、ナボコフは可能な限り誤訳のリスクを避けることを望んだ。作者自らが『ロリータ』のロシア語訳を手掛けたのは、こうした理由もあってのこと。

6　**チェーホフの浣腸器**《クリステール・ド・チェーホフ》　フランス語で「アングルのバイオリン（violon d'Ingres）」と言えば、画家でありまた優れたバイオリン奏者でもあったドミニク・アングル（一七八〇―一八六七）にちなんで「本職以外の特技、趣味」の意。ヴァジムの言い回しは、この慣用句を作家であると同時に医師でもあったアントン・チェーホフ（一八六〇―一九〇四）に当てはめているわけだ。チフスが流行した十九世紀末、チェーホフは浣腸器を片手に便秘に苦しむ農民たちの家々を回ったと言われる。

7　**トルニコフスキーとカリカコフ**　この二人の「外交官」の姿からは、『青白い炎』に登場するソヴィエト・エージェントの二人組、アンドロニコフとニアガーリンが想起される。「カリカコフ」は、古代ギリシアの定型句「美と徳《カロース・カーガトス》」が由来か。

8　**野暮な検閲が私の小説を猥褻罪で訴えたのだ**　一九五六年、フランス当局は猥褻のかどで『ロリータ』を含めたオリンピア・プレスの出版物二十五点に発禁を言い渡した。一九五八年の本国アメリカでの正式出版に際して事実上いくつかの州で発禁本の扱いを受けたこの世紀の問題作は、続く英国での出版にあたっても物議を醸すこととなった。第七部の注11もあわせて参照のこと。

9　**そこへ一通の手紙が届いたのだ**　『ロリータ』第二部第二十七章のパロディ。二度目の全米旅行中に忽然と姿を消したロリータの行方を追い始めてから二年の月日が流れようとしていた頃、ハンバートのもとに彼女から一通の手紙が届く。

10　**BINT**　直後で言及される「英国諜報局（British Intelligence Service）」の略称。いわゆるＭＩ６、すなわち、秘密情報部（Secret Intelligence Service, SIS）を思い出させるこのアクロスティックは、英語の俗語で「娘」あるいは「娼婦」の意。

11 **偽の、というか、いくぶん偽の、パスポート**　『マーシェンカ』の第十一章において、主人公ガーニンは詩人アントン・ポドチャーギンとの会話のなかで、自分の二つのパスポートのうちロシアのものは本物、ポーランドのものは偽造であり、さらに自らの姓が偽名であることを明かす。

12 **トルストイ的創作だ**　トルストイの『アンナ・カレーニナ』のヒロインはオブロンスキー家の生まれ。

13 **グルコ大佐**　露土戦争の英雄ヨシフ・グルコ（一八二八―一九〇一）を想起させるこの大佐の名前（Gurko）には、作中では「グルク（Gruk）」あるいは「グルダマク（Gurdamak）」といったアナグラムでも呼ばれる『ベンドシニスター』の主人公アダム・クルーグ（Adam Krug）の姓が隠されている。ロシア語のクルーグは「円」の意味であり、アルファベットのoのイメージと一致する。

14 **ハーレー・Q**　この登場人物の名前にも「道化師《ハーレクイン》」のイメージが認められることに注意。

15 **ユピテル**　ギリシア神話のゼウスと同一視される、ローマ神話の最高神。ナボコフのロシア語時代の習作である象徴主義的な短篇「雷雨」（一九二四）にはスラヴ神話のペルーンを思わせる雷神が登場したが、『アーダ』のSF的な物語世界では電気神《ファラゴッド》が信仰されている。

16 **レニングラード訪問のことを書き表すという仕事**　ボイドの評伝によれば、ナボコフはヴァジムのレニングラード訪問の場面を執筆するにあたり、つい最近にソヴィエトへ旅行した妹エレーナや批評家サイモン・カーリンスキー（一九二四―二〇〇四）から聞いた母国の現状に関する情報を利用したという。

17 **アイリスの原型**　『アーダ』の黒髪のヒロインにちなんで。第一部第四十一章のアーディスにおけるヴァンとの別れの場面で、アーダは黒いジャケットと黄色いスラックス姿を身に着けている。

18 **『デイリー・ワーカー』紙**　一九二四年に創刊されたニューヨークの共産党新聞。一九五八年から一九六八年にかけては『ワーカー』へ、それ以降は『デイリー・ワールド』へと紙名が変更された。

19 **ゴーゴリのハナシだと、誰一人知らない**　ゴーゴリの短篇「鼻」（一八三六）は、ペテルブルグを予期せぬことが起こりうる幻想的な都市として思い描く。

20 **ゲルツェン通りに建つ一軒の家のファサード** ナボコフの生家の住所は、ペテルブルグのモルスカヤ通り（ソヴィエト時代にはゲルツェン通りへ改名）の四十七番地。現在はナボコフ・ミュージアムとして使用されているこの屋敷のかつての姿は、その立派なファサードが『記憶よ、語れ』に収められた写真の一枚に映し出されている。

21 **十年ほど前に気象関係の委員たちが建てたプーシキン像** ミハイル・アニクシン（一九一七―九七）作のプーシキン像は、詩人の没後百二十周年にあたる一九五七年に除幕された。

22 **『ユマニテ』紙** フランスの共産党新聞。

23 **リンカーン** 『アーダ』執筆時にあたる一九六六年、ナボコフは議会図書館からの依頼を受け、外国人向けパンフレット用に米国第十六代大統領エイブラハム・リンカーン（一八〇九―六五）が一八六三年に行った有名なゲティスバーグ演説のロシア語への翻訳を手掛けた。その名残か、『アーダ』第一部第三章に登場するアメロシアの統治者の名前は、リンカーンと英国詩人ジョン・ミルトンを掛け合わせて「エイブラハム・ミルトン」と名付けられている。ミルトンについては、第二部注35も参照。

24 **カールーシャ** ロシア語におけるカールの愛称形。

25 **『休息の家《ハウス・オブ・レスト》』** ソ連の強制収容所を指す。

26 **仕方ない《セ・ラ・ヴィ》、とドイツ人が言うじゃないですか** 「仕方ない＝それが人生だ《セ・ラ・ヴィ》」はフランス人の決まり文句として有名。この勘違いにより、ドーラの外国文化への無知が露呈する。

27 **『戦争と平和』という映画** トルスイの小説に基づき、主演のセルゲイ・ボンダルチューク（一九二〇―九四）が当時のソ連政府による全面協力のもとでメガホンを取った大作映画『戦争と平和』は、一九六五年のモスクワ映画祭における第一部上映を皮切りに、ロシア革命の五十周年を記念する一九六七年にかけて全四部が公開された。

28 **ツァールスコエ・セロー** ペテルブルグ中心区の南方に位置する都市。ロシア貴族の伝統的な避暑地として親しまれたこの地は、ソヴィエト時代の一九三七年に詩人の没後百周年を記念して「プーシキン」に改名された。プーシキンの詩「ツァールスコエ・セローの銅像」（一八三〇）は、エカテリーナ宮殿の公園内に佇むパーヴェル・ソコロフ（一七六五―一八三一）作の乙女の銅像を詠んだもの。

29 **ブラディー・マーシャ**　女性名「メアリー」はロシア語圏では「マリア」となるが、「マーシャ」はその愛称形。そのまた別の形（第二愛称形）である「マーシェンカ」をタイトルに冠したロシア語処女長篇を英訳するにあたり、ナボコフは「マリエット」や「メイ」、「マッシュ」などに思いを巡らせたのち、最終的にはロシア語の無味乾燥な感じをよく伝えるであろうとの期待から「メアリー」を選び取った。

30 **ローラ・スローン**　スタンリー・キューブリック（一九二八―九九）監督による映画版『ロリータ』（一九六二）でヒロイン役を演じた女優、スー・リオン（一九四六―）がモデル。

31 **十歳の妹ジニーを中年の独り者アル・ガーデンに売り渡す**　アルフレッド・アペル・ジュニアの注釈作業に際してナボコフ自身が明かしたところでは、『ロリータ』の構想段階においてヒロインの名前はポーの幼妻にちなんで「ヴァージニア」とされ、タイトルはその愛称を取って『ジニー』が考えられていたという。ここでヴァジムの『海辺の王国』の登場人物として現れたポーの分身の姓（Garden）は、エドガー（Edgar）の疑似アナグラムであると同時に、例えば「アルンハイムの地所」（一八四七）のような庭園物語への仄めかしでもあるだろう。

32 **ホンキー・ドンキー**　原文はhonky-donkey。「万事順調」を意味する英語の俗語okey-dokeyの綴り間違い。

33 **オレーグ・オルローフ**　『セバスチャン・ナイト』の冒頭には、オレーグ・オルローフ（Oleg Orlov）と同じ頭韻を有するオルガ・オレゴーヴナ・オルローヴァ（Olga Olegovna Orlova）という名の女性が登場する。

34 **ツルゲーネフのずっと後に**　ヴァジムの『勇気を賜った者』を世に送り出した出版社にその名が取られたイワン・ツルゲーネフ（一八一八―八三）もまた、ナボコフの文学講義で扱われたロシア作家の一人であった。『ロシア文学講義』収録の『父と子』（一八六二）論の冒頭に置かれた作家紹介では、『猟人日記』（一八五二）がツルゲーネフの最良の作品と呼ばれる一方、『散文詩』（一八八三）は古色蒼然としたものとして切り捨てられている。

35 「刑務所《ビッグ・ハウス》」のトップ　「フョードル・ミハイロヴィチ」はドストエフスキーの名前と父称を指す。『記憶よ、語れ』第三章第一節では、ナボコフの曾祖父の兄イワン・アレクサンドロヴィチ・ナボコフ（一七八七―一八五二）は晩年にはペテルブルグのペトロパヴロフスク要塞の司令官を務め、一八四九年に投獄されたドストエフスキーに本を貸し与えたというエピソードが紹介されている。

36 あなたが話しているのは何か全然別の作品ですよ　オルローフが語る筋書きが、ナボコフの『ロリータ』のパロディであることは言うまでもない。時折ロリータを「ローラ」と呼び、彼女の母親であるシャーロットを「ロッテ」と呼んでいたハンバートだが、彼は別の登場人物から折に触れてユダヤ人であるとの誤解を受けていた。ちなみにここでのオルローフの発話は、『ロリータ』のみならず、この小説の直接的な前身として知られる『魔法使い』（執筆一九三九）をも念頭に置いたものかもしれない。父親の死後にこのロシア語中篇小説を『魅惑者』の題で英訳した息子ドミトリーが『ナボコフ短篇全集』（初版一九九五）に寄せた序文によれば、晩年のナボコフは『篋底』との仮題でまた新たな英語短篇集を構想しており、そこには『魔法使い』の英語版が収録される予定であったという。

第六部

1 風の強い九月の午後　『ロリータ』のベストセラー化を受けて経済的な余裕を手に入れたナボコフ自身は、一九五九年九月にコーネル大学を離職した。

2 探検家が北極の頭蓋に突き立てた旗　ケンブリッジ在学中に大英博物館で北極探検家の手記を目にして以来、ナボコフは絶えず極地が持つ幻想的なイメージに魅了されていたようだ。ロシア語時代の戯曲『極地』（一九二四）が描く極限状態に陥った英国の探検家グループが織り成す心理劇の残響は、アメリカ時代に書かれた英語詩「冷蔵庫が目覚める」（一九四二）のうちに聞き取ることができる。『絶望』の主人公ゲルマンは第一章でノルウェーの極地探検家ロアール・アムンゼン（一八七二―一九二八）に似ているとされるが、『ロリータ』のハンバートは第一部第九章で渡米直後の一年余りをサナトリウムで過ごしたのち、心理学実験を目的とした北極圏カナダへの探検旅行に同行する。渡米直前に書かれたロシア語短篇「北の果ての国《ウルティマ・テューレ》」のタイトルに用いられた古代ギリシア由来の地理的概念は、『青白い炎』の小説末尾を飾る「ゼンブラ　遠い北国」という索引のフレーズにも色濃く影を落としている。

3 **秋蒔きフクロウ**　父親の影響から幼少期より蝶や蛾に一貫して強い興味を抱き続け、渡米後の一九四〇年代にはハーヴァード大学比較動物学博物館の研究員としてシジミチョウの研究に従事したこともあるナボコフとは異なり、ヴァジムは概して鱗翅類に関する知識に疎い。『ロリータ』のハンバートは、第二部第二章の全米旅行の場面でスズメガを蜂鳥と取り違えていた。同様に、ここでヴァジムは蕪夜蛾《カブラヤガ》のロシア語名（Ozimaya Sovka）を迂闊にも英語（Lesser Winter Crop Owl）に直訳し、それを鳥の名前と勘違いしている。この誤解により、ナボコフのロシア語時代のペンネームが持つ「フクロウ」のイメージが再浮上することに注意。

4 **一九七〇年の一月一日**　『ロリータ』のヒロインも一月一日生まれ。

5 **シマリス**　『ロリータ』第一部第三十二章でハンバートとロリータが道路で目にするリスの轢死体には、不慮の自動車事故でこの世を去った彼女の母親の姿が密かに重ねられていた。『プニン』の主人公はホロコーストの犠牲者とされるかつての恋人ミーラ・ベロチキン（Mira Belochkin）との思い出を幾度となく振り返るが、彼女の姓にはロシア語で「リス」を意味するbelkaの指小形（belochka）が隠されている。『プニン』の作中（第四章第二節）でも説明されているように、英語のsquirrelの語源は「影」のイメージを有するが、ナボコフの英語小説に登場するこの動物は死の影を引き連れていることが少なくない。

6 **クィルトン・ホテル**　『ロリータ』のクィルティにちなんで。

7 **「現実性」こそがここでのキーワードなのだ**　ナボコフは「現実性（reality）」という語に強いこだわりを持っていた。「『ロリータ』と題する書物について」において、この語は「引用符なしでは意味をなさない数少ない単語」と呼ばれている。同様の主張は『アーダ』でも繰り返されており、語り手としてのヴァンはアーダとの情事を通じて見出した「至上の現実の苦しみ」について語りながら、そこで現実が「鍵爪のようにまとっていた引用符を失った」と述べている（第一部第三十五章）。『青白い炎』のキンボートは、真の芸術を「社会一般人の眼が知覚する凡庸な『現実性』とは全く無関係なそれ独自の特別な現実性」を創造するものと定義していたが、一九六二年に収録されたBBCテレビのインタビューでこの『青白い炎』の一節について尋ねられたナボコフは、段階的な情報の集積たる「現実性」とは終着点へと到達不可能な無限のステップであるとの認識論を語ることでそれに応えてみせた。

8 **この鼻の所有者**　『記憶よ、語れ』第三章第一節においてナボコフは、ドイツ系の男爵令嬢と結婚した祖父ドミトリー・ナボコフ（一八二七—一九〇四）の鼻が「横顔で見ると、先端がやわらかくて丸くて上を向き、なだらかに傾斜している」いかにもロシア的な「ナボコフ鼻」であったのに対して、自身は「鼻梁は太く骨が浮き出て、先端はかすかに傾斜し、くっきりと溝が穿たれている」ゲルマン風の「コルフ鼻」であると述べている。

9 **義歯**　渡米以降しばしば歯痛に悩まされていたナボコフは一九五〇年に思い切って総入れ歯になったが、この時の経験は『プニン』の物語にも反映されている。

10 **ベルクソン**　一九六三年に行われた『プレイボーイ』誌のインタビューによれば、ナボコフはベルリン時代からパリ時代にかけてフランス哲学者アンリ・ベルクソン（一八五九—一九四一）の著作に親しんでいたという。『アーダ』の第四部に埋め込まれたヴァンの著作『時間の織物』は、ベルクソンが提唱した「持続」の概念を批判しつつ、「純粋時間」をめぐる独自の時間論を展開する。

11 **臆病な盲人に紛れる、侮るようなスパイの目**　ロシア語小説『カメラ・オブスクーラ』の主人公クレッチマー（英語版『暗闇のなかの笑い』ではアルビヌスへと改名）は、マグダ（英語版ではマルゴ）との情事の果てに交通事故で視力を失う。「スパイの目」はロシア語小説『密偵《ソグリャダータイ》』への仄めかし。この作品の英語版タイトルが『目《ザ・アイ》』とされたのは、ナボコフ自身の序文によれば、それがロシア語原題と韻を踏むためであったという。

12 **タオルミーナ**　イタリアのシチリア島北部の保養地。ナボコフはヴェーラとともに、一九五九年と一九七〇年の二度にわたって同地へ旅行したことがある。『アーダ』の第三部第五章には、この地名（Taormina）のアナグラムを用いた「有名な人工島であるミナタオール（Minataor）」というフレーズが見つかる。

13 **ディック・コバーン**　「ディック」は男性名リチャードの愛称形だが、この探偵の名前（Dick Cockburn）は字面からして男性器を意味する俗語（dick と cock）を仄めかした卑猥な洒落となっている。『ロリータ』の結末において、今やリチャード・スキラー夫人となったロリータに向けてハンバートが「お前のディックには真心を尽くしてやってくれ」と語る一節も同様の言葉遊び。

14 **ガンドーラ・パレスホテル**　レマン湖畔に佇むモントルー・パレスホテルはナボコフの終の棲家となった。

15 **プーシキンの教師だったカヴェーリン**　ピョートル・カヴェーリン（一七九四—一八五五）は軽騎兵の将校であり、当時の社交界では一目置かれていた粋人。プーシキンの友人であったカヴェーリンの名前は『オネーギン』第一章第十六連に刻まれており、この点を取り上げたナボコフの訳注では両者の交流が論じられている。

16 **ガンディーノだか、ガンドーラだか**　ガンドーラのモデルは、スイス南部のイタリアとの国境に面したティチーノ州ルガノの観光都市ガンドリア。ここでの地名の揺らぎは、同地がルガノ湖を挟んで二つに分割されているため。直後に書かれた『海辺の王国』のイタリア語・ドイツ語・フランス語訳が示唆するように、ガンドリアでは複数の言語が使用されている。

17 **ブラックウィング印鉛筆**　ファーベル社製の鉛筆。『記憶よ、語れ』の第二章第二節で、ナボコフは同社が展示用に制作した特大の鉛筆をめぐる幻視体験に触れている。このエピソードが『賜物』のフョードルに分け与えられていたように、『見てごらん道化師を！』にいたるまでの作品においても、ナボコフは常に自伝的事実を虚構化するという「自己剽窃」の手法に極めて意識的であった。

18 **私とアーダは初めての円を、日光でまだらになった砂の上に描いた**　ヴァンとアーダが同様に砂の上に円を描いてゲームに興じる、『アーダ』第一部第八章の一場面にちなんで。しかしながら、ここではヴァジムが言う「アーダ」が彼の従妹を指すことにも注意したい。『見てごらん道化師を！』におけるこの女性名への言及には、常に作者と作中人物それぞれの現実が二重映しとなっている。

第七部

1 **本の中の私／本の中では不死** ここでヴァジムが韻文調で語る信念は、自らが紡ぐ物語のなかで愛する女性との永遠の生を夢見る『ロリータ』のハンバートや『アーダ』のヴァンにも共通する。

2 **心霊筆記盤《プランシェット》フィクション** プランシェットはウィージャ（文字や数字、記号が記された占い板）とセットで用いられる降霊術の器具。二個の脚輪を持つハート形の小板で、その上に軽く指を載せると垂直に取り付けられた鉛筆が自動筆記を行うと信じられた。『青白い炎』のキンボートがシェイドの詩の八十行目への注釈で語る降霊術会の場面では、あるアメリカ人の霊媒がプランシェットを用いて死んだブレンダ女王の言葉を紙に書き出す。英国で心霊現象への関心がにわかに高まりを見せた時期にケンブリッジに在学したこともあってか、ナボコフの作品には降霊術や心霊研究に関する記述が散見される。

3 **想像してみてほしい** 『ロリータ』第一部のクライマックスにあたる第二十九章において、ホテル「魅惑の狩人」でのロリータとの運命の夜を迎えたハンバートもまた、ここでのヴァジムと同じく、読者に向けて「私を想像してみてほしい。あなたが想像してくれなければ、私は存在するはずもないのだ」と訴えかけていた。

4 **ルクション** 架空の地名。フランス語ではソレイユ・ルクションで「夕日」の意。

5 **ガヴリーラ・ペトローヴィチ・カーメネフ** 『哀れなリーザ』（一七九二）の作者ニコライ・カラムジン（一七六七―一八二六）とも交流を深めたロシアの詩人（一七七二―一八〇三）。『オネーギン』訳注の第五章第十七連七―八行目への注釈のなかで、ナボコフはカーメネフを「ロシア・ロマン主義の先駆者」と呼び表しながら、その代表作である死後出版のバラード「グロムヴァル」（一八〇四）を「魔法の城についての美しい物語」と評している。

6 **オシアン** 三世紀頃のアイルランドおよびスコットランドの高地に住んでいたとされるケルト族の吟遊詩人。

スコットランドの詩人ジェイムズ・マクファーレン（一七三六―九六）の詩作や翻訳による紹介を通じて大陸に紹介されたオシアンの伝説は、当時ヨーロッパ文壇を席巻していたロマン主義運動に多大なる影響を及ぼした。ナボコフの『オネーギン』訳注では、このマクファーレン版オシアン物語が劇作家ウラジスラフ・オーゼロフ（一七六九―一八一六）から詩人ヴァシーリー・ジュコフスキー（一七八三―一八五二）を経てプーシキン、レールモントフ、そしてトルストイへと至る数多のロシア作家の筆に多大なる影響を及ぼしたことが随所で指摘される。

7　**『イーゴリ軍記《スローヴォ・オ・ポルクー・イーゴレヴェ》』**　十二世紀末に書かれたとされる、キエフ・ルーシの文学作品。一九四〇年代末に大学でのロシア文学講義用に準備されたナボコフによる同作の英語翻訳は、『オネーギン』の訳注作業と並行して幾度となく手直しされたのち、満を持して一九六〇年に刊行された。当初この『イーゴリ軍記』の英訳は言語学者ローマン・ヤコブソン（一八九六―一九八二）との共同作業が企画されていたが、一九五八年のヤコブソンのソヴィエト訪問を理由に両者の関係は悪化の一途をたどった。ナボコフは自らの英訳に付した序文の中で『イーゴリ軍記』の偽作者問題に触れ、この年代記に見られる表現がオシアン物語と類似していることを再三にわたって強調している。スティーヴン・ジャン・パーカー（一九三九―二〇一六）に宛てたヴェーラの代筆による書簡（一九七三年十二月十二日付）によれば、カナダのスラヴ文学研究誌に掲載された『イーゴリ軍記』論を読んだナボコフは、カーメネフを偽作者の第一候補と見なしていたらしい。

8　**「酔いどれ路面電車《ル・トラムウェイ・イーヴル》」**　フランス象徴派詩人アルチュール・ランボー（一八五四―九一）の「酔いどれ船《ル・バトー・イーヴル》」（一八七一）のパロディ。若き日のナボコフがロシア語訳を手掛けたこともあるこのランボーの詩のタイトルが、ここではアクメイズムの指導者として知られるロシア詩人ニコライ・グミリョフ（一八八六―一九二一）の「迷子のトラム」（一九一九―二〇）と掛け合わされている。本文中の括弧内の詩句は、グミリョフの詩からの引用がフランス語に訳されたもの。ランボーは一八八五年頃に詩作を放棄し、アビシニアに渡って晩年を商人として過ごした。グミリョフもまた、その生涯において二度のアフリカ旅行へ出かけた。

9　**人工蛭のイメージ**　評伝『ニコライ・ゴーゴリ』の冒頭で、ナボコフは狂気に陥った晩年のゴーゴリに対する医師の治療方法をコミカルな筆致で描いている。ここでヴァジムが思い描く治療は、水療法を施されるかたわら「悪い血」を抜くために無数の蛭を押し付けられたゴーゴリの現代版といったところか。

10 **ベテルギウス星人** シリウスとプロキオンとともに冬の大三角を織り成すオリオン座の恒星ベテルギウスの名称は、一説によれば「双子の家」、つまり黄道十二宮の双児宮を意味するアラビア語が由来であるという。

11 **イギリスの政治家であるナバロ氏** 一九五六年のグリーン＝ゴードン論争に引き続き、『ロリータ』は一九五九年のウェイデンフェルド・アンド・ニコルソン社からの出版に際しても英国で一大騒動を巻き起こした。猥褻刊行物法（Obscene Publications Act）の制定と並行して行われた出版キャンペーンとして、同年一月二十三日付の『タイムズ』紙にはV・S・プリチェット（一九〇〇―九七）やフランク・カーモード（一九一九―二〇一〇）ら名だたる作家や文学者、出版関係者の連名で『ロリータ』の刊行を擁護する手紙が掲載された。そうしたなか、いまだポルノグラフィの疑いを向けられていたナボコフの小説の出版に猛反発した人物こそ、当時の保守党の政治家ジェラルド・ナバロ（一九一三―七三）であった。

12 **なぜアイヴォーは私のことを「マクナブ」と呼んでいたのだろう?** 「マクナブ」はナボコフがケンブリッジの同級生から付けられたニックネームであったが、ここでは物語序盤に改めて目を向け直すことでこのヴァジムの疑問に対する答が得られることにも注意。ナボコフにおいては、このように小説の再読を促すような仕掛けが至るところに隠されている。

13 **ヴィヴィアン** 『ロリータ』の登場人物および『アーダ』の注釈者であるヴィヴィアン・ダークブルーム（Vivian Darkbloom）をはじめとして、自伝で言及されるヴィヴィアン・ブラッドマーク（Vivian Bloodmark）や英語版『キング、クィーン、そしてジャック』に登場するヴィヴィアン・バッドルック（Vivian Badlook）など、ナボコフは自らの名前（Vladimir Nabokov）のアナグラムを作中で利用する際に「ヴィヴィアン」という名前を好んだ。

14 **パールパリッチ** 原文は一語でPahlpahlch。初期のロシア語短篇「響き」（執筆一九二三）には、「パル・パルィチ（Pal Palych）」なる人物が登場する。『セバスチャン・ナイト』において、ニーナの元夫は「パール・パリッチ・レチノイ(Pahl Pahlich Rechnoy)」と名乗る人物であった。また、『プニン』の第四章第八節でヴィクターに向けて自らのフルネームの読み方を指南するプニンは、その父称である「パーヴロヴィチ(Pavlovich)」がよく第一音節以外の部分をぼかして「パリッチ(Pahlch)」と発音されると語っている。

15 **ウラジーミル・ウラジーミロヴィチ** ナボコフの名前と父称であるウラジーミル・ウラジーミロヴィチという呼び名は、『プニン』第五章第四節においても、作者自身を思わせる語り手が作中人物によって言及される際に用いられる。

16 **斜めに差し込む光** 第一部におけるヴァジムの症例説明(第四章)や哲学的恋愛詩たる「ヴリュブリョーンナスチ」に関する解説(第五章)とも共通するこのイメージについては、『ベンドシニスター』の最終章にあたる第十八章を思い出したい。監禁されたクルーグは独房の窓から斜めに差し込んできた青白い光線を浴びて狂気に陥るが、ここでヴァジムの病室に差す光は、それとは真逆の役割を担っているようだ。

17 **HPという方向をPHという方向に変えるための** ここでH地点とP地点を結ぶ空間の逆転(不)可能性を語るヴァジムすなわち作中の私(I)の言葉は、第七部第三章で言及されたH・P・スローン教授の名前を思い出させるものであると同時に、ナボコフの『青白い炎』とも響き合っている。「青白い炎」第三歌の冒頭で、シェイドは「来世のための準備協会(Institute of Preparation for the Hereafter)」なる組織に言及する(第五百一―五百七行目)。この詩行に付されたキンボートの注釈は、「高等哲学会(institute of higher philosophy)」の名称が詩人の想像力によって改変されていることを指摘していた。シェイドが同学会名の二番目と三番目の頭文字を入れ換えて作ったとされる協会の略称(IPH)は、ヴァジムの思考実験のために選び取られたアルファベットと同じく、英語の「もしも(if)」を仄めかした言葉遊びとなっている。

18 **(いい気持ちでぶつぶつとつぶやき、うとうとし、ぶつぶつというつぶやきは次第に消えていく)** ――一九六六年に行われたアルフレッド・アペル・ジュニアによる『ウィスコンシン・スタディーズ』のインタビューの一幕をこの末尾の文章との関連で取り上げることで、本訳注をしめくくろう。

アペル　理想的なことを言えば、読者はどのようにあなたの小説の「結末」を感じ取るべきなのでしょうか。数々のヴェクトルが取り除かれたり、物語が作り物であるという事実が強調されたり、登場人物が退場させられるその瞬間に対して、どのように反応するべきなのでしょうか。あなたはいかなる文学上の約束事に攻撃を加えているのですか。

ナボコフ　大変素敵な言い回しの質問をいただいたので、同じくらい優美で雄弁に答えてみるとしよう。私は自作の結末において、その世界が遠くの方へ後退していき、どこかしらでその動きを止めては、ファン・ボックが描いた『芸術家のアトリエ』みたいに、絵のなかの絵のように彼方で宙吊りになっているような感覚《センセーション》を迎え入れたいのだと思うよ。

ここで言及された画家（Van Bock）とその絵画は、インタビューから半世紀の月日が流れた今日においても未だ発見されてはいない。しかしながら、『見てごらん道化師を！』を読み終えた読者であれば、おそらくはこの謎を解く鍵をすでに手に入れているはずだ。

訳者あとがき

メドロック皆尾麻弥

本書は、ウラジーミル・ナボコフ（一八九九―一九七七）による英語小説*Look at the Harlequins!*（一九七四）の新訳版である。一九八〇年に立風書房から出版された、筒井正明氏による訳書『道化師をごらん！』の帯には、ナボコフの「自伝的小説」と銘打ってあった。本来、何を以て「自伝的小説」と定義しうるのかというのも難しい問題だが、この小説に関していえば、むしろ「自伝的小説のパロディー」と形容するのが正確だろう。翻訳にあたっては一九九〇年に出たヴィンテージ版を底本とした。

ナボコフは一九七三年の一月から二月にかけて、アンドリュー・フィールドによるナボコフ伝、*Nabokov: His Life in Part*（一九七七）の草稿を点検するのだが、そこにナボコフが見たのは歪められたナボコフ像であった。九〇年代にナボコフ伝を出版したブライアン・ボイドによると、この歪められた自分の像に憤慨して、ナボコフは自らの人生および自伝『記憶よ、語れ』を戯画するという立場でこの小説を書きはじめた（そういうわけで、作品社から昨年出版された日本語訳、『記憶よ、語れ』も併せてお読みいただければ幸いである）。

ナボコフは、生前刊行された長編小説に限って言えば、ロシア語で八作品、英語で同じく八作品を執筆しているので、ちょうど一頭の蝶の翅のごとく、きれいな対称をなしている（と表現すると気持ちがいいが、蝶の翅は完全に左右対称であるわけではない）。『見てごらん道化師《ハーレクイン》を！』はナボコフが完成させたものとしては最後の小説であり、晩年の他の作品同様、刊行当時の売れ行きは芳しくなく、評価も低かった。作者ナボコフの自己言及、自己パロディーだらけの、ひとりよがりの失敗作だとして批判されることが現在でも多い。自己パロディーの例としてわかりやすいのは、本書のはじめに載せられている「同じ語り手によるその他の作品」であろう。そこにはロシア語・英語ともにそれぞれ六作品が紹介されており（こちらも左右対称）、すべて、ナボコフによる各小説の題名（あるいは内容）のパロディーになっている（ところで、「この本の『作者』によるその他の作品」というのはよくあるが、「語り手」によるその他の作品というのは耳慣れない。さらに、その前に付けられたIという数字も不可解である。Iという表記は、当然ながらII以降が存在するということを暗示しているはずなのだが、IIはどこにも見当たらない）。

文体の点から見ても、マーティン・エイミスをはじめとした多くの批評家が指摘するように、荒削りで、これ以前のナボコフ作品中にあり余るほど見られた、うっとりするような美しさ、快感を覚えるような美しさを、若干失っているということは認めざるを得ない。息の長い文章はナボコフ文学の特徴でもあり、その長さが、これまでの作品中では効果的に美しく機能している場合が多かった。しかし『見てごらん道化師《ハーレクイン》を！』においては、長い文章のいくつかは美文であることをやめ、ほとんど悪文として読者の頭を煩わせてしまう。晩年のナボコフの、文章家としての衰えを指摘されても仕方がなかろう。

そうは言っても。ナボコフの作品を愛する者として、この作品にも愛すべき文章やイメージが、それこそ夜空の星のように（この作品において「星」は偏在するモチーフである）いくつもきらめいているということを指摘しておきたい。横一列に並ぶサーカスの白馬のような波とか、象の鼻の穴そっくりの形にした口とか、ペテルブルグのあちこちでタマネギスープが煮えているという描写（これはもちろん、汗ばむ脇の臭いのこと）とか。そういう細かいレベルでの楽しみもたくさんあるが、小説全体としても十分に楽しめる。

全体の構成をここでまとめておきたい。ロシア生まれの語り手ヴァジム・ヴァジーモヴィチ・N（Nのあとは語り手自身にもわからない）によると、これは彼の「手記」であり、その中で妻たちと自分の書いた数々の本が、モノグラムの文字のように絡み合っており、その様が「紙の透かし模様」あるいは「蔵書票」（本の持ち主を示すための紙片で、通常、図柄と、「誰々の蔵書より」という意味のエクス・リブリスという文字に続き、所有者の名前が彫られている）のようだと描写される。「手記」と定義するとともに、語り手はこの本を「間接的な自伝」とも呼ぶ（原文では oblique autobiography。oblique は「まっすぐではない」というのが原義なので、比喩的には「曖昧な」とか、「ぼかした」というほどの意味になるだろう）。いちおう自伝とはいえ、本人も「幻影を主題にしている」と認めているように、すべてがぼんやりとしていて、正確なことは何ひとつわからない。冒頭に「三、四人ほど続いた私の妻たち」とあるように、妻の数さえ曖昧である（普通に読めば、最後に出てくる「きみ」を妻として数えるか数えないかの違いであろう。さらに、「三、四の」というようなあいまい言い方はライトモチーフのひとつとして本書の中で幾度か繰り返される）。すべては靄に包まれているように見えるが、とりあえず、アイリス、アンネット、ルイーズとの結婚生活と、創作活動、そして彼を苛む心身の病（とりわけ、頭の中で回れ右をして後戻りすることができないという問題）が軸になって、物語は展開する。最後に登場する「きみ」という女性が、語り手の病を癒す鍵を握っているように見え、この女性をナボコフの妻ヴェーラと同一視する読者も多い。とかくこの「きみ」が特別視される傾向にあるのだが、たとえば最初の妻アイリスなどは、死んでしまった後もアイリス印のようなものとして現れ続けるので、「きみ」に劣らぬ重要な登場人物だ。また語り手は、自分はどこか別の世界に存在している別の誰かのパロディーでしかないのではないか、自分の書いた作品はその誰かの作品のパロディーでしかないのではないか、という疑念を常に抱いている。おしまいには自分の姓さえ思い出せないという、アイデンティティーの危機に陥る。

以上が本書の表面的な概要だが、他のナボコフ作品同様、その下にいろいろの仕掛けが隠されていて、その仕掛けに気づいた上で謎解きをしてみる、というところまでできればより楽しい。また、サーカスやコンメディア・デッラルテのイメージ、気象のモチーフ、右と左というモチーフなど、全編を通して繰り返し現れる様々なテーマに注目しながら読んでみるのも楽しい。ナボコフが、「本は読むことはできない。再読することしかできない」と言うように、ナボコフの本は一度さらっと読んだだけでは読んだことにならない。それは氷の表面をスケートで滑っていくだけの行為だ。それはそれで楽しいだろう。しかし二度以上読むと、氷の下にいろいろなものが隠れていることに気づき、そこを溶かし割り、隠れているものを手に取るという楽しみが待っている。本書に付された詳細な注は、そんな創造的読書の一助となるだろう。翻訳では説明しきれない部分を注が拾い上げているし、本書の理解に欠かすことのできない情報が盛り込まれているので、お読みいただきたい。そして本書には解き明かすべきパズルが無数に残されているということを申し添えておきたい。

本書を完成するにあたって、多くの方からお知恵と労力を拝借しました。注は後藤篤氏の労作です。ロシア語表記は毛利公美氏に点検していただきました。なお、固有名詞は慣用に従った片仮名転記法を採用していますが、会話表現は実際のロシア語の発音に合わせて表記するという方針をとっていただきました。訳の全体的な点検は、恩師である若島正氏にお願いしました。そして、私の素人仕事を根気強く見守り、あまたの助言をしてくださった作品社の増子信一氏のお力なしには、本書が実現することはなかったでしょう。この場をお借りして、心より御礼申し上げます。

ウラジーミル・ナボコフ（Vladimir Nabokov）

1899-1977。「言葉の魔術師」と呼ばれ、ロシア語と英語を自在に操った、20世紀を代表する多言語作家。ロシア革命の勃発によりロンドン、ベルリンへ亡命。1940年アメリカに渡って大学で教鞭を執る傍ら、創作活動に取り組む。55年、パリで刊行された『ロリータ』が世界的なベストセラーとなる。主な作品に『賜物』『青白い炎』『アーダ』などがある。

メドロック皆尾麻弥（めどろっく・みなお・まや）

1977年生まれ。佛教大学文学部准教授。著書に『書きなおすナボコフ、読みなおすナボコフ』（共著、研究社、2011）、論文に「ナボコフのベンチを訪ねて」（日本英文学会『英文学研究』第82巻、2005）"Entrance and Exit in Nabokov's *The Gift*"（Kyoto University,Humaniora Kiotensia On Centenary of Kyoto Humanities 2006 ）"In Search of a Mailbox—Letters in *The Gift*"（Nabokov Online Journal 2007）「『ロリータ』の車窓から」（研究社『英語青年』総号1910号、2009）など。

後藤 篤（ごとう・あつし）

1985年生まれ。大阪大学言語文化研究科特任助教。著書に『アメリカン・ロードの物語学』（共著、金星堂、2015）、論文に「翻訳のポリティクス――ウラジーミル・ナボコフのジョージ・スタイナー批判をめぐって」（大阪大学言語社会学会『EX ORIENTE』第23号、2016）、「奇術師の「ダブル・トーク」――ポー、ロシア・モダニズム、ナボコフ」（日本ポー学会『ポー研究』第5・6号、2014）、「誤表象の悪夢 ――*Look at the Harlequins!* における（偽）自伝テクストの綻び」（日本ナボコフ協会『KRUG』新版第5号、2013）など。

見てごらん道化師《ハーレクイン》を！

2016年5月25日　初版第1刷印刷
2016年5月30日　初版第1刷発行

著　者　ウラジーミル・ナボコフ
訳　者　メドロック皆尾麻弥
発行者　和田 肇
発行所　株式会社作品社
〒102-0072
東京都千代田区飯田橋2-7-4
Tel : 03-3262-9753　Fax : 03-3262-9757
http://www.sakuhinsha.com
振替口座 00160-3-27183

装　幀　水戸部 功
印刷・製本　中央精版印刷株式会社

ISBN978-4-86182-577-4　C0097